À la croisée des mondes

I. Les royaumes du Nord

II. La tour des Anges

III. Le miroir d'ambre

Titre original : *Northern Lights*
Publié pour la première fois par Scholastic Ltd, Londres, 1995
© Philip Pullman, 1995, pour le texte et les illutrations
© Éditions Gallimard Jeunesse, 1998, pour la traduction française
© Éditions Gallimard Jeunesse, 2007, pour la présente édition

Philip Pullman

Les royaumes du Nord

À la croisée des mondes/I

Traduit de l'anglais
par Jean Esch

GALLIMARD JEUNESSE

LES ROYAUMES DU NORD
est le premier volume d'une trilogie qui a pour titre :
À LA CROISÉE DES MONDES.

Le premier volume a pour cadre un univers
semblable au nôtre – mais différent
en bien des points.

L'action du deuxième volume se déroule
dans l'univers que nous connaissons.

Dans le troisième volume, les personnages
évolueront dans ces différents univers.

Première partie
Oxford

Première partie
Oxford

Le mot «dæmon», qui apparaît tout au long du livre, se prononce comme le mot français «démon».

1
La carafe de tokay

Lyra et son dæmon traversèrent le Réfectoire où grandissait l'obscurité, en prenant bien soin de rester hors de vue des Cuisines. Les trois longues tables qui occupaient toute la longueur du Réfectoire étaient déjà dressées, l'argenterie et les verres réfléchissaient la lumière déclinante, et les longs bancs étaient tirés, prêts à accueillir les convives. Les portraits des anciens Maîtres étaient accrochés aux murs, tout là-haut dans la pénombre. Lyra atteignit l'estrade, jeta un coup d'œil par-dessus son épaule vers la porte ouverte des Cuisines et, ne voyant personne, elle s'approcha de la table surélevée. Ici, les couverts étaient en or, pas en argent, et les quatorze sièges n'étaient pas des bancs en chêne, mais des chaises en acajou dotées de coussins en velours.

Lyra s'arrêta à côté de la chaise du Maître et donna, de l'ongle, une chiquenaude sur le plus grand des verres. Le tintement clair résonna dans le Réfectoire.

– Tu n'es pas sérieuse, chuchota son dæmon. Sois sage.

Il se nommait Pantalaimon, et, à cette heure, il avait

pris l'apparence d'un papillon de nuit marron pour passer inaperçu dans l'obscurité du Réfectoire.

– Ils font bien trop de bruit dans les Cuisines pour nous entendre, répondit Lyra à voix basse. Et l'Intendant n'apparaît qu'au premier son de cloche. Cesse de t'inquiéter.

Malgré tout, elle appuya la paume de sa main sur le cristal qui continuait de résonner, et Pantalaimon s'éloigna dans un battement d'ailes pour se glisser par l'entrebâillement de la porte du Salon, située à l'autre extrémité de l'estrade. Il réapparut presque aussitôt.

– Il n'y a personne, chuchota-t-il. Mais nous devons faire vite.

Accroupie derrière la table, Lyra fila jusqu'à la porte et pénétra à l'intérieur du Salon ; là, elle se redressa en regardant autour d'elle. L'unique lumière provenait d'une cheminée, dans laquelle des bûches flamboyantes se tassèrent légèrement au moment où son regard se posait sur elles, faisant jaillir dans l'âtre une fontaine d'étincelles. Lyra avait passé presque toute sa vie au Collège, mais jamais encore elle n'avait vu le Salon : seuls les Érudits et leurs invités pouvaient entrer ici, et uniquement les hommes. Les servantes elles-mêmes ne faisaient pas le ménage dans cette pièce. Cette tâche était réservée au Majordome.

Pantalaimon se posa sur l'épaule de Lyra.

– Alors, tu es contente ? On peut s'en aller maintenant ? murmura-t-il.

– Ne dis pas de bêtises ! J'ai envie d'en profiter !

C'était une vaste pièce, avec une table ovale en bois de rose verni, sur laquelle étaient posés plusieurs carafes et des verres, ainsi qu'un nécessaire de fumeur en argent avec un râtelier à pipes. Sur un buffet, non loin de là, se trouvaient un petit poêlon et un panier contenant des têtes de coquelicot.

— Ils ne manquent de rien, hein, Pan ? commenta-t-elle à voix basse.

Elle s'assit dans un des fauteuils en cuir vert. Celui-ci était si profond que Lyra se retrouva presque allongée, mais elle se redressa et glissa ses jambes sous ses fesses pour contempler les portraits sur les murs. D'autres Érudits, sans doute : en toge, barbus, sinistres, ils la regardaient, du haut de leurs cadres, avec un air de désapprobation solennelle.

— À ton avis, de quoi parlent-ils ici ? commença Lyra.

Mais, avant d'avoir achevé sa question, elle entendit des voix de l'autre côté de la porte.

— Derrière le fauteuil, vite ! murmura Pantalaimon.

En un éclair, Lyra jaillit du fauteuil pour s'accroupir derrière le dossier. Hélas, ce n'était pas le fauteuil le mieux adapté pour se cacher : il était situé au milieu de la pièce et, à moins de ne faire aucun bruit…

La porte s'ouvrit et la lumière changea : un des intrus tenait une lampe qu'il déposa sur le buffet. Lyra apercevait ses jambes, dans leur pantalon vert foncé et leurs chaussures noires lustrées. C'était un domestique.

Puis une voix rauque demanda :

— Lord Asriel est-il arrivé ?

C'était le Maître. Alors que Lyra retenait son souffle, elle vit le dæmon du serviteur (un chien, comme presque tous les dæmons des serviteurs) entrer en trottinant et s'asseoir sagement près de lui ; puis les pieds du Maître apparurent à leur tour, chaussés des souliers noirs usés qu'il portait toujours.

– Non, Maître, répondit le Majordome. Aucune nouvelle non plus de l'Aërodock.

– Il aura faim en arrivant, je suppose. Conduisez-le directement au Réfectoire.

– Très bien, Maître.

– Avez-vous décanté à son intention une bouteille de ce tokay particulier ?

– Oui, Maître. Le 1898, comme vous l'avez ordonné. Je me souviens que sa Seigneurie a un faible pour ce vin.

– Parfait. Vous pouvez disposer, maintenant.

– Avez-vous besoin de la lampe, Maître ?

– Oui, laissez-la. Vous penserez à venir l'entretenir au cours du repas.

Le Majordome s'inclina légèrement et pivota sur ses talons pour s'en aller ; son dæmon, bien dressé, le suivit en trottinant. De sa cachette-qui-n'en-était-pas-vraiment-une, Lyra vit le Maître se diriger vers une imposante penderie en chêne dans un coin de la pièce, décrocher sa toge suspendue sur un cintre et l'enfiler péniblement. Le Maître avait été un homme robuste, mais il avait maintenant plus de soixante-dix ans ; ses mouvements étaient raides et lents. Son dæmon avait pris l'apparence d'un corbeau, et dès que le Maître eut fini d'enfiler sa toge, l'oiseau s'élança du haut de l'armoire pour venir se poser à sa place habituelle, sur son épaule droite.

Lyra sentait que Pantalaimon était rongé d'angoisse, même s'il ne faisait aucun bruit. Elle, au contraire, éprouvait un délicieux sentiment d'excitation. Le visiteur auquel le Maître avait fait allusion, Lord Asriel, n'était autre que son oncle, un homme qu'elle admirait et redoutait grandement. On racontait qu'il s'occupait de haute politique, d'explorations secrètes et de guerres lointaines, et Lyra ne savait jamais à quel moment il allait réapparaître. C'était un homme au tempérament féroce : si par malheur il la surprenait dans cet endroit, il la punirait sévèrement, mais ce ne serait qu'un mauvais moment à passer.

Cependant, ce qu'elle vit ensuite changea totalement le cours de ses pensées.

Le Maître sortit de sa poche un papier plié qu'il déposa sur la table. Après avoir ôté le bouchon d'une carafe contenant un vin à la riche robe dorée, il déplia le papier et versa dans la carafe un filet de poudre blanche, avant de chiffonner la feuille et de la jeter dans le feu. Il prit ensuite, dans sa poche, un crayon avec lequel il remua le vin, jusqu'à ce que la poudre soit totalement dissoute, et il remit le bouchon sur la carafe.

Son dæmon émit un bref et faible croassement. Le Maître lui répondit à mi-voix et ses yeux ternes aux paupières tombantes balayèrent la pièce, puis il ressortit par où il était entré.

– Tu as vu ça, Pan ? murmura Lyra.

– Évidemment que j'ai vu ! Dépêchons-nous de filer avant l'arrivée de l'Intendant !

Mais au moment même où il prononçait ces mots, le tintement unique d'une cloche résonna à l'autre bout du Réfectoire.

– La cloche de l'Intendant ! s'exclama Lyra. Je croyais que nous avions davantage de temps.

Pantalaimon fila à tire-d'aile vers la porte du Réfectoire, et revint tout aussi rapidement.

– L'Intendant est déjà là, dit-il. Et tu ne peux pas sortir par l'autre porte…

L'autre porte, celle par laquelle le Maître était entré et sorti, donnait sur le corridor très fréquenté qui reliait la Bibliothèque à la Salle des Érudits. À cette heure, il était encombré d'hommes qui enfilaient leur toge pour le dîner, ou s'empressaient de déposer des papiers et des porte-documents dans la Salle des Érudits, avant de pénétrer dans le Réfectoire. Lyra avait envisagé de repartir par où elle était venue, croyant disposer de quelques minutes supplémentaires avant que ne retentisse la cloche de l'Intendant.

Si elle n'avait pas vu le Maître verser cette poudre dans le vin, peut-être se serait-elle risquée à affronter la colère de l'Intendant, ou à traverser, en espérant ne pas se faire remarquer, le corridor encombré. Mais elle était désorientée et hésitait.

Soudain, elle entendit un pas lourd sur l'estrade. L'Intendant venait s'assurer que le Salon était prêt à accueillir les Érudits après le dîner pour le vin et les pavots. Alors, elle se précipita vers la penderie en chêne, ouvrit la porte, se cacha à l'intérieur et referma la porte, juste au moment où l'Intendant entrait. Elle n'était pas inquiète pour Pantalaimon : la pièce était sombre, et il pouvait toujours se glisser sous un fauteuil.

Elle entendait la respiration pénible de l'Intendant et, par l'entrebâillement de la porte mal fermée, elle le vit arranger les pipes sur le râtelier à côté du nécessaire de fumeur et jeter un coup d'œil en direction des carafes et des verres. Après quoi, il aplatit ses cheveux sur les oreilles avec ses deux paumes et s'adressa à son dæmon. L'Intendant était un domestique, son dæmon était donc un chien ; mais c'était un domestique de rang supérieur, et le chien aussi par conséquent.

En vérité, il avait l'aspect d'un setter roux. L'air soupçonneux, il regardait partout autour de lui, comme s'il sentait la présence d'un intrus, mais il ne s'approcha pas de la penderie, au grand soulagement de Lyra. Elle avait peur de l'Intendant, car il l'avait déjà corrigée à deux reprises.

Elle entendit un petit chuchotement; Pantalaimon s'était faufilé dans l'armoire à ses côtés.

– Et voilà, on est obligés de rester là, maintenant! Pourquoi est-ce que tu ne m'écoutes jamais?

Elle attendit pour répondre que l'Intendant soit parti. Son travail consistait à surveiller le service de la table haute, et elle entendait les Érudits qui pénétraient dans le Réfectoire, le murmure des voix, le frottement des pieds.

– Une chance que je ne t'aie pas écouté, dit-elle en chuchotant. On n'aurait pas vu le Maître verser le poison dans le vin. Pan, c'était le tokay dont il a parlé au Majordome! Ils veulent assassiner Lord Asriel!

– Comment sais-tu que c'est du poison?

– Évidemment que c'est du poison! Souviens-toi, il a ordonné au Majordome de quitter la pièce avant de le verser. Si cette poudre avait été inoffensive, peu importait que le Majordome soit présent! Et je sais qu'il se passe des choses en ce moment… c'est politique. Les domestiques en parlent depuis plusieurs jours. On peut empêcher un meurtre, Pan!

– Jamais je n'ai entendu de telles sottises. Crois-tu que tu pourras rester coincée dans cette penderie exiguë pendant quatre heures? Je vais aller jeter un coup d'œil dans le couloir. Je te ferai signe dès que la voie sera libre.

Il quitta son épaule et s'envola, et Lyra vit apparaître sa petite ombre dans le rai de lumière.

– C'est inutile, Pan, je reste ici, déclara-t-elle. Il y a une autre toge ou je ne sais quoi dans la penderie. Je vais l'étendre par terre et m'installer confortablement. Il faut que je sache ce qu'ils ont l'intention de faire.

Elle s'était accroupie. Prudemment, elle se releva en tâtonnant, pour ne pas faire de bruit en heurtant les cintres, et s'aperçut que la penderie était en réalité plus spacieuse qu'elle ne l'avait cru. Il y avait là plusieurs toges et épitoges, certaines bordées de fourrure, la plupart doublées de soie.

– Je me demande si elles appartiennent toutes au Maître, murmura-t-elle. Quand d'autres collègues lui décernent des grades *honoris causa*, peut-être qu'ils lui offrent aussi de jolies toges, et il les range dans cette penderie pour se mettre sur son trente et un... Dis, Pan, tu crois vraiment que ce n'est pas du poison qu'il a mis dans le vin ?

– Si, répondit le dæmon. Je pense que c'en est, comme toi. Je pense aussi que ça ne nous regarde pas. Et je pense que t'en mêler serait la chose la plus stupide que tu aies jamais faite dans ta vie. Cette histoire ne nous concerne pas.

– Ne dis pas de bêtises ! s'exclama Lyra. Je ne vais pas rester là sans bouger pendant qu'ils font boire du poison à mon oncle !

– Allons-nous-en d'ici, alors.

– Pan, tu es un froussard.

– Parfaitement. Puis-je te demander ce que tu as l'intention de faire ? Tu vas jaillir tout à coup et arracher le verre de sa main tremblante ? Qu'avais-tu donc en tête ?

– Rien du tout, et tu le sais bien, répliqua-t-elle sèchement. Mais après avoir surpris le geste du Maître, je n'ai pas le choix. Tu sais ce qu'est la conscience, n'est-ce pas ? Comment pourrais-je aller m'asseoir à la Bibliothèque, ou ailleurs, et me tourner les pouces, en sachant ce qui va se passer ? Ce n'est pas mon intention, tu peux me croire !

– Voilà ce que tu attendais depuis le début, dit le dæmon après un moment de réflexion. Tu voulais te cacher ici et espionner. Comment ne l'ai-je pas compris plus tôt ?

– D'accord, je l'avoue. Tout le monde sait qu'ils se réunissent pour une chose secrète. Ils accomplissent une sorte de rituel. Et je voulais savoir ce que c'était.

– Ça ne te regarde pas ! Si ça les amuse d'avoir des petits secrets, sois plus intelligente qu'eux, et laisse-les faire. Se cacher et espionner, c'est bon pour les enfants.

– Je savais que tu dirais ça. Cesse donc de m'embêter maintenant.

Tous deux restèrent silencieux pendant un moment ; Lyra assise de manière inconfortable au fond de la penderie, Pantalaimon, posé sur une des toges, agitant d'un air suffisant ses antennes temporaires. Une tempête de pensées se déchaînait dans la tête de Lyra, et son désir le plus cher aurait été de les faire partager à son dæmon, mais elle aussi avait sa fierté. Peut-être devrait-elle essayer de faire le tri sans son aide.

En fait, elle était surtout inquiète, mais pas pour elle-même. À force de se trouver dans des situations délicates, elle avait fini par s'y habituer. Non, cette fois, elle s'inquiétait au sujet de Lord Asriel, et se demandait ce que tout cela signifiait. Ce n'était pas souvent qu'il venait ici au Collège, et le fait que sa visite ait lieu dans une période de fortes tensions politiques indiquait qu'il ne venait pas seulement pour manger, boire et fumer avec quelques vieux amis. Elle savait que Lord Asriel et le Maître étaient l'un et l'autre membres du Conseil du Cabinet, l'organe consultatif particulier du Premier Ministre ; mais les réunions du Conseil se déroulaient au Palais, et non pas dans le Salon de Jordan College.

Depuis plusieurs jours, une rumeur faisait chuchoter les domestiques du Collège. On racontait que les Tartares avaient envahi la Moscovie, et qu'ils déferlaient actuellement vers Saint-Pétersbourg au nord, d'où ils pourraient contrôler la mer Baltique et dominer finalement toute l'Europe de l'Ouest. Or, Lord Asriel se trouvait jusqu'à maintenant dans le Grand Nord : la dernière fois qu'elle l'avait vu, il préparait une expédition en Laponie...

– Pan, murmura-t-elle.

– Quoi ?

– Crois-tu qu'il va y avoir la guerre ?

– Pas maintenant. Lord Asriel ne viendrait pas dîner ici si elle devait éclater la semaine prochaine ou dans quinze jours.

– Oui, c'est bien ce que je pensais. Mais plus tard ?

– Chut ! Quelqu'un vient !

Lyra se redressa et approcha son œil de l'entrebâillement de la porte. C'était le Majordome qui venait s'occuper de la lampe comme le lui avait ordonné le Maître. La Salle des Érudits et la Bibliothèque étaient éclairées par une lumière alcaline, mais pour le Salon, les Érudits préféraient les anciennes lampes à naphte. Tant que vivrait le Maître cela ne changerait jamais.

Le Majordome tailla la mèche, ajouta une bûche dans le feu, puis, guettant les bruits venant de la porte du Réfectoire, il s'empara d'une poignée de feuilles dans le pot du nécessaire de fumeur.

À peine avait-il reposé le couvercle que la poignée de l'autre porte tourna, le faisant sursauter nerveusement. Lyra s'efforça de ne pas rire. Le Majordome s'empressa de fourrer les feuilles dans sa poche, avant de faire face à l'intrus.

— Lord Asriel ! s'exclama-t-il, et un frisson de stupeur glacée parcourut l'échine de Lyra.

D'où elle était, elle ne pouvait pas l'apercevoir, et elle dut réprimer son envie de se déplacer pour regarder.

— Bonsoir, Wren, dit Lord Asriel. (Lyra entendait toujours cette voix sévère avec un mélange de plaisir et d'appréhension.) J'arrive trop tard pour le dîner. Je vais attendre ici.

Le Majordome paraissait mal à l'aise. Les hôtes ne pénétraient dans le Salon qu'à l'invitation du Maître, et Lord Asriel le savait, mais le Majordome voyait avec quelle insistance Lord Asriel regardait le gonflement de sa poche et n'osa pas protester.

— Dois-je informer le Maître de votre arrivée, my Lord ?

— Je n'y vois pas d'inconvénient. Vous pourrez également m'apporter du café.

— Très bien, my Lord.

Le Majordome s'inclina et s'empressa de ressortir, suivi de son dæmon qui trottait docilement sur ses talons. L'oncle de Lyra marcha vers la cheminée et étira ses bras au-dessus de sa tête avec un bâillement léonin. Il portait des vêtements de voyage. Comme chaque fois qu'elle le voyait, Lyra songea à quel point il l'effrayait. Plus question désormais de quitter cette cachette sans être vue ; elle devait rester immobile et espérer.

Le dæmon de Lord Asriel, un léopard des neiges, se tenait derrière lui.

— As-tu l'intention de projeter les images ici ? demanda le dæmon.

— Oui. Cela créera moins d'agitation que de se déplacer jusqu'à l'Amphithéâtre. Ils voudront également voir les spécimens ; je ferai venir l'Appariteur dans un instant. L'heure est grave, Stelmaria.

— Tu devrais te reposer.

Lord Asriel s'affala dans un des fauteuils, si bien que Lyra ne vit plus son visage.

— Oui. Il faudrait aussi que je me change. Il existe certainement une ancienne règle de bienséance qui leur permet de m'infliger une amende de douze bouteilles pour être entré ici vêtu de manière incorrecte. Je devrais aussi dormir pendant trois jours. Mais malgré cela…

On frappa à la porte, et le Majordome réapparut avec un plateau en argent sur lequel étaient posées une cafetière et une tasse.

— Merci, Wren, dit Lord Asriel. N'est-ce pas le tokay que j'aperçois sur la table ?

— Le Maître a ordonné qu'il soit décanté spécialement pour vous, my Lord, répondit le Majordome. Il ne reste que trois douzaines de bouteilles de 98.

— Toutes les bonnes choses ont une fin. Posez ce plateau ici, près de moi. Oh, et demandez donc à l'Appariteur d'apporter les deux caisses que j'ai laissées à la Loge, voulez-vous ?

— Ici, my Lord ?

— Oui, ici. J'aurai besoin aussi d'un écran et d'une lanterne de projection. Ici également, et maintenant.

Le Majordome eut le plus grand mal à dissimuler sa stupéfaction, mais il parvint à retenir sa question, ou ses protestations.

– Wren, vous oubliez votre place, dit Lord Asriel. Ne me questionnez pas ; faites simplement ce que je vous demande.

– Très bien, my Lord, répondit le Majordome. Mais si je peux me permettre, peut-être devrais-je avertir M. Cawson de vos projets, my Lord ; sinon, il risque d'être quelque peu décontenancé, si vous voyez ce que je veux dire ?

– Je vois. Prévenez-le, dans ce cas.

M. Cawson était l'Intendant. Il existait entre lui et le Majordome une vieille et profonde rivalité. L'Intendant occupait un poste supérieur, mais le Majordome avait plus souvent l'occasion de s'insinuer dans les bonnes grâces des Érudits, et il ne s'en privait pas. Il se ferait une joie de montrer à l'Intendant qu'il en savait plus que lui sur ce qui se passait dans le Salon.

Il salua et s'en alla. Lyra regarda son oncle se servir une tasse de café, la vider d'un trait, puis s'en servir une deuxième, qu'il but plus lentement. Elle était en émoi. Des caisses de spécimens ? Une lanterne de projection ? Qu'avait-il donc à montrer aux Érudits, qui soit si important et si urgent ?

Soudain, Lord Asriel se leva et tourna le dos à la cheminée. Elle s'émerveilla du contraste qu'il offrait avec le Majordome grassouillet ou les Érudits voûtés et alanguis. Lord Asriel était un homme de grande taille, avec de larges épaules, un visage sombre et féroce, et des yeux pétillants dans lesquels semblait étinceler un rire primitif. C'était le visage d'un homme fait pour dominer ou être combattu, en aucun cas celui de quelqu'un que l'on pouvait traiter avec condescendance ou pitié. Les mouvements de son corps étaient amples, parfaitement équilibrés comme ceux d'un fauve, et, quand il pénétrait dans une pièce comme celle-ci, on aurait dit un animal sauvage enfermé dans une cage trop petite pour lui.

En ce moment, son expression était lointaine, préoccupée. Son dæmon s'approcha de lui et appuya sa tête contre sa hanche ; Lord Asriel le regarda d'un air impénétrable, avant de se retourner pour marcher jusqu'à la table. Lyra sentit soudain son estomac se soulever, car il avait ôté le bouchon de la carafe de tokay et se servait un verre.

—Non !

Ce petit cri lui échappa. Lord Asriel l'entendit et se retourna aussitôt.

—Qui est là ?

Elle ne put s'en empêcher : elle jaillit hors de la penderie et se précipita pour lui arracher le verre qu'il tenait dans sa main. Le vin se renversa, éclaboussant le bord de la table et le tapis, puis le verre tomba et se brisa. Son oncle lui saisit le poignet et le tordit violemment.

—Lyra ! Que diable fais-tu ici ?

—Lâchez-moi et je vous le dirai !

—Je te briserai le bras d'abord. Comment oses-tu pénétrer en ce lieu ?

—Je viens de vous sauver la vie !

Il y eut un moment de silence. Lyra se tordait de douleur mais elle grimaçait pour s'empêcher de crier, tandis que l'homme était penché au-dessus d'elle, le regard noir comme un ciel d'orage.

–Que dis-tu ? demanda-t-il en retrouvant en partie son calme.

–Ce vin est empoisonné, murmura Lyra entre ses dents serrées. J'ai vu le Maître y verser de la poudre.

Il la lâcha. Elle s'effondra sur le plancher, et Pantalaimon voltigea vers elle, inquiet. Son oncle la toisait avec une expression de fureur contenue, et elle n'osait pas croiser son regard.

–J'étais juste venue voir à quoi ressemblait cette pièce, dit-elle. Je sais que je n'aurais pas dû. Je voulais ressortir avant l'arrivée de quelqu'un, mais j'ai entendu le Maître approcher, et je me suis retrouvée prise au piège. Je ne pouvais me cacher que dans la penderie. Et alors, je l'ai vu mettre la poudre dans le vin. Si je n'avais pas…

On frappa à la porte.

–Ce doit être l'Appariteur, dit Lord Asriel. Retourne dans la penderie. Si jamais j'entends le moindre bruit, je te ferai regretter de ne pas être morte.

Elle retourna se cacher à toute vitesse, et à peine eut-elle refermé la porte de la penderie que Lord Asriel lança :

–Entrez !

Comme il l'avait deviné, c'était l'Appariteur.

–Ici, my Lord ?

Lyra vit le vieil homme qui semblait hésiter sur le pas de la porte et, derrière lui, le coin d'une grosse caisse en bois.

–Oui, Shuter. Apportez-les toutes les deux et posez-les près de la table.

Lyra se détendit quelque peu, laissant s'exprimer sa douleur dans l'épaule et le poignet. Cela aurait suffi à lui arracher un cri, si elle avait été du genre à crier. Mais elle serra les dents et bougea doucement le bras, jusqu'à ce qu'il se décontracte.

Et soudain, il y eut un bruit de verre brisé et le glouglou d'un liquide qui s'écoule.

– Bon sang, Shuter, espèce de vieux maladroit ! Regardez ce que vous avez fait !

Lyra entr'aperçut la scène. Son oncle avait réussi à faire tomber la carafe de tokay posée sur la table, en faisant croire que c'était l'Appariteur le responsable. Le vieil homme posa soigneusement la caisse, en bredouillant des excuses.

– Allez donc chercher quelque chose pour nettoyer. Faites vite, avant que le tapis ne soit trempé !

L'Appariteur et son jeune assistant ressortirent en hâte. Lord Asriel s'approcha de la penderie et parla à voix basse.

– Puisque tu es là, tu vas pouvoir te rendre utile. Observe attentivement le Maître quand il entrera. Si tu m'apprends quelque chose d'intéressant à son sujet, je ferai en sorte que tu n'aies pas plus d'ennuis que tu n'en as déjà. C'est compris ?

– Oui, mon oncle.

– Mais si tu fais le moindre bruit, ne compte pas sur mon aide. Tu te débrouilleras seule.

Sur ce, il s'éloigna et tourna de nouveau le dos à la cheminée, tandis que l'Appariteur revenait dans la pièce avec une brosse et une pelle pour ramasser les bouts de verre, une cuvette et un torchon.

– Je ne peux que vous supplier une fois de plus de me pardonner, my Lord ; je ne sais pas ce qui...

– Contentez-vous de nettoyer tout ça.

Alors que l'Appariteur épongeait le vin sur le tapis, le

Majordome frappa à la porte et entra avec le valet de Lord Asriel, un dénommé Thorold. À eux deux, ils portaient une lourde caisse en bois verni, munie de poignées en cuivre. Voyant ce que faisait l'Appariteur, il se figèrent.

— Eh oui, c'était le tokay, commenta Lord Asriel. Quel gâchis. Vous apportez la lanterne ? Posez-la près de la penderie, voulez-vous, Thorold ? Je pense installer l'écran de l'autre côté.

Lyra s'aperçut qu'elle pourrait ainsi voir l'écran, et ce qu'il y avait dessus, par l'entrebâillement de la porte de la penderie, et elle se demanda si son oncle avait choisi cette disposition dans ce but. Profitant du bruit que faisait le valet en déroulant la toile de lin rigide pour la fixer sur son cadre, elle chuchota :

— Tu vois ? On a bien fait de venir, hein ?

— Peut-être que oui, répondit Pantalaimon d'un ton austère, de sa petite voix de papillon de nuit. Peut-être que non.

Debout près de la cheminée, Lord Asriel finissait de siroter son café en regardant d'un œil sombre Thorold ouvrir la caisse de la lanterne de projection et ôter le capuchon de l'objectif, avant de vérifier le réservoir de pétrole.

— Il y a encore plein de pétrole, my Lord, déclara-t-il. Dois-je faire venir un technicien pour manipuler l'appareil ?

— Non, je m'en chargerai. Merci, Thorold. Dites-moi, Wren, ont-ils fini de dîner ?

— Bientôt, je pense, my Lord, répondit le Majordome. Si j'ai bien compris M. Cawson, le Maître et ses hôtes ne seront pas enclins à s'attarder en apprenant que vous êtes ici. Dois-je emporter le plateau du café ?

— Reprenez-le et disposez.

— Très bien, my Lord.

Après s'être incliné le Majordome prit le plateau et quitta la pièce, imité en cela par Thorold. Dès que la porte fut refermée, Lord Asriel se tourna vers la penderie, à l'autre bout de la pièce, et Lyra sentit toute la force de son regard, comme si celui-ci possédait une présence physique, comme si c'était une flèche ou une lance. Puis il détourna la tête et s'adressa à son dæmon, à voix basse.

Celui-ci vint s'asseoir lentement à ses côtés, alerte, élégant et dangereux ; ses yeux verts scrutant la pièce, avant de se tourner, comme les yeux noirs de l'homme, vers la porte du Réfectoire, au moment où la poignée tournait. Lyra ne voyait pas la porte, mais elle entendit un petit hoquet de surprise lorsque le premier homme fit son entrée dans la pièce.

— Bonsoir, Maître, déclara Lord Asriel. Eh oui, je suis de retour. Faites donc entrer vos hôtes ; j'ai quelque chose de très intéressant à vous montrer.

2
Images du Nord

 —Lord Asriel ! s'exclama le Maître d'une voix puissante, en s'avançant pour lui serrer la main.

De sa cachette, Lyra pouvait observer les yeux du Maître et, de fait, elle les vit se diriger, l'espace d'une seconde, vers la table où précédemment on avait posé le tokay.

—Maître, dit Lord Asriel, je suis arrivé trop tard et craignais d'interrompre votre dîner, c'est pourquoi je me suis installé ici. Bonsoir, monsieur le Sous-Recteur. Ravi de vous voir si bien portant. Veuillez excuser mon apparence négligée, mais je viens d'atterrir. Eh oui, Maître, il n'y a plus de tokay. Je crois même que vous marchez dedans. L'Appariteur l'a renversé, mais c'était ma faute. Bonsoir, Aumônier. J'ai lu votre dernier article avec le plus grand intérêt...

Lord Asriel s'éloigna en compagnie de l'Aumônier, ce qui permit à Lyra de distinguer nettement le visage du Maître. Celui-ci demeurait impassible, mais le dæmon posé sur son épaule secouait ses plumes et se balançait nerveusement d'un pied sur l'autre. Déjà, Lord Asriel dominait l'assistance, et bien qu'il prît soin de se montrer courtois envers le Maître, qui était sur son territoire, on sentait où résidait le pouvoir.

Après avoir accueilli le visiteur, les Érudits entrèrent dans la pièce ; certains s'assirent autour de la table, d'autres dans des fauteuils, et bientôt, le bourdonnement des conversations envahit l'atmosphère. Lyra constata qu'ils étaient tous fortement intrigués par la caisse en bois, l'écran et la lanterne. Elle connaissait bien les Érudits : le Bibliothécaire, le Sous-Recteur, le Questeur et les autres ; ces hommes l'avaient entourée toute sa vie, ils avaient fait son éducation, ils l'avaient punie ou consolée, lui avaient offert de petits cadeaux, ou bien l'avaient chassée des arbres fruitiers du Jardin. Ils étaient sa seule famille. Peut-être même aurait-elle pu les considérer comme sa véritable famille si elle avait su ce qu'était une famille mais, dans ce cas, sans doute aurait-elle confié ce rôle aux domestiques du Collège. Les Érudits avaient des choses plus importantes à faire que de s'occuper des sentiments d'une fillette à moitié sauvage, échouée parmi eux par hasard.

Le Maître alluma la lampe à alcool sous le petit poêlon en argent et fit fondre du beurre, avant d'ouvrir en deux une demi-douzaine de têtes de pavots pour les y jeter. On servait toujours du pavot après un festin : en clarifiant les pensées et en stimulant la langue, il favorisait les conversations fertiles. Selon la tradition, le Maître les faisait cuire lui-même.

Profitant du grésillement du beurre fondu et du bourdonnement des discussions, Lyra chercha une position plus confortable. Avec une extrême prudence, elle décrocha une des toges suspendues à un cintre – une longue tunique en fourrure – et l'étala au fond de la penderie.

—Tu aurais dû choisir une vieille toge rêche, murmura Pantalaimon. Si tu es trop bien installée, tu vas t'endormir.

—Dans ce cas, c'est à toi de me réveiller, répliqua-t-elle.

Immobile, elle écouta les conversations. Rien que des discussions fort ennuyeuses en l'occurrence ; presque uniquement des histoires de politique, et la politique de Londres qui plus est, rien d'excitant sur les Tartares. L'odeur de pavot frit s'infiltrait agréablement par la porte entrouverte de la penderie et, plus d'une fois, Lyra se surprit à piquer du nez. Mais finalement, quelqu'un frappa des petits coups sur la table. Toutes les voix se turent, et le Maître prit la parole.

—Messieurs, déclara-t-il, je suis certain de parler en notre nom à tous en souhaitant la bienvenue à Lord Asriel. Ses visites sont rares, mais toujours extrêmement précieuses, et je crois savoir qu'il a une chose particulièrement intéressante à nous montrer ce soir. Nous sommes dans une période de fortes tensions politiques, vous ne l'ignorez pas, et Lord Asriel est attendu demain matin à la première heure à White Hall ; un train se tient prêt à le conduire à Londres à toute vapeur dès que nous aurons terminé notre discussion, aussi devons-nous faire bon usage de notre temps. Quand il aura fini son exposé, je suppose que certains d'entre vous voudront lui poser des questions. Je vous demande d'être concis et direct. Lord Asriel, c'est à vous.

—Merci, Maître. Pour commencer, je voudrais vous montrer quelques diapositives. Monsieur le Sous-Recteur, vous verrez mieux d'ici, je pense. Le Maître voudrait-il prendre le fauteuil près de la penderie ?

Le vieux Sous-Recteur étant quasiment aveugle, la

courtoisie voulait qu'on lui laissât une place tout près de l'écran ; conséquence de ce changement de sièges, le Maître se retrouverait assis à côté du Bibliothécaire, à un mètre seulement de la penderie à l'intérieur de laquelle Lyra était recroquevillée. Alors que le Maître s'installait dans le fauteuil, Lyra l'entendit murmurer :

— Le scélérat ! Il savait, au sujet du vin, j'en suis sûr.

Le Bibliothécaire lui répondit à voix basse :

— Il va réclamer des subventions. S'il impose un vote…

— Dans ce cas, nous devrons nous y opposer, avec toute l'éloquence dont nous sommes capables.

La lanterne se mit à chuinter, actionnée avec vigueur par Lord Asriel. Lyra se déplaça légèrement pour apercevoir l'écran, sur lequel un cercle blanc éclatant venait d'apparaître. Lord Asriel lança :

— Quelqu'un pourrait-il éteindre la lampe ?

Un des Érudits se leva pour s'en charger, et la pièce se retrouva plongée dans la pénombre.

Lord Asriel commença son exposé :

— Comme vous le savez, je me suis rendu dans le Nord, il y a un an de cela, dans le cadre d'une mission diplomatique pour le compte du roi de Laponie. Officiellement, du moins. En vérité, mon but était d'aller plus au nord encore, jusqu'aux glaces, afin d'essayer de découvrir ce qu'il était advenu de l'expédition Grumman. Dans un de ses derniers messages adressés à l'Académie de Berlin, Grumman évoquait un phénomène naturel visible uniquement sur le territoire du Nord. J'étais bien décidé à enquêter, tout en cherchant à recueillir des informations sur le sort de Grumman. Toutefois, la première photo que je vais vous montrer ne concerne pas directement ces deux sujets.

Il déposa la première diapositive dans le chariot et la fit glisser derrière l'objectif. Un photogramme de forme ronde, en noir et blanc très contrasté, apparut sur l'écran. Il avait été pris de nuit, pendant la pleine lune, et montrait une cabane en bois située à quelque distance, dont les murs sombres se détachaient sur la neige qui l'entourait et s'entassait en couche épaisse sur le toit. À côté de la cabane se dressait un ensemble impressionnant d'instruments philosophiques qui, aux yeux de Lyra, semblaient tout droit sortis du parc Anbaric sur la route de Yarnton : des antennes, des câbles, des isolateurs en porcelaine, qui scintillaient dans l'éclat de la lune, recouverts d'un givre épais. Un homme vêtu de fourrures, le visage masqué par la grande capuche de son manteau, se tenait au premier plan, la main levée, comme pour dire bonjour. À ses côtés, on apercevait une silhouette plus petite. Le clair de lune baignait toute la scène d'une lumière blafarde.

– Ce photogramme a été réalisé à partir d'une émulsion standard au nitrate d'argent, expliqua Lord Asriel. J'aimerais vous en montrer un second, pris du même endroit, une minute plus tard, avec une nouvelle émulsion, préparée spécialement.

Il retira la première diapositive du chariot pour la remplacer par une autre. Ce second photogramme était beaucoup plus sombre, comme si l'éclat de la lune avait été filtré. On apercevait encore l'horizon, avec la forme noire de la cabane et son toit couvert de neige qui se détachaient, mais la diversité des instruments disparaissait dans l'obscurité. L'homme, lui, s'était métamorphosé : il était inondé de lumière et une fontaine de particules éclatantes semblait jaillir de sa main levée.

– Cette lumière, là, demanda l'Aumônier, elle monte ou elle descend ?

– Elle descend, répondit Lord Asriel, mais ce n'est pas de la lumière. C'est de la Poussière.

De la manière dont il avait prononcé ce dernier mot, Lyra imagina de la Poussière avec un P majuscule, comme s'il ne s'agissait pas de poussière ordinaire. D'ailleurs, la réaction des Érudits confirma son impression, car les paroles de Lord Asriel provoquèrent soudain un silence général, suivi de quelques hoquets d'incrédulité.

– Mais comment…

– Assurément…

– Il ne peut…

– Messieurs ! s'écria l'Aumônier. Laissez donc Lord Asriel s'expliquer.

– Il s'agit de Poussière, répéta ce dernier. Elle prend l'aspect de la lumière sur la plaque sensible, car les particules de Poussière affectent cette émulsion de la même manière que les photons affectent une émulsion au nitrate d'argent. C'est en partie pour vérifier ce phénomène que mon expédition s'est rendue, initialement, dans le Nord. Comme vous pouvez le constater, la silhouette de cet homme est parfaitement visible. Je vous demanderai maintenant de regarder la forme qui se trouve sur sa gauche.

Il indiqua la forme floue de la plus petite silhouette.

– Je croyais que c'était le dæmon de cet homme, dit le Questeur.

– Non. Au moment de la photo, son dæmon était enroulé autour de son cou, sous l'aspect d'un serpent. Cette silhouette que vous distinguez à peine est en réalité un enfant.

34

– Un morceau d'enfant… ? demanda quelqu'un, et la manière brutale dont il se tut indiqua qu'il savait qu'il n'aurait pas dû dire ça.

Il s'ensuivit un lourd silence.

Puis Lord Asriel répondit, calmement.

– Non, un enfant entier. D'où tout l'intérêt, n'est-ce pas ? Compte tenu de la nature de la Poussière.

Personne ne parla pendant plusieurs secondes. Puis retentit la voix de l'Aumônier.

– Aah, fit-il, tel un homme assoiffé qui, venant de boire tout son soûl, repose son verre et relâche la respiration qu'il retenait pendant qu'il buvait. Et les rayons de Poussière…

– … viennent du ciel, et l'enveloppent comme de la lumière. Vous pourrez examiner cette photo aussi attentivement que vous le souhaitez ; je vous la laisserai en partant. Je vous l'ai montrée pour faire la démonstration des effets de cette nouvelle émulsion. Maintenant, j'aimerais vous présenter une autre photo.

Il changea de diapositive encore une fois. La photo suivante avait été prise de nuit elle aussi, mais sans clair de lune cette fois. On y voyait un petit groupe de tentes au premier plan, se détachant faiblement sur l'horizon bas, et à côté, un empilement désordonné de caisses en bois, avec un traîneau. Mais le principal intérêt de cette photo résidait dans le ciel. Des rayons et des voiles de lumière pendaient tels des rideaux, en boucles et en guirlandes, retenus par des crochets invisibles, à des centaines de kilomètres d'altitude, ou bien flottant en biais, portés par le courant de quelque vent inconcevable.

– Qu'est-ce donc ? demanda le Sous-Recteur.

– Une photo de l'Aurore.

– Très joli photogramme, commenta le professeur Palmérien. Parmi les plus beaux que j'aie jamais vus.

– Pardonnez mon ignorance, dit le vieux Préchantre, de sa voix tremblante, mais si j'ai su un jour ce qu'était l'Aurore, je l'ai oublié. S'agit-il de ce qu'on appelle les Lumières du Nord ?

– Oui. Elle possède plusieurs noms. Elle est composée d'orages de particules chargées et de rayons solaires d'une intensité et d'une force extraordinaires, invisibles en eux-mêmes, mais qui provoquent cette radiation lumineuse lorsqu'ils entrent en contact avec l'atmosphère. Si j'avais eu le temps, j'aurais fait teinter cette photo pour vous montrer les couleurs, du vert pâle et du rose essentielle-ment, avec une touche pourpre tout en bas de cette formation semblable à des rideaux. Il s'agit là d'un cliché réalisé avec une émulsion ordinaire. Je vais maintenant vous montrer une photo prise avec l'émulsion spéciale.

Il retira la diapositive. Lyra entendit le Maître dire à voix basse :

– S'il veut imposer un vote, on pourrait essayer d'évo-quer la clause de résidence. Il n'a pas résidé au Collège pendant au moins trente semaines au cours des cinquante-deux dernières semaines écoulées.

– Il a déjà mis l'Aumônier de son côté... répondit le Bibliothécaire dans un murmure.

Pendant ce temps, Lord Asriel glissait une autre photo dans le chariot de la lanterne. Elle montrait la même scène. Mais, comme avec les deux photos précédentes, la plupart des détails visibles à la lumière ordinaire étaient ici beaucoup plus sombres, à l'instar des rideaux rayonnants dans le ciel.

Toutefois, très haut au-dessus de ce paysage morne, Lyra apercevait une forme compacte. Elle constata que, comme elle, les Érudits assis près de l'écran se penchaient en avant pour mieux voir. Plus elle regardait cette photo, plus son étonnement croissait, car là, dans le ciel, on distinguait bel et bien les contours caractéristiques d'une ville : des tours, des dômes, des murs… des bâtiments et des rues suspendus dans le vide ! Elle faillit pousser un petit cri d'émerveillement.

L'Érudit Cassington dit :

— Ça ressemble à… une ville.

— Exactement, répondit Lord Asriel.

— Une ville d'un autre monde, assurément ? dit le Doyen, une note de mépris dans la voix.

Lord Asriel l'ignora. Un mouvement d'excitation parcourut certains Érudits, comme si, ayant rédigé des traités sur l'existence de la Licorne, sans jamais en voir une, on leur présentait un spécimen vivant qui venait d'être capturé.

— Il s'agit de l'histoire Barnard-Stokes ? demanda le professeur Palmérien. C'est bien cela, n'est-ce pas ?

— C'est justement ce que je veux découvrir, répondit Lord Asriel.

Il se tenait près de l'écran illuminé. Lyra voyait ses yeux sombres se promener parmi les Érudits occupés à scruter la photo de l'Aurore, et la lueur verte des yeux de son dæmon près de lui. Toutes les vénérables têtes se tendaient vers l'écran, leurs lunettes miroitaient ; seuls le Maître et le Bibliothécaire étaient renversés dans leur fauteuil, penchés l'un vers l'autre.

L'Aumônier prit la parole :

37

– Vous cherchiez, nous avez-vous dit, Lord Asriel, à savoir ce qu'était devenue l'expédition Grumman. Le Dr Grumman enquêtait-il sur ce phénomène lui aussi ?

– Je le pense, et je pense également qu'il possédait beaucoup d'informations sur ce sujet. Hélas, il ne pourra pas nous en faire part, car il est mort.

– Oh, non ! s'exclama l'Aumônier.

– J'ai peur que si ; j'en ai d'ailleurs la preuve.

Une onde d'inquiétude mêlée d'excitation parcourut le Salon, tandis que, sous les ordres de Lord Asriel, deux ou trois Érudits, parmi les plus jeunes, transportaient la caisse en bois sur le devant de la pièce. Lord Asriel retira la dernière photo du chariot, en laissant la lanterne allumée, et dans l'éclat théâtral du cercle de lumière, il se pencha pour ouvrir la caisse à l'aide d'un levier. Lyra entendit grincer les clous arrachés au bois humide. Le Maître se leva pour regarder, cachant la vue à Lyra. Son oncle reprit la parole.

– Si vous vous souvenez, l'expédition Grumman a disparu il y a dix-huit mois. L'Académie germanique l'avait envoyée vers le nord afin qu'elle explore le pôle magnétique et qu'elle réalise diverses observations célestes. C'est au cours de ce voyage qu'il put déceler l'étrange phénomène que nous venons de voir. Peu de temps après, il disparut. Nous avons supposé qu'il avait été victime d'un accident et que son corps gisait au fond d'une crevasse. En vérité, il n'y a pas eu d'accident.

– Que nous avez-vous donc apporté ? demanda le Doyen. Est-ce un récipient sous vide ?

Lord Asriel ne répondit pas immédiatement. Lyra entendit le claquement des fermoirs métalliques, suivi d'un sifflement lorsque l'air s'engouffra dans une boîte, puis ce fut le silence. Un silence de courte durée. Après une seconde ou deux jaillit un véritable brouhaha : cris d'horreur, protestations véhémentes, exclamations de colère et de peur.

— Mais qu'est-ce…

— … quasiment pas humain…

— Franchement, je…

— … ce qui lui est arrivé…

La voix du Maître y mit fin brutalement.

— Lord Asriel, que nous apportez-vous là, pour l'amour du ciel ?

— Il s'agit de la tête de Stanislaus Grumman, répondit Lord Asriel.

Par-dessus le vacarme des exclamations, Lyra entendit quelqu'un se précipiter vers la porte et quitter la pièce en poussant des cris de détresse inarticulés. Que n'aurait-elle donné pour voir ce que voyaient les autres !

Lord Asriel reprit :

— J'ai découvert son corps conservé dans la glace près de Svalbard. Ses assassins ont infligé à sa tête le traitement que vous voyez. Vous remarquerez la manière caractéristique de scalper la victime. Monsieur le Sous-Recteur, elle vous est familière, je suppose.

Le vieil homme répondit d'une voix ferme.

— Oui, j'ai vu les Tartares pratiquer ce genre de chose. C'est une technique que l'on trouve parmi les aborigènes de Sibérie et chez les Toungouses. De là, évidemment, elle s'étend jusqu'aux terres des Skraelings, même si, crois-je savoir, elle est aujourd'hui interdite au Nouveau Danemark. Puis-je examiner la tête de plus près, Lord Asriel ?

Après un court silence, il ajouta :

— Ma vue n'est plus très bonne, et la glace est sale, mais il me semble apercevoir un trou au sommet du crâne. Me trompé-je ?

— Absolument pas.

— Trépanation ?

— Exactement.

Cette réponse provoqua un murmure d'excitation. Le Maître se déplaça, et Lyra put enfin voir de nouveau. Le vieux Sous-Recteur, debout dans le cercle de lumière projeté par la lanterne, tenait un gros bloc de glace devant son visage, et Lyra put distinguer la chose qui se trouvait à l'intérieur : une masse sanglante qui ressemblait très vaguement à une tête humaine. Pantalaimon voltigeait autour de Lyra, que cette agitation agaçait.

— Chut, fit-elle. Écoute.

— Le Dr Grumman compta naguère parmi les Érudits de ce Collège, déclara le Doyen avec ferveur.

— Finir entre les mains des Tartares…

— Aussi loin au nord ?

— Sans doute ont-ils pénétré plus profondément qu'on ne l'imaginait !

— Avez-vous dit que vous l'aviez découvert près de Svalbard ? demanda le Doyen.

— C'est cela même.

— Doit-on en conclure que les panserbjornes sont mêlés à cette histoire ?

Lyra ne connaissait pas ce mot, mais visiblement, les Érudits, eux, le connaissaient.

— Impossible, déclara l'Érudit Cassington. Ce n'est pas dans leurs habitudes.

— C'est que vous ne connaissez pas Iofur Raknison,

rétorqua le professeur Palmérien, qui avait lui-même effectué plusieurs expéditions dans les régions arctiques. Je ne serais pas du tout surpris d'apprendre qu'il s'est mis à scalper les gens, à la manière des Tartares.

Lyra regarda de nouveau son oncle, qui observait les Érudits, avec dans les yeux une lueur d'amusement sardonique, sans rien dire.

– Qui est ce Iofur Raknison ? demanda quelqu'un.

– Le roi de Svalbard, répondit le professeur Palmérien. Oui, exactement, un des panserbjornes. Une sorte d'usurpateur ; il a accédé au trône par la ruse, ai-je entendu dire, mais c'est un individu puissant, nullement un imbécile, en dépit de ses caprices grotesques, comme se faire construire un palais avec du marbre importé, et installer ce qu'il appelle une université…

– Pour qui ? Pour les ours ? demanda quelqu'un, et tout le monde éclata de rire.

Mais le professeur Palmérien poursuivit :

– Quoi qu'il en soit, je vous affirme que Iofur Raknison serait tout à fait capable d'infliger pareil sort à Grumman. Toutefois, il serait possible, si besoin était, de l'inciter à changer de comportement.

– Et vous savez comment faire, n'est-ce pas, Trelawney ? demanda le Doyen d'un ton ricaneur.

– Parfaitement. Savez-vous ce qu'il aimerait par-dessus tout ? Encore plus qu'un grade *honoris causa* ? Il voudrait un dæmon ! Trouvez un moyen de lui donner un dæmon, et il fera n'importe quoi pour vous.

Les Érudits rirent de bon cœur. Lyra suivait cette conversation avec perplexité ; les propos du professeur Palmérien n'avaient aucun sens. En outre, elle avait hâte d'en

41

savoir plus sur cette histoire de scalp, les Lumières du Nord et cette mystérieuse Poussière. Aussi fut-elle déçue, car Lord Asriel avait fini de montrer ses reliques et ses photos, et la discussion prit rapidement un tour de dispute universitaire, pour savoir s'il fallait, oui ou non, lui donner de l'argent afin de financer une nouvelle expédition. Les deux camps échangeaient leurs arguments tour à tour, et Lyra sentit ses yeux se fermer. Bientôt, elle s'endormit, avec Pantalaimon lové autour de son cou, sous sa forme préférée pour dormir, celle d'une hermine.

Elle se réveilla en sursaut lorsque quelqu'un la secoua par l'épaule.

— Chut, fit son oncle.

La porte de la penderie était ouverte ; il était accroupi devant elle, à contre-jour.

— Ils sont tous partis, mais il y a encore des domestiques dans les parages. Retourne dans ta chambre, et surtout, prends soin de ne rien dire à personne.

— Ont-ils décidé de vous donner de l'argent finalement ? demanda-t-elle d'une voix endormie.

— Oui.

— C'est quoi, cette Poussière ?

Elle avait du mal à se relever après être restée coincée aussi longtemps.

— Ça ne te regarde pas.

— Si, justement ! Vous avez voulu que j'espionne dans la penderie, il faut m'expliquer pourquoi j'espionne. Dites, je peux voir la tête de l'homme ?

La fourrure d'hermine blanche de Pantalaimon se hérissa ; Lyra la sentit qui lui chatouillait le cou. Lord Asriel pouffa.

– Allons, pas de vulgarité, répondit-il, et il entreprit de ranger ses diapositives et sa boîte à prélèvements. As-tu observé le Maître ?

– Oui, et la première chose qu'il a faite, c'est de chercher le vin.

– Parfait. J'ai contrecarré ses plans pour l'instant. Allons, obéis, va te coucher.

– Mais vous, qu'allez-vous faire ?

– Je retourne dans le Nord. Je pars dans dix minutes.

– Je peux venir ?

Lord Asriel interrompit ce qu'il était en train de faire et la regarda comme s'il la voyait pour la première fois. Son dæmon posa lui aussi ses grands yeux verts de léopard sur elle et, sous ce double regard pénétrant, Lyra se sentit rougir. Malgré tout, elle refusa de baisser la tête.

– Ta place est ici, répondit finalement son oncle.

– Pourquoi ? Pourquoi ma place est-elle ici ? Pourquoi ne puis-je pas aller dans le Nord avec vous ? Je veux voir les Lumières du Nord, les ours et les icebergs, et tout le reste. Je veux savoir ce qu'est cette Poussière. Et cette ville flottante. Est-ce un autre monde ?

– Tu ne viendras pas avec moi, petite. Sors-toi cette idée de la tête ; on traverse une période trop dangereuse. Fais ce qu'on te dit, va te coucher, et si tu es une gentille fille, je te rapporterai une défense de morse avec des dessins esquimaux gravés dessus. Cesse de discuter ou je vais me mettre en colère.

Son dæmon poussa un grognement rauque et sauvage, et Lyra imagina soudain des crocs se refermant sur sa gorge.

Les lèvres pincées, elle jeta un regard noir à son oncle. Il pompait l'air du container sous vide, sans faire attention à elle ; comme s'il l'avait déjà oubliée. Sans un mot, mais les dents serrées et les sourcils froncés, la fillette, accompagnée de son dæmon, partit se coucher.

Le Maître et le Bibliothécaire étaient de vieux amis et alliés ; ils avaient l'habitude, après un moment difficile, de boire un verre de brantwijn pour se réconforter mutuellement. Aussi, après avoir salué Lord Asriel, ils se rendirent d'un pas lent dans les Appartements du Maître et s'installèrent dans le bureau, où les rideaux étaient tirés et le feu ranimé ; leurs dæmons occupant leurs places habituelles, sur les genoux ou les épaules, et là, ils réfléchirent à tout ce qui s'était passé.

— Croyez-vous vraiment qu'il était au courant pour le vin ? demanda le Bibliothécaire.

— Évidemment ! Je ne sais pas comment, mais il savait, et c'est lui qui a renversé la carafe. Bien sûr qu'il savait !

— Pardonnez-moi, Maître, mais je ne peux m'empêcher d'éprouver du soulagement. Je n'ai jamais aimé cette idée de…

— D'empoisonnement ?

— Oui. L'idée du meurtre.

— Personne n'aime cette idée, Charles. La question était de savoir si le fait de commettre cet acte était plus terrible que les conséquences de notre inaction. Eh bien, la Providence est intervenue, et la chose n'a pas eu lieu. Je regrette simplement de vous avoir fait supporter le poids de ce secret.

— Non, non, protesta le Bibliothécaire. Mais j'aurais aimé que vous m'en disiez plus.

Le Maître resta muet un moment, avant de répondre.

– Oui, peut-être aurais-je dû. L'aléthiomètre prédit des conséquences effroyables si Lord Asriel poursuit ses recherches. Abstraction faite de tout le reste, l'enfant se trouvera entraînée dans cette histoire, or, je veux la protéger le plus longtemps possible.

– Le projet de Lord Asriel a-t-il un rapport avec cette nouvelle initiative de la Cour de Discipline Consistoriale ? Comment appellent-ils cela déjà ? Le Conseil d'Oblation ?

– Lord Asriel… ? Non, non. Bien au contraire. En outre, le Conseil d'Oblation ne dépend pas entièrement de la Cour Consistoriale. Il s'agit d'une initiative semi-privée, menée par une personne qui ne porte pas Lord Asriel dans son cœur. Entre ces deux-là, Charles, je tremble.

Le Bibliothécaire resta muet à son tour. Depuis que le pape Jean Calvin avait transféré le siège de la Papauté à Genève et instauré la Cour de Discipline Consistoriale, l'Église exerçait un pouvoir absolu sur tous les aspects de la vie quotidienne. La Papauté elle-même avait été abolie après la mort de Calvin, et à sa place s'était développé un fouillis de cours, de collèges et de conseils, rassemblés sous le nom de Magisterium. Ces organes n'étaient pas toujours unis ; parfois apparaissait une rivalité entre eux. Durant la majeure partie du siècle précédent, le plus puissant de tous fut le Collège des Évêques, mais depuis quelques années, la Cour de Discipline l'avait remplacé et était devenue le corps de l'Église le plus actif et le plus redouté.

Malgré tout, des organes indépendants pouvaient encore voir le jour sous la protection d'une autre branche du Magisterium, et le Conseil d'Oblation, auquel le Bibliothécaire avait fait allusion, en était un exemple. Le Bibliothécaire ne savait pas grand-chose à son sujet, mais ce qu'il avait entendu dire le rebutait et l'effrayait, voilà pourquoi il partageait pleinement les inquiétudes du Maître.

— Le professeur Palmérien a mentionné un nom, dit-il au bout d'une minute ou deux. Barnard-Stokes ? Quelle est donc cette histoire de Barnard-Stokes ?

— Ah, ce n'est pas notre domaine, Charles. Si j'ai bien compris, la Sainte Église nous enseigne qu'il existe deux mondes : celui de toutes les choses que nous pouvons entendre et toucher, et un autre monde, le monde spirituel du ciel et de l'enfer. Barnard et Stokes étaient deux — comment dire ? — théologiens renégats qui posèrent comme hypothèse l'existence de nombreux autres mondes semblables à celui-ci, ni ciel ni enfer, mais des mondes matériels, souillés par le péché. Tout proches de nous, mais invisibles et inaccessibles. La Sainte Église a tout naturellement réfuté cette hérésie abominable, et Barnard et Stokes furent réduits au silence.

… Mais malheureusement pour le Magisterium, il semblerait qu'il existe de solides arguments mathématiques pour soutenir cette théorie des autres mondes. Personnellement, je ne les ai pas étudiés, mais l'Érudit Cassington m'affirme qu'ils sont fondés.

— Et voilà que Lord Asriel a photographié un de ces mondes, dit le Bibliothécaire. Et nous lui avons accordé une subvention pour partir à sa recherche. Je comprends.

— Exactement. Aux yeux du Conseil d'Oblation et de ses puissants protecteurs, le collège Jordan va passer pour un foyer de soutien à l'hérésie. Or, entre la Cour Consistoriale et le Conseil d'Oblation, je me dois de maintenir un équilibre, Charles, et pendant ce temps, l'enfant grandit. Ils ne l'auront pas oubliée. Tôt ou tard, elle se serait

retrouvée impliquée, mais maintenant, elle va être entraînée dans cette histoire, même si je cherche à la protéger.

— Mais comment le savez-vous, bon sang ? Encore l'aléthiomètre ?

— Oui. Lyra a un rôle à jouer dans tout cela, et un rôle
capital. L'ironie de la chose, c'est qu'elle doit accomplir sa
tâche sans en avoir conscience. Mais elle peut être aidée,
et si mon plan avec le tokay avait fonctionné, elle serait
restée à l'abri un peu plus longtemps. Je lui aurais épargné
un voyage dans le Nord. Plus que tout, je regrette de ne pas
avoir pu lui expliquer que…

— Elle ne vous aurait pas écouté, dit le Bibliothécaire. Je
la connais bien, hélas. Essayez de lui parler sérieusement ;
elle vous écoute d'une seule oreille pendant cinq minutes,
et elle commence à s'agiter. Interrogez-la la fois suivante
sur ce sujet, elle aura tout oublié.

— Et si je lui parlais de la Poussière ? Vous ne croyez pas
qu'elle m'écouterait ?

Le Bibliothécaire répondit par un petit bruit indiquant
que cela lui paraissait peu probable.

— Pourquoi diable vous écouterait-elle ? dit-il. Pourquoi
une lointaine énigme théologique intéresserait-elle une
enfant robuste et insouciante ?

— À cause de ce qu'elle va devoir vivre. Son expérience
comporte une grande trahison…

— Qui donc va la trahir ?

— C'est là le plus triste : c'est elle-même qui se trahira, et
ce sera une terrible épreuve. Elle ne doit pas le savoir, évidemment, mais rien n'interdit de lui enseigner le problème
de la Poussière. Et peut-être avez-vous tort, Charles,
peut-être pourrait-elle s'y intéresser, si on lui expliquait

la chose de manière simple. Cela pourrait lui servir plus tard. En tout cas, cela m'aiderait à me faire moins de souci à son sujet.

— Tel est le devoir des gens âgés, dit le Bibliothécaire. Se faire du souci pour les jeunes. Et le devoir des jeunes est de railler l'inquiétude des vieux.

Ils restèrent assis encore un moment dans le bureau, puis se séparèrent, car il se faisait tard, et ils étaient vieux et inquiets.

3
Lyra au Collège

Jordan College était l'établissement le plus prestigieux et le plus riche de l'université d'Oxford. C'était sans doute aussi le plus grand, bien que personne ne pût l'affirmer avec certitude. Les bâtiments, regroupés autour de trois cours de formes irrégulières, dataient de toutes les époques comprises entre le Moyen Âge et le milieu du XVIIIᵉ siècle. Le Collège s'était développé morceau par morceau, indépendamment de tout plan d'ensemble, si bien que le passé et le présent se chevauchaient en chaque lieu, créant une impression de splendeur désordonnée et poussiéreuse. Il y avait toujours une partie qui menaçait de s'écrouler, et depuis cinq générations, la même famille, les Parslow, était employée à temps plein par le Collège, pour tous les travaux de maçonnerie et de ravalement. L'actuel M. Parslow enseignait le métier à son fils ; tous les deux, aidés par trois ouvriers, s'activaient, telles des termites travailleuses, sur les échafaudages qu'ils avaient érigés au coin de la Bibliothèque, ou au-dessus du toit de la Chapelle, et hissaient de gros blocs de pierre éclatants, des rouleaux de plomb brillants ou des poutres en bois.

Jordan College possédait des fermes et des terres dans tout le royaume de Britannia. Et l'on disait qu'il était possible de marcher d'Oxford à Bristol, dans un sens, et d'Oxford à Londres, dans l'autre sens, sans jamais quitter le domaine du Collège. Dans chaque coin du royaume, des teintureries et des briqueteries, des forêts et des usines payaient un loyer à Jordan College, et le jour du terme, l'Intendant et ses employés additionnaient les sommes, annonçaient le total au Conseil, et commandaient un couple de cygnes pour le Banquet. Une partie de cet argent était réinvestie – le Concilium venait d'approuver l'achat d'un immeuble de bureaux à Manchester –, le reste servait à payer les modestes traitements des Érudits et les gages des serviteurs (sans oublier les Parslow, et la douzaine d'autres familles d'artisans et de marchands qui travaillaient pour le Collège), à approvisionner richement la cave, à acheter des livres et des ambarographes pour la gigantesque Bibliothèque qui occupait tout un côté de la Cour Melrose, et s'enfonçait dans le sol, tel un terrier, sur plusieurs niveaux ; et surtout, cet argent servait à acheter les tout derniers instruments philosophiques destinés à équiper la Chapelle.

Il était important que la Chapelle reste à la pointe du progrès, car Jordan College ne possédait aucun rival, que ce soit en Europe ou dans la Nouvelle France, en tant que centre de théologie expérimentale. Voilà au moins une chose que Lyra savait. Fière de la prédominance de son collège, elle aimait se vanter devant les galopins et les va-nu-pieds avec lesquels elle jouait près du Canal ou des carrières d'argile ; et elle regardait tous les étudiants et les éminents professeurs venus d'ailleurs avec un mépris chargé de pitié, car ils n'appartenaient pas à Jordan College et savaient forcément moins de choses que le plus modeste débutant de cet établissement.

Quant à la théologie expérimentale, Lyra, pas plus que ses camarades, ne savait de quoi il s'agissait. Elle avait fini par supposer qu'il était question de magie, du mouvement des étoiles et des planètes, des minuscules particules de matière, mais ce n'était là, en vérité, que des suppositions. Les étoiles possédaient certainement des dæmons, à l'instar des humains, et la théologie expérimentale avait pour but de leur parler. Lyra imaginait l'Aumônier s'exprimant d'un ton dédaigneux, écoutant les remarques des dæmons des étoiles, puis opinant du chef judicieusement, ou secouant la tête à regret. Mais elle ne pouvait concevoir ce qu'ils se disaient.

D'ailleurs, cela ne l'intéressait pas particulièrement. Par bien des côtés, Lyra était une barbare. Ce qu'elle aimait par-dessus tout, c'était escalader les toits du Collège avec Roger, le marmiton, son meilleur ami, et cracher des noyaux de prune sur la tête des Érudits qui passaient en dessous, ou imiter les ululements de la chouette derrière une fenêtre, pendant que se déroulait un cours ; ou encore courir à toute allure dans les rues étroites de la ville, voler des pommes sur le marché, ou livrer bataille. De même que Lyra ignorait tout des courants souterrains qui régissaient la politique de Jordan College, les Érudits, pour leur part, auraient été incapables de percevoir le foisonnement d'alliances, de rivalités, de querelles et de traités qui constituait une vie d'enfant à Oxford. Des enfants qui jouent, quoi de plus agréable à regarder ! Qu'y avait-il de plus innocent, de plus charmant ?

En vérité, Lyra et ses semblables se livraient une guerre

sans pitié. Pour commencer, tous les enfants d'un même collège (les jeunes domestiques, les enfants des domestiques et Lyra) affrontaient les enfants d'un autre collège. Mais cette hostilité était vite oubliée quand les enfants de la ville attaquaient un collégien ; alors, tous les collèges se liguaient pour partir en guerre contre les citadins. Cette rivalité, vieille de plusieurs centaines d'années, était aussi profonde que jubilatoire.

Pourtant, elle-même disparaissait quand les autres ennemis se faisaient menaçants. Parmi eux figurait un adversaire permanent ; il s'agissait des enfants des briquetiers qui vivaient près des carrières d'argile, méprisés par les enfants des collèges aussi bien que par ceux de la ville. L'année précédente, Lyra et certains enfants de la ville avaient conclu une trêve pour lancer une attaque sur les briquetiers, bombardant les enfants des carrières avec des boules de terre glaise et détruisant le château tout mou qu'ils avaient construit, avant de les rouler pendant un bon moment dans cette substance visqueuse près de laquelle ils vivaient, si bien qu'à la fin du combat, vainqueurs et vaincus ressemblaient à un troupeau de golems vociférants.

Le second ennemi était saisonnier. Les familles de gitans qui vivaient sur des péniches arrivaient et repartaient au gré des foires de printemps et d'automne, et constituaient toujours des adversaires de choix. Il y avait en particulier une famille de gitans qui revenait régulièrement s'amarrer au même endroit, dans cette partie de la ville baptisée Jericho, et contre laquelle Lyra se battait depuis qu'elle avait l'âge de lancer une pierre. Lors de leur dernière visite à Oxford, Roger et elle, aidés d'autres garçons de cuisine des deux collèges Jordan et St Michael, leur avaient tendu une embuscade, bombardant de boue leur péniche peinte de couleurs vives, jusqu'à ce que toute la famille saute à terre pour les pourchasser. Une deuxième escouade, commandée par Lyra, en avait alors profité pour se lancer à l'assaut et larguer les amarres de la péniche, qui s'était mise à dériver sur le canal, entravant toute la circulation fluviale, pendant que la bande de pirates de Lyra fouillait l'embarcation de fond en comble, à la recherche de la fameuse bonde. Lyra croyait fermement à l'existence de cette bonde. S'ils la retiraient, avait-elle expliqué à ses troupes, la péniche coulerait à pic. Hélas, ils ne trouvèrent aucune bonde et durent abandonner le bateau lorsque les gitans les rattrapèrent enfin, pour s'enfuir à travers les ruelles de Jericho, trempés et poussant des cris triomphants.

Tel était l'univers de Lyra, et son bonheur. Malgré tout, elle avait toujours eu le sentiment confus que son univers était plus vaste, qu'une partie d'elle-même appartenait également à la splendeur et au rituel de Jordan College, et que quelque part dans sa vie, il existait un lien avec le monde élevé de la politique, incarné par Lord Asriel. Mais cette certitude ne lui servait qu'à se donner de grands airs devant les autres gamins. Jamais elle n'avait eu l'idée de chercher à en savoir plus.

Ainsi avait-elle vécu toute son enfance, comme une sorte de chat à moitié sauvage. Seules les visites irrégulières de Lord Asriel venaient briser la routine de ses journées. Un oncle riche et puissant, c'était parfait pour se vanter, mais ce privilège avait un prix : se faire attraper par le plus agile des Érudits, qui l'emmenait aussitôt chez la Gouvernante pour qu'on la lave et lui enfile une robe propre, après quoi, on la conduisait (avec force menaces) dans la Salle des Professeurs pour prendre le thé avec Lord Asriel. Un petit groupe d'Érudits, parmi les plus anciens, était également invité. Lyra s'affalait au fond d'un fauteuil, l'air rebelle, jusqu'à ce que le Maître lui ordonne sèchement de se tenir droite ; alors, elle les foudroyait tous du regard, et l'Aumônier lui-même ne pouvait s'empêcher de rire.

Le cérémonial ne variait jamais lors de ces visites formelles, embarrassantes. Après le thé, le Maître et les quelques Érudits qui avaient été invités laissaient Lyra et son oncle en tête à tête ; alors, celui-ci la faisait venir devant lui et lui demandait ce qu'elle avait appris depuis sa dernière visite.

Lyra récitait, en marmonnant, quelques vagues notions de géométrie, d'arabe, d'histoire ou d'ambarologie, pendant que son oncle, assis au fond de son siège, les jambes croisées, l'observait d'un air impassible, jusqu'à ce qu'elle ne sache plus quoi dire.

L'année dernière, avant d'entreprendre son expédition vers le nord, il lui avait alors demandé :

— Comment occupes-tu ton temps lorsque tu n'es pas absorbée par tes études ?

— Je… je m'amuse, bafouilla-t-elle. Dans le Collège. Je… je m'amuse, quoi.

— Fais-moi voir tes mains.

Lyra tendit les mains ; son oncle les prit dans les siennes et les retourna pour examiner les ongles. À côté de lui, son dæmon, allongé sur le tapis sous l'aspect d'un sphinx, battait parfois de la queue en observant fixement Lyra.

— Elles sont sales, commenta Lord Asriel en repoussant

les mains de la fillette. On ne t'oblige donc pas à te laver, ici ?

—Si, si, dit-elle. Mais l'Aumônier a toujours les ongles noirs. Ils sont même plus sales que les miens.

—C'est un savant. Quelle est ton excuse ?

—Sans doute que je me suis sali les mains après les avoir lavées.

—Où vas-tu jouer pour être aussi sale ?

Lyra lui jeta un regard méfiant. Elle avait le sentiment que monter sur le toit était interdit, bien que personne le lui ait jamais dit clairement.

—Dans des vieilles salles, répondit-elle.

—Et puis ?

—Dans les carrières d'argile, des fois.

—Et ?

—À Jericho et Port Meadow.

—C'est tout ?

—Oui.

—Tu es une menteuse. Je t'ai vue sur le toit, pas plus tard qu'hier.

Elle se mordit la lèvre, sans répondre. Son oncle l'observait d'un air sardonique.

—Donc, tu joues aussi sur le toit, reprit-il. Vas-tu dans la Bibliothèque parfois ?

—Non. Mais j'ai trouvé un corbeau sur le toit de la Bibliothèque.

—Ah oui ? Et tu l'as attrapé ?

—Il était blessé à une patte. Je voulais le tuer et le faire rôtir, mais Roger a dit qu'il fallait le soigner. Alors, on lui a donné des restes de nourriture et du vin ; il s'est rétabli et s'est envolé.

– Qui est ce Roger ?

– Mon ami. Le garçon des Cuisines.

– Je vois. Donc, tu te promènes sur tous les toits…

– Non, pas tous. On ne peut pas grimper sur le Bâtiment Sheldon, parce qu'il faudrait sauter de la Tour des Pèlerins, au-dessus du vide. Il y a bien une lucarne qui donne sur le toit, mais malheureusement, je suis trop petite pour l'atteindre.

– Tu es donc montée sur tous les toits, sauf sur celui du Bâtiment Sheldon. Et les sous-sols ?

– Les sous-sols ?

– Jordan College est aussi étendu sous terre qu'en surface. Je m'étonne que tu ne l'aies pas encore découvert… Enfin bref, je repars dans un instant. Tu m'as l'air en bonne santé. Tiens.

Plongeant la main dans sa poche, il en sortit une poignée de pièces de monnaie, parmi lesquelles il piocha cinq dollars en or qu'il lui donna.

– On ne t'a pas appris à dire merci ?

– Merci, marmonna-t-elle.

– Es-tu obéissante avec le Maître ?

– Oh, oui.

– Est-ce que tu respectes les Érudits ?

– Oui.

Le dæmon de Lord Asriel laissa échapper un ricanement. Il ne s'était pas manifesté jusqu'à maintenant, et Lyra se sentit rougir.

– Va jouer, lui dit Lord Asriel.

Lyra tourna les talons et fonça vers la porte, soulagée, puis elle se souvint, et elle se retourna pour lancer un « Au revoir ! ».

Ainsi se déroulait la vie de Lyra à Jordan College, jus-qu'à ce jour où elle décida de se cacher dans le Salon, et entendit parler pour la première fois de la Poussière.

Évidemment, le Bibliothécaire avait tort de dire au Maître que ce sujet ne l'aurait pas intéressée ; au contraire, elle aurait écouté avec beaucoup d'attention quiconque pouvait lui parler de la Poussière. Au cours des mois qui allaient suivre elle en apprendrait beaucoup plus et, pour finir, elle en saurait davantage sur la Poussière que n'im-porte qui sur terre ; mais en attendant, la vie trépidante du Collège continuait à se dérouler autour d'elle.

Quoi qu'il en soit, un autre sujet occupait ses pensées. Depuis quelques semaines une rumeur circulait en ville ; cette rumeur faisait rire certaines personnes et trembler les autres, tout comme il existait des gens qui se moquaient des fantômes, alors que d'autres en avaient peur. Pour une raison mystérieuse, que nul ne pouvait expliquer, des enfants avaient commencé à disparaître.

Voici comment cela se passait.

À l'est, en longeant l'immense cours du fleuve Isis, encombré de péniches transportant des briques, de bateaux chargés d'asphalte et de tankers remplis de maïs, qui avancent lentement, au-delà de Henley et Maiden-head, en direction de Teddington, là où s'enfoncent les eaux de l'Océan Allemand, et plus loin encore : à Mortlake, au-delà de la maison du grand magicien, le Dr Dree, au-delà de Falkeshall, où s'étendent les jardins d'agrément, illuminés de fontaines et d'étendards dans la journée, de lampions et de lanternes la nuit ; au-delà de White Hall Palace, où le Roi réunit chaque semaine son

Conseil d'État ; au-delà de la Shot Tower, qui déverse en permanence son crachin de plomb fondu dans des cuves d'eau boueuse ; encore plus loin, là où le fleuve, large et sale à cet endroit, décrit une longue courbe vers le sud…

Là se trouvent Limehouse, et l'enfant qui va disparaître.

Il s'appelle Tony Makarios. Sa mère pense qu'il a neuf ans, mais elle a une mémoire défaillante, rongée par la boisson ; peut-être a-t-il huit ans, ou dix. On le surnomme le Grec mais, comme pour son nom, il s'agit d'une simple supposition de la part de sa mère, car en vérité il ressemble plus à un Chinois qu'à un Grec, et il y a en lui du sang d'Irlandais, de Skraeling et de Lascar, hérité de sa mère. Tony n'est pas très intelligent, mais il possède une sorte de tendresse maladroite qui, parfois, le pousse à étreindre sa mère de manière brutale pour déposer un baiser collant sur ses joues. La pauvre femme est généralement trop éméchée pour prendre l'initiative d'un tel geste, ce qui ne l'empêche pas de réagir avec une certaine chaleur, lorsqu'elle comprend enfin ce qui se passe.

Tony traîne au marché de Pie Street. Il a faim. On est en début de soirée, et il sait qu'il n'aura pas à manger chez lui. Il a un shilling dans sa poche, que lui a donné un soldat pour avoir porté un message à sa petite amie, mais pas question de le dépenser pour acheter de la nourriture, alors qu'il suffit de se servir !

C'est pourquoi il déambule dans les allées du marché, entre les stands de vêtements usagés, les marchands de fruits et les vendeurs de poisson frit, avec son petit dæmon sur l'épaule, un moineau, qui jette des regards de tous les côtés. Dès qu'un commerçant et son dæmon tournent la tête, il émet un petit gazouillis. Alors, la main de Tony jaillit et revient aussitôt se glisser sous sa chemise ample, avec une pomme, une poignée de noix, et pour finir, une tourte chaude.

Mais le commerçant s'en aperçoit; il se met à vociférer, et son dæmon-chat bondit, mais le moineau de Tony s'est envolé, et Tony lui-même est déjà presque arrivé au bout de la rue. Les injures et les imprécations font avec lui un bout de chemin. Arrivé au pied de l'Oratoire Sainte-Catherine, il s'arrête, s'assoit sur les marches et sort son butin fumant et tout écrasé, laissant une traînée de jus de viande sur sa chemise.

On l'observe. Une dame vêtue d'un long manteau de renard roux et jaune, une jeune et jolie femme dont les cheveux bruns lustrés brillent sous sa capuche doublée de fourrure, se tient dans l'ombre de l'Oratoire, quelques marches au-dessus de lui. On pourrait penser qu'un office s'achève, car une lumière éclaire le seuil de l'Oratoire, et à l'intérieur, un orgue joue; la femme tient à la main un bréviaire orné de pierres précieuses.

Mais Tony, lui, ignore tout cela. Le visage enfoui dans sa tourte, assis sur les marches, les orteils recroquevillés, ses pieds nus collés l'un contre l'autre, il mâchonne, tandis que son dæmon prend l'apparence d'une souris et se lisse les moustaches.

Le dæmon de la jeune femme émerge de sous le manteau de renard. Il a l'apparence d'un singe, mais pas n'importe lequel : c'est un singe avec un long pelage soyeux, d'une couleur dorée intense et chatoyante. Ondulant avec grâce, il descend pas à pas les marches et vient s'asseoir juste derrière l'enfant.

La souris sent une présence ; elle redevient moineau, tourne légèrement la tête sur le côté et sautille sur les marches de pierre.

Le singe observe le moineau ; le moineau observe le singe.

Le singe tend lentement le bras. Sa petite main est toute noire ; ses ongles ressemblent à des griffes ; ses gestes sont doux et engageants. Le moineau ne peut résister. Il continue d'avancer par petits bonds ; il sautille, il sautille... et d'un battement d'ailes, il saute dans la main du singe.

Le primate le soulève et l'observe attentivement, avant de se relever et de faire demi-tour pour rejoindre son humain, en emportant le dæmon-moineau. La femme penche sa tête parfumée et murmure quelques mots.

Tony se retourne. C'est plus fort que lui.

— Ratter ! s'écrie-t-il la bouche pleine, un peu inquiet.

Le moineau répond par un gazouillis. C'est que tout va bien. Tony avale sa bouchée de tourte, en regardant fixement devant lui.

— Bonjour, dit la belle dame. Comment t'appelles-tu ?

— Tony.

— Où habites-tu, Tony ?

— À Clarice Walk.

— Qu'y a-t-il dans cette tourte ?

— Du steak.

— Tu aimes le chocolat ?

— Oh oui !

— Il se trouve que j'ai plus de chocolat que je ne peux en boire à moi seule. Veux-tu m'aider ?

À ce moment-là, Tony est déjà perdu. Il était perdu dès

le moment où son dæmon faible d'esprit a sauté dans la main du singe. Il suit la jolie femme dans Denmark Street, ils longent le Quai du Pendu, ils descendent l'escalier du Roi George pour atteindre finalement une petite porte verte, découpée dans le flanc d'un immense entrepôt. La femme frappe à la porte, celle-ci s'ouvre ; ils entrent et elle se referme. Tony ne ressortira jamais de cet endroit, du moins, pas par cette porte ; et il ne reverra jamais sa mère. Cette dernière, pauvre créature avinée, pensera qu'il a fait une fugue, et chaque fois qu'elle se souviendra de lui, convaincue qu'il est parti à cause d'elle, elle pleurera toutes les larmes de son cœur brisé.

Le petit Tony Makarios n'était pas le seul enfant à avoir été capturé par la femme au singe doré. Il découvrit dans la cave de l'entrepôt une douzaine d'autres enfants, des garçons et des filles, dont aucun n'avait plus de douze ou treize ans, même si, comme lui, ils ignoraient quel était leur âge exact. Mais Tony ne remarqua pas, bien évidemment, l'autre point commun qu'ils partageaient tous. Aucun des enfants réunis dans cette cave chaude et moite n'avait encore atteint la puberté.

La gentille femme le fit asseoir sur un banc appuyé contre le mur, et demanda à une servante silencieuse de lui apporter une tasse de chocolat chaud, puisé dans la casserole posée sur le poêle. Tony mangea le restant de sa tourte et but le breuvage chaud et sucré sans prêter grande attention à son entourage, qui le considérait avec la même indifférence : il était trop petit pour représenter une menace, et trop flegmatique pour faire une victime satisfaisante.

Ce fut un autre garçon qui posa la question évidente :

— Hé, madame ! Pourquoi que vous nous avez amenés ici ?

C'était un petit voyou à la mine farouche, avec du chocolat autour de la bouche et un rat noir décharné en guise de dæmon. La femme discutait avec un homme robuste qui ressemblait à un capitaine de navire, près de la porte, et quand elle se retourna pour répondre, elle eut l'air si angélique dans la lumière des lampes à naphte sifflantes que tous les enfants firent silence.

— Nous avons besoin de votre aide, dit-elle. Vous voulez bien nous aider, n'est-ce pas ?

Personne n'osait dire un mot ; les enfants la regardaient fixement, intimidés tout à coup. Ils n'avaient jamais vu une femme comme celle-ci : elle était si gracieuse, si douce et gentille qu'ils n'en croyaient pas leur bonne étoile, et quoi qu'elle leur demande, ils se feraient un plaisir de le lui donner pour pouvoir rester un peu plus longtemps en sa présence.

Elle leur expliqua qu'ils allaient partir en voyage. Ils seraient bien nourris, ils auraient des vêtements chauds, et ceux qui le souhaitaient pouvaient envoyer une lettre à leurs parents pour leur dire qu'ils étaient sains et saufs. Le capitaine Magnusson les conduirait bientôt à bord de son bateau et, dès que la marée le permettrait, ils prendraient la mer en mettant le cap vers le nord.

Les enfants qui voulaient envoyer un message chez eux, si tant est qu'ils aient un domicile, se retrouvèrent bientôt assis autour de la jolie dame qui écrivait quelques lignes sous leur dictée, et après les avoir laissés griffonner une croix hésitante en bas de la feuille, elle glissait celle-ci dans une enveloppe parfumée, sur laquelle elle notait l'adresse qu'ils lui indiquaient. Tony aurait voulu envoyer un mot à sa mère, lui aussi, mais il était assez réaliste pour douter qu'elle soit capable de le lire. Il tira la dame par la manche de son manteau de renard et, à voix basse, lui demanda de bien vouloir dire à sa mère où il allait et ce qui allait se passer par la suite ; alors, elle pencha son visage gracieux vers le corps frêle et malodorant du jeune garçon, lui caressa la tête et promit de transmettre le message.

Après quoi, les enfants se pressèrent autour d'elle pour lui dire au revoir. Le singe au pelage doré caressa tous les dæmons, et les enfants touchèrent le manteau de fourrure pour se porter chance, ou puiser auprès de cette femme du courage et de l'espoir. Elle leur souhaita à tous un bon voyage et les remit entre les mains du capitaine à l'air si téméraire, à bord d'un bateau à vapeur amarré à quai. Le ciel s'était assombri ; le fleuve était une masse de lumières flottantes. Debout sur la jetée, la belle dame leur adressa des signes de la main, jusqu'à ce qu'elle ne distingue plus leurs visages.

Puis elle retourna à l'intérieur de l'entrepôt, le singe toujours niché contre sa poitrine, et elle jeta le petit paquet de lettres dans le poêle, avant de repartir par où elle était venue.

Il était relativement facile d'envoûter et d'enlever les enfants des taudis ; malgré tout, les gens finirent par s'en apercevoir, et la police fut contrainte d'agir, mais à contre-cœur. Les disparitions mystérieuses cessèrent. Mais la rumeur était née, et peu à peu, elle s'amplifia, se répandit, se modifia, et lorsque, au bout de quelque temps, plusieurs autres enfants disparurent à Norwich, à Sheffield ensuite, puis à Manchester, les habitants de ces endroits, qui avaient entendu parler des disparitions survenues ailleurs, ajoutèrent celles-ci à la rumeur, lui redonnant de l'ampleur.

Ainsi naquit la légende d'un mystérieux groupe d'envoûteurs qui faisaient disparaître les enfants. Certaines personnes affirmaient que leur chef était une très jolie femme, d'autres parlaient d'un homme de grande taille aux yeux rouges, tandis qu'une troisième version évoquait un jeune garçon qui charmait ses victimes avec son rire et ses chansons, pour qu'elles le suivent comme des moutons.

Quant à savoir où l'on conduisait ces enfants, il n'y avait pas deux histoires qui concordaient. En Enfer, affirmaient certaines personnes, sous terre, au Royaume des fées. Pour d'autres, les enfants étaient retenus prisonniers dans une ferme où on les engraissait pour les manger. D'autres encore prétendaient qu'on les vendait comme esclaves à de riches Tartares... Et ainsi de suite.

Mais tout le monde s'accordait sur une chose : le nom de ces ravisseurs invisibles. Il fallait bien qu'ils aient un nom, faute de quoi on ne pouvait pas en parler ; or, c'était tellement délicieux d'en parler, surtout quand vous étiez douillettement calfeutré chez vous, ou entre les murs de Jordan College. Et le nom qui leur fut attribué, sans que quiconque pût expliquer pourquoi, était celui d'Enfourneurs.

« Ne rentre pas trop tard, sinon les Enfourneurs vont t'enlever ! »

« Ma cousine de Northampton connaît une femme dont le petit garçon a été kidnappé par les Enfourneurs... »

« Les Enfourneurs sont passés à Stratford. Il paraît qu'ils descendent vers le sud ! »

Et, bien entendu :

— Si on jouait aux enfants et aux Enfourneurs ?

Voilà ce que proposa Lyra à Roger, le marmiton de Jordan College. Roger l'aurait suivie au bout du monde.

— Comment on y joue ?

— Tu te caches, je te trouve et je t'ouvre le ventre, comme les Enfourneurs.

— Qu'est-ce que tu en sais ? Si ça se trouve, ils font pas du tout ça.

— Ah ah, tu as peur ! dit-elle. Ça se sent.

— Pas du tout. D'ailleurs, j'y crois même pas.

— Moi, si, déclara Lyra d'un ton catégorique. Mais ils me font pas peur. Si j'en voyais, je leur ferais ce qu'a fait mon oncle la dernière fois qu'il est venu ici. Je l'ai vu de mes propres yeux. Il était dans le Salon, et un des invités n'a pas été gentil avec lui, alors, mon oncle lui a jeté un regard noir et l'homme est tombé raide mort, la bave aux lèvres.

— Tu es sûre ? demanda Roger, dubitatif. J'ai pas entendu parler de ça aux Cuisines. Et en plus, tu n'as pas le droit d'entrer dans le Salon.

— Évidemment ! Ils vont pas raconter cette histoire aux domestiques. Et je te dis que je suis entrée dans le Salon ! De toute façon, mon oncle a l'habitude de faire ça. Il a fait la même chose avec des Tartares la fois où ils l'ont capturé. Ils l'avaient attaché pour lui arracher les tripes, mais quand le premier type s'est approché avec son couteau, mon oncle l'a simplement regardé, et le type est tombé raide mort ; un second s'est approché, et il lui a fait le même coup. À la fin, il ne restait plus qu'un seul Tartare. Mon oncle a promis de lui laisser la vie sauve s'il le détachait ; ce qu'il a fait, mais mon oncle l'a tué quand même, pour lui donner une leçon.

Roger paraissait encore plus dubitatif qu'au sujet des Enfourneurs, mais on ne pouvait pas laisser passer une si belle histoire, et ils incarnèrent tour à tour Lord Asriel et les Tartares foudroyés, en utilisant de la crème fraîche pour symboliser la bave.

Mais ce n'était qu'un pis-aller ; Lyra était toujours décidée à jouer aux Enfourneurs, et elle réussit à entraîner Roger dans les caves, dans lesquelles ils pénétrèrent grâce au double des clés du Majordome. Ils se faufilèrent dans les grandes galeries voûtées où reposaient les bouteilles de tokay et de vin blanc des Canaries, de bourgogne et de brantwijn, sous les toiles d'araignée centenaires. D'antiques arches de pierre se dressaient au-dessus de leurs têtes, supportées par des piliers épais comme dix troncs d'arbre ; leurs pieds glissaient sur les dalles irrégulières, et de chaque côté s'empilaient des tonneaux et des casiers contenant des bouteilles. C'était un spectacle fascinant. Oubliés les Enfourneurs, encore une fois. Lyra et Roger progressaient sur la pointe des pieds, une bougie dans leurs mains tremblantes, scrutant chaque recoin sombre, et une seule question, de plus en plus pressante, obsédait Lyra : quel goût avait donc le vin ?

Il y avait une façon très simple d'y répondre. Malgré les protestations vigoureuses de Roger, Lyra prit la plus vieille, la plus tordue et la plus verte des bouteilles qu'elle put trouver, et, n'ayant pas de quoi extraire le bouchon, elle brisa le goulot. Réfugiés dans le coin le plus reculé de la cave, ils burent à petites gorgées l'entêtante liqueur pourpre, en se demandant à quel moment ils seraient ivres, et surtout, comment ils sauraient qu'ils étaient ivres. À vrai dire, Lyra n'aimait pas beaucoup le goût du vin, mais elle devait reconnaître que c'était un breuvage noble et complexe. Le plus drôle, c'était de regarder leurs deux dæmons, qui semblaient de plus en plus confus : ils trébuchaient, riaient bêtement, et s'amusaient à changer de forme pour ressembler à des gargouilles, chacun essayant de se faire plus laid que l'autre.

Finalement, et presque simultanément, les deux enfants découvrirent ce que signifiait être ivre.

— Et ils aiment ça ? demanda Roger entre deux hoquets, après avoir vomi copieusement.

— Oui, répondit Lyra, qui se trouvait dans le même état. Et moi aussi j'aime ça, ajouta-t-elle d'un air obstiné.

Cet épisode n'apprit rien à Lyra, si ce n'est qu'on pouvait découvrir des endroits intéressants en jouant aux Enfourneurs. Repensant aux paroles de son oncle, lors de leur dernier entretien, elle décida d'explorer désormais le sous-sol, car ce qui se trouvait à la surface ne représentait qu'une infime partie de l'ensemble. Tel un arbre gigantesque dont le réseau de racines s'étendait sur plusieurs hectares, Jordan College (encastré à la surface entre St Michael's College d'un côté, Gabriel College de l'autre, et la Bibliothèque de l'Université derrière) avait commencé, au Moyen Âge, à s'étendre sous terre. Désormais, le sous-sol était tellement creusé de tunnels, de galeries, de caves, de celliers et d'escaliers, sous Jordan College et sur plusieurs centaines de mètres à la ronde, qu'il y avait presque autant d'air sous terre qu'au-dessus ! Bref, Jordan College reposait sur une sorte de dentelle de pierre.

Maintenant que Lyra avait le goût de l'exploration souterraine, elle abandonna son territoire de prédilection, les montagnes des toits du Collège, pour plonger avec Roger dans ces abîmes. Après avoir joué aux Enfourneurs, elle entreprit de les chasser, car désormais, cela ne faisait plus aucun doute : où pouvaient-ils se cacher, sinon sous terre ?

C'est ainsi qu'un jour, Lyra et Roger pénétrèrent dans la crypte sous l'Oratoire. Des générations de Maîtres avaient été enterrées là, chacun dans son cercueil doublé de plomb, à l'intérieur de niches creusées dans les murs. Une plaque de pierre, fixée sous chaque niche, indiquait leur nom :

Simon Le Clerc, Maître 1765-1789, Cerebaton
Requiescant in pace

– Qu'est-ce que ça veut dire ? demanda Roger.
– Le premier mot, c'est son nom, la ligne du dessous, c'est du latin. Au milieu, c'est la période pendant laquelle il était Maître. Et le deuxième nom, ça doit être son dæmon.

Ils continuèrent d'avancer dans le caveau silencieux, déchiffrant d'autres inscriptions :

Francis Lyall, Maître 1748-1765, Zohariel
Requiescant in pace

Ignatius Cole, Maître 1745-1748, Musca
Requiescant in pace

Lyra constata que chaque cercueil s'ornait d'une plaque de cuivre portant le dessin d'un être différent : ici un basilic, là une jolie femme, ici un serpent, là un singe. Et elle comprit qu'il s'agissait des représentations des dæmons des défunts. Quand les gens devenaient adultes, leurs dæmons perdaient leurs pouvoirs de métamorphose et adoptaient une forme unique, de manière définitive.

– Il y a des squelettes dans ces cercueils ! émit à voix basse Roger.

– De la chair en décomposition, chuchota Lyra. Des vers et des asticots qui grouillent dans les orbites des yeux.

– Je parie qu'il y a des fantômes par ici, commenta Roger, en frissonnant de délice.

Passé la première crypte, ils débouchèrent dans un couloir bordé d'étagères de pierre. Chacune d'elles était divisée en cubes, et dans chaque cube reposait un crâne.

Le dæmon de Roger, la queue coincée entre les pattes, tremblait contre ses jambes ; il laissa échapper un petit gémissement.

– Chut ! fit Roger.

Lyra ne pouvait pas voir Pantalaimon, mais elle le sentait posé sur son épaule, sous sa forme de papillon de nuit. Sans doute tremblait-il lui aussi.

Elle prit le crâne le plus proche et le sortit délicatement de sa niche.

– Hé, qu'est-ce que tu fais ? dit Roger. Faut pas y toucher !

Sans lui prêter attention, elle tourna et retourna le crâne dans ses mains. Soudain, quelque chose tomba du trou situé à la base du crâne, glissa entre ses doigts et heurta le sol avec un tintement ; terrifiée, elle faillit lâcher le crâne.

– Une pièce ! s'exclama Roger en s'en emparant. Il y a peut-être un trésor !

Il éleva la pièce dans la lumière de la bougie ; ils la

regardaient avec des yeux écarquillés. En vérité, il ne s'agissait pas d'une pièce de monnaie, mais d'un petit disque de bronze gravé de traits grossiers qui représentaient un chat.

—C'est comme les dessins sur les cercueils, commenta Lyra. C'est son dæmon, je parie.

—Tu ferais mieux de le remettre à sa place, dit Roger, de plus en plus mal à l'aise.

Lyra renversa le crâne et remit le disque dans son caveau immémorial, puis elle reposa le crâne sur l'étagère. Chacun de ces crânes, constatèrent-ils, renfermait sa pièce-dæmon représentant le compagnon de toute une vie du défunt, près de lui jusque dans la mort.

—À ton avis, qui étaient ces gens, de leur vivant ? demanda Lyra. Sans doute des Érudits. Mais seuls les Maîtres ont droit à des cercueils. Il y a eu tellement d'Érudits ici, durant des siècles, qu'il n'y a certainement pas assez de place pour tous les enterrer, alors ils leur coupent simplement la tête et ils la gardent. C'est la partie la plus importante, de toute façon.

Ils ne découvrirent aucun Enfourneur, mais les catacombes situées sous l'Oratoire occupèrent Lyra et Roger pendant quelque temps. Un jour, Lyra voulut faire une farce aux Érudits morts en échangeant les médailles à l'intérieur des crânes, si bien qu'ils se retrouvèrent avec des dæmons qui n'étaient pas les leurs. Affolé par ce qu'il voyait, Pantalaimon se transforma en chauve-souris et se mit à voleter autour de Lyra en poussant des petits cris perçants, battant furieusement des ailes devant son visage, mais la fillette n'y prêta pas attention. La plaisanterie était trop bonne. Toutefois, elle eut l'occasion de s'en mordre les doigts peu de temps après. Le soir même, couchée dans son lit, dans sa chambre exiguë tout en haut de l'Escalier Douze, elle reçut la visite d'un cauchemar, et se réveilla en hurlant, pour découvrir au pied de son lit trois créatures vêtues de longues tuniques qui pointaient sur elle leurs doigts osseux, et repoussèrent leurs capuches pour laisser apparaître des moignons sanglants là où auraient dû se trouver leurs têtes. C'est seulement lorsque Pantalaimon, ayant pris l'apparence d'un lion, poussa de grands rugissements que les intrus battirent en retraite, en se fondant dans la pierre du mur, jusqu'à ce qu'on ne voie plus que leurs bras, puis leurs mains décharnées, d'un gris jaunâtre, puis leurs doigts qui s'agitaient, et puis plus rien. Dès le lendemain matin, Lyra s'empressa de redescendre dans les catacombes pour remettre chaque médaille à sa place, en murmurant : « Pardon ! Pardon !... » aux crânes.

Bien que beaucoup plus étendues que les caves, les catacombes avaient, elles aussi, des limites. Lorsque Lyra et Roger en eurent exploré chaque recoin, certains désormais qu'aucun Enfourneur ne se cachait là, ils décidèrent de poursuivre leurs explorations ailleurs, mais au moment où ils ressortaient de la crypte, ils furent repérés par l'Intercesseur, qui les interpella et leur ordonna de revenir dans l'Oratoire.

L'Intercesseur était un homme âgé et grassouillet, que l'on appelait Père Heyst. Ses fonctions consistaient à diriger tous les services religieux du Collège, à réciter les sermons, à prier et entendre les confessions. Quand Lyra était plus jeune, il s'était intéressé à son bien-être spirituel, mais il avait été rapidement découragé par l'indifférence sournoise et les repentirs hypocrites de la fillette. Elle ne possédait aucune prédisposition pour les choses de l'âme, conclut-il.

En entendant sa voix, Lyra et Roger firent demi-tour à contrecœur et pénétrèrent, en traînant les pieds, dans la pénombre de l'Oratoire qui sentait le moisi. Des bougies étaient allumées ici et là, devant les images des saints ; des bruits étouffés s'échappaient de la tribune d'orgue où l'on effectuait des travaux de réparation. Dans un autre coin, un domestique astiquait le lutrin de cuivre. Père Heyst leur fit signe à la porte de la sacristie.

– Que faisiez-vous ? leur demanda-t-il. Je vous ai vus entrer dans la crypte deux ou trois fois déjà. Qu'est-ce que vous manigancez ?

Il n'avait pas un ton accusateur. De fait, il semblait véritablement curieux. Son dæmon, perché sur son épaule, darda sa langue de lézard.

– On voulait juste visiter la crypte, répondit Lyra.

– Oui, mais pour quelle raison ?

– Euh… on voulait voir les cercueils.

– Mais pourquoi ?

Elle haussa les épaules. Telle était sa réponse chaque fois qu'elle se trouvait embarrassée.

– Et toi, reprit l'Intercesseur en se tournant vers Roger (tandis que le dæmon du jeune garçon agitait nerveusement sa queue de terrier pour l'apaiser), comment t'appelles-tu ?

– Roger, mon Père.

– Si tu es un domestique, où travailles-tu ?

– Aux Cuisines, mon Père.

– Ne devrais-tu pas y être en ce moment ?

– Si, mon Père.

– Alors, dépêche-toi de filer.

Roger pivota sur les talons et s'enfuit à toutes jambes. Lyra se balançait d'un pied sur l'autre.

– Quant à toi, Lyra, dit le Père Heyst, je suis ravi de constater que tu t'intéresses à tout ce que renferme l'Oratoire. Tu as beaucoup de chance, sais-tu, de pouvoir vivre au milieu de tout ce passé.

– Hmm.

– Mais je m'interroge sur le choix de tes compagnons. Es-tu une enfant solitaire ?

– Non.

– Est-ce que… la compagnie des autres enfants te manque ?

– Non.

– Je ne parle pas de Roger, le marmiton. Je parle d'enfants comme toi. Des enfants de haute naissance. Aimerais-tu avoir de tels compagnons ?

– Non.

– Peut-être que d'autres filles…

– Non.

– Vois-tu, Lyra, aucun d'entre nous ne voudrait que tu passes à côté des plaisirs et des distractions de l'enfance. Or, parfois je me dis que tu dois avoir une vie bien solitaire ici, au milieu de ces vieux Érudits. As-tu ce sentiment, Lyra ?

– Non.

Les doigts entrelacés, l'Intercesseur tapotait ses pouces l'un contre l'autre, ne sachant plus quelle question poser à cette enfant obstinée.

– Si jamais quelque chose te tracasse, dit-il finalement, tu sais que tu peux venir m'en parler. J'espère que tu en es consciente.

– Oui.

– Récites-tu tes prières ?

– Oui.

– C'est bien, tu es une gentille fille. Allez, file, maintenant.

Avec un soupir de soulagement à peine dissimulé, Lyra tourna les talons et s'en alla.

N'ayant pas découvert les Enfourneurs sous terre, elle retourna dans les rues. Là, elle se sentait chez elle.

Et puis, alors qu'elle avait presque fini par s'en désintéresser, les Enfourneurs firent leur apparition à Oxford.

Lyra en entendit parler pour la première fois lorsque disparut un jeune garçon appartenant à une famille de gitans qu'elle connaissait.

C'était à l'époque de la Foire aux chevaux ; le canal était encombré de péniches et de petits bateaux transportant des marchands et des voyageurs. Les quais du port de Jericho, égayés par les harnais étincelants, résonnaient du fracas des sabots des chevaux et de la clameur des marchandages. Lyra adorait la Foire aux chevaux. Outre la possibilité de s'offrir une petite promenade en s'emparant d'un cheval laissé à l'abandon, les occasions de déclencher les hostilités ne manquaient pas.

Or, pour cette année, elle avait un grand projet. Inspirée par la capture de la péniche l'année précédente, elle avait bien l'intention, cette fois-ci, d'effectuer un vrai voyage avant d'être délogée. Si, avec ses copains des cuisines, ils parvenaient à atteindre Abingdon, ils pourraient déclencher une formidable panique chez les…

Mais cette année, il n'y aurait pas de guerre. Alors

qu'elle déambulait à l'extrémité du chantier de construction navale de Port Meadow, sous le soleil matinal, accompagnée de deux autres galopins, se passant une cigarette volée, dont ils recrachaient la fumée avec ostentation, elle entendit soudain une voix connue s'écrier :

– Qu'est-ce que tu as fait de lui, espèce de pauvre couillon ?

C'était une voix tonitruante, une voix de femme, mais une femme dotée de puissants poumons. Lyra la chercha aussitôt du regard, car il s'agissait de Ma Costa, qui lui avait filé une raclée mémorable à deux reprises, mais lui avait aussi offert du pain d'épice tout chaud à trois reprises, et dont la famille était réputée pour la magnificence et la somptuosité de son bateau. Ces gens étaient des princes chez les gitans, et Lyra admirait énormément Ma Costa ; malgré tout, elle continuerait à se méfier d'elle pendant quelque temps, car la péniche qu'ils avaient piratée la dernière fois était la sienne.

Un des compagnons de Lyra ramassa une pierre, par réflexe, en entendant ces éclats de voix, mais Lyra intervint :

– Pose ça, ordonna-t-elle. Elle est de très mauvaise humeur. Elle pourrait te briser la nuque comme une vulgaire brindille.

En vérité, Ma Costa semblait plus inquiète que furieuse. L'homme à qui elle s'adressait, un marchand de chevaux, répondait en haussant les épaules et en levant les bras au ciel.

– J'en sais rien, disait-il. Il était là à côté de moi, et la seconde d'après, il avait disparu. J'ai pas vu où il…

– Il te donnait un coup de main ! Il surveillait tes saloperies de canassons !

– Il avait qu'à rester à sa place ! Quelle idée de foutre le camp pendant que…

L'homme n'acheva pas sa phrase, car Ma Costa lui assena un coup violent sur le côté de la tête, suivi d'une telle volée d'injures et de gifles qu'il prit ses jambes à son cou en hurlant. Les autres marchands de chevaux qui se trouvaient à proximité s'esclaffèrent et un jeune étalon nerveux se cabra.

– Que se passe-t-il ici ? demanda Lyra à un enfant gitan qui regardait cette scène bouche bée. Qu'est-ce qui l'a mise en colère ?

– C'est à cause de son fils, répondit l'enfant. Billy. Elle doit se dire que les Enfourneurs l'ont enlevé. Et peut-être qu'elle a pas tort. Je l'ai pas revu depuis…

– Les Enfourneurs ? Ça voudrait dire qu'ils ont débarqué à Oxford ?

Le jeune gitan se retourna pour appeler ses camarades, qui tous observaient Ma Costa.

– Hé, les gars, elle est **même** pas au courant ! Elle sait pas que les Enfourneurs **sont là** !

Une demi-douzaine de chenapans lui adressèrent des sourires moqueurs, et Lyra jeta sa cigarette, reconnaissant dans cette provocation le signal de départ d'une bagarre. Tous les dæmons adoptèrent sur-le-champ des apparences belliqueuses : chaque enfant était maintenant accompagné de crocs, de griffes ou de pelage hérissé, mais Pantalaimon, considérant avec mépris l'imagination limitée de ces dæmons gitans, prit l'aspect d'un dragon, de la taille d'un cerf.

Toutefois, avant que le combat ne s'engage, Ma Costa en personne vint se placer entre les deux parties, de sa démarche dandinante ; elle gifla deux des jeunes gitans et se dressa face à Lyra, tel un boxeur sur le ring.

— Tu l'as vu, toi ? lui demanda-t-elle. Tu as vu mon Billy ?

— Non. On vient juste d'arriver. Ça fait des mois que j'ai pas vu Billy.

Le dæmon de Ma Costa, un faucon, tournoyait dans le ciel clair au-dessus d'elle ; ses yeux jaunes farouches couraient de droite à gauche, sans ciller. Lyra était terrifiée. Habituellement, personne ne s'inquiétait pour un enfant qui avait disparu depuis quelques heures, et surtout pas un gitan. Dans l'univers extrêmement solidaire des mariniers gitans, les enfants étaient des êtres précieux et idolâtrés, et une mère savait que si son enfant ne se trouvait pas sous sa surveillance, il n'était jamais loin de quelqu'un qui le protégerait.

Et voilà que Ma Costa, reine parmi les gitans, vivait dans l'angoisse à cause d'un enfant disparu. Que se passait-il donc ? se demandait Lyra.

Ma Costa effleura du regard le petit groupe d'enfants, comme si elle ne les voyait pas, puis elle tourna les talons et se fraya un chemin d'un pas chancelant dans la foule, en criant le nom de son fils. Tous les enfants se regardèrent ; en présence d'un tel chagrin, ils en avaient oublié leur rivalité.

— C'est qui ces Enfourneurs ? demanda Simon Parslow, un des camarades de Lyra.

Un des jeunes gitans lui répondit :

— Tu sais bien, ils enlèvent des enfants dans tout le pays. C'est des pirates…

— Non, c'est pas des pirates, rectifia un autre gitan.

C'est des cannibales. C'est pour ça qu'on les appelle des Enfourneurs.

— Ils mangent des enfants ! s'exclama le deuxième camarade de Lyra, Hugh Lovat, un des marmitons de St Michael's College.

— Personne n'en sait rien, dit le premier gitan. Ils les emmènent et on les revoit plus jamais.

— Tout le monde sait ça, dit Lyra. Nous, on joue aux Enfourneurs depuis des mois déjà, avant vous autres, je parie. Mais je suis sûre que personne ne les a jamais vus.

— Si, y en a qui les ont vus ! lança un gitan.

— Qui donc ? demanda Lyra, sceptique. Tu les as vus, toi ? Comment tu sais que c'est pas juste une seule personne ?

— Charlie les a vus à Banbury, déclara une jeune gitane. Ils ont fait exprès de parler avec une dame pendant qu'un autre enlevait son petit garçon dans le jardin.

— Exact ! s'écria le dénommé Charlie, un jeune gitan. Je les ai vus faire !

— Et à quoi ils ressemblent ? demanda Lyra.

— Euh… je les ai pas très bien vus, en fait, avoua Charlie. Mais j'ai vu leur camion, s'empressa-t-il d'ajouter. Ils sont venus dans un camion blanc. Ils ont mis le petit garçon dans le camion, et ils ont fichu le camp à toute vitesse.

— Mais pourquoi est-ce qu'on les appelle les Enfourneurs ? demanda Lyra.

— Parce qu'ils les mangent ! répondit le premier gitan. C'est quelqu'un de Northampton qui nous l'a dit. Ils sont allés là-bas et tout ça. Cette fille de Northampton, son frère a été enlevé, et il paraît que ces types, quand ils l'ont emmené, ils ont dit qu'ils allaient le manger. Tout le monde sait ça. Ils les avalent tout crus.

Une jeune gitane qui se trouvait juste à côté éclata en sanglots.

– C'est la cousine de Billy, expliqua Charlie.

Lyra demanda alors :

– Qui a vu Billy pour la dernière fois ?

– Moi ! Moi ! Moi !… s'exclamèrent une demi-douzaine de voix.

– Je l'ai vu qui tenait le vieux canasson de Johnny Fiorelli.

– Je l'ai vu près du marchand de pommes d'amour.

– Je l'ai vu qui faisait de la balançoire.

Après avoir fait le tri dans toutes ces affirmations, Lyra en conclut que Billy avait été vu pour la dernière fois, de manière certaine, moins de deux heures plus tôt.

– Donc, dit-elle, il y a moins de deux heures, des Enfourneurs sont venus ici…

Tous les enfants regardèrent autour d'eux, en frissonnant malgré le soleil chaud, la foule du quai et les odeurs familières de goudron, de crottin et de feuilles à fumer. Mais comme personne ne savait à quoi ressemblaient ces Enfourneurs, n'importe qui pouvait être un Enfourneur, comme le fit justement remarquer Lyra au petit groupe effrayé, sur lequel elle exerçait désormais une emprise totale, les gitans comme les autres.

– Ils ressemblent forcément à des gens ordinaires, sinon, on les repérerait tout de suite, expliqua-t-elle. S'ils sortaient uniquement la nuit, ils pourraient ressembler à n'importe quoi. Mais puisqu'ils sortent en plein jour, c'est qu'ils sont comme tout le monde. Conclusion, n'importe laquelle de ces personnes peut être un Enfourneur…

– Non, pas possible, déclara un jeune gitan avec fermeté. Je les connais, tous ces gens.

– Bon, d'accord, pas eux, mais n'importe qui d'autre, dit Lyra. Essayons de les retrouver ! Sus aux Enfourneurs et à leur camion blanc !

De nouveaux venus se joignirent au petit groupe initial, et bientôt, une trentaine de jeunes gitans, au moins, se précipitaient d'un bout à l'autre des quais, entraient et sortaient des écuries en courant, escaladaient les grues et les mâts de charge sur le chantier de construction navale, sautaient par-dessus les clôtures pour envahir les prés, se balançaient à plus d'une dizaine sur le vieux pont tournant au-dessus de l'eau verte, traversaient à toute allure les rues étroites de Jericho, entre les petites maisons de brique, et s'engouffraient dans la grande tour carrée de l'Oratoire de Saint-Barnabé-le-Chimiste. La moitié d'entre eux ignoraient ce qu'ils cherchaient au juste et croyaient participer à un jeu, mais ceux qui étaient les plus proches de Lyra éprouvaient une peur et une appréhension véritables chaque fois qu'ils entr'apercevaient une silhouette solitaire au fond d'une ruelle ou dans la pénombre de l'Oratoire : s'agissait-il d'un Enfourneur ?

Évidemment, ce n'en était pas un. Finalement, devant le manque de succès de l'opération, tandis que planait au-dessus d'eux l'ombre de la disparition de Billy, l'enthousiasme s'émoussa. Au moment où Lyra et ses deux camarades de Jordan College quittaient Jericho, car l'heure du repas approchait, ils virent les gitans se réunir sur la jetée, non loin de l'endroit où était amarrée la péniche des Costa. Quelques femmes pleuraient à chaudes larmes ; les hommes formaient de petits groupes vibrant de colère, tandis que leurs dæmons virevoltaient nerveusement autour d'eux ou montraient les dents en scrutant l'obscurité.

– Je parie que les Enfourneurs n'oseraient pas venir ici, commenta Lyra en s'adressant à Simon Parslow, au moment où ils franchissaient le seuil de la grande Loge du Collège.

– Oh que non, répondit Simon. Mais je sais qu'une enfant du Marché a disparu.

– Qui ça ?

Lyra connaissait la plupart des enfants du Marché, pourtant, elle n'avait pas entendu parler de cette histoire.

– Jessie Reynolds, qui travaille chez le sellier. Hier, à l'heure de la fermeture, elle avait disparu, alors qu'elle était juste partie acheter un morceau de poisson pour le dîner de son père. Elle n'est pas revenue et personne ne l'a vue. Ils l'ont cherchée dans tout le Marché, et partout.

– Je l'ignorais ! s'exclama Lyra, indignée.

Elle trouvait inadmissible que ses sujets ne la tiennent pas immédiatement au courant de tout ce qui se passait.

– Ça date seulement d'hier. Si ça se trouve, elle a réapparu depuis.

– Je vais me renseigner.

Joignant le geste à la parole, Lyra fit demi-tour pour ressortir de la Loge.

Mais à peine avait-elle atteint le seuil que le Portier l'apostropha.

– Hé, Lyra ! Tu ne peux pas ressortir ce soir. Ordre du Maître.

– Pourquoi ça ?

– Je te l'ai dit, ce sont les ordres du Maître. Il a dit que si tu rentrais, tu ne pouvais plus sortir.

— Essayez donc de m'attraper ! lança-t-elle.

Et elle partit comme une flèche, avant même que le vieil homme n'ait le temps de faire un pas.

Elle traversa en courant la rue étroite et dévala la ruelle où les camionnettes déchargeaient habituellement les marchandises du Marché Couvert. Vu l'heure tardive, elles étaient presque toutes reparties, mais quelques groupes de jeunes gens discutaient en fumant près du portail principal, juste en face du haut mur de pierre de St Michael's College. Lyra connaissait l'un d'entre eux : un garçon de seize ans qu'elle admirait, car il savait cracher plus loin que n'importe qui d'autre. Elle s'approcha et attendit humblement qu'il remarque sa présence.

— Ouais ? Qu'est-ce que tu veux ? demanda-t-il au bout d'un moment.

— C'est vrai que Jessie Reynolds a disparu ?

— Ouais. Pourquoi ?

— Parce qu'un jeune gitan a disparu lui aussi, aujourd'hui.

— Les gitans, ça disparaît tout le temps. Après chaque Foire aux chevaux, ils disparaissent.

— Et les chevaux aussi ! ajouta un de ses amis.

— Non, non, c'est différent, dit Lyra. Vous n'avez jamais entendu parler des Enfourneurs ?

Apparemment, aucun d'eux n'en avait entendu parler et, mis à part quelques plaisanteries grossières, ils écoutèrent attentivement ce que leur raconta Lyra.

— Les Enfourneurs ! s'exclama le garçon qu'elle connaissait, et qui se prénommait Dick. C'est grotesque ! Ces gitans, ils croient vraiment n'importe quoi !

— Il paraît que des Enfourneurs étaient à Banbury il y a

deux semaines, insista Lyra, et cinq enfants ont été enlevés. Sans doute sont-ils à Oxford maintenant pour en kidnapper d'autres. Je parie que c'est eux qui ont enlevé Jessie.

— Je sais qu'un gamin a disparu du côté de Cowley, déclara un des garçons. Ça me revient maintenant. Ma tante est allée par là-bas hier — elle vend du poisson et des frites dans sa camionnette — et elle a entendu cette histoire… Un petit garçon, en effet… Mais je sais pas si c'est un coup des Enfourneurs. Ils existent pas. C'est de la blague.

— Ils existent ! s'exclama Lyra. Les gitans les ont vus. Il paraît qu'ils mangent les enfants qu'ils enlèvent, et ils…

Elle s'interrompit brutalement car, soudain, une idée venait de lui traverser l'esprit. Lors de cette étrange soirée où elle s'était cachée dans le Salon, Lord Asriel avait montré la photo d'un homme qui brandissait une sorte de bâton, dans lequel se déversaient des torrents de lumière. Il y avait une petite silhouette à ses côtés et, quand Lord Asriel avait dit qu'il s'agissait d'un enfant, quelqu'un lui avait demandé si c'était un enfant mutilé ; son oncle avait répondu non, justement.

Et soudain, une autre pensée la frappa de plein fouet : où était donc Roger ?

Elle ne l'avait pas revu depuis ce matin…

Tout à coup, elle prit peur. Pantalaimon, sous la forme d'un lion miniature, sauta dans ses bras en rugissant. Elle salua les jeunes garçons réunis près du portail du Marché et regagna à pas lents Turl Street, avant de foncer à toutes jambes vers Jordan College, dont elle franchit la porte une seconde avant son dæmon, qui avait pris l'aspect d'un guépard.

Le Portier lui fit la morale.

—J'ai été obligé de prévenir le Maître, dit-il. Il n'était pas content du tout. Je n'aimerais pas être à ta place, pour rien au monde.

—Où est Roger ?

—Je ne l'ai pas vu. Il va y avoir droit lui aussi. Oh, oh, quand M. Cawson va lui tomber dessus…

Lyra fonça vers les Cuisines, se frayant un chemin au milieu de cet univers surchauffé, rempli de bruits métalliques et de vapeurs.

—Où est Roger ? hurla-t-elle.

—Fiche le camp, Lyra ! On a du travail !

—Mais où est-il, bon sang ? Il est rentré, oui ou non ?

Nul ne semblait lui prêter attention.

—Où est-il ? Vous le savez forcément ! cria-t-elle au Chef, qui lui assena une gifle retentissante.

Bernie, le pâtissier, tenta de la calmer, mais Lyra ne voulait rien entendre.

—Ils l'ont enlevé ! Ces salauds d'Enfourneurs, il faudrait les attraper et les zigouiller ! Ah, je vous déteste ! Vous vous fichez pas mal de Roger…

—Allons, Lyra, tout le monde ici aime beaucoup Roger.

—C'est faux, sinon vous arrêteriez de travailler pour partir immédiatement à sa recherche ! Je vous déteste !

—Si Roger n'est pas rentré, il peut y avoir des dizaines de raisons. Sois raisonnable. On doit préparer le dîner et le servir dans moins d'une heure ; le Maître reçoit des invités dans le Pavillon, et ils vont dîner là-bas ; ça veut dire que le Chef doit se débrouiller pour que les plats arrivent rapidement, avant d'être froids. La vie continue, Lyra. Je suis sûr que Roger va bientôt…

Sans attendre la suite, Lyra tourna les talons et quitta les Cuisines comme un ouragan, renversant sur son passage une pile de couvre-plats en argent et ignorant les vociférations qui jaillirent dans son dos. Elle dévala l'escalier, traversa en courant la Cour principale, entre la Chapelle et la Tour de Palmer, pour déboucher dans la Cour Yaxley, là où se dressaient les plus anciens bâtiments de Jordan College.

Pantalaimon filait devant elle, sous la forme d'un petit guépard, gravissant l'escalier jusqu'en haut, où se trouvait la chambre de la fillette. Celle-ci poussa violemment la porte, se saisit de sa chaise branlante pour la poser sous la fenêtre, ouvrit en grand les deux battants et enjamba le rebord. Une gouttière en pierre d'une trentaine de centimètres de large, tapissée de plomb, courait sous la fenêtre. Une fois grimpée dessus, Lyra se retourna et escalada le mur de briques rugueuses, pour finalement se retrouver sur le faîte du toit. Là, elle ouvrit la bouche et hurla à pleins poumons. Pantalaimon, qui se transformait en oiseau dès qu'il était sur un toit, voltigeait autour d'elle et poussait des cris aigus de corbeau, pour l'accompagner.

Le ciel était inondé de volutes couleur pêche, abricot et beige : de tendres petits nuages semblables à de la crème glacée dans l'immensité du ciel orange. Les clochers et les tours d'Oxford se dressaient autour d'elle, à sa hauteur ; les bois touffus de Château-Vert et de White Ham s'étendaient de chaque côté, à l'est et à l'ouest. Des corbeaux croassaient quelque part, des cloches sonnaient, et tout là-bas dans les Oxpens le vrombissement régulier d'un moteur à gaz annonçait l'ascension du zeppelin Royal Mail, à destination de Londres. Lyra le regarda s'élever au-delà des clochers de la Chapelle de St Michael's College, aussi gros tout d'abord que le bout de son petit doigt quand elle tendait le bras, puis de plus en plus petit, jusqu'à n'être plus qu'un point dans le ciel nacré.

Elle se retourna et contempla, tout en bas, la Cour plongée dans la pénombre, où les silhouettes des Érudits, vêtus de leur toge noire, commençaient à se diriger, seuls ou deux par deux, vers l'Office, leur dæmon trottinant ou voletant à leurs côtés, ou perché tranquillement sur leur épaule. Les lumières s'allumaient dans le Réfectoire ; Lyra voyait les vitraux rougeoyer les uns après les autres, à mesure qu'un domestique passait de table en table pour allumer les lampes à naphte. La cloche de l'Intendant retentit pour annoncer que le dîner serait servi dans une demi-heure.

Voilà quel était l'univers de Lyra. Elle aurait voulu qu'il restât toujours le même, mais hélas, tout était en train de changer autour d'elle, car quelqu'un, quelque part, enlevait des enfants. Elle s'assit au sommet du toit, le menton dans la main.

—Il faut qu'on le sauve, Pantalaimon, déclara-t-elle.

Le dæmon lui répondit de sa voix de corbeau, du haut d'une cheminée.

—Ça risque d'être dangereux, tu sais.

—Évidemment que je le sais !

—Souviens-toi de ce qu'ils ont dit dans le Salon.

—Quoi ?

—Ils ont parlé d'un enfant, là-haut dans l'Arctique. Celui qui n'attirait pas la Poussière.

—Ils ont dit que c'était un enfant entier… Pourquoi ?

—C'est peut-être ça qu'ils vont faire à Roger, aux gitans et aux autres enfants.

– Hein ?

– Qu'est-ce que ça veut dire entier ?

– Aucune idée. Sans doute qu'ils les coupent en deux. Je pense plutôt qu'ils en font des esclaves. Ce serait plus utile. Je parie qu'ils ont des mines là-bas. Des mines d'uranium pour l'atome. Je suis sûr que c'est à cause de ça. S'ils envoyaient des adultes au fond de la mine, ils mourraient, alors ils utilisent des enfants, ça coûte moins cher. Voilà ce qu'ils ont fait de Roger.

– Je pense que…

Les pensées de Pantalaimon devraient attendre pour s'exprimer, car quelqu'un s'était mis à brailler en dessous.

– Lyra ! Lyra ! Descends immédiatement !

On frappa au carreau de sa fenêtre. Lyra avait reconnu cette voix et ce ton impatient : c'était Mme Lonsdale, la Gouvernante. Impossible de lui échapper.

L'air renfrogné, Lyra se laissa glisser sur le toit, jusque sur la gouttière, puis elle franchit le rebord de la fenêtre dans l'autre sens. Mme Lonsdale faisait couler de l'eau dans la petite cuvette ébréchée, accompagnée par le vrombissement et le martèlement des tuyauteries.

– Combien de fois t'a-t-on interdit de monter là-haut !… Regarde-toi ! Regarde ta robe… c'est dégoûtant ! Enlève-moi ça immédiatement et lave-toi pendant que je te cherche des vêtements corrects qui ne soient pas déchirés. Tu ne peux donc pas rester propre…

Lyra était d'humeur trop maussade pour demander pourquoi elle était obligée de se laver et de s'habiller, alors que les adultes ne lui fournissaient jamais d'explications. Elle fit passer sa robe par-dessus sa tête et la jeta sur son petit lit, après quoi elle commença à se laver sans grand enthousiasme, pendant que Pantalaimon, qui avait pris l'apparence d'un canari, s'approchait par petits bonds du dæmon de Mme Lonsdale, un robuste retriever, en essayant vainement de l'énerver.

– Regarde-moi l'état de cette garde-robe ! Tu n'as suspendu aucun vêtement depuis des semaines ! Regarde-moi dans quel état est cette…

Regarde-moi ceci, regarde-moi cela… Lyra n'avait pas envie de regarder.

Elle ferma les yeux et se frotta le visage avec la serviette.

– Tant pis, tu la porteras telle qu'elle est. On n'a pas le temps d'y mettre un coup de fer. Oh, Seigneur, tes genoux ! Regarde-moi dans quel état…

– J'ai pas envie de regarder, grommela Lyra.

Mme Lonsdale lui donna une tape sur la cuisse.

– Lave-toi ! ordonna-t-elle d'un ton féroce. Il faut que tu enlèves toute cette crasse.

– Pourquoi ? demanda enfin Lyra. D'habitude, je ne me lave jamais les genoux. Personne ne va les regarder. Pourquoi suis-je obligée de faire tout ça ? Vous aussi vous vous fichez pas mal de Roger, comme le Chef. Il n'y a que moi qui…

Cette réflexion lui valut une autre tape, sur l'autre cuisse.

– Cesse de dire des bêtises. Je suis une Parslow, comme le père de Roger. C'est mon cousin germain. Mais je parie que tu l'ignorais, car tu n'as jamais posé la question, Miss Lyra. Ça ne t'est jamais venu à l'esprit. Alors, ne viens pas dire que je n'aime pas ce garçon. Même toi, je t'aime : Dieu sait pourtant que tu ne fais rien pour ça, et que je n'ai pas de remerciements en échange.

S'emparant du gant de toilette, elle entreprit de frotter les genoux de la fillette, si fort que la peau devint écarlate, mais au moins les genoux étaient propres.

– Si on fait tout ça, c'est parce que tu dois dîner avec le Maître et ses invités, ce soir. J'ose espérer que tu sauras te tenir convenablement. Ne parle que lorsqu'on t'interroge, sois sage et polie, souris aimablement et si on te pose une question, ne dis pas : « J'sais pas. »

Sur ce, Mme Lonsdale enfila la robe la plus présentable sur le corps frêle de Lyra, l'ajusta au mieux, piocha un ruban rouge dans le fouillis d'un tiroir et coiffa les cheveux de la fillette avec une brosse dure.

– S'ils m'avaient prévenue avant, j'aurais pu te laver les cheveux, dit-elle. Ah, quel dommage ! Mais tant qu'ils n'y regardent pas de trop près… Voilà. Maintenant, tiens-toi droite. Où sont tes jolies chaussures vernies ?

Cinq minutes plus tard, Lyra frappait à la porte du Pavillon du Maître, l'imposante maison, quelque peu lugubre, qui donnait sur la Cour Yaxley et, derrière, sur le Jardin de la Bibliothèque. Pantalaimon, transformé en hermine par politesse, se frotta contre sa jambe. Ce fut Cousins qui vint lui ouvrir la porte, le valet de chambre du Maître, un vieil ennemi de Lyra. Mais l'un et l'autre savaient qu'il fallait enterrer la hache de guerre ce soir.

– Mme Lonsdale m'a dit que je devais venir.

– Exact, répondit Cousins en s'écartant pour la laisser entrer. Le Maître est dans le Salon de Réception.

Il l'introduisit dans une immense pièce qui s'ouvrait sur le Jardin de la Bibliothèque. Les derniers rayons du soleil, qui se faufilaient entre la Bibliothèque et la Tour de Palmer, éclairaient les immenses tableaux et l'argenterie que collectionnait le Maître. Ils éclairaient également les invités, et Lyra comprit alors pourquoi ils ne dînaient pas au Réfectoire : trois des invités étaient des femmes.

— Ah, Lyra ! s'exclama le Maître. Je suis content que tu sois venue. Cousins, essayez de trouver une boisson sans alcool. Dame Hannah, je crois que vous ne connaissez pas Lyra… La nièce de Lord Asriel, vous savez.

Dame Hannah Relf, Directrice d'un des collèges de femmes, était une vieille dame aux cheveux blancs, dont le dæmon était un ouistiti. Lyra lui serra la main aussi poliment qu'elle le pouvait, après quoi on lui présenta d'autres invités qui étaient tous, comme Dame Hannah, des Érudits d'autres collèges, et donc totalement inintéressants. Finalement, le Maître arriva au dernier invité.

— Madame Coulter, dit-il, je vous présente notre petite Lyra. Lyra, viens saluer Mme Coulter.

— Bonsoir, Lyra, dit Mme Coulter.

C'était une jeune et jolie femme. Ses cheveux noirs soyeux encadraient son beau visage, et son dæmon était un singe au pelage doré.

4

L'aléthiomètre

 – J'espère que tu seras assise à côté de moi pendant le dîner, dit Mme Coulter en faisant une petite place à Lyra sur le canapé. Je ne suis pas habituée au cérémonial d'une réception chez un Maître. Il faudra que tu me montres quel couteau et quelle fourchette utiliser.

– Vous êtes une Érudite ? demanda Lyra.

Elle considérait les Érudites avec un mépris typique de Jordan College : ce genre de personnes existait, certes, mais on ne pouvait pas les prendre plus au sérieux, les pauvres, que des animaux dressés pour exécuter un numéro. Toutefois, Mme Coulter ne ressemblait pas aux Érudites qu'avait pu rencontrer Lyra, et certainement pas aux deux autres invitées de la soirée, ces vieilles femmes à l'air sévère. En vérité, Lyra avait posé cette question en s'attendant à une réponse négative, car Mme Coulter possédait une telle élégance que la fillette était comme envoûtée. Elle ne pouvait la quitter des yeux.

– Non, pas vraiment, répondit la jolie femme. J'appartiens au collège de Dame Hannah ; cependant, la majeure

partie de mon travail se déroule en dehors d'Oxford...
Mais parle-moi plutôt de toi, Lyra. As-tu toujours vécu ici,
à Jordan College ?

En l'espace de cinq minutes, Lyra lui avait tout raconté
de son existence à moitié sauvage : ses itinéraires préférés
sur les toits, les batailles dans les carrières d'argile, la fois
où, avec Roger, ils avaient capturé et fait griller un corbeau, son intention de voler une péniche aux gitans pour
naviguer jusqu'à Abingdon, etc. Elle lui raconta même (en
jetant des regards à droite et à gauche et en baissant la
voix) la farce que Roger et elle avaient faite dans la crypte,
avec les crânes.

— Les fantômes sont venus dans ma chambre, ensuite !
Sans leur tête ! Évidemment, ils ne pouvaient pas parler ;
ils émettaient des sortes de gargouillis, mais j'ai bien
compris ce qu'ils voulaient. Alors, le lendemain, je suis
retournée dans la crypte pour remettre les médailles à leur
place. Sinon, je crois qu'ils m'auraient tuée.

— Tu ne crains rien, à ce que je vois, commenta Mme
Coulter, admirative.

On était passé à table entre-temps et, comme Mme
Coulter l'avait espéré, elles étaient assises côte à côte.
Ignorant totalement le Bibliothécaire assis de l'autre côté,
Lyra discuta durant tout le repas avec Mme Coulter.

Quand les dames se retirèrent pour le café, Dame Hannah demanda :

— Dis-moi, Lyra... vont-ils t'envoyer à l'école ?

La fillette parut déconcertée par cette question.

— J'en sais... Je ne sais pas, répondit-elle. Probablement
pas, ajouta-t-elle par mesure de prudence. Je ne veux pas
leur causer de tracas. Ni de dépenses. Il vaut sans doute

mieux que je continue à vivre ici, pour recevoir l'enseignement des Érudits quand ils ont un moment de libre. Étant donné qu'ils sont déjà sur place, c'est plus pratique.

– Ton oncle Asriel a-t-il des projets pour toi ? demanda la seconde femme, qui était une Érudite de l'autre collège de femmes.

– Oui, dit Lyra. Je suppose. Mais ce n'est pas pour m'envoyer à l'école. Il va m'emmener dans le Nord, la prochaine fois qu'il ira.

– Oui, je me souviens qu'il m'en a parlé, dit Mme Coulter.

Lyra tressaillit. Les deux Érudites se redressèrent sur leur siège, très légèrement, mais leurs dæmons, qu'ils fussent bien élevés ou assoupis, se contentèrent d'échanger un regard.

– Je l'ai rencontré à l'Institut Arctique Royal, précisa Mme Coulter. À vrai dire, c'est un peu à cause de cette rencontre que je me trouve ici aujourd'hui.

– Vous êtes exploratrice ? demanda Lyra.

– Oui, d'une certaine façon. Je suis allée plusieurs fois dans le Nord. L'année dernière, j'ai passé trois mois au Groenland pour observer l'Aurore.

Et voilà : plus rien ni personne d'autre n'existait désormais aux yeux de Lyra. Les yeux fixés sur Mme Coulter, avec une fascination respectueuse, elle l'écoutait raconter ses histoires où il était question de construction d'igloos, de chasse au phoque et de négociations avec les sorcières de Laponie. Les deux Érudites n'ayant rien d'aussi excitant à raconter, elles gardèrent le silence jusqu'à ce que les hommes les rejoignent.

Un peu plus tard, tandis que les invités s'apprêtaient à prendre congé, le Maître dit :

—Ne pars pas tout de suite, Lyra, j'aimerais te parler une minute. Va dans mon bureau ; assieds-toi et attends-moi.

Intriguée, fatiguée et exaltée, Lyra obéit. Cousins, le valet de chambre, l'introduisit dans le bureau, en prenant soin de laisser la porte ouverte pour pouvoir la surveiller du hall, où il aidait les invités à enfiler leur manteau. Lyra chercha à apercevoir Mme Coulter, mais en vain. Finalement, le Maître entra dans le bureau et referma la porte.

Il se laissa tomber dans le fauteuil installé devant la cheminée. Son dæmon grimpa sur le dossier d'un battement d'ailes et s'installa près de sa tête, en posant sur Lyra ses vieux yeux aux paupières tombantes. La lampe produisait un léger sifflement qui accompagnait les paroles du Maître :

—Eh bien, Lyra. Tu as beaucoup discuté avec Mme Coulter. Ce qu'elle t'a raconté t'a intéressée ?

—Oh oui !

—C'est une femme remarquable.

—Formidable ! C'est la personne la plus formidable que je connaisse.

Le Maître soupira. Avec son costume noir et sa cravate noire, il ressemblait à son dæmon autant que cela était possible et, soudain, Lyra songea qu'un jour, très bientôt, il serait enterré dans la crypte sous l'Oratoire, lui aussi, et qu'un artiste graverait la représentation de son dæmon sur la plaque de cuivre de son cercueil, et leurs deux noms se côtoieraient.

—J'aurais dû prendre le temps de te parler avant aujourd'hui, Lyra, dit-il après quelques instants de silence. J'avais l'intention de le faire mais il semblerait que les choses soient plus avancées que je ne le croyais. Tu as vécu à l'abri ici, à Jordan College. Je crois que tu as été heureuse. Tu as toujours eu du mal à nous obéir, malgré tout nous t'aimons beaucoup, et tu n'as pas un mauvais fond. Il y a énormément de bonté et de tendresse en toi, Lyra, beaucoup de détermination aussi. Tu auras besoin de toutes ces qualités. Il se passe, dans le vaste monde du dehors, un tas de choses dont j'aurais voulu te protéger, en te gardant ici avec nous. Hélas, cela n'est plus possible.

Lyra le regardait fixement, sans rien dire. Allaient-ils la renvoyer de Jordan College ?

— Tu savais bien qu'un jour ou l'autre, il te faudrait aller à l'école, reprit le Maître. Certes, nous t'avons enseigné certaines choses ici, mais de manière trop superficielle, trop aléatoire. Notre savoir est d'un genre différent. Tu as besoin d'apprendre ce que de vieux hommes comme nous ne peuvent t'enseigner, surtout à l'âge que tu atteins. Tu as dû t'en apercevoir. Tu n'es pas non plus une enfant de domestiques ; nous ne pouvions pas te confier à une famille adoptive en ville. Ces gens auraient certainement pu s'occuper de toi, mais tes besoins sont différents. Ce que j'essaye de te dire, Lyra, c'est que la partie de ton existence qui était liée à Jordan College s'achève.

— Non, non ! Je ne veux pas partir ! Je me plais ici. Je veux y rester toute ma vie.

— Quand on est jeune, on pense que tout dure toujours. Malheureusement, c'est faux. Avant longtemps, Lyra – deux ans tout au plus – tu deviendras une jeune femme, tu ne seras plus une enfant. Et crois-moi, à ce moment-là, la vie à Jordan College te semblera beaucoup moins agréable.

— Mais c'est ma maison !

— C'était ta maison. Désormais, tu as besoin d'autre chose.

— Je ne veux pas aller à l'école !

— Tu as besoin d'une présence féminine à tes côtés, des conseils d'une femme.

Pour Lyra, le mot femme était immédiatement synonyme d'Érudites, et elle ne put réprimer une grimace. Être obligée de quitter la magnificence de Jordan College, la splendeur et la gloire de son savoir pour se retrouver dans les misérables bâtiments de brique d'un collège situé à l'extrémité nord d'Oxford, en compagnie d'Érudites sans charme, qui sentent le chou et la naphtaline comme les deux de ce soir, ah non !

Le Maître remarqua son expression, et vit les yeux de mouffette de Pantalaimon lancer des éclairs rouges. Alors, il demanda :

— En supposant qu'il s'agisse de Mme Coulter ?

Immédiatement, la fourrure de Pantalaimon passa du brun terne au blanc duveteux. Lyra ouvrit de grands yeux.

— C'est vrai ?

— Il se trouve qu'elle connaît Lord Asriel. Ton oncle est extrêmement soucieux de ton sort, bien évidemment, et quand Mme Coulter a entendu parler de toi, elle a proposé aussitôt son aide. Au fait, il n'y a pas de M. Coulter ; elle est veuve. Son mari est mort tragiquement dans un accident il y a quelques années ; penses-y avant de faire une gaffe.

Lyra acquiesça avec ferveur.

— C'est vrai ? Elle va… s'occuper de moi ?

— Ça te ferait plaisir ?

— Oh, oui !

La fillette avait du mal à rester assise. Le Maître sourit. Il souriait si rarement qu'il manquait d'entraînement, et quiconque aurait assisté à cette scène (Lyra, elle, n'était pas en état de s'en apercevoir) aurait cru voir un rictus de tristesse.

— Dans ce cas, dit-il, je vais lui demander de venir pour en parler.

Il quitta la pièce, et quand il revint une minute plus tard, accompagné de Mme Coulter, Lyra s'était finalement levée, trop excitée pour rester assise. Mme Coulter sourit et son dæmon dévoila ses dents blanches en une grimace espiègle. En se dirigeant vers le fauteuil, la jolie femme caressa les cheveux de Lyra, brièvement, et celle-ci se sentit parcourue par une onde de chaleur qui la fit rougir.

Après que le Maître lui eut servi un verre de brantwijn, Mme Coulter demanda :

— Eh bien, Lyra, je crois que je vais avoir une assistante, n'est-ce pas ?

— Oui, répondit simplement Lyra.

Elle aurait dit oui à n'importe quoi.

— J'ai besoin d'aide, car il y a beaucoup de travail, tu sais.

— Le travail ne me fait pas peur !

— Nous serons peut-être obligées de voyager.

— Peu importe. J'irai n'importe où.

— Ça pourrait même être dangereux. Surtout si nous devons aller dans le Nord.

Lyra en resta muette. Finalement, elle retrouva sa voix pour demander :

— Bientôt ?

Mme Coulter répondit en riant :

— Oui, c'est possible. Mais tu sais que tu devras travailler très dur. Tu devras apprendre les mathématiques et la navigation, la géographie céleste.

– C'est vous qui m'apprendrez tout ça ?

– Oui. Et tu devras m'aider en prenant des notes, en mettant de l'ordre dans mes papiers, en effectuant différents calculs de base, etc. Et comme nous rendrons visite à des gens importants, nous allons devoir te trouver de jolis vêtements. Tu as énormément de choses à apprendre, Lyra.

– Tant mieux. Je veux tout apprendre.

– Je n'en doute pas. Quand tu reviendras à Jordan College, tu seras une célèbre voyageuse. Cela étant dit, nous partons à l'aube demain matin, par le premier zeppelin, alors dépêche-toi d'aller te coucher. On se verra au petit déjeuner. Bonne nuit !

– Bonne nuit, dit Lyra.

Arrivée à la porte, et se souvenant de ses quelques notions de politesse, elle se retourna et lança :

– Bonne nuit, Maître.

– Dors bien, dit-il.

– Et merci, ajouta-t-elle à l'adresse de Mme Coulter.

Elle s'endormit enfin, malgré Pantalaimon, qui se calma seulement lorsqu'elle le réprimanda d'un ton sec ; il prit alors l'apparence d'un hérisson, par dépit. Il faisait encore nuit quand quelqu'un la secoua pour la réveiller.

– Lyra… chut… Ne crie pas… Réveille-toi, petite.

C'était Mme Lonsdale. Une bougie à la main, elle était penchée au-dessus d'elle et lui parlait à voix basse, en l'immobilisant avec sa main libre.

– Écoute-moi. Le Maître veut te voir avant que tu ne rejoignes Mme Coulter pour le petit déjeuner. Dépêche-toi de te lever et de courir jusqu'au Pavillon. Passe par le jardin et frappe à la porte-fenêtre du bureau. Tu as compris ?

Parfaitement réveillée maintenant et brûlante de curiosité, Lyra acquiesça et glissa ses pieds nus dans les chaussures que lui tendait Mme Lonsdale.

– Tu n'as pas le temps de te laver, on verra ça plus tard. Descends directement et reviens aussi vite. Je vais faire tes bagages pendant ce temps-là et te trouver des habits. Dépêche-toi.

La cour obscure était encore remplie de l'air glacé de la nuit. On continuait d'apercevoir les dernières étoiles mais, à l'est, la lumière du soleil imbibait peu à peu le ciel au-dessus du Réfectoire. Lyra pénétra en courant dans le Jardin de la Bibliothèque et s'immobilisa quelques instants dans le silence immense, les yeux levés vers les pinacles de pierre de la Chapelle, la coupole vert nacré du Bâtiment Sheldon et la lanterne peinte en blanc de la Bibliothèque.

Maintenant qu'elle s'apprêtait à quitter ce décor, elle se demandait s'il lui manquerait.

Quelque chose bougea derrière la fenêtre du bureau, et un halo de lumière apparut brièvement. Lyra se souvint alors qu'elle devait frapper au carreau de la porte-fenêtre. Celle-ci s'ouvrit presque immédiatement.

– C'est bien. Entre vite. Nous n'avons pas beaucoup de temps, dit le Maître.

Dès qu'elle fut entrée, il tira de nouveau le rideau devant la porte-fenêtre. Comme à son habitude, il était entièrement vêtu de noir.

– Je ne pars pas, finalement ? demanda Lyra.

– Si. Je ne peux pas l'empêcher, répondit le Maître. (Sur le moment, Lyra ne s'étonna pas de cette réponse étrange.) Je vais te donner quelque chose, Lyra, mais il faut me promettre de ne le montrer à personne. Tu me le jures ?

– Oui.

Il marcha vers le bureau et sortit d'un tiroir un petit objet enveloppé de velours noir. Quand il le déballa, Lyra découvrit une sorte de grosse montre, ou de petite horloge : un épais disque de cuivre et de cristal. On aurait dit une boussole, ou quelque chose de ce genre.

– C'est quoi ?

– Un aléthiomètre. Il n'en existe que six dans le monde, celui-ci est l'un d'eux. Je te le répète, Lyra : ne le montre à personne. Il serait même préférable que Mme Coulter ne le voie pas. Ton oncle...

– Mais à quoi ça sert ?

– Ça sert à dire la vérité. Mais pour savoir comment le lire, tu devras apprendre par toi-même. Va-t'en maintenant... le jour se lève. Dépêche-toi de regagner ta chambre avant que quelqu'un te voie.

Il enveloppa l'instrument dans le velours noir et le déposa dans les paumes jointes de la fillette. Il était étonnamment lourd. Le Maître prit ensuite le visage de Lyra entre ses mains, délicatement, et la tint ainsi un instant, sans un mot.

Lyra essaya de lever les yeux vers lui.

– Qu'est-ce que vous vouliez me dire au sujet de mon oncle ?

– Lord Asriel a présenté cet instrument à Jordan College il y a quelques années. Peut-être pourra-t-il...

Il fut interrompu par des petits coups frappés à la porte. Lyra sentit un tremblement parcourir les mains du vieil homme.

– Fais vite, petite, dit-il à voix basse. Les forces de ce monde sont très puissantes. Les hommes et les femmes obéissent à des courants beaucoup plus féroces que tu ne peux l'imaginer, qui nous balayent et nous entraînent malgré nous. Va, Lyra, que Dieu te protège. Et surtout, garde tes pensées pour toi.

– Merci, Maître.

Serrant le petit paquet contre sa poitrine, elle quitta le bureau par la porte du jardin et ne se retourna qu'une seule fois, brièvement, pour voir le dæmon du Maître qui l'observait sur le rebord de la fenêtre. Déjà, le ciel s'était éclairci ; un souffle d'air frais parcourait l'atmosphère.

– Qu'est-ce que tu as dans la main ? demanda Mme Lonsdale en faisant claquer les fermoirs de la petite valise cabossée.

– C'est le Maître qui me l'a donné. On ne peut pas le mettre dans la valise ?

– Trop tard. Je ne vais pas la rouvrir. Tu mettras ce machin dans la poche de ton manteau. Allez, dépêche-toi de descendre à l'Office. Ne les fais pas attendre…

C'est seulement après avoir fait ses adieux aux quelques domestiques déjà debout à cette heure, et à Mme Lonsdale, qu'elle repensa à Roger. Et elle eut honte de ne pas avoir songé à lui une seule fois depuis sa rencontre avec Mme Coulter. Tout était arrivé si vite !

Et voilà qu'elle était en route pour Londres : assise près du hublot d'un zeppelin ! Les petites pattes d'hermine de Pantalaimon s'enfonçaient dans sa cuisse, tandis que ses pattes de devant étaient appuyées contre la vitre, à travers laquelle il regardait dehors. À côté de Lyra, Mme Coulter consultait des papiers, mais elle les rangea rapidement pour pouvoir bavarder. Quelle conversation brillante !

Lyra était enivrée. Il ne s'agissait pas du Nord cette fois, mais de Londres, des restaurants et des salles de bal, des soirées dans les ambassades et les ministères, des intrigues entre White Hall et Westminster. De fait, Lyra était presque plus fascinée par ce qu'elle entendait que par le paysage qui défilait sous l'engin volant. Tout ce que disait Mme Coulter semblait imprégné du parfum de l'âge adulte, une sensation à la fois déroutante et envoûtante : l'odeur du raffinement.

L'atterrissage à Falkeshall Gardens, la traversée du fleuve boueux en bateau, la somptueuse résidence sur la rive nord de la Tamise, où un portier corpulent (une sorte de concierge en uniforme, avec des médailles) salua Mme Coulter et adressa un clin d'œil à Lyra, qui le toisa avec indifférence…

Puis l'appartement…

Lyra demeura bouche bée. Elle avait vu beaucoup de beauté durant sa courte vie, mais c'était la beauté de Jordan College, la beauté d'Oxford : imposante, froide, masculine. À Jordan College, il y avait un tas de choses magnifiques, certes, mais rien de joli. Dans l'appartement de Mme Coulter, tout était joli. Grâce aux immenses fenêtres orientées au sud, il était inondé de lumière, et les murs étaient recouverts d'un élégant papier peint à fines rayures or. Il y avait de charmants tableaux dans des cadres dorés, un miroir ancien, des appliques extravagantes supportant des lampes ambariques dotées d'abat-jour à volants, des coussins, à volants eux aussi, des lambrequins à fleurs au-dessus de la tringle à rideau et, sur le sol, un tapis vert moelleux avec des dessins de feuilles. Lyra était éberluée; on aurait dit que chaque centimètre de surface était occupé par de ravissantes petites boîtes en porcelaine, ou des bergères et des arlequins en faïence.

Mme Coulter souriait en voyant l'air admiratif de la fillette.

– Eh oui, Lyra, dit-elle, j'ai tellement de choses à te faire découvrir ! Enlève ton manteau, je vais te montrer la salle de bains. Quand tu te seras lavée, nous déjeunerons et nous irons faire des courses...

La salle de bains constituait un autre motif d'émerveillement. Lyra avait l'habitude de se laver dans une bassine ébréchée avec un savon jaunâtre très dur; l'eau qui coulait du robinet était tiède – dans le meilleur des cas – et mêlée de rouille. Ici, l'eau était chaude, le savon rose et parfumé, les serviettes douces et épaisses. Le miroir teinté était entouré de petites lumières roses, si bien qu'en s'y regardant, Lyra découvrit un visage délicatement éclairé qui ne ressemblait pas à la Lyra qu'elle connaissait.

Pantalaimon, qui s'amusait à imiter l'apparence du dæmon de Mme Coulter, lui faisait des grimaces, accroupi sur le rebord du lavabo. Lyra le poussa dans l'eau savonneuse, et soudain, elle repensa à l'aléthiomètre resté dans la poche de son manteau. Celui-ci était posé sur le dossier d'une chaise dans la pièce voisine. Elle avait promis au Maître de Jordan College de ne pas le montrer à Mme Coulter...

Oh, tout cela était tellement embrouillé ! Mme Coulter était si gentille et intelligente, alors que Lyra avait vu, de ses propres yeux, le Maître tenter d'empoisonner l'oncle Asriel. Auquel des deux devait-elle obéir ? se demandait-elle.

Elle s'essuya rapidement pour s'empresser de retourner dans le salon, où son manteau était toujours au même endroit, évidemment.

– Tu es prête ? demanda Mme Coulter. Je pensais que nous pourrions aller déjeuner à l'Institut Arctique Royal. Je suis une des rares femmes à en être membre, autant profiter de ce privilège.

Une promenade de vingt minutes les mena à un imposant bâtiment en pierre de taille. Là, elles s'installèrent dans une immense salle à manger, où des couverts en argent étincelaient sur les tables recouvertes de nappes blanches. Elles mangèrent du foie de veau et du bacon.

– Le foie de veau, on peut en manger, expliqua Mme Coulter, le foie de phoque aussi, mais si jamais tu te retrouves un jour sans provisions dans l'Arctique, il ne faut surtout pas manger du foie d'ours. C'est plein de poison, et tu mourrais en quelques minutes.

Pendant qu'elles déjeunaient, Mme Coulter lui désigna certains membres de l'Institut qui étaient assis à d'autres tables.

– Tu vois ce vieux monsieur à la cravate rouge ? C'est le colonel Carborn. Il a effectué le premier vol en ballon au-dessus du Pôle Nord. Et le grand monsieur près de la fenêtre, celui qui vient juste de se lever, c'est le Dr Flèche Brisée.

– C'est un Skraeling ?

– Oui. C'est lui qui a dessiné la carte des courants sous-marins du Grand Océan du Nord…

Lyra regardait tous ces hommes illustres, avec un mélange de curiosité, d'admiration et de crainte. C'étaient tous des savants, aucun doute, mais aussi de grands explorateurs. Le Dr Flèche Brisée connaissait les dangers du foie d'ours ; elle doutait que le Bibliothécaire de Jordan College puisse en dire autant.

Après le déjeuner, Mme Coulter lui montra quelques-unes des précieuses reliques de l'Arctique conservées à la Bibliothèque de l'Institut : le harpon avec lequel avait été tuée la grande baleine Grimmsdur, la pierre sur laquelle était gravée une inscription dans une langue inconnue et que l'on avait retrouvée dans la main de l'explorateur Lord Rukh, mort de froid dans la solitude de sa tente, un allume-feu utilisé par le capitaine Hudson au cours de son célèbre voyage vers la Terre de Van Tieren. Mme Coulter lui raconta l'histoire de chacun de ces objets, et Lyra sentit son cœur se remplir d'admiration pour ces immenses héros valeureux et lointains.

Après quoi, elles allèrent faire des courses. Chaque instant de cette journée extraordinaire fut pour Lyra une expérience nouvelle. Entrer dans un magasin gigantesque rempli de vêtements, où l'on pouvait tout essayer et s'admirer dans des glaces… Tout était si joli… Les vêtements de Lyra lui étaient toujours fournis par Mme Lonsdale, déjà portés et raccommodés pour la plupart. Elle avait rarement porté des habits neufs, et quand cela arrivait, ils avaient été achetés pour des raisons pratiques, sans aucun souci d'élégance. Jamais encore elle n'avait choisi elle-même un vêtement. Et voilà que Mme Coulter lui proposait ceci, lui suggérait cela, et c'était elle qui payait par-dessus le marché.

Une fois les achats terminés, Lyra avait les joues empourprées et les yeux brillants de fatigue. Mme Coulter demanda qu'on emballe et qu'on livre tous ces vêtements à son domicile, puis toutes les deux rentrèrent à l'appartement.

La fillette prit un bon bain, avec une épaisse mousse parfumée. Mme Coulter la rejoignit pour lui laver les cheveux, sans frotter vigoureusement comme le faisait Mme Lonsdale. Elle était très douce, au contraire. Pantalaimon l'observait avec une vive curiosité, jusqu'à ce que Mme Coulter le regarde avec insistance. Il comprit et détourna pudiquement le regard de ces mystères féminins, comme le faisait le singe au pelage doré. C'était bien la première fois qu'il était obligé de tourner la tête devant Lyra.

Après le bain, il y eut encore une infusion avec du lait, une chemise de nuit en flanelle toute neuve, avec des dessins de fleurs et un col festonné, des pantoufles en peau de chèvre bleu ciel, et le lit.

Comme il était confortable ce lit ! Comme elle était douce cette lumière ambarique de la lampe de chevet ! Et la chambre, si douillette avec ses petits placards, sa coiffeuse et sa commode qui accueillerait tous ses nouveaux vêtements, le tapis qui recouvrait entièrement le sol et les adorables rideaux ornés d'étoiles, de lunes et de planètes ! Lyra était allongée sur le dos, raide, trop fatiguée pour dormir, trop émerveillée pour se poser des questions.

Dès que Mme Coulter fut sortie de la chambre, après lui avoir souhaité une bonne et douce nuit, Pantalaimon tira Lyra par les cheveux. Elle le repoussa brutalement, mais il lui murmura à l'oreille :

– Où est le machin ?

Elle comprit immédiatement à quoi il faisait allusion. Son vieux manteau élimé était suspendu dans la penderie de la chambre ; quelques secondes plus tard, elle était de retour dans son lit, assise en tailleur dans le faisceau de la lampe de chevet, Pantalaimon à ses côtés, qui la regardait attentivement déplier le velours noir pour examiner cet objet que lui avait confié le Maître.

– Comment a-t-il appelé ce truc ? demanda-t-elle à voix basse.

– Un aléthiomètre.

Inutile de demander ce que ça signifiait. L'objet pesait lourdement dans sa main, la surface en cristal miroitait, le boîtier en cuivre était magnifiquement ouvragé. Cela ressemblait beaucoup à une montre, ou à une boussole, car des aiguilles tournaient à l'intérieur d'un cadran, mais au lieu de désigner des chiffres ou des points cardinaux, elles indiquaient des petits symboles, peints avec une précision extraordinaire, comme sur de l'ivoire, avec le pinceau en poil de martre le plus fin qui soit. Lyra fit tourner le cadran entre ses doigts pour admirer chaque dessin. Il y avait une ancre, un sablier surmonté d'une tête de mort, un taureau, une ruche… Trente-six dessins différents en tout, et elle n'avait pas la moindre idée de ce qu'ils représentaient.

– Regarde, il y a une petite molette, dit Pantalaimon. Essaye de la faire tourner.

En fait, il y avait trois petites roulettes moletées, et chacune d'elles permettait de faire tourner une des trois aiguilles qui se déplaçaient en douceur tout autour du cran en produisant de discrets déclics. Ainsi, on pouvait les orienter en face de n'importe quel dessin, et une fois qu'elles avaient adopté la bonne position, exactement au centre de la case, elles ne bougeaient plus.

La quatrième aiguille était plus longue et plus fine ; elle semblait également faite dans un métal plus terne que les trois autres. En outre, il était impossible de contrôler ses mouvements ; elle allait là où elle voulait, semblable en cela à l'aiguille d'une boussole, à cette différence près qu'elle ne s'arrêtait jamais de tourner.

— Le mot mètre veut dire mesure, expliqua Pantalaimon. Comme dans thermomètre, par exemple. L'Aumônier nous l'a appris, souviens-toi.

— D'accord, ça c'est facile, répondit-elle. Mais à ton avis, à quoi ça sert ?

Ni l'un ni l'autre n'en avaient la moindre idée. Lyra passa un long moment à faire tourner les aiguilles, face aux différents symboles (ange, casque, dauphin, globe terrestre, luth, boussole, bougie, éclair, cheval…) et à regarder la grande aiguille tournoyer frénétiquement. Et même si elle ne comprenait rien, elle était intriguée et enchantée par la complexité et la beauté de cet objet. Pantalaimon devint souris pour pouvoir s'en approcher et poser ses toutes petites pattes sur le bord du cadran. Ses minuscules yeux noirs brillaient de curiosité en suivant le déplacement de la grande aiguille.

— À ton avis, lui demanda Lyra, que voulait me dire le Maître au sujet d'oncle Asriel ?

— Peut-être que nous devons cacher cet objet et le lui donner.

— Mais le Maître a essayé de l'empoisonner ! Si ça se trouve, c'est tout le contraire. Peut-être qu'il allait me dire de ne pas le lui donner justement.

— Non, dit Pantalaimon, c'est elle qui ne doit pas l'avoir.

On frappa doucement à la porte.

— Lyra, dit Mme Coulter, tu ferais bien d'éteindre ta

lumière. Tu es fatiguée et, demain, nous avons une dure journée.

Lyra s'était empressée de cacher l'aléthiomètre sous les draps.

– Bien, madame Coulter.

– Bonne nuit.

– Bonne nuit.

Elle se blottit dans le lit et éteignit la lumière. Juste avant de s'endormir, elle glissa l'aléthiomètre sous son oreiller au cas où…

5
Le cocktail

Durant les jours qui suivirent, Lyra accompagna Mme Coulter partout où elle allait, un peu comme si elle était son dæmon. Mme Coulter connaissait beaucoup de gens différents, qu'elle rencontrait dans toutes sortes d'endroits. Le matin, il pouvait y avoir une réunion de géographes à l'Institut Arctique Royal, à laquelle Lyra assistait, assise dans un coin ; ensuite, Mme Coulter avait rendez-vous avec un politicien ou un ecclésiastique pour déjeuner dans un restaurant chic. Séduits par Lyra, ils lui commandaient des plats spécialement pour elle ; elle apprenait à manger des asperges, découvrait le goût des ris de veau. L'après-midi, elles faisaient des courses, car Mme Coulter préparait son expédition et il fallait acheter des fourrures, des cirés, des bottes imperméables, sans oublier les sacs de couchage, les couteaux et surtout le matériel de dessin qui émerveillait Lyra. Ensuite, elles allaient prendre le thé et rencontraient d'autres femmes, aussi bien habillées que Mme Coulter, sans être aussi belles ni aussi douées ; des femmes si différentes des Érudites, des mari-

nières gitanes ou des domestiques du Collège, qu'elles semblaient appartenir à un autre sexe, doté de pouvoirs dangereux mais aussi de qualités comme l'élégance, le charme et la grâce. Pour ces occasions, Lyra était joliment habillée, et les dames la dorlotaient, elles la faisaient participer à leurs conversations délicates et raffinées qui tournaient toujours autour de tel artiste, tel homme politique, ou tel couple d'amants.

Le soir venu, Mme Coulter emmenait parfois Lyra au théâtre, et là encore, il y avait de nombreuses personnes à rencontrer et à admirer car, apparemment, Mme Coulter connaissait toute la haute société de Londres.

En plus de toutes ces activités, Mme Coulter enseignait à Lyra des rudiments de géographie et de mathématiques. Les connaissances de la fillette ressemblaient à une carte du monde rongée par des souris, car elle avait reçu à Jordan College un enseignement fragmentaire et décousu : un Jeune Érudit était généralement désigné pour lui enseigner telle ou telle matière ; les leçons se poursuivaient péniblement pendant une semaine environ, jusqu'à ce que Lyra « oublie » de venir au cours, au grand soulagement de l'Érudit. Ou bien, l'Érudit désigné oubliait ce qu'il était censé lui apprendre et lui exposait en long et en large le sujet de ses recherches du moment, quel qu'il soit. Pas étonnant dans ces conditions qu'elle n'ait acquis qu'un savoir partiel. Elle avait entendu parler de l'atome et des particules élémentaires, des charges ambaromagnétiques, des quatre forces fondamentales et d'autres fragments de théologie expérimentale, mais elle ignorait tout du système solaire. De fait, quand Mme Coulter découvrit cette lacune et lui expliqua de quelle façon la Terre et les cinq autres planètes tournaient autour du soleil, Lyra rit de bon cœur à cette plaisanterie.

Malgré tout, elle tenait à montrer qu'elle avait certaines notions, et quand Mme Coulter lui parla des électrons, elle dit, sur un ton de spécialiste :

— Oui, ce sont des particules chargées négativement. Un peu comme la Poussière, sauf que la Poussière, elle, n'est pas chargée.

À peine avait-elle prononcé ces mots que le dæmon de Mme Coulter dressa brusquement la tête pour la regarder et tous les poils de son pelage doré se dressèrent sur son petit corps, comme si lui aussi était chargé électriquement. Mme Coulter posa sa main dans son dos.

— La Poussière ? dit-elle.

— Oui, vous savez, la Poussière de l'espace.

— Que sais-tu de la Poussière, Lyra ?

— Oh, je sais qu'elle vient de l'espace, et elle fait briller les gens, à condition que l'on ait une sorte d'appareil photo spécial pour la voir. Sauf les enfants. Elle n'affecte pas les enfants.

— Qui t'a appris ça ?

Lyra sentait maintenant qu'il régnait une forte tension dans la pièce, car Pantalaimon, sous l'aspect d'une hermine, avait grimpé sur ses genoux et tremblait violemment.

— Oh, quelqu'un de Jordan College, répondit Lyra en restant dans le vague. J'ai oublié qui. Je crois que c'était un des Érudits.

— Cela faisait partie de tes leçons ?

— Oui, peut-être. Ou bien, peut-être que c'était juste comme ça, en passant. Oui, je crois que c'est plutôt ça.

L'Érudit en question venait du Nouveau Danemark, il me semble ; il parlait de la Poussière avec l'Aumônier juste au moment où je passais et ça m'a paru intéressant, alors je me suis arrêtée pour écouter...

– Je vois, dit Mme Coulter.

– C'est exact ce qu'il disait ? Ou bien, j'ai mal compris ?

– Je ne sais pas. Je suis sûre que tu en sais beaucoup plus que moi. Mais revenons-en aux électrons...

Par la suite, Pantalaimon dit à Lyra :

– Tu as vu quand les poils du dæmon se sont dressés ? Eh bien, j'étais juste derrière lui, et Mme Coulter lui a empoigné le pelage si violemment qu'elle en avait les jointures toutes blanches. Tu ne pouvais pas le voir, toi. Ses poils ont mis du temps à se remettre en place. J'ai bien cru qu'il allait te sauter dessus.

Voilà qui était étrange, assurément ; mais ni Lyra ni Pantalaimon ne savaient quelles conclusions en tirer.

Pour finir, il y avait d'autres sortes de leçons, dispensées de manière si douce et subtile que ça ne ressemblait pas à des leçons. Comment se laver les cheveux, comment choisir les couleurs qui vous conviennent le mieux, comment dire non de façon si charmante que personne ne se sente vexé, comment appliquer du rouge à lèvres, du fond de teint, se parfumer. Certes, Mme Coulter ne dictait pas directement sa conduite à Lyra, mais elle savait que la fillette l'observait quand elle se maquillait, aussi prenait-elle soin de laisser ses produits de beauté en évidence, pour permettre à Lyra de les découvrir et de les essayer en toute liberté.

Le temps passait ; l'automne commença à se transformer en hiver. De temps à autre, Lyra repensait à Jordan

College, mais celui-ci lui paraissait désormais trop petit et trop calme, comparé à la vie trépidante qui était devenue la sienne. Parfois, elle repensait à Roger également et, dans ces moments-là, elle éprouvait un sentiment de malaise, mais il y avait une pièce de théâtre à voir, une nouvelle robe à porter, ou il fallait se rendre à l'Institut Arctique Royal, et elle oubliait Roger une fois de plus.

Lyra vivait à Londres depuis six semaines environ quand Mme Coulter décida d'organiser un cocktail. Lyra eut l'impression qu'elle voulait ainsi fêter quelque chose, mais Mme Coulter n'en parla pas. Elle commanda des fleurs, choisit les canapés et les boissons avec le traiteur, et passa toute une soirée à sélectionner les invités en compagnie de Lyra.

—Il nous faut absolument l'archevêque. Je ne peux pas me permettre de ne pas l'inviter bien que ce soit un vieux snob insupportable. Lord Boreal est en ville, c'est un convive très amusant. Il y a aussi la princesse Postnikova. Crois-tu qu'il serait bon d'inviter Erik Andersson ? Je me demande si le moment est venu de l'introduire dans notre coterie…

Erik Andersson était le dernier danseur à la mode. Lyra ignorait ce que signifiait le mot « coterie », mais elle était heureuse de pouvoir donner son opinion. Elle notait consciencieusement tous les noms que suggérait Mme Coulter, en martyrisant l'orthographe, puis les rayait ensuite si Mme Coulter changeait d'avis.

Ce soir-là, quand Lyra alla se coucher, Pantalaimon lui murmura, sur l'oreiller :

—Nous n'irons jamais dans le Nord ! Elle va nous garder ici éternellement. Qu'est-ce qu'on attend pour partir ?

– Nous irons, répondit Lyra à voix basse. Tu ne l'aimes pas, voilà tout. Eh bien, tant pis pour toi. Moi, je l'aime bien. Pourquoi nous enseignerait-elle la navigation et tout le reste, si elle n'avait pas l'intention de nous emmener dans le Nord ?

– Pour calmer ton impatience, voilà pourquoi ! Ne me dis pas que tu as envie de jouer les petites filles modèles pendant ce cocktail. Cette femme t'a transformée en animal domestique.

Lyra lui tourna le dos et ferma les yeux. Ce que disait Pantalaimon était juste. Elle se sentait étouffée, privée de liberté, dans cette vie élégante et raffinée, si agréable fût-elle. Elle aurait donné n'importe quoi pour passer une journée avec ses camarades bons à rien d'Oxford, pour une bonne bataille dans les carrières de glaise et une course le long du canal. La seule chose qui l'incitait à demeurer polie et attentive face à Mme Coulter, c'était l'espoir alléchant d'aller dans le Nord. Peut-être pourraient-elles y retrouver Lord Asriel. Peut-être Mme Coulter et lui tomberaient-ils amoureux ; ils se marieraient, adopteraient Lyra et iraient libérer Roger des griffes des Enfourneurs.

L'après-midi juste avant le cocktail, Mme Coulter conduisit Lyra chez un coiffeur à la mode, où l'on donna de la souplesse et du mouvement à ses cheveux raides, où ses ongles furent limés et vernis, où on lui maquilla même un peu les yeux et la bouche pour lui montrer comment faire. Après quoi, elles allèrent chercher la nouvelle robe que Mme Coulter lui avait commandée, et acheter une paire de chaussures vernies, puis il fut temps de rentrer à la maison pour vérifier la disposition des fleurs et se préparer.

– Non, pas le sac à bandoulière, ma chérie, dit Mme

Coulter en voyant Lyra ressortir de la chambre, toute rayonnante de se sentir aussi jolie.

Elle avait pris l'habitude de se promener, partout où elle allait, avec un petit sac à bandoulière en cuir blanc, pour garder l'aléthiomètre sous la main. Mme Coulter était occupée à aérer un bouquet de roses trop serrées dans un vase. Constatant que Lyra ne bougeait pas, elle regarda la porte de la chambre avec insistance.

– Oh, s'il vous plaît, madame Coulter, j'adore ce sac !

– Pas à l'intérieur, Lyra. C'est ridicule de se promener avec un sac chez soi. Enlève-moi ça immédiatement, et viens m'aider à inspecter les verres…

C'était moins le ton autoritaire que l'emploi des mots « chez soi » qui poussa Lyra à résister. Pantalaimon sauta à terre et, se transformant instantanément en moufette, il frotta son dos voûté contre les socquettes blanches de la fillette. Encouragée par ce soutien, Lyra dit :

– Il ne me gênera pas, je vous assure. C'est la seule chose que j'aime réellement porter. Et je trouve qu'il me va…

Elle n'acheva pas sa phrase, car soudain, le dæmon de Mme Coulter jaillit du canapé, telle une boule de poils dorés, pour se jeter sur Pantalaimon et le plaquer au sol, sans lui laisser le temps de réagir. Lyra poussa un grand cri d'effroi, puis de douleur, tandis que Pantalaimon gesticulait furieusement, en braillant et en grognant, sans pouvoir échapper à l'étau des pattes du singe. En quelques secondes seulement, celui-ci l'avait maîtrisé : une patte noire lui serrait la gorge, pendant que ses puissantes pattes de derrière immobilisaient les membres inférieurs de la moufette. Il saisit une des oreilles de Pantalaimon avec son autre patte de devant et tira, comme s'il voulait la lui arracher. Non pas de manière rageuse, mais avec une étrange violence froide, effrayante pour les témoins et plus encore pour celui qui la subissait.

Lyra sanglotait de frayeur.

– Non ! Je vous en supplie ! Arrêtez de nous faire du mal !

Occupée à arranger les bouquets de fleurs, Mme Coulter leva la tête.

– Tu n'as qu'à m'obéir, dit-elle.

– Promis !

Le singe doré libéra Pantalaimon, comme s'il n'avait plus envie de s'amuser. Pantalaimon se précipita vers Lyra, qui le prit dans ses bras et le serra contre son visage pour l'embrasser et le réconforter.

– Eh bien, Lyra, dit Mme Coulter.

Lyra lui tourna le dos rageusement et s'enfuit dans sa chambre en claquant la porte, mais à peine refermée, celle-ci s'ouvrit de nouveau. Mme Coulter entra et vint se planter devant la fillette.

– Lyra, si tu te conduis de manière aussi grossière, nous allons nous faire la guerre, et c'est moi qui l'emporterai. Pose immédiatement ce sac. Fais-moi disparaître cet air renfrogné. Et ne t'avise plus de claquer une porte devant moi, et même quand je ne suis pas là. Les premiers invités vont arriver dans quelques minutes, et je veux que tu te comportes comme une charmante enfant bien élevée, polie et attentive, bref, adorable. J'y tiens particulièrement, Lyra, c'est bien compris ?

– Oui, madame Coulter.

– Alors, embrasse-moi.

Elle se pencha légèrement en avant, la joue tendue. Lyra dut se dresser sur la pointe des pieds pour y déposer un baiser. Elle remarqua combien sa joue était douce, et sentit l'odeur surprenante de la peau de Mme Coulter : parfumée, mais avec quelque chose de… métallique. Elle recula et déposa son sac à bandoulière sur sa coiffeuse, avant de suivre Mme Coulter dans le salon.

— Comment trouves-tu ces fleurs, ma chérie ? demanda celle-ci d'un ton joyeux, comme s'il ne s'était rien passé. Évidemment, avec les roses, on est sûr de ne jamais se tromper, mais il faut savoir ne pas abuser des bonnes choses… Le traiteur a-t-il fait livrer suffisamment de glaçons ? Sois gentille, va te renseigner. Boire chaud, c'est épouvantable…

Lyra s'aperçut qu'il lui était facile, finalement, de faire semblant d'être gaie et charmante, même si, à chaque instant, elle sentait toute la rancœur de Pantalaimon, et sa haine envers le singe au pelage doré. Soudain, on sonna à la porte et, bientôt, la pièce fut envahie de femmes vêtues à la dernière mode et d'hommes beaux ou distingués. Lyra évoluait au milieu de ces gens en proposant des canapés, distribuant des grands sourires et répondant poliment quand on lui posait une question. Elle avait l'impression de ressembler à un animal domestique, et à l'instant même où elle formulait mentalement cette pensée, Pantalaimon étendit ses ailes de chardonneret en gazouillant.

Il était heureux d'avoir prouvé qu'il avait raison, et Lyra décida de dissimuler un peu mieux ses sentiments.

— À quelle école vas-tu, ma chérie ? lui demanda une vieille femme qui l'observait à travers un face-à-main.

— Je ne vais pas à l'école.

—Vraiment ? J'aurais pourtant cru que ta mère t'enverrait dans sa vieille école. Un excellent établissement, d'ailleurs…

Lyra demeura perplexe, jusqu'à ce qu'elle comprenne l'erreur de la vieille dame.

—Oh ! Ce n'est pas ma mère ! Je suis là pour l'aider. Je suis son assistante personnelle, déclara-t-elle d'un air supérieur.

—Je vois. Mais qui sont tes géniteurs ?

Une fois de plus, Lyra ne comprit pas immédiatement ce que voulait dire la vieille femme.

—Ah, mes parents. C'étaient un comte et une comtesse. Ils sont morts tous les deux dans un accident aéronautique dans le Nord.

—Le comte comment ?

—Belacqua. C'était le frère de Lord Asriel.

Le dæmon de la vieille femme, un ara au plumage pourpre, se balançait d'une patte sur l'autre, comme s'il était agacé. Voyant la vieille femme plisser le front d'un air intrigué, Lyra la gratifia d'un grand sourire et s'éloigna.

Elle passait devant un petit groupe d'hommes, rassemblés autour d'une femme, près du grand canapé, lorsqu'elle capta le mot « Poussière ». Lyra avait désormais suffisamment évolué en société pour savoir quand les hommes et les femmes flirtaient, et elle les observait avec fascination ; mais cette fois, elle s'arrêta pour tendre l'oreille. Apparemment, les hommes étaient des universitaires et, à en juger par la façon dont la jeune femme les interrogeait, Lyra en conclut qu'il s'agissait d'une étudiante.

—Elle a été découverte par un Moscovite — arrêtez-moi si vous le savez déjà —, disait un homme d'un certain âge, sous le regard admiratif de la jeune femme… un dénommé

Rusakov, d'où le nom de Particules de Rusakov qu'on leur donne généralement. Des particules élémentaires qui n'ont absolument aucune action les unes sur les autres et extrêmement difficiles à détecter, mais le plus extraordinaire, c'est qu'elles semblent attirées par les êtres humains.

– Vraiment ? fit la jeune femme, les yeux écarquillés.

– Et ce n'est pas tout, reprit l'homme. Figurez-vous que certains êtres humains les attirent plus que d'autres. Les adultes, pas les enfants. Du moins, pas autant, et pas avant l'adolescence. D'ailleurs, c'est la raison pour laquelle… (À cet instant, il baissa la voix et se rapprocha de la jeune femme, en lui posant la main sur l'épaule, comme pour lui faire une confidence.) … c'est la raison pour laquelle on a créé le Conseil d'Oblation. Ainsi que pourrait vous l'expliquer notre charmante hôtesse.

– Ah bon ? Elle fait partie du Conseil d'Oblation ?

– Allons, ma chère, c'est elle le Conseil d'Oblation. Ce projet est entièrement le sien…

L'homme s'apprêtait à en dire plus, lorsqu'il aperçut Lyra. Celle-ci l'observa sans ciller. Sans doute avait-il un peu trop bu, ou bien cherchait-il à impressionner la jeune femme, car il ajouta :

– Cette jeune demoiselle sait tout cela, j'en suis certain. Mais toi, petite, dit-il en s'adressant directement à Lyra, tu n'as pas à avoir peur du Conseil d'Oblation, n'est-ce pas ?

– Oh non, répondit Lyra. Ici, je n'ai rien à craindre de personne. Où je vivais autrefois, là-bas à Oxford, il y avait un tas de dangers. Les gitans, par exemple : ils enlèvent les enfants pour les vendre aux Turcs comme esclaves. Et à Port Meadow, à la pleine lune, un loup-garou sort du vieux couvent de Godstow. Un jour, je l'ai entendu pousser des hurlements. Il y a aussi les Enfourneurs…

– C'est ce que je disais, reprit l'homme. C'est bien ainsi qu'on surnomme le Conseil d'Oblation, n'est-ce pas ?

Lyra sentit que Pantalaimon se mettait à trembler, mais il fit un effort pour se contrôler, et les dæmons des deux adultes, un chat et un papillon, semblèrent ne rien remarquer.

– Les Enfourneurs ! s'exclama la jeune femme. Quel drôle de nom ! Pourquoi les appelle-t-on ainsi ?

Lyra s'apprêtait à lui raconter une des histoires à vous glacer le sang qu'elle avait inventées pour effrayer les gamins d'Oxford, mais l'homme la devança :

– À vrai dire, cette idée ne date pas d'hier. Déjà au Moyen Âge, les parents donnaient leurs enfants à l'Église pour qu'ils deviennent moines ou moniales. Ces pauvres petits malheureux étaient baptisés des « oblats ». Cela veut dire sacrifice ou offrande, quelque chose comme ça. On a donc repris la même idée quand on s'est intéressé à la Poussière… comme notre jeune amie ici présente le sait certainement. Si tu allais bavarder un peu avec Lord Boreal ? ajouta-t-il en s'adressant à Lyra encore une fois. Je suis sûr qu'il serait ravi de faire la connaissance de la petite protégée de Mme Coulter… C'est lui là-bas, l'homme aux cheveux blancs, avec un dæmon-serpent.

Il cherchait à se débarrasser d'elle pour pouvoir discuter en privé avec la jeune femme, Lyra l'avait bien compris. Mais apparemment, la jeune femme, elle, s'intéressait davantage à Lyra, et elle faussa compagnie à l'universitaire.

– Hé, attends un peu… Comment t'appelles-tu ?

– Lyra.

—Moi, c'est Adèle Starminster. Je suis journaliste. On peut bavarder un petit peu ?

Lyra, qui trouvait tout naturel que les gens aient envie de lui parler, répondit simplement :

—Oui.

Le dæmon-papillon de la jeune femme s'envola, voltigea dans tous les sens, avant de redescendre pour murmurer quelque chose à la journaliste, et Adèle Starminster déclara :

—Allons nous asseoir sur la banquette sous la fenêtre.

Cet endroit était le coin préféré de Lyra, car il donnait directement sur le fleuve, et la nuit, les lumières de la rive sud, juste en face, scintillaient au-dessus de leur reflet dans l'eau noire. Une file de barges, tractées par un remorqueur, remontait le courant. Adèle Starminster s'assit sur la banquette et glissa sur le côté pour faire de la place à Lyra.

—Si j'ai bien compris le professeur Docker, tu as des liens avec Mme Coulter ?

—Exact.

—Lesquels, au juste ? Tu n'es pas sa fille, ou une parente ? Je le saurais si...

—Non, non, répondit Lyra. Bien sûr que non. Je suis son assistante personnelle.

—Son assistante personnelle ? Tu es un peu jeune, non ? Je pensais plutôt que vous étiez apparentées, d'une manière ou d'une autre. Parle-moi d'elle.

—C'est une femme très intelligente.

Avant ce soir, Lyra aurait été plus élogieuse, mais les choses étaient en train de changer.

—D'accord, mais sur le plan personnel, demanda Adèle Starminster. Est-elle sympathique ou plutôt irritable ? Est-ce que tu habites ici avec elle ? Comment est-elle dans l'intimité ?

— Elle est très gentille, répondit Lyra, impassible.

— Que fais-tu exactement pour elle ? De quelle manière est-ce que tu l'aides ?

— Entre autres, je fais des calculs. Pour la navigation, par exemple.

— Ah, je vois… Et d'où viens-tu ? Quel est ton nom, déjà ?

— Lyra. Je viens d'Oxford.

— Pourquoi Mme Coulter t'a-t-elle choisie pour…

Elle se tut brutalement car Mme Coulter venait d'apparaître. À voir la façon dont Adèle Starminster leva les yeux vers elle, et la manière dont son dæmon se mit à voltiger nerveusement autour de sa tête, Lyra devina que la jeune femme n'était pas censée se trouver ici se soir.

— Je ne connais pas votre nom, lui dit Mme Coulter, sans élever la voix, mais il me suffit de cinq minutes pour le trouver, et je peux vous assurer que vous ne travaillerez plus jamais comme journaliste. Maintenant, levez-vous calmement, sans faire de scandale, et fichez le camp. J'ajoute que la personne qui vous a amenée ici ce soir va le regretter elle aussi.

Mme Coulter semblait habitée par une sorte de force ambarique. Son odeur elle-même était différente ; une odeur chaude, comme du métal brûlant, émanait de son corps. Lyra en avait déjà eu un aperçu précédemment, mais maintenant elle voyait cette énergie dirigée contre quelqu'un d'autre, et la pauvre Adèle Starminster n'avait pas la force de résister. Son dæmon tomba sur son épaule, agita encore une ou deux fois ses ailes magnifiques, avant de défaillir ; la jeune femme elle-même semblait avoir du mal à tenir debout. Avançant légèrement courbée, avec des mouvements pataudes, elle se fraya un chemin au milieu des invités qui parlaient fort et quitta le salon, une main plaquée sur l'épaule pour retenir son dæmon évanoui.

— Eh bien ? demanda Mme Coulter en reportant son attention sur Lyra.

— Je ne lui ai rien dit d'important.

— Que voulait-elle savoir ?

— Juste ce que je faisais et qui j'étais, c'est tout !

Au moment où elle prononçait ces mots, Lyra s'aperçut que Mme Coulter était seule, sans son dæmon. « Comment est-ce possible ? » se demanda-t-elle. Mais rapidement, le singe au pelage doré réapparut à ses côtés. Se penchant sur le côté, Mme Coulter le saisit par la patte pour le hisser sur son épaule, sans peine. Aussitôt, elle parut se détendre.

— Si tu tombes encore sur quelqu'un qui, de toute évidence, n'a pas été invité, viens me prévenir, d'accord ?

L'odeur de métal chaud s'était atténuée. Peut-être Lyra l'avait-elle simplement imaginée, car elle retrouvait l'odeur habituelle de Mme Coulter, mêlée à celles des roses, de la fumée des cigarillos, et au parfum des autres femmes. Mme Coulter lui sourit, comme pour dire : « Toi et moi, nous comprenons ces choses-là, n'est-ce pas ? », après quoi, elle s'éloigna pour accueillir d'autres invités.

Pantalaimon chuchota à l'oreille de Lyra :

— Pendant qu'elle était ici, j'ai vu son dæmon sortir de ta chambre. Il nous espionne. Il connaît l'existence de l'aléthiomètre !

Lyra sentait que Pantalaimon avait raison, mais elle ne

pouvait rien y faire. Qu'avait donc dit ce professeur au sujet des Enfourneurs ? Elle balaya le salon du regard, à sa recherche, mais à peine l'eut-elle repéré qu'elle vit le concierge de l'immeuble (habillé en domestique pour l'occasion), accompagné d'un autre homme, tapoter sur l'épaule du professeur et lui glisser quelques mots à voix basse. Il blêmit et les suivit hors de la pièce. La scène n'avait duré qu'une dizaine de secondes, et s'était déroulée de manière si discrète que personne, ou presque, n'avait rien remarqué. Mais elle laissa Lyra en proie à un sentiment d'angoisse.

La fillette déambula à travers les deux grandes pièces où avait lieu la réception, écoutant d'une oreille les conversations qui l'entouraient, s'intéressant à peine aux cocktails qu'elle n'avait pas le droit de goûter, de plus en plus nerveuse et inquiète. Elle n'avait pas remarqué qu'on l'observait, jusqu'à ce que le concierge apparaisse à ses côtés et se penche vers elle pour lui glisser :

— Mademoiselle Lyra, ce monsieur, là-bas, debout près de la cheminée, aimerait vous parler. Si vous ne le connaissez pas, sachez qu'il s'agit de Lord Boreal.

Lyra tourna la tête vers l'autre bout de la pièce. L'homme athlétique aux cheveux blancs la regardait fixement, et lorsque leurs regards se croisèrent, il lui adressa un petit signe de tête.

À contrecœur, mais intriguée malgré tout, Lyra traversa la pièce pour le rejoindre.

— Bonsoir, petite, dit-il.

Il avait une voix à la fois douce et autoritaire. La tête maillée et les yeux émeraude de son dæmon-serpent scintillaient dans la lumière de l'applique en verre taillé accrochée au mur tout près de lui.

– Bonsoir, répondit Lyra.

– Comment va mon vieil ami le Maître de Jordan College ?

– Très bien, merci.

– Je suppose qu'ils étaient tous bien tristes de te voir partir.

– Oui, sans aucun doute.

– Mme Coulter sait-elle t'occuper ? Que t'enseigne-t-elle ?

Se sentant d'humeur rebelle et mal à l'aise, Lyra n'avait pas envie de répondre à cette question condescendante en disant la vérité, ou par une de ses habituelles pirouettes. Au lieu de cela, elle dit :

– J'apprends ce que sont les Particules de Rusakov et le Conseil d'Oblation.

Soudain, l'homme sembla focaliser toute son attention sur les paroles de Lyra, comme on focalise le faisceau d'une lampe ambarique. Il ne la quittait pas des yeux.

– Et si tu me disais tout ce que tu sais ? demanda-t-il.

– Ils font des expériences dans le Nord, dit Lyra, qui sentait s'envoler toute prudence. Comme le Dr Grumman.

– Continue.

– Ils possèdent une espèce de photogramme spécial qui montre la Poussière, et quand il y a un homme dessus, on voit toute la lumière qui vient vers lui, mais pas quand c'est un enfant. Pas autant, en tout cas.

– Mme Coulter t'a-t-elle montré une photo comme celle-ci ?

Lyra hésita ; il ne s'agissait pas véritablement d'un mensonge, c'était autre chose, et elle n'avait pas l'habitude.

– Non, répondit-elle finalement. Je l'ai vue à Jordan College.

– Qui te l'a montrée ?

– Ce n'est pas à moi qu'on l'a montrée, avoua Lyra. Je passais par là et je l'ai vue. Ensuite, mon ami Roger a été enlevé par le Conseil d'Oblation. Mais…

– Qui t'a montré cette photo ?

– Mon oncle Asriel.

– Quand ?

– La dernière fois où il est venu à Jordan College.

– Je vois. Et qu'as-tu appris à part ça ? Je crois t'avoir entendue évoquer le Conseil d'Oblation.

– Oui. Mais ce n'est pas lui qui m'en a parlé ; j'ai entendu ça ici.

Ce qui était l'exacte vérité, songea-t-elle.

Lord Boreal l'observait attentivement. Lyra, elle, le regardait de son air le plus innocent. Finalement, il hocha la tête.

– Mme Coulter a dû estimer que tu étais prête pour l'aider dans son travail. Intéressant. As-tu commencé à y participer ?

– Non.

De quoi parlait-il ? se demandait-elle. Pantalaimon avait eu l'intelligence d'adopter la forme la plus inexpressive, celle d'un papillon de nuit ; il ne risquait donc pas de la trahir. Quant à elle, elle était sûre de pouvoir conserver son air innocent.

– T'a-t-elle expliqué ce qui arrive aux enfants ?

– Non, elle ne m'a pas parlé de ça. Je sais seulement que ça concerne la Poussière, et que c'est une sorte de sacrifice.

Là encore, ce n'était pas vraiment un mensonge, se dit Lyra. Elle n'avait pas dit que ces renseignements venaient de Mme Coulter.

– Le mot « sacrifice » me semble un peu excessif, dit Lord Boreal. On fait cela pour leur bien, autant que pour le nôtre. D'ailleurs, tous ces enfants suivent Mme Coulter de leur plein gré. Voilà pourquoi elle nous est si précieuse. Leur participation est indispensable, et quel enfant pourrait lui résister ? Et si elle a l'intention de se servir de toi pour mieux les attirer, tant mieux, je m'en réjouis.

Il lui sourit de la même manière que Mme Coulter, comme s'ils partageaient tous les deux un secret. Elle lui rendit son sourire, poliment, et il tourna les talons pour aller discuter avec quelqu'un d'autre.

Lyra et Pantalaimon partageaient le même sentiment d'horreur. Elle avait envie de se retrouver seule pour lui parler, elle avait envie de quitter cet appartement, envie de retourner à Jordan College, dans sa petite chambre misérable en haut de l'Escalier Douze ; envie de retrouver Lord Asriel…

Comme pour répondre à ce dernier souhait, elle entendit que l'on prononçait le nom de son oncle et, sous prétexte de prendre un petit four dans le plat posé sur la table, elle s'approcha du petit groupe qui discutait non loin de là. Un homme vêtu d'une robe pourpre d'évêque disait :

– … Croyez-moi, je pense que Lord Asriel ne nous embêtera plus pendant quelque temps.

– Où est-il retenu prisonnier, avez-vous dit ?

– Dans la forteresse de Svalbard, paraît-il. Sous la surveillance des panserbjornes, vous savez, ces ours en armure. Des créatures incroyables ! Il n'a aucune chance de leur échapper, même s'il devait vivre mille ans. En vérité, je suis convaincu que la voie est libre, presque entièrement libre…

– Les dernières expériences ont confirmé ce que j'ai

toujours pensé, à savoir que la Poussière est l'émanation du principe obscur lui-même, et…

—Il me semble percevoir là l'hérésie zoroastrique ?

—Ce n'est plus une hérésie…

—Et si nous parvenions à isoler le principe obscur…

—Svalbard, avez-vous dit ?

—Des ours en armure…

—Le Conseil d'Oblation…

—Les enfants ne souffrent pas, j'en suis persuadé…

—Lord Asriel emprisonné…

Lyra en avait suffisamment entendu. Tournant les talons, et s'éloignant aussi discrètement que Pantalaimon le papillon de nuit, elle retourna dans sa chambre et ferma la porte. Les bruits de la réception furent aussitôt étouffés.

—Alors ? murmura-t-elle, tandis que le dæmon se transformait en chardonneret sur son épaule.

—Alors, on s'enfuit, oui ou non ? demanda-t-il.

—Évidemment. Si on part maintenant, pendant que tout le monde est là, peut-être qu'elle ne s'en apercevra pas tout de suite.

—Lui, il s'en apercevra.

Pantalaimon faisait allusion au dæmon de Mme Coulter. Quand Lyra pensait à cette créature agile au pelage doré, elle était malade de peur.

—Cette fois, je ne me laisserai pas faire, déclara Pantalaimon courageusement. Moi, je peux me transformer, pas lui. Je changerai si rapidement d'aspect qu'il ne pourra pas réagir. J'aurai le dessus cette fois, tu verras.

Lyra acquiesça distraitement. Comment allait-elle s'habiller ? se demandait-elle. Comment sortir sans se faire repérer ?

— Tu feras le guet, murmura-t-elle. Dès que la voie sera libre, on fonce. Transforme-toi en papillon de nuit. Et n'oublie pas, à la seconde même où personne ne regarde…

Elle entrouvrit à peine la porte pour le laisser se faufiler dehors, ombre noire dans la lumière rose du couloir.

Pendant ce temps, elle s'empressa d'enfiler ses vêtements les plus chauds et en fourra quelques autres dans un des sacs en soie noire provenant de la boutique chic où elles étaient allées cet après-midi. Mme Coulter lui distribuait de l'argent comme si c'étaient des friandises et, bien que Lyra ait dépensé sans compter, il lui restait encore quelques souverains, qu'elle glissa dans la poche de son manteau en poil de loup.

Pour finir, elle enveloppa l'aléthiomètre dans le tissu de velours noir. Cet abominable singe l'avait-il découvert ? se demandait-elle. Oui, sans doute, et il avait certainement prévenu Mme Coulter. Ah, si seulement elle l'avait mieux caché !

À pas feutrés, elle approcha de la porte entrouverte. Sa chambre se trouvait au fond du couloir, tout près de la sortie, heureusement, et la plupart des invités étaient groupés plus loin dans les deux grandes pièces de réception. Lyra entendait les éclats de voix, les rires, le bruit d'écoulement d'une chasse d'eau, le tintement des verres, puis, une toute petite voix de papillon dans son oreille, qui lui dit :

— Maintenant ! Vite !

Elle se faufila dans le couloir, et moins de trois secondes plus tard, elle ouvrait la porte d'entrée de l'appartement. L'instant d'après, elle était sortie et refermait la porte, sans bruit. Suivie de Pantalaimon redevenu chardonneret, elle se précipita vers l'escalier et s'enfuit.

6
Prise dans les filets

Marchant à grands pas, elle tourna le dos au fleuve dont les rives lui semblaient trop dégagées et trop éclairées. Un dédale de rues étroites conduisait à l'Institut Arctique Royal, seul endroit qu'elle était certaine de pouvoir retrouver à coup sûr, et elle s'engouffra dans ce labyrinthe obscur.

Si seulement elle avait connu Londres comme elle connaissait Oxford, elle aurait su quelles rues il fallait éviter, où se procurer de quoi manger, et surtout, à quelle porte frapper pour trouver un abri. Dans cette nuit glaciale, les ruelles noires qui l'entouraient grouillaient de mouvements, animées d'une vie secrète.

Transformé en chat sauvage, Pantalaimon scrutait les ténèbres environnantes avec des yeux qui transperçaient la nuit. Parfois, il s'immobilisait, le poil hérissé, alors Lyra se détournait de la ruelle qu'elle s'apprêtait à emprunter. Les ténèbres étaient pleines de bruits : des éclats de rire avinés, deux voix rocailleuses qui beuglaient une chanson, le fracas et les gémissements d'une machine mal huilée dans un sous-sol. Elle avançait prudemment au milieu de cet univers inconnu, les sens exacerbés, mêlés à ceux de Pantalaimon, en prenant soin de rester dans l'ombre des ruelles étroites.

De temps à autre, elle devait traverser une rue plus large, mieux éclairée, où les tramways passaient dans un vrombissement continu et des jets d'étincelles sous leurs câbles ambariques. Il existait des règles pour traverser les rues de Londres, mais elle s'en moquait, et quand quelqu'un se mettait à vociférer, elle prenait ses jambes à son cou.

Malgré tout, c'était bon de retrouver la liberté. Et elle savait que Pantalaimon, qui trottinait à ses côtés sur ses pattes de chat sauvage, éprouvait la même joie d'être à l'air libre, bien qu'il s'agît de l'air pollué de Londres, chargé de fumées et de suie, où résonnaient des milliers de bruits. Plus tard, ils réfléchiraient à la signification de tout ce qu'ils avaient entendu chez Mme Coulter, mais avant ils devaient songer à trouver un endroit pour dormir.

À un carrefour, au coin d'un grand magasin dont les vitrines brillamment éclairées se reflétaient sur la chaussée mouillée, se trouvait une buvette ambulante : une petite cabane montée sur des roues et dotée d'un comptoir, protégé par un volet en bois qui se relevait comme un auvent. Une lumière jaune éclairait l'intérieur de la buvette, d'où s'échappait une délicieuse odeur de café. Le patron, vêtu d'une veste blanche et accoudé au comptoir, discutait avec deux ou trois clients.

C'était tentant. Lyra marchait depuis une heure maintenant, dans le froid et l'humidité. Avec Pantalaimon métamorphosé en moineau, elle s'approcha de la buvette et leva la main pour attirer l'attention du patron.

– Un café et un sandwich au jambon, s'il vous plaît.

– Tu traînes dehors à une drôle d'heure, ma petite, dit un monsieur qui portait un chapeau haut de forme et une écharpe en soie blanche.

– Oui, répondit-elle simplement, et elle lui tourna le dos pour observer le carrefour animé.

Les spectateurs qui sortaient d'un théâtre voisin s'étaient regroupés à l'entrée du hall encore éclairé ; certains hélaient un taxi, tandis que d'autres enfilaient leur manteau. Dans la direction opposée se trouvait l'entrée d'une station de Chemin de fer Chtonien, et là aussi, une petite foule se pressait dans l'escalier.

– Tiens, petite, dit le patron de la buvette. Ça fait deux shillings.

– Laisse, je te l'offre, déclara l'homme au haut-de-forme.

« Pourquoi pas ? se dit Lyra. Je cours plus vite que lui, et j'aurai peut-être besoin de cet argent plus tard. » L'homme au haut-de-forme déposa une pièce sur le comptoir et sourit à la fillette. Son dæmon était un lémurien. Accroché au revers de sa veste, il regardait Lyra avec ses gros yeux ronds.

Elle mordit à pleines dents dans son sandwich, en gardant les yeux fixés sur le carrefour. Elle n'avait pas la moindre idée de l'endroit où elle se trouvait, n'ayant jamais vu de plan de Londres ; elle ne connaissait même pas la taille de cette ville et ne savait pas combien de temps il lui faudrait marcher pour atteindre la campagne.

– Comment tu t'appelles ? lui demanda l'homme.

– Alice.

– C'est un joli nom. Tiens, laisse-moi te verser une

petite goutte de ce machin dans ton café... ça va te réchauffer...

Il dévissait le bouchon d'une flasque en argent.

— Non, j'aime pas ça, dit Lyra. Je veux juste un café.

— Je parie que tu n'as jamais bu du brandy comme celui-ci.

— Si. Même que j'ai vomi partout. J'en ai bu toute une bouteille, enfin presque.

— Bon, comme tu veux, dit l'homme en inclinant sa flasque au-dessus de sa propre tasse. Où vas-tu toute seule ?

— Je vais rejoindre mon père.

— Qui est ton père ?

— Un assassin.

— Un quoi ?

— Un assassin ! C'est son métier. Il avait un travail à faire ce soir. J'ai des vêtements propres pour lui dans ce sac, parce qu'il est souvent couvert de sang quand il a fini un travail.

— Ah, tu te moques de moi !

— Non, pas du tout.

Le lémurien laissa échapper une sorte de petit miaulement et grimpa se réfugier dans le cou de l'homme, pour observer la fillette à l'abri. Imperturbable, Lyra but son café et finit son sandwich.

— Bonsoir, dit-elle. J'aperçois mon père qui arrive. Il a l'air de mauvaise humeur.

L'homme au haut-de-forme jeta des regards autour de lui, tandis que Lyra s'éloignait en direction de la foule sortant du théâtre. Elle aurait adoré voir le Chemin de fer Chtonien (Mme Coulter lui avait dit que ce n'était pas pour les gens de leur condition), mais elle redoutait de se trouver prise au piège sous terre et préférait rester à l'air libre, où elle pouvait s'enfuir en courant en cas de nécessité.

Elle continua donc à marcher, et les rues devinrent de plus en plus sombres, de plus en plus désertes. Il bruinait, et même s'il n'y avait pas eu de nuages, le ciel de la ville était trop pollué pour qu'on puisse apercevoir les étoiles. Pantalaimon estimait qu'ils allaient vers le nord, mais comment en être sûr ?

Des rues interminables bordées de petites maisons de brique toutes identiques, entourées de jardinets tout juste assez grands pour une poubelle, d'immenses usines délabrées derrière des clôtures de fil barbelé, éclairées par une seule lampe ambarique qui brillait faiblement en haut d'un mur, un veilleur de nuit qui somnolait à côté d'un brasero ; ici et là, un oratoire, que seul un crucifix accroché à l'extérieur différenciait d'un entrepôt. Lorsque Lyra essaya d'ouvrir la porte d'un de ces lieux, un grognement s'éleva du banc situé à moins d'un mètre de là, dans le noir. Elle s'aperçut alors que le perron était peuplé de silhouettes endormies, et elle s'enfuit à toutes jambes.

– Où va-t-on dormir, Pan ? demanda-t-elle, tandis qu'ils parcouraient d'un pas traînant une rue bordée de magasins fermés par des rideaux de fer et des volets.

– Sous un porche quelque part.

– Tout le monde risque de nous voir.

– Il y a un canal un peu plus bas...

Il regardait l'extrémité d'une petite rue transversale sur la gauche. En effet, une étendue d'eau miroitait dans l'obscurité, et en s'en approchant prudemment, ils découvrirent un canal où une douzaine de péniches étaient amarrées le long des appontements ; certaines flottaient légèrement sur l'eau, d'autres, plus chargées, s'y enfonçaient, sous les grues qui ressemblaient à des potences. Une faible lueur scintillait à la fenêtre d'une cabane en bois, et un filet de fumée s'échappait de la cheminée en fer-blanc ; les seules autres lumières, sur le mur d'un entrepôt ou sur le portique d'une grue, laissaient cette zone dans l'obscurité. Sur les appontements étaient empilés des tonneaux d'alcool de charbon, d'énormes rondins et des rouleaux de câbles gainés de caoutchouc.

Lyra s'approcha de la cabane sur la pointe des pieds et colla son nez à la vitre. À l'intérieur, un vieil homme lisait laborieusement un journal illustré en fumant sa pipe ; son dæmon-épagneul, roulé en boule, dormait sur la table. Elle le vit se lever pour aller chercher une bouilloire noircie sur le poêle et verser de l'eau chaude dans la grosse tasse fêlée, avant de se rasseoir avec son journal.

– Si on lui demandait de nous héberger, Pan ? demanda Lyra, mais de toute évidence son dæmon avait l'esprit ailleurs.

Il se transforma en chauve-souris, puis en chouette, avant de redevenir chat sauvage. Voyant son affolement, la fillette jeta des regards dans toutes les directions ; c'est alors qu'elle les aperçut, en même temps que Pantalaimon : deux hommes se précipitaient vers elle, un de chaque côté, celui qui était le plus près brandissant un grand filet de pêche.

Pantalaimon poussa un long cri strident et se jeta, avec l'apparence d'un léopard, sur le dæmon de l'agresseur le plus proche, un renard à l'air sauvage, faisant tomber à la renverse Lyra, qui se retrouva empêtrée dans les jambes de l'homme. Celui-ci lança un juron en faisant un bond sur le côté, et Lyra en profita pour filer vers l'espace dégagé des quais. Elle ne devait surtout pas se retrouver acculée.

Devenu aigle, Pantalaimon fondit sur elle, en hurlant :

– À gauche ! À gauche !

Bifurquant dans cette direction, elle découvrit une ouverture entre les tonneaux et le coin d'une cabane en tôle ondulée. Elle s'y précipita, tel un boulet de canon.

C'était compter sans le filet !

Elle entendit un sifflement dans l'air et quelque chose claqua comme un fouet au-dessus de sa tête ; d'abominables cordes goudronnées lui enserrèrent le visage, les bras, les mains. Immobilisée et emprisonnée, elle tomba, hurlant et gesticulant vainement.

– Pantalaimon ! cria-t-elle.

Mais le dæmon-renard s'était jeté sur Pantalaimon le chat, et Lyra ressentit la douleur dans sa propre chair ; elle laissa échapper un long cri de désespoir quand il s'effondra. Pendant ce temps, un des deux hommes enroulait à toute vitesse des cordes autour d'elle, autour de ses membres, de sa gorge, de sa tête, la ligotant sur le pavé mouillé. Lyra était aussi impuissante qu'une mouche prisonnière d'une toile d'araignée. Le pauvre Pan, blessé, rampait vers elle, tandis que le dæmon-renard lui mordait le dos, et il n'avait même plus la force de se métamorphoser. Le deuxième homme était couché dans une mare, une flèche plantée dans le cou…

Soudain, le monde entier sembla s'immobiliser au moment où l'homme au filet découvrit, lui aussi, son complice sur le sol.

Pantalaimon se redressa en position assise et cligna des yeux. Il y eut un bruit sourd, puis, dans un râle, l'homme au filet s'effondra sur Lyra qui poussa un cri d'horreur : du sang jaillissait de son corps !

Elle entendit un bruit de pas précipités, puis quelqu'un déplaça l'homme et se pencha au-dessus de lui ; d'autres mains soulevèrent Lyra, la lame d'un couteau glissa entre les mailles du filet et celles-ci cédèrent les unes après les autres. Lyra acheva de se libérer en tirant dessus de toutes ses forces, puis se jeta à terre pour serrer Pantalaimon dans ses bras.

Agenouillée, elle se dévissa le cou pour lever les yeux vers ses sauveurs. Il s'agissait de trois hommes très bruns, dont l'un était armé d'un arc, les deux autres d'un couteau ; et lorsqu'elle se retourna, l'homme à l'arc laissa échapper un petit hoquet de surprise.

– Hé, tu serais pas Lyra ?

C'était une voix familière, mais la fillette n'arrivait pas à l'identifier, jusqu'à ce que l'homme s'avance, car alors, la lumière la plus proche éclaira son visage et le dæmon-faucon perché sur son épaule. Elle le reconnut soudain. C'était un gitan ! Un authentique gitan d'Oxford !

Il se présenta :

– Tony Costa. Tu te souviens ? Tu jouais toujours avec mon petit frère Billy autour des bateaux à Jericho, avant que les Enfourneurs le kidnappent.

– Oh, mon Dieu, Pan, nous sommes sauvés ! s'écriat-elle en sanglotant mais, au même moment, une autre pensée jaillit dans son esprit : c'était le bateau de la famille Costa qu'elle avait piraté ce fameux jour. Et si jamais il s'en souvenait ?

– Tu ferais bien de venir avec nous, dit-il. Tu es seule ?

– Oui. Je me suis enfuie de…

—On parlera de tout ça plus tard. Tais-toi. Jaxer, cache les corps dans un coin sombre. Kerim, va inspecter les environs.

Lyra se releva en tremblant, tenant Pantalaimon contre sa poitrine. Celui-ci tournait la tête ; elle suivit son regard et comprit ce qui l'intriguait : les dæmons des deux hommes morts étaient en train de se volatiliser ; ils s'effaçaient et s'envolaient comme des fumées, car ils s'efforçaient de s'accrocher à leurs humains. Pantalaimon se cacha les yeux, et Lyra s'élança sur les talons de Tony Costa.

—Qu'est-ce que vous faites ici ? demanda-t-elle.

—Silence, petite. Il y a déjà suffisamment de problèmes, pas la peine d'en créer d'autres. On discutera sur la péniche.

Il la conduisit vers un petit pont de bois qui pénétrait au cœur du bassin. Les deux autres hommes les suivaient au petit trot, sans bruit.

Tony longea le quai, avant d'emprunter une jetée en bois ; de là, il sauta à bord d'une péniche et ouvrit violemment la porte de la cabine.

—Entre, ordonna-t-il. Vite.

Lyra obéit, en tapotant son sac (qu'elle n'avait pas lâché, même à l'intérieur du filet) pour s'assurer que l'aléthiomètre était toujours là. Dans la cabine tout en longueur, à la lumière d'une lampe fixée à un crochet, elle aperçut une femme imposante et robuste, aux cheveux blancs, assise à une table, devant un journal. Lyra reconnut la mère de Billy.

—C'est qui ? demanda la grosse femme. Ce serait pas Lyra ?

— Tout juste. Faut décamper d'ici, Ma. On a tué deux hommes sur les quais. On a cru que c'étaient des Enfourneurs, mais je crois que c'étaient plutôt des marchands turcs. Ils avaient capturé Lyra. Ne perdons pas de temps à bavarder, on verra ça plus tard.

— Viens par ici, petite, dit Ma Costa.

Lyra s'exécuta, avec un mélange de bonheur et d'appréhension, car Ma Costa avait des mains comme des battoirs, et Lyra en était sûre maintenant : c'était bien leur bateau qu'elle avait piraté avec Roger et d'autres garçons du Collège. Malgré tout, la marinière prit le visage de la fillette entre ses grosses mains, et son dæmon, un grand chien gris ressemblant à un loup, se pencha en douceur pour lécher la tête de chat sauvage de Pantalaimon. Puis Ma Costa noua ses bras épais autour de Lyra pour la serrer contre sa poitrine.

— Je ne sais pas ce que tu fabriques par ici, mais tu m'as l'air morte de fatigue. Tu pourras prendre la couchette de mon Billy, quand je t'aurai fait avaler quelque chose de chaud. Pose-toi ici, petite.

Apparemment, l'acte de piratage était pardonné, ou du moins oublié. Lyra se glissa sur la banquette recouverte d'un coussin, devant une table en pin, tandis que le grondement sourd du moteur à gaz ébranlait la carcasse de la péniche.

— Où on va ? demanda Lyra.

Ma Costa avait posé une casserole de lait sur le poêle et secouait la grille du foyer pour attiser les flammes.

— Loin d'ici. Mais on parlera de tout ça demain matin.

Refusant d'en dire plus, elle tendit à Lyra un bol de lait quand celui-ci fut chaud, après quoi, elle monta sur le pont dès que la péniche commença à avancer, échangeant quelques remarques à voix basse avec les hommes. Ayant bu son lait, Lyra souleva un coin du rideau pour voir les quais sombres défiler derrière le hublot. Une ou deux minutes plus tard, elle dormait à poings fermés.

Elle se réveilla dans un lit étroit, avec le grondement réconfortant du moteur tout au fond. En voulant se redresser, elle se cogna la tête, lâcha un juron, tâtonna autour d'elle et se leva avec prudence cette fois. Une faible lumière grise éclairait trois autres couchettes, une en dessous et deux autres sur le mur opposé de la cabine exiguë ; les lits étaient vides et bien faits. Balançant ses jambes dans le vide, Lyra découvrit qu'elle était en sous-vêtements ; sa robe et son manteau en poil de loup étaient pliés au bout de sa couchette, à côté de son sac de shopping. L'aléthiomètre était toujours là.

Après s'être habillée rapidement, elle ouvrit la porte pour retourner dans la cabine voisine où se trouvait le poêle et où il faisait bon. Il n'y avait personne. À travers les hublots, elle apercevait de chaque côté d'épaisses nappes de brouillard, traversées parfois de silhouettes plus sombres qui étaient peut-être des maisons ou des arbres.

Avant qu'elle ne décide de grimper sur le pont, la porte extérieure s'ouvrit et Ma Costa descendit l'escalier abrupt, enveloppée d'un vieux manteau de tweed sur lequel l'humidité avait déposé des milliers de perles minuscules.

— Bien dormi ? demanda-t-elle en saisissant une poêle à frire. Assieds-toi quelque part, je vais faire le petit déjeuner. Reste pas debout dans mes jambes, il n'y a pas de place.

— Où sommes-nous ? demanda Lyra.

– Sur le Canal de Grand Junction. Reste cachée surtout. Je ne veux pas te voir là-haut. On a des petits problèmes.

Elle découpa quelques tranches de bacon qu'elle jeta dans la poêle, et ajouta un œuf.

– Quel genre de problèmes ?

– Des problèmes qu'on peut régler facilement si tu restes dans ton coin.

Elle refusa d'en dire plus, jusqu'à ce que Lyra ait fini de manger. Soudain, la péniche ralentit et quelque chose vint heurter la coque ; Lyra entendit des éclats de voix d'hommes en colère, mais une plaisanterie les fit rire, puis les voix s'éloignèrent et le bateau reprit sa route.

Finalement, Tony Costa descendit à son tour dans la cabine. Comme sa mère, il était constellé de perles d'humidité, et il secoua son bonnet de laine au-dessus du poêle pour en faire jaillir et éclater les gouttelettes.

– Qu'est-ce qu'on lui dit, Ma ?

– On interroge d'abord, on explique ensuite.

Il se versa du café dans une tasse en fer-blanc et s'assit. C'était un homme robuste au teint très mat et, maintenant qu'elle pouvait l'observer à la lumière du jour, Lyra découvrait sur son visage une gravité empreinte de tristesse.

– Bien, dit-il. Pour commencer, Lyra, explique-nous ce que tu fais ici, à Londres. On a tous cru que tu avais été enlevée par les Enfourneurs.

– Non. Je vivais avec cette femme…

Lyra rassembla maladroitement les morceaux de son histoire et les secoua pour y mettre de l'ordre, comme si elle arrangeait un paquet de cartes avant de les distribuer. Et elle leur raconta tout, sauf ce qui concernait l'aléthiomètre.

– ... Et hier soir, conclut-elle, pendant ce cocktail, j'ai compris ce qu'ils manigançaient réellement. Mme Coulter elle-même fait partie des Enfourneurs, et elle avait l'intention de se servir de moi pour que je l'aide à capturer d'autres enfants. En vérité, ce qu'ils font...

Ma Costa quitta la cabine pour se rendre à la timonerie. Tony attendit que la porte se soit refermée derrière elle.

– On sait ce qu'ils font, dit-il. Du moins, on en sait une partie. On sait surtout que les enfants ne reviennent jamais. Ils les emmènent dans le Nord, très loin, et ils font des expériences sur eux. Au début, on croyait qu'ils testaient un tas de maladies et de médicaments, mais dans ce cas, pourquoi cela a-t-il commencé seulement il y a deux ou trois ans ? Alors, on a pensé aux Tartares, peut-être qu'il existe un accord secret, car les Tartares veulent aller vers le nord, comme tout le monde, pour l'alcool de charbon, les mines, etc., et des rumeurs parlaient d'une guerre avant même l'arrivée des Enfourneurs. On a pensé alors que les Enfourneurs achetaient les chefs tartares en leur offrant des enfants, étant donné que les Tartares, ils mangent les enfants, pas vrai ? Ils les font rôtir et ils les mangent.

– C'est faux ! s'exclama Lyra.

– Non, c'est la vérité. Y aurait un tas d'autres choses à raconter. Tiens, t'as déjà entendu parler de Nälkäinens ?

– Non, avoua Lyra. Pas même avec Mme Coulter. Qui est-ce ?

– Des sortes de fantômes qu'on trouve là-bas dans les forêts. Ils ont la taille d'un enfant, mais sans tête. Ils se déplacent la nuit, à tâtons ; si tu dors dans la forêt, ils s'emparent de toi et pas moyen ensuite de les faire lâcher prise.

Nälkäinens, c'est un mot nordique. Et les Buveurs de vent, très dangereux eux aussi. Ils se déplacent dans les airs. Des fois, tu tombes sur des grappes de Buveurs de vent qui flottent ensemble, tu te retrouves coincé au milieu. Dès qu'ils te touchent, tu perds toutes tes forces. En plus, tu peux pas les voir, c'est juste un scintillement dans l'air. Il y a aussi les Sans Souffle…

– C'est qui ceux-là ?

– Des guerriers à moitié morts. Être vivant, c'est une chose ; être mort, c'en est une autre, mais être à moitié mort, c'est pire que tout. Ils ne peuvent pas mourir, tu vois, mais ils n'ont pas non plus la force de vivre. Alors, ils errent, pour toujours. On les appelle les Sans Souffle à cause de ce qu'on leur a fait.

– Qu'est-ce qu'on leur a fait ? demanda Lyra, les yeux écarquillés.

– Les Tartares du Nord leur cassent les côtes et ils leur sortent les poumons. C'est toute une technique. Ils font ça sans les tuer, mais leurs poumons ne peuvent plus fonctionner sans que leurs dæmons les actionnent à la main ; résultat : ils sont à mi-chemin entre la vie et la mort, tu comprends. Et leurs dæmons doivent pomper et pomper nuit et jour, s'ils ne veulent pas mourir avec eux. Des fois, on croise des hordes entières de Sans Souffle dans la forêt, à ce qu'il paraît. Et puis, y a les panserbjornes, t'en as entendu parler ? Ça veut dire « ours en armure ». C'est comme des ours polaires, sauf que…

– Oui ! J'en ai entendu parler ! Un des hommes qui étaient au cocktail hier soir a dit que mon oncle, Lord Asriel, était retenu prisonnier dans une forteresse gardée par les ours en armure.

– Ah bon ? Et qu'est-ce qu'il fiche là-bas ?

– Il est parti explorer. Mais d'après ce que disait cet homme, je ne crois pas que mon oncle soit du côté des Enfourneurs. Je crois même qu'ils étaient contents qu'il soit en prison.

– S'il est surveillé par les ours en armure, ton oncle n'a aucune chance de s'enfuir. C'est comme des mercenaires, tu vois ce que je veux dire ? Ils vendent leur force à qui les paie. Leurs mains sont comme celles des humains. Ils ont appris à travailler le fer il y a très longtemps, le fer météorique surtout, et ils en font des plaques d'armure pour se protéger. Depuis des siècles, ils agressent les Skraelings. Ce sont des assassins cruels, totalement sans pitié. Mais ils tiennent parole. Quand tu conclus un accord avec un panserbjorn, tu peux avoir confiance en lui.

Lyra songeait à toutes ces horreurs avec un mélange d'admiration et de crainte.

– Ma Costa n'aime pas entendre parler du Nord, ajouta Tony après un moment de silence, à cause de ce qui est peut-être arrivé à Billy. Car on sait qu'ils l'ont emmené dans le Nord.

– Comment le savez-vous ?

– On a capturé un Enfourneur, et on l'a fait parler. C'est comme ça qu'on a appris un peu ce qu'ils faisaient. Les deux gars d'hier soir, c'étaient pas des Enfourneurs, ils étaient trop maladroits. Des Enfourneurs, on aurait pu les capturer vivants. Nous autres, les gitans, nous avons souffert plus que n'importe qui à cause de ces Enfourneurs, et on va se réunir pour décider de ce qu'on va faire. C'est pour ça qu'on traînait sur les quais hier soir, on faisait des réserves parce qu'on va à un grand rassemblement dans les

Fens. D'après ce que j'ai entendu, on va envoyer une équipe de secours, quand on aura mis en commun toutes nos connaissances. En tout cas, c'est ce que je ferais si j'étais John Faa.

– Qui est John Faa ?

– Le roi des gitans.

– Vous voulez aller libérer ces enfants ? Et Roger ?

– Roger ?

– Le garçon de cuisine de Jordan College. Il a été enlevé comme Billy, juste avant que je parte avec Mme Coulter. Je suis sûre que si j'avais été kidnappée, il serait venu à mon secours. Et si vous allez libérer Billy, je veux venir avec vous pour libérer Roger.

« Et l'oncle Asriel », pensa-t-elle, mais elle ne le dit pas.

7
John Faa

Maintenant qu'elle avait un but, Lyra se sentait beaucoup mieux. Aider Mme Coulter, c'était très bien, mais Pantalaimon avait raison : elle n'effectuait aucun véritable travail là-bas, elle n'était qu'un joli petit animal domestique. Sur le bateau des gitans, en revanche, le travail ne manquait pas, et Ma Costa veillait à ce que Lyra accomplisse sa part. Elle nettoyait et balayait, épluchait les pommes de terre, préparait le thé, graissait les arbres de transmission, veillait à ôter les algues autour de l'hélice, faisait la vaisselle, amarrait la péniche aux points de mouillage, et en l'espace de deux ou trois jours, elle s'adapta parfaitement à sa nouvelle vie, comme si elle était née gitane.

Toutefois, elle ne remarqua pas que les Costa guettaient constamment le moindre signe montrant, de la part des riverains, un intérêt inhabituel pour elle. Même si Lyra ne s'en rendait pas compte, elle était importante, et nul doute que Mme Coulter et le Conseil d'Oblation la cherchaient partout. De fait, grâce à des conversations entendues dans des pubs, en cours de route, Tony apprit que la police effectuait des raids dans les maisons, les fermes, les chantiers de construction et les usines, sans fournir d'explications, mais, selon la rumeur, ils cherchaient une fillette disparue. Ce qui était plutôt étrange quand on pensait à tous les enfants qui avaient disparu jusqu'à maintenant, sans qu'on se donne la peine de les retrouver. Résultat : les gitans, comme les habitants de la terre ferme, étaient de plus en plus nerveux et inquiets.

En outre, l'intérêt que les Costa portaient à Lyra avait une autre cause, mais elle ne l'apprendrait que quelques jours plus tard.

Aussi prirent-ils l'habitude de la cacher dans la cabine chaque fois qu'ils passaient devant la petite maison d'un éclusier ou un bassin, et partout où ils risquaient de croiser des curieux. Un jour, ils traversèrent une ville où la police fouillait toutes les embarcations qui empruntaient la voie navigable et bloquait la circulation dans les deux sens. Mais cela n'inquiéta pas les Costa. Car il y avait un compartiment secret sous la couchette de Ma, à l'intérieur de laquelle Lyra resta coincée pendant deux heures, tandis que les policiers inspectaient la péniche de fond en comble, en vain.

– Comment se fait-il que leurs dæmons ne m'aient pas trouvée ? demanda-t-elle par la suite.

Ma lui montra que la cachette était entièrement tapissée de cèdre, bois qui avait un effet soporifique sur les dæmons. Et, en effet, Pantalaimon avait passé tout ce temps à dormir comme un bienheureux près de la tête de Lyra.

Lentement, et après beaucoup de haltes et de détours,

la péniche des Costa approcha enfin de la région des Fens, cette contrée sauvage aux cieux immenses et aux marécages sans fin, dont aucune carte ne donnait un relevé fidèle, à l'est de l'Anglia. La zone la plus éloignée se confondait avec les criques et les bras de mer, tandis que l'autre extrémité de l'océan touchait la Hollande ; d'ailleurs, des parties des Fens avaient été asséchées et équipées de digues par les Hollandais, dont certains s'étaient même installés ici. Si bien que la langue des Fens se teintait fortement de néerlandais. Mais d'autres zones n'avaient jamais été asséchées, ni cultivées, ni colonisées et, dans ces régions les plus sauvages du centre, là où serpentaient les anguilles et se regroupaient les oiseaux aquatiques, là où dansaient les feux des marais et où des rôdeurs entraînaient les insouciants voyageurs à leur perte dans les marécages, les gitans savaient depuis toujours qu'ils pouvaient se réunir en toute sécurité.

C'est pourquoi, empruntant un millier de canaux sinueux, de cours d'eau et de voies fluviales, des embarcations gitanes convergeaient maintenant vers les Byanplats, seule étendue de terre légèrement surélevée au milieu de centaines de kilomètres carrés d'eau stagnante. Là se dressait un antique temple en bois, entouré d'un petit groupe d'habitations permanentes, de quais, de jetées et d'un marché à l'anguille. Quand un rassemblement de gitans était organisé, les voies navigables étaient à ce point envahies par les bateaux qu'il était possible de marcher pendant plus d'un kilomètre, dans n'importe quelle direction, en passant d'un pont à l'autre ; c'est du moins ce qu'on disait. Les gitans régnaient en maîtres dans les Fens. Nul, à part eux, n'osait s'y aventurer, et tant qu'ils restaient tranquilles et traitaient leurs affaires loyalement les riverains faisaient mine d'ignorer les trafics incessants et les affrontements occasionnels. Si le cadavre d'un gitan s'échouait sur la rive, ou se retrouvait prisonnier dans les filets de pêche, eh bien, tant pis, ce n'était après tout qu'un gitan.

Fascinée, Lyra écoutait les histoires des habitants des Fens, de Cosse Noire l'énorme chien fantôme et des feux des marais provoqués par des bulles d'huile de sorcière. Avant même qu'ils n'aient atteint les Fens, elle commença à se considérer comme une authentique gitane ; elle avait rapidement retrouvé son accent d'Oxford, et voilà qu'elle était en train d'acquérir celui des gitans, auquel s'ajoutaient quelques mots de hollandais des Fens. Si bien que Ma crut bon de lui rappeler certains faits.

— Tu n'es pas une gitane, Lyra. Avec de l'entraînement, tu pourrais peut-être te faire passer pour une gitane, mais le langage, ce n'est pas tout. Il y a quelque chose de plus profond en nous, des courants puissants. Nous autres, on est un peuple de l'eau, de la tête aux pieds, mais toi, tu es une fille du feu. En fait, tu ressembles à un feu des marais, voilà ta place dans l'univers des gitans ; tu as de l'huile de sorcière dans ton âme. Tu es un être trompeur, petite.

Lyra était vexée.

— Je n'ai jamais trompé qui que ce soit ! Demandez donc à...

Il n'y avait personne pour témoigner en sa faveur, évidemment, et Ma Costa éclata de rire, gentiment.

— Tu ne comprends donc pas que je te fais un compliment, bécasse ! dit-elle, ce qui eut pour effet d'apaiser Lyra, bien qu'elle n'eût toujours pas compris.

Il était tard quand ils atteignirent les Byanplats, et le

soleil s'apprêtait à disparaître dans le ciel ensanglanté. Les silhouettes de l'île basse et du Zaal formaient deux bosses noires dans la lumière déclinante, comme les constructions regroupées tout autour ; des volutes de fumée montaient dans l'air immobile, et des bateaux collés les uns aux autres s'échappaient des odeurs de poisson frit, de feuilles à fumer et d'alcool de genièvre.

Ils accostèrent à proximité du Zaal lui-même, à un mouillage que la famille Costa utilisait depuis des générations, comme l'expliqua Tony.

Ma Costa préparait à manger. Deux anguilles bien grasses sifflaient et crépitaient dans la poêle à frire, et la bouilloire chauffait pour la poudre de pomme de terre. Pendant ce temps, Tony et Kerim se graissèrent les cheveux, enfilèrent leur plus belle veste en cuir, nouèrent autour de leur cou des foulards bleus à pois, ornèrent leurs doigts de bagues en argent, allèrent ensuite saluer de vieux amis des bateaux voisins et boire un ou deux verres dans le bar le plus proche, d'où ils rapportèrent des informations importantes.

— On est arrivés juste à temps. Le Grand Conseil a lieu ce soir même. Et une rumeur circule en ville, devinez laquelle ! On raconte que l'enfant qui a disparu se trouve sur un bateau de gitans, et qu'elle va faire son apparition lors de la réunion !

Tony s'esclaffa, en ébouriffant les cheveux de Lyra. Depuis qu'ils avaient atteint les Fens, il paraissait d'humeur de plus en plus joyeuse, comme si la tristesse sauvage qui se lisait naguère sur son visage n'avait été qu'un masque.

Lyra sentit l'excitation monter dans sa poitrine, tandis

qu'elle s'empressait de finir de manger et de faire la vaisselle, de se peigner et de glisser l'aléthiomètre dans la poche de son manteau en loup, pour sauter à terre avec tous les autres membres de la famille et grimper en direction du Zaal.

Elle avait cru que Tony plaisantait. Elle s'aperçut rapidement qu'il n'en était rien, ou peut-être qu'elle ressemblait beaucoup moins à une gitane qu'elle ne l'avait cru car de nombreuses personnes la dévisageaient et les enfants la montraient du doigt. Quand ils atteignirent enfin les grandes portes du Zaal, ils se retrouvèrent seuls au milieu d'une foule massée sur les côtés pour les regarder passer.

C'est alors que Lyra commença à se sentir véritablement nerveuse et resta collée près de Ma Costa. Quant à Pantalaimon, il se fit le plus gros possible, en prenant son apparence de panthère pour la rassurer. Ma Costa, elle, gravit les marches en traînant les pieds, comme si rien au monde ne pouvait l'arrêter ou, au contraire, la faire avancer plus vite ; Tony et Kerim marchaient à ses côtés, fiers comme des princes.

La grande salle était éclairée par des lampes à naphte qui illuminaient les visages et les corps des personnes présentes, mais laissaient la charpente du toit dans l'obscurité. Les nouveaux arrivants devaient se battre pour pouvoir s'asseoir sur le sol car tous les bancs étaient déjà pleins, mais quelques familles se serrèrent pour faire de la place ; les enfants étaient installés sur les genoux, les dæmons roulés en boule sous les pieds, ou perchés sur les palissades.

À l'extrémité du Zaal se dressait une estrade sur laquelle étaient placées huit chaises en bois sculpté. Au moment où Lyra et la famille Costa se résignaient à rester debout (il n'y avait plus aucun moyen de s'asseoir), huit hommes émergèrent de la pénombre et vinrent se placer devant ces chaises. Une onde d'excitation parcourut l'assistance ; les gens échangèrent des murmures et s'engouffrèrent dans les espaces vides du premier rang. Finalement, le silence se fit, et sept des huit hommes alignés sur l'estrade s'assirent.

Celui qui resta debout semblait avoir dans les soixante-dix ans, mais c'était un homme grand, puissant, avec un cou de taureau. Il portait une simple veste en toile et une chemise à carreaux comme beaucoup de gitans, rien qui attirât l'attention, si ce n'est cette impression de force et d'autorité qui émanait de lui. Lyra reconnut cette aura ; l'oncle Asriel possédait la même, le Maître de Jordan College également. Le dæmon de cet homme était un corbeau, fort semblable à celui du Maître.

— C'est John Faa, le roi des gitans d'Occident, murmura Tony.

John Faa prit la parole, d'une voix posée et profonde.

— Gitans ! Soyez les bienvenus. Nous sommes réunis pour écouter et pour prendre une décision. Vous savez tous pourquoi. De nombreuses familles ici présentes ont perdu un enfant. Certaines en ont même perdu deux. Ces enfants ont été enlevés. On ne peut ignorer que des enfants de sédentaires disparaissent également. Autrement dit, il ne s'agit pas de faire la guerre aux gens des terres. On parle beaucoup, en particulier, d'une enfant et d'une récompense. Je vous livre la vérité pour mettre fin à cette rumeur. Cette enfant se nomme Lyra Belacqua, et elle est recherchée par la police. On offre une récompense de mille souverains à qui la livrera aux autorités. C'est une enfant des terres, mais elle est sous notre protection, et elle le restera. Celui qui est tenté par ces mille souverains ferait mieux de trouver refuge dans un endroit qui ne soit ni sur terre ni sur l'eau, car il n'est pas question de livrer cette enfant.

Lyra se sentit rougir de la racine des cheveux jusqu'à la pointe des pieds ; Pantalaimon se transforma en papillon de nuit brunâtre pour se cacher. Tous les regards s'étaient tournés vers eux, et Lyra ne pouvait que lever les yeux vers Ma Costa pour être rassurée.

Mais John Faa poursuivait :

— On peut discuter pendant des heures, ça ne résoudra pas le problème. Si on veut que ça change, nous devons agir. Je vous livre une autre information : les Enfourneurs, ces infâmes voleurs d'enfants, conduisent leurs prisonniers dans une ville située à l'extrême nord, très loin dans le pays des ténèbres. Une fois là-bas, j'ignore ce qu'ils font d'eux. Certaines personnes disent qu'ils les tuent, d'autres prétendent le contraire. On ne sait pas.

… Ce qu'on sait, en revanche, c'est qu'ils agissent avec l'aide de la police et du clergé. Toutes les autorités les soutiennent. N'oubliez surtout pas ça. Elles savent ce qui se passe, et elles les aident chaque fois que c'est possible.

… C'est pourquoi, ce que je vous propose n'est pas facile. Et j'ai besoin de votre approbation. Je vous propose d'envoyer des combattants, là-haut dans le Nord, pour libérer ces enfants et les ramener vivants. Je vous propose d'investir notre or dans cette mission, mais aussi notre savoir-faire et tout le courage que nous pouvons rassembler. Oui, Raymond van Gerrit ?

Un homme dans l'assistance avait levé la main ; John Faa s'assit pour le laisser parler.

— Pardonnez-moi, seigneur Faa. Des enfants des terres sont également retenus prisonniers, avec les enfants gitans. Êtes-vous en train de dire que nous devrions les libérer eux aussi ?

John Faa se leva pour répondre.

— Raymond, suggères-tu que nous devrions affronter mille dangers pour libérer un petit groupe d'enfants terrorisés, puis annoncer à certains d'entre eux qu'ils peuvent rentrer à la maison, et à d'autres qu'ils doivent rester ? Allons, tu n'es pas un monstre, Raymond. Eh bien, mes amis, ai-je votre approbation ?

Apparemment, la question les prit de court, car il y eut un moment d'hésitation, mais soudain un grondement puissant envahit la salle, des mains se levèrent pour applaudir, des poings se dressèrent, une clameur monta, faisant trembler la charpente. Des oiseaux qui dormaient dans l'obscurité du toit, réveillés en sursaut, s'envolèrent en faisant tomber une fine pluie de poussière.

John Faa laissa le vacarme se poursuivre pendant encore une minute ou deux, avant de lever la main pour réclamer le silence.

— Il faudra du temps pour nous organiser. Je vais demander aux chefs de clans de prélever un impôt. Nous nous réunirons de nouveau ici même dans trois jours. Entre-temps, je m'entretiendrai avec l'enfant dont je vous ai parlé et avec Farder Coram, et j'établirai un plan que je vous soumettrai quand nous nous reverrons. Bonne nuit à tous.

Sa présence, imposante, sobre et franche, avait suffi à les calmer. Alors que les personnes de l'auditoire franchissaient les grandes portes pour sortir dans la nuit glaciale, regagner leur embarcation ou les bars bondés de la petite colonie, Lyra demanda à Ma Costa :

— Qui sont les autres hommes sur l'estrade ?

— Les chefs des six clans, et l'autre, c'est Farder Coram.

Il n'était pas difficile de deviner de qui elle parlait en disant « l'autre », car c'était le plus âgé de tous. Il marchait à l'aide d'une canne et, durant tout le temps où il était resté assis derrière John Faa, il n'avait pas cessé de trembler, comme s'il avait la fièvre.

— Allez, viens, lui dit Tony. Je vais t'emmener présenter tes hommages à John Faa. Tu dois l'appeler Lord Faa. J'ignore ce qu'il va te demander, mais je te conseille de dire la vérité.

Métamorphosé en moineau, Pantalaimon s'était perché sur l'épaule de Lyra, plein de curiosité, ses petites griffes plantées dans le manteau en poil de loup, tandis qu'elle suivait Tony en direction de l'estrade, au milieu de la foule.

Il la hissa sur l'estrade. Sachant que toutes les personnes encore présentes dans la salle avaient les yeux fixés sur elle, et consciente de valoir soudain un millier de souverains, Lyra rougit et hésita. Pantalaimon sauta sur sa poitrine et se transforma en chat sauvage pour s'asseoir dans ses bras, en crachant et en jetant des regards autour de lui.

Lyra sentit qu'on la poussait dans le dos ; elle avança vers John Faa. L'air sévère, inébranlable et impénétrable, il ressemblait davantage à une colonne de pierre qu'à un être humain. Malgré tout, il se pencha en avant et lui tendit la main. Celle de Lyra disparut à l'intérieur de la sienne.

— Sois la bienvenue, Lyra.

Si près de lui, elle sentait le grondement de sa voix, semblable à un tremblement de terre. Pourtant elle n'était pas inquiète, grâce à la présence de Pantalaimon, mais aussi parce que l'expression figée de John Faa s'était un peu détendue. Il la traitait avec beaucoup de douceur.

— Merci, Lord Faa.

— Suis-moi dans la salle de réunion, nous avons à parler. Au fait, les Costa t'ont-ils bien nourrie ?

— Oh, oui. Nous avons mangé des anguilles au dîner.

— De bonnes anguilles du Fen, j'espère.

La salle de réunion était un endroit très agréable, où brûlait un grand feu de cheminée, avec des buffets bas chargés d'argenterie et de porcelaine et une lourde table en bois sombre poli par les ans, autour de laquelle étaient disposées douze chaises.

Les autres hommes présents sur l'estrade avaient disparu, mais le vieil homme tremblotant était toujours là. John Faa l'aida à s'asseoir.

— Viens t'asseoir à ma droite, dit John Faa à Lyra, en s'installant en bout de table.

La fillette se retrouva ainsi en face de Farder Coram, un peu effrayée par son visage creux comme une tête de mort et son tremblement permanent. Son dæmon était un beau chat couleur feuille morte, d'une taille imposante, qui avança à pas feutrés sur la table, la queue dressée, pour venir renifler élégamment Pantalaimon, frottant sa truffe contre la sienne, avant de prendre place sur les genoux de Farder Coram. Les yeux à demi fermés, il ronronna doucement.

Une femme que Lyra n'avait pas encore remarquée sortit de l'obscurité de la pièce avec un plateau chargé de verres, le déposa à côté de John Faa, esquissa une révérence et repartit. John Faa servit de petits verres de genièvre contenu dans une cruche en terre, pour lui-même et Farder Coram, et du vin pour Lyra.

– Alors, comme ça, dit-il, tu t'es enfuie ?

– Oui.

– Et qui est donc cette dame de chez qui tu t'es enfuie ?

– Elle s'appelle Mme Coulter. Au début, je croyais qu'elle était gentille, mais j'ai découvert qu'en fait elle faisait partie des Enfourneurs. J'ai entendu quelqu'un expliquer ce qu'étaient les Enfourneurs ; on les appelle le Conseil Général d'Oblation, et elle en est le chef. C'est même une idée à elle, paraît-il. Ils suivent un plan, j'ignore de quoi il s'agit, mais ils voulaient que je les aide à capturer des enfants. Évidemment, ils ne savaient pas que…

– Qu'est-ce qu'ils ne savaient pas ?

– Premièrement, ils ne savaient pas que je connais certains des enfants qui ont été enlevés : mon ami Roger, le garçon de cuisine de Jordan College, Billy Costa, et aussi une fille du Marché Couvert d'Oxford. Deuxièmement… concernant mon oncle, Lord Asriel : je ne pense pas qu'il ait quelque chose à voir avec les Enfourneurs. J'ai espionné le Maître et les Érudits de Jordan College, en me cachant dans le Salon où personne n'a le droit d'entrer, à part eux, et je l'ai entendu leur parler de son expédition dans le Nord et de la Poussière ; il a même rapporté la tête de Stanislaus Grumman, avec un trou dedans, fait par les Tartares. Et maintenant, il paraît que les Enfourneurs l'ont enfermé quelque part. Il est surveillé par les ours en armure. Et moi, je veux aller le libérer.

Elle avait dit cela avec fougue et détermination, appuyée contre le haut dossier en bois sculpté de la chaise qui la faisait paraître encore plus petite. Les deux vieillards ne purent s'empêcher de sourire mais, alors que le sourire de Farder Coram était un rictus hésitant, complexe, qui tremblait sur son visage comme les rayons de soleil qui chassent les ombres par une journée venteuse du mois de mars, le sourire de John Faa était chaleureux, simple et doux.

– Répète-nous ce que ton oncle a dit ce soir-là, demanda John Faa. N'oublie rien, surtout. Raconte-nous tout.

Lyra s'exécuta, plus lentement qu'elle ne l'avait fait avec les Costa, mais plus honnêtement aussi. Elle était impressionnée par John Faa, et surtout, par sa gentillesse. Quand elle eut terminé son récit, Farder Coram s'exprima pour la première fois. Il avait une voix chaude et chantante, avec autant de nuances qu'il y avait de couleurs dans la fourrure de son dæmon.

– Cette Poussière, Lyra, demanda-t-il, l'ont-ils appelée autrement ?

– Non. La Poussière, c'est tout. Mme Coulter m'a expliqué que c'était des particules élémentaires. C'est comme ça qu'elle l'a appelée elle aussi.

– Et ils pensent qu'en faisant quelque chose aux enfants, ils pourront en apprendre davantage ?

– Oui. Mais je ne sais pas quoi. Sauf que mon oncle… Il y a une chose que j'ai oublié de vous dire. Quand il leur a montré des photos, il y en avait une où on voyait l'Horreur…

– De quoi ? dit John Faa.

– L'Aurore, rectifia Farder Coram. C'est bien cela, Lyra ?

—Oui, c'est ça. Et dans les lumières de… l'Aurore, on voyait une sorte de ville. Avec des tours, des églises, des dômes, etc. Ça ressemblait un peu à Oxford, enfin, c'est ce que j'ai pensé. Oncle Asriel était surtout intéressé par ça, je crois, mais le Maître et les autres Érudits s'intéressaient davantage à la Poussière, comme Mme Coulter, Lord Boreal et les autres.

—Je vois, dit Farder Coram. Très intéressant.

John Faa reprit la parole :

—Je vais te dire quelque chose, Lyra. Farder Coram, ici présent, est un sage. Un visionnaire. Il s'est intéressé à tout ce qui concerne la Poussière, les Enfourneurs, Lord Asriel et le reste, et à toi aussi. Chaque fois que les Costa, ou une demi-douzaine d'autres familles, allaient à Oxford, ils en revenaient avec des bribes d'informations. À ton sujet, petite. Tu le savais ?

Lyra secoua la tête. Elle commençait à prendre peur. Pantalaimon grognait, trop bas pour que quiconque l'entende, mais elle le sentait au bout de ses doigts enfouis dans sa fourrure.

—Eh oui, reprit John Faa, tous tes faits et gestes revenaient ici jusqu'à Farder Coram.

Cette fois, Lyra ne put se retenir.

—On n'a rien abîmé ! Je vous le jure ! C'était juste un peu de boue ! Et on n'est pas allés très…

—Mais de quoi parles-tu, petite ? demanda John Faa.

Farder Coram éclata de rire, ce qui eut pour effet de faire cesser son tremblement, et son visage illuminé parut soudain beaucoup plus jeune.

Lyra, elle, ne riait pas. Les lèvres tremblantes, elle dit :

—Et même si on avait trouvé la bonde, on ne l'aurait

pas enlevée ! C'était juste pour rire. On ne l'aurait pas fait couler, jamais de la vie !

John Faa s'esclaffa à son tour. Sa main épaisse frappa sur la table avec une telle force que les verres tintèrent et que ses larges épaules tremblotèrent ; il dut sécher ses larmes. Lyra n'avait jamais vu un tel spectacle, elle n'avait jamais entendu un tel braillement, c'était comme si une montagne riait.

— Oui, oui, dit-il, quand il fut remis de son fou rire, nous connaissons bien cette histoire, petite ! Je crois même que, depuis ce jour, partout où les Costa débarquent, il y a toujours quelqu'un pour y faire allusion. « Tu ferais bien de placer un garde sur ta péniche, Tony », lui dit-on. « Les fillettes sont redoutables par ici ! » Oh, cette histoire a fait le tour des Fens. Mais rassure-toi, on ne va pas te punir pour ça. Sois tranquille.

Il se tourna vers Farder Coram, et les deux vieillards recommencèrent à rire, mais plus discrètement cette fois. Et Lyra en éprouva un sentiment de joie et de soulagement.

Finalement, John Faa secoua la tête et retrouva son sérieux.

— Comme je te le disais, Lyra, nous savons tout de toi, depuis que tu es enfant. Depuis ta naissance. Et tu as le droit de savoir ce qu'on sait sur toi. J'ignore ce qu'ils t'ont raconté à Jordan College au sujet de tes origines, mais ils ne connaissent pas toute la vérité. T'ont-ils expliqué qui étaient tes parents ?

Lyra nageait maintenant en pleine confusion.

— Oui. Ils m'ont dit… ils m'ont dit qu'ils… ils ont dit que Lord Asriel m'avait placée là parce que ma mère et

mon père étaient morts dans un accident aéronautique.
Voilà ce qu'ils m'ont dit.

— Vraiment ? Eh bien, je vais te raconter une histoire.
Une histoire vraie. Je sais qu'elle est vraie, car c'est une
gitane qui me l'a racontée, et les gitans disent toujours la
vérité à John Faa et à Farder Coram. Voici donc la vérité
te concernant, Lyra. Ton père n'est pas mort dans un accident aéronautique, car ton père est Lord Asriel.

Lyra était incapable d'avoir la moindre réaction.

— Voici comment ça s'est passé, poursuivit John Faa.
Quand il était encore un jeune homme, Lord Asriel partit
explorer tout le territoire du Nord, et il en revint avec une
immense fortune. C'était un homme plein d'entrain,
passionné, prompt à s'enflammer. Ta mère était passionnée
elle aussi. Moins bien née que lui, certes, mais très intelligente. C'était une universitaire, et ceux qui la connaissaient la disaient très belle. Ton père et elle sont tombés
amoureux à l'instant même où ils se sont rencontrés. Malheureusement, ta mère était déjà mariée. Elle avait épousé
un politicien, un membre important du parti du Roi, un de
ses plus proches conseillers. Un homme en pleine ascension. Quand ta mère s'est retrouvée enceinte, elle n'a pas
osé annoncer à son mari que l'enfant n'était pas de lui. Et
quand cette enfant est née – il s'agit de toi, petite –, il était
évident qu'elle ressemblait à son véritable père, aussi a-
t-elle jugé préférable de te cacher, en faisant croire que tu
étais morte.

On t'a donc emmenée dans le comté d'Oxford, où ton
père possédait des terres, et confiée à une gitane. Hélas,
quelqu'un est allé raconter toute la vérité au mari de ta
mère qui s'est rendu immédiatement sur place pour mettre

à sac le cottage où vivait la gitane. Celle-ci avait eu le temps de se réfugier dans la grande maison, et il l'a suivie, habité par une rage meurtrière.

Ton père était parti à la chasse, mais on a réussi à le prévenir et il est rentré aussitôt, à cheval, juste à temps pour découvrir le mari de ta mère au pied du grand escalier. Une seconde plus tard, il aurait enfoncé la porte de la penderie où la gitane s'était cachée avec toi. Lord Asriel l'a alors défié, et les deux hommes se sont battus sur-le-champ… et Lord Asriel l'a tué. La gitane a tout vu et tout entendu, Lyra, c'est comme ça que nous le savons.

Il y eut un grand procès. Ton père n'est pas homme à nier ni à dissimuler la vérité, ce qui plaçait les juges devant un dilemme. Certes, il avait tué un homme, il avait fait couler le sang, mais il défendait sa maison et son enfant face à un intrus. D'un autre côté, la loi autorise un homme à venger le viol de son épouse, et les avocats du défunt ont soutenu que tel avait été le cas.

L'affaire a duré des semaines ; les deux parties ont échangé des tonnes d'arguments. Finalement, les juges ont puni Lord Asriel en lui confisquant tous ses biens et toutes ses terres. Lui qui avait été plus riche qu'un roi était devenu un miséreux.

Quant à ta mère, elle ne voulait pas entendre parler de cette histoire, ni même de toi. Elle t'a ignorée. Ta nourrice gitane m'a confié qu'elle avait souvent eu peur de la manière dont ta mère te traiterait, car c'était une femme orgueilleuse et méprisante. Voilà pour elle.

Parlons de toi, maintenant. Si les choses s'étaient passées différemment, ma petite Lyra, tu aurais pu grandir parmi les gitans, car la nourrice supplia le tribunal de l'autoriser à te garder, mais nous autres, gitans, nous n'avons pas bonne réputation devant les juges. Ils ont donc décidé que tu devais être placée dans un prieuré, ce qui fut fait, chez les Sœurs de l'Obédience à Watlington. Tu ne t'en souviens pas. Toutefois, Lord Asriel ne l'entendait pas de cette oreille. Il n'avait que mépris pour les prieurés, les moines et les nonnes, et, fidèle à sa réputation d'homme fougueux, il débarqua un jour et t'emmena. Non pas pour t'élever lui-même ni pour te confier aux gitans, mais pour te conduire à Jordan College, en mettant la justice au défi de s'y opposer.

La justice a laissé faire. Lord Asriel a repris ses explorations, et toi, tu as grandi à Jordan College. Ton père n'a posé qu'une seule condition : ta mère n'aurait pas le droit de t'approcher. Si jamais elle essayait de te voir, il fallait l'en empêcher et le prévenir aussitôt, car toute sa colère s'était reportée sur elle. Le Maître promit solennellement de respecter cette exigence, et le temps passa.

Mais voilà que surgit cette grande angoisse concernant la Poussière. Dans tout le pays, dans le monde entier, des hommes avisés, et des femmes aussi, commencèrent à s'inquiéter. Pour nous, gitans, tout cela importait peu, jusqu'à ce qu'ils nous volent nos enfants. À ce moment-là, nous nous sommes sentis concernés. Or, nous avons des contacts dans de nombreux endroits que tu ne pourrais imaginer, y compris à Jordan College. Tu l'ignores, mais quelqu'un te surveillait et nous tenait informés depuis que tu vivais là-bas. Car, vois-tu, on s'intéresse à toi, et cette gitane qui t'a élevée s'est toujours fait beaucoup de souci à ton sujet.

– Qui me surveillait ? demanda Lyra.

L'idée que l'on puisse s'intéresser ainsi à ses faits et gestes, si loin, l'emplissait d'une émotion étrange.

—Un employé des Cuisines. Bernie Johansen, le pâtissier. Il est à moitié gitan, mais je parie que tu ne l'as jamais soupçonné.

Bernie était un homme doux et solitaire, un de ces rares adultes à posséder un dæmon de son propre sexe. C'était sur ce pauvre Bernie que Lyra avait craché sa bile de désespoir quand Roger avait disparu. Et Bernie racontait tout aux gitans ! Elle n'en revenait pas.

—Bref, reprit John Faa, nous avons appris que tu avais quitté Jordan College, et cela survenait justement à un moment où Lord Asriel, emprisonné, ne pouvait intervenir. Nous nous sommes souvenus de la promesse que lui avait faite le Maître, et nous nous sommes rappelé que l'homme qu'avait épousé ta mère, le politicien tué par Lord Asriel, s'appelait Edward Coulter.

—Mme Coulter ? s'exclama Lyra, abasourdie. Vous voulez dire que… c'est ma mère ?

—Oui. Et si ton père avait été libre, jamais elle n'aurait osé le défier, et tu serais toujours à Jordan College sans te douter de quoi que ce soit. Quant à savoir pourquoi le Maître t'a laissée partir, c'est un mystère que je ne peux expliquer. Il était pourtant chargé de veiller sur toi. Mais on peut supposer qu'elle avait les moyens de faire pression sur lui.

Lyra comprenait tout à coup l'étrange comportement du Maître le matin de son départ.

—En fait, il ne voulait pas…, dit-elle, essayant de se remémorer la scène avec précision. Il… il m'a demandé de venir le voir au petit jour, sans rien dire à Mme Coulter… Comme s'il voulait me protéger d'elle…

Elle s'interrompit, observa les deux vieillards, et décida soudain de leur raconter toute la vérité au sujet de ce qui s'était passé dans le Salon.

– Je ne vous ai pas tout dit. Le soir où je me suis cachée dans le Salon, j'ai vu le Maître qui essayait d'empoisonner Lord Asriel, en versant de la poudre dans le vin. J'ai prévenu mon oncle et il a renversé la carafe sur la table. Je lui ai sauvé la vie. Mais je n'ai jamais compris pourquoi le Maître avait voulu l'empoisonner, il a toujours été si gentil. Et puis, le matin de mon départ, il m'a fait venir dans son bureau, très tôt, discrètement pour que personne ne me voie, et là, il m'a dit…

Lyra sonda sa mémoire pour essayer de se souvenir des paroles exactes du Maître. Rien à faire.

– … Tout ce que j'ai compris, reprit-elle, c'est qu'il m'a donné un objet qu'elle ne devait surtout pas voir, je parle de Mme Coulter. Mais à vous, je crois que je peux le montrer…

Plongeant la main dans la poche de sa veste en poil de loup, elle en sortit le petit paquet enveloppé de velours. Elle le déposa sur la table et sentit la grande et simple curiosité de John Faa, l'intelligence pétillante de Farder Coram se braquer l'une et l'autre sur l'objet mystérieux, comme deux projecteurs. Lorsqu'elle eut déballé l'aléthiomètre, ce fut Farder Coram qui parla le premier :

– Je ne pensais pas qu'un jour j'en reverrais un. C'est un lecteur de symboles. T'a-t-il parlé de cet objet, petite ?

– Non. Il m'a seulement dit que je devrais apprendre à m'en servir par moi-même. Et il a appelé ça un aléthiomètre.

John Faa se tourna vers son compagnon.

—Qu'est-ce que ça signifie ?

—C'est un mot grec. Ça vient d'*aletheia*, il me semble, qui veut dire « vérité ». Autrement dit, cet appareil sert à mesurer la vérité. Eh bien, Lyra, as-tu appris à l'utiliser ?

—Non. J'arrive à diriger les trois petites aiguilles sur différents dessins, mais impossible de contrôler la grande. Elle n'arrête pas de tourner. Mais parfois, quand je suis très concentrée, j'arrive à la faire aller dans un sens ou dans l'autre, uniquement par la pensée.

—Comment ça fonctionne, Farder Coram ? demanda John Faa. Et comment fait-on pour lire ?

—Tous ces dessins autour du cadran, expliqua Farder Coram en orientant l'objet vers le regard perçant de John Faa, sont des symboles, et chacun d'eux représente beaucoup de choses différentes. Prenez l'ancre de bateau, par exemple. Le premier sens de ce symbole est l'espoir, car l'espoir vous permet de tenir bon au milieu de la tempête, comme une ancre. Le deuxième sens, c'est la constance. Le troisième, c'est l'idée d'obstacle invisible, de prévention. Le quatrième sens, c'est la mer. Et ainsi de suite… Il y a peut-être une dizaine, une vingtaine, ou même une infinité de sens.

—Et vous les connaissez tous ?

—J'en connais quelques-uns, mais pour tous les interpréter, j'aurais besoin du Livre. J'ai vu le Livre, et je sais où il se trouve, malheureusement je ne l'ai pas.

—Nous parlerons de ça plus tard, dit John Faa. Dites-nous plutôt comment on fait pour déchiffrer.

—Il y a trois aiguilles que l'on peut contrôler, expliqua Farder Coram. On s'en sert pour poser une question. En désignant trois symboles, on peut poser toutes les questions que l'on souhaite, étant donné que chacun possède de nombreuses significations. Une fois que la question est bien précisée, la grande aiguille tourne et désigne d'autres symboles qui donnent la réponse.

– Mais comment l'appareil sait-il à quel niveau de sens on pense quand on pose la question ? demanda John Faa.

– L'appareil lui-même n'en sait rien. Pour que ça marche, celui qui pose la question doit avoir tous les niveaux présents à l'esprit. D'abord il faut connaître toutes les significations, or, il peut en exister des milliers. Ensuite, il faut pouvoir les garder en tête sans trop y penser ou sans solliciter une réponse, et juste suivre des yeux les déplacements de l'aiguille. Quand elle a fini de tournoyer, on a la réponse à sa question. Je sais comment ça fonctionne, car j'ai vu un sage d'Uppsala s'en servir, un jour. Et c'est la seule fois où j'ai pu admirer cet objet. Sais-tu que les aléthiomètres sont rares, petite ?

– Le Maître m'a dit qu'il en existait six seulement.

– J'en ignorais le nombre exact, mais c'est très peu.

– L'as-tu caché à Mme Coulter, comme le Maître te l'avait demandé, Lyra ?

– Oui. Mais son dæmon a fouillé ma chambre. Et je suis sûre qu'il l'a trouvé.

– Je vois. Ma petite Lyra, j'ignore si nous connaîtrons un jour toute la vérité, mais voici ce que je crois d'après ce que je sais. Le Maître a été chargé par Lord Asriel de veiller sur toi et de te protéger de ta mère. Ce qu'il a fait, pendant dix ans ou plus. Mais les amis de Mme Coulter au sein de l'Église l'ont aidée à créer ce Conseil d'Oblation ; dans quel but ? nous l'ignorons. Toujours est-il que la voilà aussi puissante, à sa manière, que l'était Lord Asriel autrefois. Deux parents aussi redoutables et ambitieux l'un que l'autre, et le Maître de Jordan College coincé entre les deux avec toi sur les bras.

Mais le Maître a mille autres préoccupations. La principale étant son collège et le savoir qu'il renferme. S'il sent que cela est menacé, il se doit de réagir. Or, depuis quelque temps, l'Église se fait de plus en plus autoritaire. On crée des conseils pour ceci, des conseils pour cela, on parle de rétablir le Bureau de l'Inquisition, à Dieu ne plaise. Et le Maître est obligé de louvoyer entre toutes ces forces. S'il veut que Jordan College survive, il doit se ranger du côté de l'Église.

D'un autre côté, le Maître est soucieux de ton sort, Lyra. Bernie Johansen a toujours été formel sur ce point. Le Maître de Jordan College et tous les Érudits t'aimaient comme leur propre fille. Ils étaient prêts à tout pour te protéger, et pas uniquement parce qu'ils l'avaient promis à Lord Asriel. Par conséquent, si le Maître t'a livrée à Mme Coulter, alors qu'il avait juré à Lord Asriel de ne jamais le faire, c'est qu'il a pensé que tu serais plus en sécurité avec elle qu'à Jordan College. Et s'il a décidé d'empoisonner Lord Asriel, sans doute est-ce parce qu'il a pensé que les agissements de ton oncle les mettaient tous en danger, et nous aussi peut-être, voire même la terre entière. Pour moi, le Maître est un homme confronté à de terribles décisions : quoi qu'il décide, il fera du mal, mais peut-être que s'il fait le bon choix, il en résultera moins de souffrances. Que Dieu me garde de devoir, un jour, être dans cette situation. Et lorsque est venu le moment où il a dû te laisser partir, il t'a donné ce lecteur de symboles, en te demandant de le protéger. Toutefois, j'ignore quel usage il veut que tu en fasses, étant donné que tu ne sais pas l'utiliser. Son raisonnement m'échappe, je l'avoue.

— Il a dit que l'oncle Asriel avait présenté l'aléthiomètre à Jordan College quelques années plus tôt, dit Lyra, qui essayait de se souvenir. Il voulait ajouter autre chose, mais quelqu'un a frappé à la porte et il n'a plus rien dit. J'ai l'impression qu'il voulait que je le cache à mon oncle également.

— Ou le contraire, dit John Faa.

— Que voulez-vous dire, John ? demanda Farder Coram.

— Peut-être voulait-il charger Lyra de rendre l'aléthiomètre à Lord Asriel, comme pour se faire pardonner d'avoir essayé de l'empoisonner. Peut-être a-t-il estimé que Lord Asriel ne représentait plus un danger. Ou que, guidé par la sagesse de cet instrument, il renoncerait à son projet. Et dans le cas où il serait retenu prisonnier, peut-être que l'aléthiomètre l'aiderait à retrouver la liberté. Je te conseille de garder précieusement ce lecteur de symboles, Lyra. Si tu promets de veiller sur lui, j'accepte de te le laisser. Mais un jour viendra peut-être où nous aurons besoin de le consulter, et à ce moment-là, nous te le demanderons.

Il remballa l'aléthiomètre dans le velours et le fit glisser sur la table. Lyra aurait voulu poser mille questions mais, soudain, elle se sentit intimidée par cet homme imposant, avec ses petits yeux à la fois perçants et doux, au milieu des plis et des rides de son visage.

Il y avait quand même une chose qu'elle devait savoir.

— Qui est la gitane qui a été ma nourrice ?

— La mère de Billy Costa, évidemment ! Elle ne te l'a jamais dit, car je le lui avais interdit. Mais elle sait bien de quoi nous sommes en train de parler, alors désormais, il n'y a plus de secret. Maintenant tu vas retourner auprès d'elle. Tu as largement de quoi réfléchir, petite. Dans trois jours, nous aurons une nouvelle réunion, et nous discuterons de ce qu'il faut faire. Sois une gentille fille. Bonne nuit, Lyra.

– Bonne nuit, Lord Faa. Bonne nuit, Farder Coram, dit-elle poliment en serrant l'aléthiomètre contre sa poitrine, et en attrapant Pantalaimon de son autre main.

Les deux vieillards lui adressèrent un sourire chaleureux. Ma Costa attendait derrière la porte de la salle de réunion et, comme s'il ne s'était rien passé depuis la naissance de Lyra, la marinière la serra dans ses bras robustes et l'embrassa avant de la conduire au lit.

8

Frustration

Lyra devait désormais s'habituer à cette nouvelle façon de voir sa propre histoire, et cela ne pouvait pas se faire en un jour. Considérer Lord Asriel comme son père, c'était une chose, mais accepter que Mme Coulter soit en réalité sa mère, voilà qui était beaucoup moins facile. Deux mois plus tôt, elle s'en serait réjouie, bien évidemment, et cela ne faisait qu'accroître sa confusion.

Mais, fidèle à elle-même, Lyra refusa de se tourmenter plus longtemps, car il y avait la ville de Fen à explorer, et beaucoup de jeunes gitans à impressionner. Et avant la fin des trois jours, elle avait réuni autour d'elle une petite bande de chenapans, grâce aux histoires de son père, cet homme si puissant, emprisonné injustement.

– Un soir, l'ambassadeur de Turquie était invité à dîner à Jordan College. Il avait reçu ordre du Sultan lui-même d'assassiner mon père, et il portait au doigt une bague creuse remplie de poison. Lorsqu'on servit le vin, il fit semblant de tendre la main au-dessus du verre de mon père, et y versa discrètement le poison. Son geste fut si rapide que personne ne s'en aperçut, mais...

– C'était quoi comme poison ? demanda une fillette au fin visage.

– Un poison provenant d'un serpent turc très spécial, inventa Lyra. Ils le capturent en jouant de la flûte pour l'attirer, ils lui jettent ensuite une éponge imbibée de miel, et quand le serpent mord dedans, il ne peut plus en arracher ses crocs, alors ils le maintiennent et récoltent le venin. Bref, mon père avait vu le geste du Turc, alors il dit : « Messieurs, j'aimerais porter un toast à l'amitié entre Jordan College et le collège d'Izmir », collège auquel appartenait l'ambassadeur turc. « Et en signe de cette amitié, dit-il, nous allons échanger nos verres de vin. » L'ambassadeur était coincé, car s'il refusait de boire c'était une grave insulte, mais d'un autre côté, il ne pouvait pas boire car il savait que le vin était empoisonné. Il devint blême et s'évanouit. Quand il revint à lui, il était toujours assis à table, et tout le monde avait les yeux fixés sur lui. Il était donc obligé d'avaler le poison ou de faire des aveux.

– Alors, qu'a-t-il choisi ?

– Il a bu le vin. Il a mis plus de cinq minutes à mourir, dans d'atroces souffrances.

– Tu l'as vu ?

– Non, car aucune femme n'a le droit de s'asseoir à la Grande Table. Mais j'ai vu son cadavre ensuite, quand ils l'ont emporté. Il avait la peau toute ridée, comme une vieille pomme, et les yeux lui sortaient de la tête. En fait, ils ont même été obligés de les renfoncer dans les orbites...

Pendant ce temps, dans toute la région des Fens, la police frappait aux portes des maisons, fouillait les greniers et les appentis, examinait les papiers et interrogeait quiconque affirmait avoir vu une fillette blonde. À Oxford, les recherches furent encore plus acharnées. Jordan College fut fouillé de fond en comble, du débarras le plus poussiéreux à la cave la plus sombre, tout comme les collèges Gabriel et St Michael, jusqu'à ce que les directeurs émettent une protestation commune en réaffirmant leurs droits ancestraux. Si un écho de ces recherches parvenait jusqu'à Lyra, c'était uniquement par le vrombissement quasi incessant des moteurs à gaz des engins aériens qui sillonnaient le ciel. On ne les voyait pas à cause des nuages bas, et le règlement aéronautique les obligeait à respecter une certaine altitude au-dessus des Fens, mais comment savoir quels diaboliques instruments d'observation ils transportaient à bord ? Mieux valait se mettre à couvert dès qu'elle les entendait, ou bien mettre sur sa tête son chapeau ciré pour masquer sa chevelure claire trop voyante.

Lyra interrogea longuement Ma Costa sur l'histoire de sa naissance. Elle tissa ensuite tous les détails sous la forme d'une grande tapisserie mentale encore plus précise, plus vivante que tous les récits qu'elle inventait, et elle revivait sans cesse la fuite du cottage, la dissimulation à l'intérieur de la penderie, les propos violents des deux hommes et le duel, le fracas des épées…

– Les épées ? Grand Dieu, tu rêves, ma fille ! s'exclama Ma Costa. M. Coulter avait une arme à feu, Lord Asriel l'a obligé à la lâcher en lui frappant la main et il l'a expédié au tapis d'un seul coup de poing. Ensuite, il y a eu deux coups de feu. Ça m'étonne que tu ne t'en souviennes pas, même si tu étais petite. Le premier coup a été tiré par Edward Coulter, qui a récupéré son arme et ouvert le feu, et le

174

second par Lord Asriel, qui la lui a arrachée une deuxième fois et l'a retournée contre lui. Il lui a tiré une balle entre les deux yeux; la cervelle a jailli. Et ensuite, sans perdre son sang-froid, il a dit: « Sortez de là, madame Costa, avec l'enfant », car vous brailliez à tue-tête, ton dæmon et toi. Il t'a alors fait sauter dans ses bras et t'a assise sur ses épaules, en marchant de long en large, heureux comme tout, pendant que le mort gisait à ses pieds. Il a même réclamé du vin et m'a demandé de nettoyer par terre.

Après avoir écouté cette histoire pour la quatrième fois, Lyra était désormais convaincue de s'en souvenir parfaitement; elle pouvait même indiquer la couleur de la veste de M. Coulter et décrire les manteaux, les fourrures, suspendus dans la penderie. Ma Costa ne put s'empêcher de rire.

Chaque fois qu'elle était seule, Lyra déballait l'aléthiomètre et l'observait longuement, comme une amoureuse contemple la photo de son bien-aimé. Ainsi, chaque dessin avait plusieurs significations, hein? se disait-elle. Pourquoi ne pourrait-elle pas les déchiffrer? N'était-elle pas la fille de Lord Asriel?

Repensant à ce qu'avait dit Farder Coram, elle tenta de concentrer ses pensées sur trois symboles choisis au hasard, devant lesquels elle disposa les trois aiguilles. Elle s'aperçut alors qu'en tenant simplement l'aléthiomètre dans ses paumes, en le regardant paisiblement, la grande aiguille se déplaçait d'une façon moins aléatoire. Au lieu de tournoyer frénétiquement, elle glissait lentement d'une image à une autre. Elle s'arrêtait devant trois dessins, parfois deux seulement, parfois cinq ou plus, et même si Lyra n'y comprenait rien, cela lui procurait un sentiment de calme profond et de jubilation qu'elle n'avait jamais connu. Pantalaimon se penchait au-dessus du cadran, parfois chat, parfois souris, suivant du regard les déplacements de l'aiguille, et une ou deux fois ils partagèrent une vision fugitive, comme si un rayon de soleil avait soudain traversé les nuages pour éclairer une chaîne de montagnes majestueuse, au loin, inaccessible et inconnue. Dans ces moments-là, Lyra se sentait parcourue des mêmes frissons délicieux qu'elle avait ressentis toute sa vie en entendant prononcer le mot « Nord ».

Les trois jours s'écoulèrent ainsi, avec énormément d'allées et venues entre les innombrables bateaux et le Zaal. Puis vint le soir du deuxième Grand Conseil. Le temple était encore plus bondé que la fois précédente. Mais Lyra et les Costa arrivèrent suffisamment tôt pour s'asseoir au premier rang et, dès que les lumières vacillantes montrèrent que l'endroit était plein à craquer, John Faa et Farder Coram firent leur apparition sur l'estrade et prirent place derrière la table. John Faa n'eut pas besoin de réclamer le silence ; il posa simplement ses grosses mains à plat sur la table, en observant la foule et le brouhaha cessa.

– Vous avez fait ce que je vous avais demandé, dit-il. Et même au-delà de mes espérances. Je vais maintenant appeler les chefs des six clans qui viendront ici remettre leur or et indiquer le nombre de leur recrues. Nicholas Rokeby, à toi de commencer.

Un solide gaillard à la barbe noire grimpa sur l'estrade et déposa un gros sac en cuir sur la table.

– Voici notre or, déclara-t-il. Et nous offrons trente-huit hommes.

– Merci, Nicholas, dit John Faa.

Farder Coram prenait des notes. Le premier homme

alla se placer au fond de l'estrade, tandis que John Faa appelait le second, puis le troisième, et ainsi de suite. Chacun déposa un sac sur la table en annonçant le nombre d'hommes qu'il pouvait rassembler. Les Costa faisaient partie du clan Stefanski et, bien évidemment, Tony avait été un des premiers à se porter volontaire. Lyra vit son dæmon-faucon danser nerveusement d'une patte sur l'autre et déployer ses grandes ailes, au moment où le chef de famille déposait devant John Faa l'argent des Stefanski et la promesse de vingt-trois hommes.

Quand les six chefs de clan se furent succédé sur l'estrade, Farder Coram montra sa feuille à John Faa, qui se leva pour s'adresser de nouveau à l'auditoire.

— Mes chers amis, nous avons réuni cent soixante-dix hommes. Je suis fier de vous et je vous remercie. Quant à l'or, je suis certain, à en juger par le poids des sacs, que vous avez puisé profondément dans vos coffres, et pour cela aussi je vous adresse mes remerciements les plus chaleureux. Voici maintenant ce que nous allons faire, ajouta-t-il. Nous allons affréter un bateau et mettre le cap au nord ; nous retrouverons les enfants et nous les libérerons. D'après ce que nous savons, nous serons peut-être obligés de nous battre. Ce ne sera pas la première fois ni la dernière, mais jamais encore nous n'avons eu à combattre des ravisseurs d'enfants, et nous devrons rivaliser d'habileté. Mais nous ne reviendrons pas sans nos enfants. Une question, Dirk Vries ?

Un homme se leva pour demander :

— Lord Faa, savez-vous pourquoi ils ont enlevé ces enfants ?

— Il s'agit, paraît-il, d'une question théologique. Ils procèdent à une expérience, mais nous ignorons de quelle nature. Pour être totalement franc, nous ne savons même pas si ces enfants sont martyrisés ou pas. Mais quoi qu'il en soit, ces individus n'ont pas le droit de venir arracher en pleine nuit de jeunes enfants aux cœurs de leurs familles. Oui, Raymond van Gerrit ?

L'homme qui avait déjà pris la parole lors de la première réunion se leva et dit :

– Cette enfant recherchée dont vous nous avez parlé, Lord Faa, est assise ici même, au premier rang. J'ai entendu dire que la police mettait sens dessus dessous les maisons de tous les habitants des environs des Fens à cause d'elle. J'ai entendu dire également qu'une loi était présentée au Parlement aujourd'hui même, afin d'abroger nos privilèges, toujours à cause de cette enfant. Oui, mes amis, dit-il en haussant la voix pour couvrir les murmures d'étonnement et d'indignation, ils vont voter une loi qui supprimera notre droit d'aller et venir en toute liberté ! Nous avons donc le droit de savoir, Lord Faa : qui est cette enfant à cause de laquelle nous risquons de perdre tous nos privilèges ? Ce n'est même pas une des nôtres, paraît-il. Comment une fille des terres peut-elle nous faire courir un si grave danger ?

Lyra leva les yeux vers la silhouette imposante de John Faa. Son cœur battait si violemment qu'elle entendit à peine les premiers mots de sa réponse.

– Vide ton sac, Raymond, ne sois pas si timide. Tu voudrais qu'on livre cette enfant à ceux qui la pourchassent, c'est cela ?

L'homme resta debout, la mine renfrognée, sans rien dire.

– Peut-être que oui, peut-être que non, reprit John Faa. Mais si un homme, ou une femme, a besoin d'une raison

178

pour faire le bien, réfléchis à ceci. Cette enfant est la fille de Lord Asriel. Pour ceux qui l'auraient oublié, c'est Lord Asriel qui est intervenu auprès des Turcs pour sauver la vie de Sam Brœkman. C'est Lord Asriel qui a autorisé nos bateaux à emprunter les canaux qui traversent sa propriété. C'est Lord Asriel qui a combattu la loi sur les voies navigables au Parlement, pour notre plus grand intérêt. Et enfin, c'est Lord Asriel qui a lutté nuit et jour pendant les terribles inondations de 53, n'hésitant pas à plonger deux fois dans l'eau pour sauver les jeunes Ruud et Nellie Koopman. Tu as oublié, Raymond ? Honte à toi ! Honte à toi ! Aujourd'hui, Lord Asriel est retenu prisonnier dans les régions les plus froides et les plus sombres du globe, enfermé dans la forteresse de Svalbard. Ai-je besoin de vous décrire les créatures qui le surveillent ? La fille de cet homme est sous notre protection et Raymond van Gerrit voudrait qu'on la livre aux autorités, en échange d'un peu de paix et de tranquillité. C'est bien cela, Raymond ? Lève-toi et réponds !

Raymond van Gerrit s'était recroquevillé sur son siège, et rien n'aurait pu le faire se lever. Un murmure de désapprobation parcourut l'immense assemblée, et Lyra ressentit la honte que lui-même devait éprouver à cet instant, ainsi qu'un vif sentiment de fierté en pensant à la bravoure de son père.

John Faa se retourna vers les autres hommes réunis sur l'estrade.

—Nicholas Rokeby, je te charge de trouver un navire, et c'est toi qui le commanderas quand nous prendrons la mer. Adam Stefanski, je veux que tu t'occupes des armes et des munitions ; tu dirigeras les combats. Roger van Poppel, tu seras responsable de l'approvisionnement, aussi bien en nourriture qu'en vêtements chauds. Simon Hartmann, je te nomme trésorier, à toi de gérer au mieux notre or. Benjamin de Ruyter, je te charge des missions de renseignement. Il y a un tas de choses que nous devons découvrir, à toi de te débrouiller ; tu feras tes rapports à Farder Coram. Michael Canzona, tu devras coordonner le travail des quatre premiers chefs de clan, et tu me feras des rapports. Tu seras aussi mon second, et, si je meurs, c'est toi qui assureras le commandement à ma place.

Voilà, j'ai pris des dispositions, conformément à l'usage, et si quiconque parmi vous, homme ou femme, souhaite émettre une objection, qu'il n'hésite pas à le faire.

Après quelques secondes d'hésitation, une femme se leva.

—Lord Faa, vous n'avez pas l'intention d'emmener des femmes dans cette expédition, pour s'occuper des enfants une fois que vous les aurez retrouvés ?

—Non, Nell. Nous manquerons déjà de place. En outre, tous les enfants que nous libérerons seront forcément mieux traités entre nos mains qu'ils ne l'étaient avant notre arrivée.

—Mais supposons que, pour les libérer, vous ayez besoin de femmes déguisées en gardiennes, en infirmières ou en je ne sais quoi ?

—Oui, je n'avais pas pensé à cela, avoua John Faa. Nous examinerons attentivement cette question quand nous nous retirerons dans la salle de réunion, je te le promets.

Un homme se leva.

—Lord Faa, je vous ai entendu dire que Lord Asriel était retenu prisonnier. Sa libération fait-elle partie de votre plan ? Car, dans ce cas, s'il est entre les griffes des ours comme vous semblez le penser, cent soixante-dix hommes ne suffiront pas. Et même si Lord Asriel est effectivement notre ami, rien ne nous oblige, me semble-t-il, à aller jusque-là.

–Ce que tu dis est juste, Adriaan Braks. Mon intention était que l'on garde les yeux ouverts et l'oreille dressée pour essayer de glaner des informations durant notre séjour dans le Nord. Peut-être pourrons-nous faire quelque chose pour lui venir en aide, peut-être pas, mais vous pouvez me faire confiance pour que je n'utilise pas votre contribution, financière et humaine, dans un but autre que celui exposé, à savoir retrouver les enfants et les ramener à la maison.

Une autre femme se leva.

–Lord Faa, nous ignorons ce que les Enfourneurs ont fait à notre enfant. Nous avons tous entendu des rumeurs et des histoires effrayantes. Nous avons entendu parler d'enfants décapités, d'enfants coupés en deux, puis recousus, et d'autres ignominies encore, trop affreuses pour qu'on les évoque. Je suis sincèrement désolée de causer du tourment à certaines personnes, mais nous avons tous entendu ces histoires, et je veux que les choses soient clairement dites. Si jamais vous deviez découvrir la confirmation de ces horreurs, Lord Faa, j'ose espérer que votre vengeance sera à la hauteur du crime commis. J'espère que vous ne laisserez aucune considération de pitié ou de clémence retenir votre bras et vous empêcher de frapper, de frapper fort, de porter un coup mortel au cœur de cette vilenie diabolique. En disant cela, je suis sûre de parler au nom de toutes les mères dont l'enfant a été capturé par les Enfourneurs.

Elle se rassit au milieu d'un puissant murmure d'approbation. Dans tout le temple du Zaal, des têtes acquiescèrent. John Faa attendit que le silence revienne.

—Rien ne retiendra ma main, Margaret, dit-il, excepté le bon sens. Et si je retiens ma main dans le Nord, ce sera pour frapper encore plus fort dans le Sud. Frapper prématurément serait aussi néfaste que frapper à cent kilomètres de la cible. Ton discours est le fait d'une passion brûlante, c'est certain. Mais en cédant à cette fougue, mes amis, vous céderez à cette faute contre laquelle je vous ai toujours mis en garde : vous placerez l'assouvissement de vos passions au-dessus du travail à accomplir. Or, dans ce cas précis, notre travail consiste d'abord à sauver, ensuite à châtier. Il ne s'agit pas de satisfaire vos désirs de vengeance. Nos sentiments ne comptent pas. Si nous parvenons à sauver les enfants, même sans pouvoir châtier les Enfourneurs, nous aurons atteint notre but principal. Mais si nous choisissons de punir d'abord les Enfourneurs, et si, à cause de cela nous perdons notre seule chance de sauver les enfants, ce sera un échec.

Toutefois, Margaret, sois assurée d'une chose : quand sonnera l'heure de la vengeance, nous frapperons si violemment que leurs cœurs succomberont de frayeur. Nous saperons leurs forces. Nous les laisserons en piteux état, brisés et broyés, lacérés en mille morceaux, éparpillés aux quatre vents. Mon maillet a soif de sang, mes amis. Il n'en a pas savouré une seule goutte depuis que j'ai massacré le champion des Tartares. Accroché dans mon bateau, il rêve et il sent l'odeur du sang dans le vent qui souffle du nord. Il s'est adressé à moi cette nuit, il m'a parlé de sa soif, et je lui ai répondu : « Bientôt, mon ami. Bientôt. » Tu as mille raisons de t'inquiéter, Margaret, mais ne crains pas que le cœur de John Faa soit trop faible pour frapper, le moment venu. C'est la raison qui décidera du moment opportun. Pas la passion. Quelqu'un d'autre souhaite-t-il s'exprimer ? Parlez librement.

Comme personne ne se manifestait, John Faa fit sonner la cloche qui marquait la fin de la réunion, en la brandissant avec force au-dessus de sa tête ; les tintements se répandirent dans la salle et firent trembler la charpente du toit.

Il quitta ensuite l'estrade pour s'enfermer dans la salle de réunion, en compagnie des chefs de clan. Lyra était déçue. Pourquoi n'avaient-ils pas besoin d'elle ? Quand elle posa la question à Tony, il éclata de rire.

– Ils doivent dresser des plans, maintenant, dit-il. Tu as rempli ton rôle, Lyra. Au tour de John Faa et du Conseil.

– Mais je n'ai encore rien fait ! protesta Lyra, tandis qu'elle suivait les autres dehors, à contrecœur, puis empruntait la route pavée conduisant à la jetée. Je me suis seulement enfuie de chez Mme Coulter ! Ce n'est qu'un début. Je veux aller dans le Nord moi aussi !

– Tu sais quoi ? dit Tony. Je te rapporterai une défense de morse, c'est promis.

Lyra fit la moue. Pendant ce temps, Pantalaimon s'amusait à faire des grimaces au dæmon de Tony, qui ferma ses yeux fauves d'un air méprisant. Lyra descendit jusqu'à la jetée et traîna un instant avec ses nouveaux compagnons de jeux qui s'amusaient à balancer des lampes retenues par une ficelle au-dessus de l'eau noire, afin d'attirer les poissons aux yeux globuleux qui remontaient lentement vers la surface et d'essayer de les embrocher avec des bâtons taillés en pointe. Sans succès.

Lyra, elle, ne pensait qu'à John Faa et aux chefs de clan et, finalement, elle remonta discrètement la route pavée jusqu'au Zaal. La fenêtre de la salle de réunion était éclairée. Celle-ci était malheureusement trop haute pour qu'on puisse voir à l'intérieur, mais la fillette entendait le bourdonnement des voix.

Alors, elle marcha jusqu'à la porte et frappa avec détermination, cinq fois. À l'intérieur, les voix se turent, une chaise racla le plancher, et la porte s'ouvrit, déversant un flot de lumière chaude sur le perron humide.

– Oui ? fit l'homme qui était venu ouvrir.

Derrière lui, Lyra apercevait les autres hommes assis autour de la table, devant des sacs d'or soigneusement empilés, des feuilles de papier, des crayons, des verres et un pichet de genièvre.

– Je veux aller dans le Nord, déclara Lyra d'une voix forte, pour que tous puissent l'entendre. Je veux vous aider à libérer les enfants. C'était mon but quand je me suis enfuie de chez Mme Coulter. Et même avant, j'avais l'intention de libérer mon ami Roger, le garçon des Cuisines de Jordan College qui a été enlevé. Je veux vous aider. Je m'y connais en navigation, je sais effectuer des relevés ambaromagnétiques de l'Aurore, je sais ce qu'on peut manger dans un ours, et un tas d'autres choses très utiles. Si en arrivant là-bas vous vous apercevez que vous avez besoin de moi, vous regretterez de m'avoir laissée ici. Comme l'a dit cette dame tout à l'heure, il vous faudra peut-être des femmes pour tenir un rôle, et peut-être des enfants aussi. On ne sait jamais. Vous avez tout intérêt à m'emmener, Lord Faa. Mais pardon de vous avoir interrompus.

Tout en parlant, Lyra était entrée dans la pièce ; les

hommes et leurs dæmons la regardaient, certains d'un air amusé, d'autres d'un air agacé, mais elle n'avait d'yeux que pour John Faa. Pantalaimon était assis dans ses bras, ses yeux de chat sauvage lançant des éclairs verts.

John Faa lui répondit :

— Lyra, il n'est pas question de t'entraîner au cœur du danger, inutile de te faire des illusions. Tu resteras ici, à l'abri, pour aider Ma Costa. Voilà ce que tu vas faire.

— Je suis en train d'apprendre à déchiffrer l'aléthiomètre ! Ça devient plus clair de jour en jour ! Vous en aurez forcément besoin... forcément !

John Faa secoua la tête.

— Je sais que tu rêvais d'aller dans le Nord, mais je suis convaincu que Mme Coulter, elle-même, ne t'y aurait pas emmenée. Si tu veux vraiment voir le Nord, il faudra attendre la fin de cette période troublée. Allez, fiche le camp.

Pantalaimon cracha doucement, mais le dæmon de John Faa quitta le dossier de la chaise et vola vers eux en agitant ses grandes ailes noires, non pas de manière menaçante, mais plutôt pour leur rappeler les bonnes manières. Lyra tourna les talons, tandis que le corbeau planait au-dessus de sa tête. La porte se referma derrière elle avec un petit claquement inflexible.

— On ira quand même, dit-elle à Pantalaimon. Qu'ils essayent donc de nous en empêcher ! On va voir ce qu'on va voir !

9
Les espions

Les jours suivants, Lyra concocta une douzaine de plans, qu'elle rejeta l'un après l'autre, rageusement, car ils se résumaient tous à la même idée : s'embarquer clandestinement. Mais comment jouer les passagers clandestins sur une péniche ? Certes, le grand voyage s'effectuerait sur un vrai bateau, et elle connaissait suffisamment d'histoires pour imaginer un tas de cachettes à bord d'un navire : les canots de sauvetage, la cale, les sentines…, bien qu'elle ignorât ce dont il s'agissait. Mais pour ce faire, elle devrait d'abord monter à bord du navire, et pour quitter les Fens, il n'y avait qu'une seule méthode, celle des gitans.

Car, à supposer qu'elle parvienne à gagner la côte par ses propres moyens, il y avait toujours le risque de se tromper de bateau dans le port. Ce ne serait pas très malin, se disait-elle, de se cacher à l'intérieur d'un canot et de se réveiller en partance pour le Haut Brésil.

Pendant ce temps, tout autour d'elle se poursuivaient nuit et jour les préparatifs alléchants en vue de l'expédition. Lyra traîna dans les pattes d'Adam Stefanski pendant qu'il sélectionnait les volontaires pour le groupe de combat. Elle bombarda Roger van Poppel de suggestions concernant les réserves qu'ils devaient emporter : avait-il pensé aux lunettes de glacier ? demanda-t-elle. Savait-il où l'on pouvait acheter les meilleures cartes de l'Arctique ?

Celui qu'elle aurait voulu tout particulièrement aider, c'était Benjamin de Ruyter, l'espion. Hélas, celui-ci s'était éclipsé aux petites heures du jour, dès le lendemain de la deuxième réunion et, naturellement, nul ne pouvait dire où il était allé ni quand il reviendrait. Aussi, par dépit, Lyra s'accrocha aux basques de Farder Coram.

– Il vaudrait mieux que je vous aide, je crois, lui dit-elle, car je connais les Enfourneurs mieux que quiconque, étant donné que j'ai failli en faire partie. Vous aurez certainement besoin de moi pour comprendre les messages de M. de Ruyter.

Ému par la farouche obstination et le désespoir évident de la fillette, Farder Coram s'abstint de la rembarrer. Au lieu de cela, il discuta avec elle, l'écouta raconter ses souvenirs d'Oxford et de Mme Coulter, et surtout, il l'observa pendant qu'elle consultait l'aléthiomètre.

– Où est ce fameux livre avec tous les symboles ? lui demanda-t-elle un jour.

– À Heidelberg.

– Il n'en existe qu'un seul ?

– Il y en a peut-être d'autres, mais c'est le seul que j'aie jamais vu.

– Je parie qu'ils en ont un aussi à la Bibliothèque Bodley d'Oxford, dit Lyra.

Elle avait du mal à détacher les yeux du dæmon de Farder Coram, assurément le plus beau dæmon qu'elle ait jamais connu. Quand Pantalaimon se transformait en chat, il était famélique, avec le poil hirsute et rêche, mais Sophomax, lui, car tel était son nom, avait des yeux dorés et une élégance incommensurable ; deux fois plus gros qu'un véritable chat, il arborait une fourrure épaisse, où les rayons du soleil faisaient naître une infinité de nuances : fauve, noisette, blé, or, feuille morte, acajou… Lyra mourait d'envie de caresser ce pelage, d'y frotter sa joue mais, évidemment, elle s'en gardait bien, car le fait de toucher le dæmon d'une autre personne constituait la plus grave entorse aux règles de la bienséance. Certes, les dæmons pouvaient se toucher, et même se battre, mais cette interdiction qui régissait les contacts entre humains et dæmons était ancrée si profondément dans l'esprit des gens que, même durant les batailles, les guerriers ne touchaient jamais au dæmon d'un adversaire. Cela était formellement interdit. Pourtant, Lyra ne se souvenait pas de se l'être entendu dire, elle le savait tout simplement ; aussi instinctivement qu'elle redoutait la nausée et recherchait le confort. C'est pourquoi, bien qu'elle admirât la fourrure de Sophomax et se plût à imaginer sa douceur sous ses doigts, jamais elle ne fit le moindre geste pour essayer de la toucher, et jamais elle ne le ferait.

Sophomax était aussi beau, resplendissant et robuste que Farder Coram était décati et faible. Peut-être était-il malade, ou peut-être était-il handicapé à la suite d'un mauvais coup, toujours est-il qu'il ne pouvait pas marcher sans prendre appui sur deux cannes, et il tremblait en permanence comme une feuille. Toutefois, son esprit restait vif, alerte et puissant, et Lyra en vint bientôt à l'aimer, pour son immense savoir, mais aussi pour la fermeté dont il faisait preuve envers elle.

– Que signifie ce sablier, Farder Coram ? demanda-t-elle, penchée au-dessus de l'aléthiomètre, par une belle matinée ensoleillée, sur la péniche du vieil homme. L'aiguille n'arrête pas de revenir dessus.

– Il y a souvent un indice quand tu regardes d'un peu plus près. Quelle est donc cette petite chose sur le dessus ?

La fillette se pencha davantage, en plissant les yeux.

– C'est un crâne !

– Et, à ton avis, qu'est-ce qu'il représente ?

– La Mort… C'est la Mort ?

– Exact. Dans la gamme des significations du sablier, il y a la Mort. En fait, la Mort vient en seconde position, juste après le Temps, évidemment.

– Savez-vous ce que j'ai remarqué, Farder Coram ? L'aiguille s'y arrête toujours pendant le second tour ! Au premier tour, on dirait qu'elle hésite, et au second, elle s'arrête. Ça veut dire que c'est le deuxième sens ?

– Probablement. Que lui as-tu demandé, Lyra ?

– Je pensais…

Elle s'interrompit, stupéfaite de constater qu'elle avait posé une question à l'instrument, sans s'en apercevoir.

– … En fait, j'ai simplement réuni trois images parce que… je pensais à M. de Ruyter… Alors, j'ai choisi le serpent, le creuset et la ruche, pour savoir comment se déroulait sa mission d'espionnage, et…

– Pourquoi as-tu choisi ces trois symboles ?

– Je me suis dit que le serpent représentait la ruse, et un espion doit être rusé ; le creuset pourrait symboliser le savoir, comme quelque chose qu'on distille, et la ruche, c'est le travail acharné, en référence aux abeilles laborieuses. Grâce au travail et à la ruse, on obtient la connaissance, vous comprenez, et c'est justement ça le métier de l'espion. Alors, je les ai sélectionnés, j'ai posé la question dans ma tête, et la grande aiguille s'est arrêtée sur la Mort… Dites, vous croyez que ça marche pour de bon, Farder Coram ?

– Oui, ça marche, Lyra. Mais on n'est jamais certain de bien interpréter la réponse. C'est un art subtil. Je me demande si…

Mais avant qu'il ait pu achever sa phrase, on frappa à la porte, avec insistance, et un jeune gitan entra dans la cabine.

– Pardonnez-moi, Farder Coram. Jacob Huismans est revenu, et il est grièvement blessé.

– Il accompagnait Benjamin de Ruyter, dit Farder Coram. Que s'est-il passé ?

– Il ne veut pas parler, répondit le jeune homme. Vous feriez mieux de venir, Farder Coram, car il n'en a plus pour longtemps ; il saigne de l'intérieur.

Farder Coram et Lyra échangèrent un regard chargé d'inquiétude et de stupéfaction, qui ne dura qu'une seconde, car Farder Coram, prenant appui sur ses béquilles, s'empressa de se rendre auprès du blessé, précédé de son dæmon qui avançait à pas feutrés. Lyra les suivit, bondissant d'impatience.

Le jeune homme les conduisit à un bateau amarré à la jetée, où une femme portant un tablier en flanelle rouge leur ouvrit la porte. Voyant qu'elle jetait un regard méfiant en direction de Lyra, Farder Coram dit :

– Il est important que cette jeune fille écoute ce que Jacob va nous dire, madame.

Alors, la femme les laissa entrer et se retira dans un

coin, tandis que son dæmon-écureuil était perché, en silence, sur la pendule en bois. Sur une couchette, sous un édredon en patchwork, gisait un homme au visage livide ruisselant de sueur, les yeux vitreux.

– J'ai envoyé chercher le médecin, Farder Coram, dit la femme d'une voix tremblante. Je vous en prie, il ne doit pas s'agiter. Il souffre. Il est arrivé sur la péniche de Peter Hawker il y a quelques minutes.

– Où est Peter ?

– Il arrime son bateau. C'est lui qui m'a conseillé de vous faire prévenir.

– Il a bien fait. Tu m'entends, Jacob ?

Jacob regarda Farder Coram qui s'était assis sur la couchette voisine, à une trentaine de centimètres.

– Bonjour, Farder Coram, murmura-t-il.

Lyra observa son dæmon : un furet, immobile à côté de la tête du blessé. Il était roulé en boule, mais ne dormait pas, car ses yeux étaient ouverts, et vitreux comme ceux de Jacob.

– Que s'est-il passé ? demanda Farder Coram.

– Benjamin est mort… Il est mort et Gérard a été capturé.

Sa voix était rauque, sa respiration très faible. Quand il se tut, son dæmon se déplia douloureusement pour venir lui lécher la joue. Revigoré, Jacob reprit :

– On s'était introduits dans le ministère de la Théologie, car Benjamin avait entendu dire, par un des Enfourneurs que nous avons capturés, que leur quartier général se trouvait à cet endroit, et que c'était de là que provenaient tous les ordres…

Il se tut de nouveau.

– Vous avez capturé des Enfourneurs ? interrogea Farder Coram.

191

Jacob acquiesça, et se tourna vers son dæmon. Il était rare que des dæmons s'adressent à des humains, autres que le leur, mais cela pouvait arriver parfois, comme maintenant :

— On a capturé trois Enfourneurs à Clerkenwell et on les a obligés à nous dire pour qui ils travaillaient, d'où venaient les ordres, etc. Hélas, ils ignoraient où on emmène les enfants ; ils savent seulement que c'est dans le nord de la Laponie…

Le furet dut s'interrompre pour reprendre son souffle ; sa petite poitrine palpitait.

— … Les Enfourneurs nous ont alors parlé du ministère de la Théologie et de Lord Boreal. Benjamin a dit qu'il pénétrerait dans le ministère avec Gérard Hook, pendant que Frans Brœkman et Tom Mendham essaieraient de dénicher Lord Boreal.

— Ils l'ont trouvé ?

— On ne sait pas. Ils ne sont pas revenus. C'était comme s'ils avaient été au courant de nos projets avant même qu'on agisse et, si ça se trouve, Frans et Tom ont été avalés tout crus dès qu'ils se sont approchés de Lord Boreal.

— Revenons-en à Benjamin, dit Farder Coram en entendant que le souffle de Jacob se faisait plus rauque, et voyant ses yeux se fermer de douleur.

Son dæmon laissa échapper un petit gémissement d'angoisse et d'amour ; la femme avança d'un pas ou deux, la main sur la bouche, mais elle ne dit rien, et le furet poursuivit, d'une voix faible :

— Avec Benjamin et Gérard, on est allés au ministère à White Hall, et là, on a découvert sur le côté une petite porte qui n'était pas gardée. On a fait le guet dehors, pendant que les deux autres forçaient la serrure et entraient. Ils étaient à l'intérieur depuis moins d'une minute quand on a entendu un grand cri d'effroi. Le dæmon de Benjamin est ressorti en volant pour nous faire signe de venir à leur secours, et il est retourné aussitôt à l'intérieur ; on a sorti notre couteau et on l'a suivi. Mais l'endroit était plongé dans l'obscurité, rempli de formes et de bruits sauvages qui se déplaçaient de manière terrifiante ; on avançait à tâtons. Soudain, une vive agitation s'est produite au-dessus de nos têtes, suivie d'un hurlement de terreur, et Benjamin et son dæmon sont tombés du haut d'un grand escalier. Son dæmon a essayé de le retenir en battant furieusement des ailes, mais en vain ; ils se sont écrasés tous les deux sur le sol et sont morts presque aussitôt.

Gérard semblait avoir disparu, puis quelqu'un a poussé un grand cri en haut, et on a reconnu sa voix. Mais on était trop paralysés par la peur pour bouger, et soudain, une flèche s'est enfoncée dans notre épaule...

La voix du dæmon faiblissait, et le blessé émit un gémissement. Penché en avant, Farder Coram tira délicatement sur l'édredon, laissant apparaître l'extrémité empennée d'une flèche, plantée dans l'épaule de Jacob, au milieu d'un amas de sang coagulé. La pointe de la flèche était enfoncée si profondément dans la poitrine du pauvre homme qu'elle ne dépassait que d'une quinzaine de centimètres. Lyra crut qu'elle allait s'évanouir.

Des bruits de pas et des voix résonnèrent à l'extérieur, sur la jetée.

Farder Coram se redressa.

– Voici le médecin, Jacob, dit-il. Nous allons te laisser. Nous parlerons plus longuement quand tu seras rétabli.

Avant de sortir, il serra l'épaule de la femme. Lyra marcha tout près de lui pour remonter la jetée, car déjà une foule inquiète commençait à se rassembler. Farder Coram ordonna à Peter Hawker d'aller prévenir immédiatement John Faa, puis il ajouta :

— Lyra, dès que nous saurons si Jacob a une chance de survivre ou pas, il faudra que l'on reparle de cet aléthiomètre. En attendant, va t'amuser ailleurs, on t'enverra chercher.

Lyra repartit seule en direction du rivage envahi par les roseaux ; là, elle s'assit et lança de la boue dans l'eau. Elle était au moins sûre d'une chose : elle n'éprouvait aucune joie ni aucune fierté à pouvoir déchiffrer l'aléthiomètre... À vrai dire, elle avait peur. Quel que soit le pouvoir invisible qui faisait tournoyer et s'arrêter cette aiguille, il connaissait des choses, comme un être doué d'intelligence.

— Pour moi, c'est un esprit, dit-elle ; et pendant un instant, elle fut tentée de lancer l'instrument dans les marécages.

— S'il y avait un esprit là-dedans, je le verrais, dit Pantalaimon. Comme ce vieux fantôme à Godstow. Je l'avais vu, mais pas toi.

— Il existe différentes sortes d'esprits, répondit Lyra d'un ton réprobateur. On ne les voit pas tous. Et les vieux Érudits morts, avec la tête coupée ? Je les ai vus, souviens-toi.

— Ce n'était qu'un mauvais rêve.

— Non. C'étaient de vrais esprits, et tu le sais. Mais l'esprit qui fait bouger cette fichue aiguille est d'un genre différent.

– Si ça se trouve, c'est pas un esprit, insista Pantalaimon, refusant d'en démordre.

– Que veux-tu que ce soit ?

– Ça pourrait être… des particules élémentaires.

Lyra s'esclaffa.

– Parfaitement ! dit le dæmon. Tu te souviens du moulin à photons qu'ils ont à Gabriel College ? Eh bien !

Il existait, en effet, à Gabriel College un objet saint que l'on conservait sur l'autel de l'Oratoire, recouvert (maintenant que Lyra y repensait) d'un tissu de velours noir, comme celui qui enveloppait l'aléthiomètre. Elle l'avait vu lorsqu'elle avait accompagné le Bibliothécaire de Jordan College pour un office. Au moment culminant de l'invocation, l'Intercesseur avait soulevé le tissu pour dévoiler dans la pénombre un dôme de verre, à l'intérieur duquel se trouvait un objet trop lointain pour qu'on le distingue, jusqu'à ce que l'Intercesseur tire sur une ficelle reliée à un store au-dessus, laissant entrer un rayon de soleil qui vint frapper très précisément le dôme. La chose leur apparut alors : une sorte de petite girouette, munie de quatre ailes, noires d'un côté, blanches de l'autre, qui se mit à tournoyer dans la lumière du soleil. Cet instrument illustrait une leçon morale, expliqua l'Intercesseur, car le noir de l'ignorance fuyait devant la lumière, tandis que la blancheur de la sagesse s'empressait de l'embrasser. Lyra le croyait sur parole. Mais la petite girouette qui tournoyait était amusante à regarder, indépendamment de toute signification, grâce aux pouvoirs des photons, expliqua le Bibliothécaire alors qu'ils regagnaient Jordan College.

Aussi Pantalaimon avait peut-être raison. Si les particules élémentaires pouvaient faire tournoyer le moulin à photons, faire bouger une aiguille était alors un jeu d'enfant. Malgré tout, elle était troublée.

– Lyra ! Lyra !

C'était Tony Costa qui lui adressait de grands signes sur la jetée.

– Viens vite ! lui cria-t-il. Il faut que tu ailles voir John Faa au Zaal. Dépêche-toi, petite, c'est urgent.

Elle trouva John Faa en compagnie de Farder Coram et des autres chefs ; tous semblaient soucieux.

John Faa prit la parole.

– Lyra, mon enfant, Farder Coram m'a appris que tu savais interpréter ce curieux instrument. Et j'ai le regret de t'annoncer que ce pauvre Jacob vient de mourir. Je pense que nous allons devoir t'emmener avec nous, finalement. Cette décision me cause beaucoup de soucis, mais apparemment, nous n'avons pas d'autre choix. Dès que Jacob aura été enterré, conformément à la coutume, nous partirons. Tu m'as bien compris, Lyra : tu viens avec nous. Toutefois, ce n'est pas une raison pour te réjouir ou jubiler. Les problèmes et les dangers nous attendent. Je te place sous la protection de Farder Coram. Surtout, ne sois pas pour lui une source d'ennuis et de tracas, car alors, tu sentirais tout le poids de ma colère. Sur ce, dépêche-toi d'aller prévenir Ma Costa et tiens-toi prête à partir.

Les deux semaines qui suivirent furent sans doute les plus chargées qu'ait connues Lyra dans sa vie. Mais « chargées » ne voulait pas dire trépidantes, car il y avait de longues et mornes périodes d'attente durant lesquelles elle devait se cacher dans des placards humides et étroits, regarder défiler derrière le hublot de la péniche le triste paysage d'automne imbibé de pluie, se cacher de nouveau, dormir près des gaz d'échappement du moteur et se réveiller avec une migraine à vous donner la nausée, et surtout, sans jamais pouvoir sortir à l'air libre pour s'amuser à courir sur la rive, grimper sur le pont, et voir actionner les portes des écluses.

Car, bien évidemment, Lyra ne devait pas être vue. Tony Costa lui avait rapporté les nouvelles entendues dans les pubs des environs : une immense chasse à l'homme avait été organisée dans tout le royaume pour retrouver une fillette blonde, avec à la clé une grosse récompense pour celui qui la dénicherait et une sanction sévère pour quiconque la cachait. Certaines rumeurs étaient étranges : des personnes affirmaient qu'elle était l'unique enfant à avoir échappé aux Enfourneurs et qu'elle détenait de redoutables secrets ; d'autres prétendaient que ce n'était pas une enfant humaine, mais un couple d'esprits déguisés sous la forme d'une fillette et d'un dæmon, envoyés dans ce monde par des forces infernales afin de répandre le chaos. Selon une autre rumeur, il ne s'agissait pas d'un enfant mais d'un adulte, rapetissé par magie, à la solde des Tartares, et venu espionner le bon peuple anglais dans le but de préparer la voie pour une invasion tartare.

Lyra écouta toutes ces histoires, d'abord avec amusement, puis avec consternation. Tous ces gens qui la haïssaient et la craignaient ! En outre, elle avait hâte de quitter sa cabine exiguë et étouffante. Elle aurait voulu être déjà arrivée dans le Nord, dans les tempêtes de neige, sous une Aurore flamboyante. À d'autres moments, elle se languissait de Jordan College ; grimper sur les toits avec Roger, entendre la cloche de l'Intendant annoncer que le repas aurait lieu dans une demi-heure, le vacarme, le bourdonnement et les cris des Cuisines lui manquaient… Surtout, elle aurait tant voulu que rien n'ait changé, que rien ne change jamais, pouvoir rester pour toujours la petite Lyra de Jordan College.

L'unique chose qui réussissait à l'arracher à son ennui et à sa mauvaise humeur, c'était l'aléthiomètre. Elle l'interrogeait chaque jour, parfois en compagnie de Farder Coram, parfois seule, et s'apercevait qu'elle accédait de plus en plus facilement à cet état de sérénité dans lequel la signification des symboles devenait évidente, et elle voyait apparaître les immenses chaînes montagneuses au loin, éclairées par le soleil.

Elle essaya, péniblement, d'expliquer à Farder Coram ce qu'elle ressentait.

– C'est un peu comme si on parlait à quelqu'un, seulement on n'entend pas cette personne et on se sent idiot, car elle est beaucoup plus intelligente que vous, et elle ne se met pas en colère, ni rien… Elle sait tant de choses ! C'est comme si elle savait tout, ou presque. Mme Coulter était intelligente elle aussi, elle connaissait un tas de choses, mais là il s'agit d'une autre forme de connaissance… C'est plus de la compréhension, je dirais…

Farder Coram posait des questions, et Lyra essayait de trouver les réponses.

– Que fait Mme Coulter à cet instant ? demandait-il, et Lyra actionnait aussitôt les aiguilles.

– Explique-moi ce que tu fais.

– Eh bien, la Madone représente Mme Coulter, et je pense à ma mère quand je place l'aiguille à cet endroit. La fourmi, ça veut dire « très affairée », c'est facile, car c'est le premier sens. Quant au sablier, on trouve l'idée du Temps, dont le présent fait partie, et je me concentre sur cette notion.

— Mais comment fais-tu pour trouver les bonnes significations ?

— Je les vois. Ou plutôt, je les sens ; c'est un peu comme descendre une échelle en pleine nuit : on pose son pied et on sent un autre barreau en dessous. Je fais marcher mon esprit, je découvre un autre sens et, à ce moment-là, je sens que c'est le bon. Ensuite, je les assemble. Il y a une astuce, comme plisser les yeux pour mieux voir.

— Alors, vas-y, et voyons ce que ça nous dit.

Lyra s'exécuta. La grande aiguille s'agita immédiatement, puis s'arrêta, repartit, s'arrêta de nouveau, alternant ainsi, de manière précise, les déplacements et les pauses. Il y avait là une telle sensation de grâce et de force, que Lyra avait l'impression d'être un oisillon qui apprend à voler. Farder Coram, penché de l'autre côté de la table, nota les endroits où l'aiguille s'arrêtait ; il vit la fillette écarter ses cheveux de son visage et se mordiller la lèvre inférieure, tandis que ses yeux suivaient tout d'abord l'aiguille, puis, lorsque son chemin fut tracé, ils balayèrent la surface du cadran. Mais pas au hasard, constata Farder Coram. En tant que joueur d'échecs, il savait comment les adeptes de ce jeu observaient une partie en cours. Un excellent joueur semblait discerner des lignes de force et d'influence sur le plateau ; il s'intéressait aux lignes les plus fortes et ignorait les autres. Or, les yeux de Lyra bougeaient de la même façon, en fonction d'un champ magnétique qu'elle seule percevait.

L'aiguille s'arrêta successivement devant l'éclair, l'enfant, le serpent, l'éléphant et un animal dont Lyra ignorait le nom : une sorte de lézard avec des yeux globuleux et une longue queue enroulée autour de la branche sur laquelle il se tenait. L'aiguille répéta plusieurs fois cet enchaînement, sous le regard de Lyra.

— Que signifie ce lézard ? demanda Farder Coram, rompant la concentration de la fillette.

— Ça n'a pas de sens... Je vois bien ce qu'indique l'aiguille, mais je dois me tromper dans l'interprétation. L'éclair symbolise la colère, je pense. L'enfant... c'est sans doute moi... J'étais sur le point de deviner la signification du lézard, mais vous m'avez parlé au même moment, et je l'ai perdue. Vous voyez, l'aiguille se promène n'importe où.

— Oui, je vois ça. Je suis désolé de t'avoir déconcentrée, Lyra. Tu es fatiguée ? Veux-tu t'arrêter ?

— Non, continuons, dit-elle, mais elle avait les joues rouges et les yeux brillants.

Elle présentait tous les signes de la surexcitation, aggravée par le long enfermement dans cette cabine étouffante.

Le vieil homme regarda par le hublot. Dehors, il faisait presque nuit et ils parcouraient la dernière portion de voie navigable avant d'atteindre la côte. L'immensité plate d'un estuaire, couvert d'écume brunâtre, s'étendait sous un ciel morne, jusqu'à un groupe de citernes d'alcool de charbon, rouillées et cernées de tuyaux, à côté d'une raffinerie d'où s'échappait une épaisse fumée qui s'élevait lentement pour rejoindre les nuages.

— Où sommes-nous ? demanda Lyra. Dites, Farder Coram, est-ce que je pourrais sortir, juste un peu ?

— Nous sommes près de Colby, répondit le vieil homme. Dans l'estuaire de la rivière Cole. Quand nous atteindrons la ville, nous arrimerons la péniche près du Marché Fumoir et nous rejoindrons le port à pied. Nous y serons dans une heure ou deux…

Mais la nuit était presque tombée et, dans ce vaste paysage de désolation autour de la rivière, rien ne bougeait, à l'exception de leur embarcation et d'une barge transportant du charbon, au loin, en direction de la raffinerie. Lyra paraissait si fatiguée, elle donnait l'impression de tant étouffer à force de rester enfermée… que Farder Coram dit :

– Bah, je suppose que tu peux sortir prendre l'air quelques minutes. Je ne dis pas de l'air frais, car nous ne sommes pas au large, mais tu peux t'asseoir sur le pont et regarder le paysage jusqu'à ce qu'on approche de la ville.

Lyra se leva d'un bond, et Pantalaimon se transforma immédiatement en mouette, impatiente d'étirer ses ailes. Il faisait froid dehors et, bien qu'emmitouflée, Lyra frissonna. Pantalaimon, lui, s'élança dans les airs en poussant un croassement de joie ; il tournoya dans le ciel, rasa les flots, filant devant le bateau, passant ensuite derrière la poupe. Lyra partageait son exultation ; elle l'incitait mentalement à défier à la course le dæmon-cormoran du vieil homme qui tenait la barre. Mais celui-ci l'ignora et vint se poser en douceur sur le gouvernail, tout près de son humain.

Il n'y avait aucune trace de vie dans ce paysage brun et terne ; seuls le halètement régulier du moteur et le clapotis de l'eau sous la proue brisaient l'immensité du silence. Des nuages bas flottaient dans le ciel, sans offrir de pluie ; en dessous, le ciel était chargé de fumée. Seule l'élégance éblouissante du vol de Pantalaimon était porteuse de vie et de joie.

Au moment où il s'élevait en flèche dans les airs, à la sortie d'un plongeon en piqué, ses ailes blanches déployées se détachant dans le gris du ciel, il fut soudain frappé en plein vol par un objet noir et il bascula sur le côté, choqué et meurtri. Lyra poussa un grand cri, victime de la même douleur intense. Une seconde petite chose noire rejoignit la première ; elles ne se déplaçaient pas comme des oiseaux, mais plutôt comme des insectes au vol pesant, rectiligne, et bourdonnant.

Tandis que Pantalaimon chutait, essayant désespérément de modifier sa trajectoire pour atteindre le bateau et les bras tendus de Lyra, les créatures noires continuaient à l'assaillir, vombrissantes et meurtrières. Terrassée par sa propre peur et celle de Pantalaimon, Lyra vit soudain quelque chose passer devant elle et s'élever dans le ciel.

C'était le dæmon du vieil homme à la barre, et bien qu'il parût maladroit et lourd, il évoluait avec puissance et rapidité. Le cormoran donna des coups de bec à droite et à gauche ; il y eut un battement d'ailes noires, une tache blanche fugitive, et une petite chose noire s'écrasa sur le toit goudronné de la cabine, aux pieds de Lyra, juste au moment où Pantalaimon tombait dans ses mains tendues.

Avant qu'elle n'ait eu le temps de le réconforter, il reprit son apparence de chat sauvage pour se jeter sur la créature qui cherchait à fuir en rampant. Il l'immobilisa fermement avec ses griffes acérées et leva les yeux vers le ciel qui s'assombrissait : le dæmon-cormoran, tournoyant de plus en plus haut, essayait de repérer la deuxième créature.

Soudain, l'oiseau redescendit à toute vitesse et croassa quelques mots au vieil homme, qui s'écria :

—Elle s'est enfuie ! Ne laissez pas s'enfuir l'autre. Tenez…

Il vida d'un trait le gobelet de fer-blanc qu'il tenait à la main et le lança à Lyra.

Celle-ci le plaqua immédiatement sur la créature. Sous le gobelet, la chose bourdonnait et grondait comme une petite machine.

—Ne bouge pas, ordonna Farder Coram dans son dos, et il s'agenouilla pour glisser un bout de carton sous le gobelet.

—C'est quoi ? demanda Lyra d'une voix tremblante.

—Descendons dans la cabine pour y jeter un œil. Fais bien attention, surtout. Ne la laisse pas s'échapper.

En passant, elle regarda le dæmon du vieil homme à la barre, car elle aurait voulu le remercier, mais le cormoran avait les yeux fermés. Alors, elle remercia le marin.

—Tu ferais mieux de rester dans la cabine, petite, telle fut sa réponse.

Elle descendit dans la cabine avec le gobelet. Farder Coram avait trouvé un verre à bière. Il renversa le gobelet au-dessus du verre et ôta le carton pour faire tomber la créature au fond du verre. Il le leva dans la lumière afin d'examiner la petite chose furieuse.

De la taille du pouce de Lyra environ, elle n'était pas noire, mais vert foncé. Ses élytres étaient dressés, comme une coccinelle sur le point de s'envoler et, en dessous, ses ailes battaient si violemment qu'elles formaient une tache floue. Ses petites pattes à six griffes raclaient le verre lisse.

—C'est quoi ? répéta-t-elle.

Pantalaimon, toujours chat sauvage, était tapi sur la table, à moins de dix centimètres ; ses yeux verts suivaient les mouvements de la créature à l'intérieur du verre.

—Si tu l'ouvrais en deux, dit Farder Coram, tu ne trouverais aucun organisme vivant. Ni animal ni insecte en tout cas. J'ai déjà vu une de ces bestioles, mais je ne pensais pas en trouver si haut vers le nord. Ça vient d'Afrique. Il y a un mécanisme d'horloge qui fonctionne à l'intérieur, et sur le ressort est fixé un mauvais esprit, frappé d'un maléfice.

—Qui l'a envoyé jusqu'ici ?

—Inutile de déchiffrer les symboles de l'aléthiomètre, Lyra. Tu peux le deviner aussi aisément que moi.

—Mme Coulter ?

—Évidemment. Elle n'a pas exploré seulement le Nord ; on trouve beaucoup de choses étranges dans les contrées sauvages du Sud. C'est au Maroc que j'ai vu une de ces créatures. Elles représentent un danger mortel. Tant que l'esprit vit à l'intérieur, elle ne s'arrêtera pas, et si par malheur tu libères l'esprit, celui-ci jaillira avec une telle fureur qu'il tuera le premier être vivant qui se trouvera sur son chemin.

—Mais que venait-il faire ?

—Espionner, pardi ! Quel triple idiot j'ai été de te laisser sortir. Et j'aurais dû te laisser analyser tranquillement les symboles, sans te déranger.

—Ça y est, je comprends, maintenant ! s'exclama Lyra avec une excitation soudaine. Le lézard signifie « air » ! Je l'avais bien vu, mais je ne saisissais pas le sens, et quand j'ai essayé de comprendre, ça m'a échappé.

—Ah, fit Farder Coram, je comprends moi aussi. Mais ce n'est pas un lézard, voilà pourquoi. C'est un caméléon ! Et cet animal représente l'air, car il ne mange pas et ne boit pas, il se nourrit d'air.

—Et l'éléphant...

— C'est l'Afrique !

Ils se regardèrent. Chaque nouvelle preuve des pouvoirs de l'aléthiomètre les impressionnait et les effrayait.

— Il nous a prévenus depuis le début, dit Lyra. On aurait mieux fait de l'écouter. Mais que va-t-on faire de cette créature, maintenant ? On peut la tuer ?

— Je ne crois pas qu'on puisse faire quoi que ce soit. Il va falloir l'enfermer solidement dans une boîte, et veiller à ne pas la laisser sortir. Mais je m'inquiète surtout de ce que l'autre ait réussi à s'enfuir. Elle va retourner auprès de Mme Coulter, pour lui annoncer qu'elle t'a vue. Ah, quel imbécile je fais !

Fouillant dans un placard, il dénicha un petit tube en fer d'environ cinq centimètres de diamètre. Il servait à ranger des vis, mais le vieil homme les fit glisser en inclinant le tube et essuya l'intérieur avec un chiffon, avant de le coiffer avec le verre de bière, sans ôter le carton.

La créature parvint à sortir une patte et à repousser le tube avec une force surprenante, mais ils réussirent finalement à l'enfermer et à revisser solidement le couvercle.

— Dès que nous serons à bord du bateau, je souderai le couvercle pour plus de sécurité, dit Farder Coram.

— Le mécanisme ne s'arrête donc jamais ?

— Un mécanisme ordinaire, si. Mais comme je te l'ai expliqué, celui-ci est remonté en permanence par l'esprit fixé sur le ressort. Plus il se débat, plus le ressort est tendu, et plus il a de force. Pour l'instant, rangeons cette sale bestiole dans un coin…

Il enveloppa le tube dans un morceau de flanelle pour étouffer le bourdonnement incessant, et le glissa sous sa couchette.

La nuit était tombée, et Lyra regardait à travers le hublot les lumières de Colby qui se rapprochaient. L'air étouffant s'épaississait et se transformait en brume, et quand enfin ils s'amarrèrent à l'appontement, le long du marché, tout autour d'eux leur sembla atténué et flou. L'obscurité avait étendu des voiles gris argenté et nacrés sur les entrepôts et les grues, sur les étals en bois et le bâtiment en granit aux nombreuses cheminées qui avait donné son nom au Marché Fumoir, et où nuit et jour on fumait des poissons suspendus dans la bonne odeur du bois de chêne. Les cheminées contribuaient à épaissir l'air moite, et l'agréable puanteur des harengs, des maquereaux et du haddock fumés semblait émaner des pavés eux-mêmes.

Enveloppée dans un ciré, coiffée d'une grande capuche pour cacher ses cheveux, Lyra marchait entre Farder Coram et le vieux marinier. Leurs trois dæmons, aux aguets, avançaient en éclaireur à chaque intersection et surveillaient les arrières, guettant le moindre bruit de pas.

Mais il n'y avait pas d'autre silhouette que les leurs. Tous les habitants de Colby étaient enfermés chez eux, sans doute en train de boire du genièvre à côté des poêles grondants. Ils atteignirent le quai sans voir personne, et là, le premier homme qu'ils aperçurent, ce fut Tony Costa qui montait la garde à l'entrée.

– Dieu soit loué, vous voilà, dit-il à voix basse, en s'écartant pour les laisser passer. On vient d'apprendre que Jack Verhœven a été abattu et son bateau coulé, et personne ne savait où vous étiez. John Faa est déjà à bord, impatient de lever l'ancre.

Ce navire paraissait immense à Lyra : une timonerie et une cheminée au centre, un gaillard d'avant et un robuste mât de charge au-dessus d'une écoutille recouverte d'une bâche ; des lumières jaunes derrière les hublots et la passerelle, des lumières blanches à la tête de mât, et trois ou quatre hommes sur le pont, accomplissant avec précipitation des gestes qu'elle ne distinguait pas.

Devant Farder Coram, Lyra s'empressa de gravir la passerelle en bois, en jetant autour d'elle des regards curieux. Prenant l'apparence d'un singe, Pantalaimon escalada immédiatement le mât de charge, mais elle l'obligea à revenir immédiatement ; Farder Coram tenait à ce qu'ils descendent dans la cabine.

Au pied d'un escalier s'ouvrait un petit salon, où John Faa discutait tranquillement avec Nicholas Rokeby, le gitan nommé capitaine du bateau. John Faa n'agissait jamais à la hâte. Lyra attendait impatiemment qu'il l'accueille à bord, mais il prit le temps d'achever ses remarques concernant la marée et le pilotage avant de se tourner enfin vers les nouveaux arrivants.

— Bonsoir, mes amis, dit-il. Le pauvre Jack Verhœven est mort, vous le savez peut-être. Ses hommes ont été capturés.

— Nous avons de mauvaises nouvelles nous aussi, annonça Farder Coram.

Et il narra leur rencontre avec les esprits volants.

John Faa secoua sa tête altière, sans toutefois leur faire de reproches.

— Où est la créature ? demanda-t-il.

Farder Coram sortit de sa poche le tube en fer et le déposa sur la table. Le bourdonnement qui s'en échappait était si violent que le tube se déplaçait lentement sur la surface en bois.

–J'ai entendu parler de ces saletés mécaniques, mais je n'en avais encore jamais vu, commenta John Faa. Je sais cependant qu'il est impossible de les dompter ou de les renvoyer d'où elles viennent. Inutile également de lester ce tube de plomb pour le jeter au fond de l'océan, car un jour, il sera rongé par la rouille et l'esprit maléfique s'en échappera pour s'attaquer à Lyra, où qu'elle soit. Non, nous allons devoir le garder avec nous et faire preuve de vigilance.

Lyra étant la seule personne du sexe féminin à bord (John Faa avait finalement renoncé, après mûre réflexion, à emmener des femmes), elle disposait d'une cabine individuelle. Une toute petite cabine néanmoins, à peine plus grande qu'un placard, avec une couchette et un hublot. Elle rangea ses affaires dans le tiroir sous sa couchette et s'empressa de remonter sur le pont, tout excitée, impatiente de s'accouder au garde-fou pour regarder l'Angleterre disparaître derrière eux. Mais la majeure partie de la côte s'était déjà dissipée dans le brouillard.

Le vacarme de l'eau tout en bas, le souffle de l'air, les lumières du bateau qui brillaient vaillamment dans le noir, le grondement du moteur, les odeurs d'iode, de poisson et de charbon étaient heureusement suffisamment excitants en eux-mêmes. Et bientôt, une autre sensation, moins agréable, s'y ajouta, tandis que le navire commençait à tanguer sur les flots de l'Océan Allemand. Quand quelqu'un appela Lyra pour lui dire de descendre manger, la fillette s'aperçut qu'elle avait moins faim qu'elle ne l'avait cru et, finalement, elle se dit qu'il serait peut-être préférable de s'allonger, par égard pour Pantalaimon, car le pauvre ne se sentait pas très bien. Ainsi débuta le grand voyage vers le Nord.

Deuxième partie
Bolvangar

10
Le consul et l'ours

John Faa et les autres chefs de l'expédition avaient décidé de se rendre à Trollesund, principal port de Laponie. Les sorcières possédaient un consulat en ville, et John Faa savait que sans leur aide, ou du moins sans leur neutralité bienveillante, il serait impossible de sauver les enfants prisonniers. Il exposa son projet à Lyra et Farder Coram le lendemain, lorsque le mal de mer de la fillette se fut légèrement atténué. Le soleil brillait de mille feux, les vagues vertes venaient frapper la proue du bateau, puis battaient en retraite en emportant des traînées d'écume. Debout sur le pont, fouettée par le vent du large, face à la mer scintillante, Lyra se sentait déjà beaucoup mieux ; et maintenant que Pantalaimon avait découvert la joie d'être une mouette, ou un pétrel qui volait en rase-mottes au-dessus de la crête des vagues, Lyra était trop absorbée par le bonheur de son dæmon pour s'apitoyer sur ses petites misères de marin d'eau douce.

John Faa, Farder Coram et deux ou trois autres personnes s'étaient réunis à la proue du bateau, en plein soleil, pour évoquer la suite des événements.

– Farder Coram connaît ces sorcières de Laponie, expliqua John Faa. Et, si je ne m'abuse, elles ont une dette envers lui.

– C'est exact, John, dit le vieil homme. En fait, cette histoire date d'il y a quarante ans, mais ce n'est rien pour une sorcière. Certaines vivent quatre fois plus longtemps que ça.

– D'où vient cette dette, Farder Coram ? demanda Adam Stefanski, le responsable des troupes de combat.

– J'ai sauvé la vie à une sorcière, expliqua Farder Coram. Elle est tombée du ciel brusquement, pourchassée par un énorme oiseau rouge, comme je n'en avais jamais vu. Blessée, elle a plongé dans les marais, et je me suis mis à sa recherche. Elle allait se noyer lorsque je l'ai hissée à bord de mon bateau. J'ai tué l'oiseau, mais il est tombé à pic au fond des marécages, à mon grand regret, car il était gros comme un butor et rouge comme le feu.

– Oh… firent les hommes autour de lui, captivés par son récit.

– Quand j'ai recueilli cette sorcière sur mon bateau, reprit Farder Coram, j'ai eu le plus grand choc de ma vie, car figurez-vous que cette jeune femme n'avait pas de dæmon !

Il avait dit cela comme s'il avait dit : « Elle n'avait pas de tête ! » Cette simple idée était répugnante. Les hommes frissonnèrent, leurs dæmons se hérissèrent, secouèrent leurs plumes ou poussèrent des croassements méchants, et les hommes durent les calmer. Pantalaimon se blottit contre la poitrine de Lyra, et leurs deux cœurs battirent à l'unisson.

– Du moins, reprit Farder Coram, c'est l'impression que

j'ai eue. Étant donné qu'elle était tombée du ciel, j'ai deviné que c'était une sorcière. Elle avait pourtant l'apparence d'une jeune femme, plus mince que certaines et plus jolie que la plupart, mais cette absence de dæmon me fichait une sacrée frousse.

– Ça veut dire qu'elles n'ont pas de dæmons, les sorcières ? demanda l'autre homme, Michael Canzona.

– Leurs dæmons sont invisibles, voilà tout, répondit Adam Stefanski. En fait, il était là, près d'elle, mais Farder Coram ne l'a pas vu.

– Non, tu as tort, Adam, dit Farder Coram. Son dæmon n'était pas là. Vois-tu, les sorcières ont le pouvoir de se séparer de leurs dæmons, contrairement à nous. En cas de besoin, elles peuvent même les envoyer dans un autre pays, portés par le vent ou sur des nuages, ou même sous la mer. D'ailleurs, cette sorcière que j'avais sauvée se reposait depuis moins d'une heure quand son dæmon est revenu à tire-d'aile, car il avait senti sa peur et sa souffrance. Et j'ai le sentiment, bien qu'elle ne l'ait jamais avoué, que cet énorme oiseau rouge que j'avais tué était le dæmon d'une autre sorcière, qui la pourchassait. Ah, Seigneur ! Rien que d'y penser, j'en tremblais. J'aurais dû retenir mon geste, mais trop tard, le mal était fait. En tout cas, je lui avais sauvé la vie, aucun doute là-dessus, et pour me le confirmer, elle déclara que je pouvais réclamer son aide en cas de besoin. Et en effet, elle a volé à mon secours le jour où les Skraelings m'ont blessé avec une flèche empoisonnée. Nous avons eu d'autres contacts ensuite… Je ne l'ai pas revue depuis de nombreuses années, mais elle n'aura pas oublié.

– Elle vit à Trollesund ?

—Non, non. Les sorcières vivent dans les forêts et la toundra, pas dans un port au milieu des hommes et des femmes. Leur univers, c'est la nature. Malgré tout, elles ont un consulat en ville, et je pourrai la contacter, n'ayez crainte.

Lyra aurait voulu en savoir beaucoup plus sur les sorcières ; hélas, les hommes parlèrent ensuite des problèmes de carburant et de provisions et, finalement, elle eut très envie de découvrir le reste du bateau. Marchant sur le pont en direction de la proue, elle fit bientôt la connaissance d'un matelot, en lui lançant les pépins de la pomme qu'elle avait mangée au petit déjeuner et qu'elle avait gardés. C'était un robuste gaillard au tempérament placide, et après avoir échangé quelques jurons, ils devinrent d'excellents amis. Il s'appelait Jerry. Sur ses conseils, Lyra découvrit que le fait de s'occuper empêchait d'avoir le mal de mer, et que même une tâche ingrate comme nettoyer le pont pouvait être agréable, si on l'accomplissait dans l'esprit d'un marin. Cette idée l'enchanta et, dès lors, elle plia les couvertures sur sa couchette comme l'aurait fait un marin, elle rangea ses affaires dans le placard comme un marin, et se mit à employer des termes de marine.

Après deux jours passés en mer, Lyra décréta que cette vie était faite pour elle. Devenue maître du bateau, de la salle des machines jusqu'au pont, elle connut rapidement tous les membres de l'équipage par leur prénom. Le capitaine Rokeby l'autorisa à adresser un signal à une frégate hollandaise en actionnant la poignée du sifflet ; le cuistot accepta son aide pour préparer le plum-pudding, et seule l'intervention sévère de John Faa l'empêcha de grimper au mât de misaine pour scruter l'horizon du haut du nid-de-pie.

Ils voguaient droit vers le nord, et chaque jour, il faisait un peu plus froid. On fouilla dans les réserves du bateau pour trouver un ciré que l'on pourrait couper à la taille de Lyra, et Jerry lui enseigna l'art de la couture, une activité qu'elle apprit de bon cœur, après l'avoir pourtant rejetée avec mépris du temps de Jordan College, quand elle refusait d'écouter les instructions de Mme Lonsdale. Ensemble, ils confectionnèrent pour l'aléthiomètre un petit sac étanche qu'elle pourrait porter à la taille. Au cas où elle tomberait à l'eau, dit-elle. Le sac accroché à la ceinture, vêtue de son ciré et coiffée de son chapeau imperméable, elle agrippait le garde-fou, face à l'écume cinglante qui passait par-dessus la proue et se répandait sur le pont. Parfois, elle souffrait encore un peu du mal de mer, surtout quand le vent se levait et que le bateau piquait du nez en transperçant les immenses vagues gris-vert. Dans ces moments-là, c'était à Pantalaimon qu'il incombait de la distraire en frôlant la surface de l'eau sous la forme d'un pétrel, car Lyra sentait la joie infinie qu'il éprouvait au milieu des bourrasques de vent et d'eau salée, et elle en oubliait ses nausées. De temps à autre, il essayait même de devenir poisson, et une fois, il se joignit à un banc de dauphins, à leur vif étonnement et pour leur plus grand plaisir. Frissonnante sur le gaillard d'avant, Lyra riait joyeusement de voir son Pantalaimon adoré, agile et puissant, jaillir hors de l'eau en même temps qu'une demi-douzaine d'autres formes grises insaisissables. Pourtant, son plaisir se teintait de douleur et de peur, car elle s'interrogeait : et s'il cessait de l'aimer pour devenir dauphin ?

Son ami le matelot se trouvait près d'elle à ce moment-là, occupé à tendre une bâche au-dessus de l'écoutille avant, et il s'interrompit pour regarder le dæmon de la fillette batifoler avec les dauphins. Son propre dæmon, une mouette, perchée sur le cabestan, avait enfoui sa tête sous son aile. Le marin savait ce que ressentait Lyra.

– Je me souviens, la première fois où j'ai pris la mer, mon Belisaria n'avait pas adopté une forme définitive, car j'étais encore jeune, et il adorait se transformer en marsouin. J'avais peur qu'il garde cette apparence. Sur mon premier bateau, il y avait un vieux marin qui ne pouvait jamais descendre à terre, car son dæmon était devenu définitivement dauphin, et impossible pour lui de sortir de l'eau. C'était un formidable marin, le meilleur navigateur que j'aie connu ; il aurait pu gagner une fortune avec la pêche, pourtant, il n'était pas content de son sort. Il n'a jamais été heureux, jusqu'à ce qu'il meure et qu'on jette son corps dans la mer.

– Pourquoi est-ce que les dæmons ne peuvent plus changer au bout d'un moment ? demanda Lyra. Moi, je veux que Pantalaimon puisse continuer à changer. Et lui aussi.

– Il en a toujours été ainsi, et il en sera toujours ainsi. Ça fait partie du passage à l'âge adulte. Viendra le moment où tu te fatigueras de ses changements incessants, et tu voudras qu'il adopte une apparence définitive.

– Non, jamais !

– Oh que si. Tu auras envie de grandir, comme toutes les filles. D'ailleurs, cette apparence fixe a aussi des avantages.

– Ah bon ? Lesquels ?

– Tu sais enfin qui tu es vraiment. Prends ce vieux Belisaria. C'est une mouette, ça veut dire que je suis une sorte de mouette moi aussi. Certes, je ne suis pas majestueux, ni splendide, ni beau, mais je suis un gars résistant, je peux survivre n'importe où, je sais toujours trouver un peu de nourriture et un peu de compagnie. C'est bon à savoir. Le jour où ton dæmon prendra une forme définitive, tu sauras enfin qui tu es.

— Supposons que le dæmon choisisse une apparence qui ne nous plaît pas ?

— Eh bien, tu n'es pas content, voilà. Tu sais, il y a un tas de gens qui aimeraient avoir un lion pour dæmon et qui se retrouvent avec un caniche. Et tant qu'ils n'auront pas appris à se satisfaire de ce qu'ils sont, ils ne connaîtront pas la paix. Ah, quel gâchis !

Mais Lyra avait le sentiment qu'elle ne grandirait jamais.

Et puis, un beau matin, une odeur différente flotta dans l'air : le bateau avançait bizarrement, en tanguant de manière plus prononcée, au lieu de s'élever à la crête des vagues et de retomber. À peine réveillée, Lyra monta sur le pont pour contempler avidement le paysage : quel étrange spectacle après toute cette eau, car bien qu'ils n'aient navigué que quelques jours, elle avait l'impression d'être restée en mer pendant des mois. Juste devant le bateau se dressait une montagne, tapissée d'arbres et coiffée de neige, qui dominait une petite ville et un port minuscule situé juste en dessous. On apercevait des maisons de bois aux toits pointus, le clocher d'un oratoire, des grues dans le port, et des nuages de mouettes qui tournoyaient dans le ciel en criant. Il régnait une forte odeur de poisson, mélangée à des odeurs terrestres : la résine de pin, l'humus, et quelque chose d'animal, de musqué, et autre chose encore, froid, vif et sauvage, peut-être de la neige. C'était l'odeur du Nord.

Des phoques venaient folâtrer autour du bateau, montrant leur tête de clown à la surface de l'eau, avant de replonger, sans une éclaboussure. Le vent glacial qui arrachait l'écume au sommet des vagues couronnées de blanc cherchait à s'engouffrer dans le ciré de Lyra. Bientôt, elle eut les mains en feu et le visage engourdi. Pantalaimon, devenu hermine, lui réchauffait le cou avec sa fourrure ; malgré tout, il faisait trop froid pour rester dehors sans s'activer, même pour admirer les phoques, et Lyra redescendit manger son porridge, en regardant dehors à travers le hublot.

Dans le port, l'eau était calme, et lorsqu'ils eurent franchi l'imposante digue, Lyra fut comme déséquilibrée par la disparition du tangage et du roulis. Avec Pantalaimon, ils regardèrent avec impatience le bateau progresser vers le quai, lentement, centimètre après centimètre. Au cours de l'heure suivante, le vacarme des moteurs s'atténua pour ne plus être qu'un ronronnement ; des voix puissantes aboyèrent des ordres, on lança des cordes, on abaissa des passerelles, on ouvrit des écoutilles.

– Allez, viens, Lyra, dit Farder Coram. Toutes tes affaires sont rassemblées ?

En vérité, les quelques affaires que possédait Lyra étaient déjà emballées depuis que, en se réveillant, elle avait découvert la côte. Il lui suffisait de courir dans sa cabine pour prendre son sac et elle était prête.

La première chose que Farder Coram et Lyra firent en débarquant fut de se rendre au siège du Consulat des Sorcières. Il ne leur fallut pas longtemps pour le trouver, car toute la petite ville s'était regroupée autour du port, l'Oratoire et la maison du gouverneur étant les deux seuls bâtiments d'importance. Le Consul des Sorcières habitait une maison de bois peinte en vert, avec vue sur la mer, et quand ils sonnèrent à la porte, la clochette tinta bruyamment dans la rue silencieuse.

Un domestique les fit entrer dans un petit salon et leur apporta du café. Finalement, le Consul en personne vint les accueillir. C'était un homme obèse au visage rubicond, vêtu d'un costume noir strict, et nommé Martin Lanselius. Son dæmon était un serpent de petite taille, d'un vert aussi intense et brillant que les yeux de son humain, qui étaient, en vérité, la seule chose en lui qui évoquait les sorcières, même si Lyra ne savait pas trop à quoi devait ressembler une sorcière.

– Eh bien, que puis-je pour vous, Farder Coram ? demanda-t-il.

– Deux choses, docteur Lanselius. Premièrement, j'ai hâte d'entrer en contact avec la sorcière que j'ai rencontrée il y a quelques années, dans la région des Fens, à l'est de l'Anglia. Elle s'appelle Serafina Pekkala.

Le Dr Lanselius prit note avec un stylo en argent.

– À quand remonte cette rencontre ? s'enquit-il.

– Une quarantaine d'années, dirais-je. Mais je pense qu'elle se souvient de moi.

– Et quelle est cette deuxième chose que vous vouliez me demander ?

– Je représente un certain nombre de familles de gitans qui ont perdu leurs enfants. Or, nous avons des raisons de croire qu'une organisation capture ces enfants, les nôtres et d'autres aussi, afin de les emmener dans le Nord, pour un motif encore inconnu. J'aimerais savoir si vous-même ou vos congénères avez entendu parler de tels faits.

Le Dr Lanselius sirota son café d'un air précieux.

– Il n'est pas impossible, en effet, que nous ayons eu connaissance de cette activité, répondit-il. Mais vous vous doutez bien que les relations entre mon peuple et les Habitants du Nord sont très cordiales. Il serait mal venu de provoquer des tensions.

Farder Coram acquiesça, comme s'il comprenait parfaitement.

– Évidemment, dit-il. Et il serait inutile de vous demander s'il me serait possible d'obtenir ce renseignement par un autre biais. C'est pourquoi j'ai commencé par vous parler de mon amie la sorcière.

Ce fut au tour du Dr Lanselius d'acquiescer, comme si lui aussi comprenait. Lyra assistait à ce petit jeu avec un mélange d'étonnement et de respect. Un tas de choses se déroulaient sous la surface des mots, et finalement, elle sentit que le Consul des Sorcières avait pris une décision.

– Très bien, dit-il. Évidemment, vous savez que votre nom ne nous est pas inconnu, Farder Coram. Serafina Pekkala est la reine d'un clan de sorcières de la région du lac Enara. Concernant votre autre question, il va sans dire que ce renseignement ne vient pas de moi.

– Bien entendu.

– Eh bien, il existe dans cette ville une ramification d'une organisation baptisée la Compagnie d'Exploration du Nord, qui prétend chercher du minerai, mais est en réalité contrôlée par un organisme nommé le Conseil Général d'Oblation, installé à Londres. Or, je sais que cette organisation importe des enfants. C'est une chose que peu de gens savent en ville ; le gouvernement de Norrovège n'est pas au courant, officiellement. Il est vrai que les enfants ne restent pas longtemps ici ; on les envoie quelque part ensuite, vers l'intérieur du pays.

— Savez-vous où précisément, docteur Lanselius ?

— Non. Je vous le dirais si je le savais.

— Et savez-vous ce qu'on leur fait là-bas ?

Pour la première fois, le Dr Lanselius se tourna vers Lyra. Celle-ci lui rendit son regard. Le petit dæmon-serpent vert dressa la tête dans le cou du Consul et lui chuchota quelque chose à l'oreille en agitant sa langue fourchue.

Le Consul déclara :

— J'ai entendu prononcer l'expression « Méthode de Maystadt » dans le cadre de cette affaire. Je pense qu'ils utilisent ces mots pour éviter de désigner ce qu'ils font par son véritable nom. J'ai également entendu le mot « intercision », mais je ne saurais dire de quoi il s'agit.

— Certains de ces enfants sont-ils en ville en ce moment ? demanda Farder Coram.

Il caressait la fourrure de son dæmon assis sur ses genoux, aux aguets. Lyra remarqua que le félin avait cessé de ronronner.

— Non, je ne pense pas, dit le Dr Lanselius. Un groupe d'une douzaine d'enfants est arrivé il y a une semaine, mais ils sont repartis avant-hier.

— Ah ! Pas plus ? Voilà qui nous donne un peu d'espoir. Comment voyagent-ils, docteur Lanselius ?

— En traîneau.

— Et vous ne savez pas du tout où ils sont allés ?

– Non. Ce n'est pas une chose qui nous préoccupe, je l'avoue.

– Évidemment. Vous avez répondu à toutes mes questions avec beaucoup de franchise, monsieur, et voici la dernière. À ma place, quelle question poseriez-vous au Consul des Sorcières ?

Pour la première fois, le Dr Lanselius sourit.

– Je lui demanderais où je peux obtenir les services d'un ours en armure, dit-il.

Lyra se redressa sur son siège ; elle sentit le cœur de Pantalaimon faire un bond dans ses mains.

– J'avais cru comprendre que les ours en armure étaient justement au service du Conseil d'Oblation, s'étonna Farder Coram. Enfin, la Compagnie d'Exploration du Nord, ou je ne sais quoi.

– Il y en a au moins un qui n'est pas à leur service. Vous le trouverez au dépôt de traîneaux, tout au bout de Langlokur Street. C'est là-bas qu'il travaille en ce moment, mais il a si mauvais caractère et il fait tellement peur aux chiens qu'il risque de perdre sa place rapidement.

– C'est un renégat ?

– Oui, apparemment. Il s'appelle Iorek Byrnison. Vous vouliez savoir ce que je poserais comme question, je vous ai répondu. Et je vais même vous dire ce que je ferais : je sauterais sur cette occasion inespérée d'engager un ours en armure.

Lyra avait du mal à rester en place. Mais Farder Coram qui connaissait les rites propres à ce genre de discussion reprit un autre gâteau au miel et aux épices sur le plateau. Pendant qu'il le dégustait, le Dr Lanselius se tourna vers Lyra.

—Je crois savoir que tu as en ta possession un aléthiomètre, dit-il, au grand étonnement de la fillette, qui se demandait comment il pouvait être au courant.

—En effet, dit-elle, et sentant que Pantalaimon la pinçait, elle demanda : Vous voulez le voir ?

—Avec plaisir.

Plongeant la main de façon peu élégante dans la sacoche imperméable, elle sortit le petit paquet enveloppé de velours et le lui tendit. Le Dr Lanselius déballa l'instrument et le manipula avec la plus grande prudence, contemplant le cadran comme un savant contemple un manuscrit rare.

—Quelle merveille ! s'exclama-t-il. J'en avais déjà vu un, mais pas aussi beau que celui-ci. Possèdes-tu également le Grand Livre des Interprétations ?

—Non… répondit Lyra, mais avant qu'elle ait pu en dire plus, Farder Coram prit la parole.

—Non, répéta-t-il. Malheureusement. Lyra possède cet aléthiomètre mais elle n'a aucun moyen de s'en servir. Cet instrument reste aussi mystérieux que ces flaques d'encre dont se servent les Hindous pour prédire l'avenir. Et à ma connaissance, le Livre des Interprétations le plus proche se trouve dans l'abbaye de St Johann à Heidelberg.

Lyra comprenait pourquoi il disait cela : il ne voulait pas que le Dr Lanselius connaisse les pouvoirs qu'elle avait acquis. Mais elle voyait aussi une chose que Farder Coram ne pouvait pas voir : la nervosité soudaine du dæmon du Dr Lanselius, et elle comprit qu'il était inutile de mentir.

—En fait, je sais le déchiffrer, dit-elle, s'adressant à la fois au Dr Lanselius et à Farder Coram, et ce fut le Consul qui réagit le premier.

— Je te félicite. Mais comment as-tu obtenu cet aléthio-mètre ?

— C'est le Maître de Jordan College qui me l'a donné. Savez-vous qui les a fabriqués, docteur Lanselius ?

— On dit qu'ils proviennent de la ville de Prague. Le savant qui a inventé le premier aléthiomètre cherchait apparemment à découvrir un moyen de mesurer les influences des planètes, conformément aux préceptes de l'astrologie. Il voulait créer un instrument qui réagirait aux positions de Mars ou de Vénus, comme une boussole réagit par rapport au Nord. Sur ce plan, il a échoué mais, de toute évidence, le mécanisme qu'il a créé réagissait à quelque chose, bien que personne ne pût dire à quoi exactement.

— Mais d'où viennent tous ces symboles ?

— Oh, cela remonte au XVIIe siècle. En ce temps-là, les symboles et les emblèmes étaient partout. Les bâtiments et les tableaux étaient conçus pour se lire comme des livres. Chaque chose en représentait une autre ; et à condition de posséder le dictionnaire adéquat, vous pouviez alors déchiffrer la Nature elle-même. Pas étonnant, dans ces conditions, de voir des philosophes utiliser le symbolisme en vigueur à leur époque pour interpréter un savoir provenant d'une source mystérieuse. Mais personne n'a utilisé sérieusement tous ces symboles depuis environ deux siècles.

Il rendit l'instrument à Lyra et ajouta :

— Puis-je te poser une question ? Sans le Livre des Symboles, comment fais-tu pour interpréter cet instrument ?

— Je commence par faire le vide dans mon esprit et, ensuite, c'est comme si je regardais au fond de l'eau. Il faut laisser vos yeux découvrir le bon niveau d'interprétation, car c'est le seul qui soit net. Quelque chose comme ça.

—Oserais-je te demander une petite démonstration ?

Lyra se tourna vers Farder Coram ; elle avait envie de répondre oui, mais elle attendait son approbation. Le vieil homme acquiesça.

—Quelle question dois-je lui poser ? demanda Lyra.

—Quelles sont les intentions des Tartares concernant le Kamtchatka ?

Ce n'était pas difficile. Lyra orienta les aiguilles de l'aléthiomètre face au chameau tout d'abord, qui représentait l'Asie, et aussi les Tartares ; face à la corne d'abondance ensuite, pour désigner le Kamtchatka, où il existait des mines d'or ; et enfin, face au dessin de la fourmi, symbole d'intense activité, mais aussi de détermination et de volonté. Puis, immobile, elle laissa son esprit rassembler les trois niveaux d'interprétation, en faisant le vide pour accueillir la réponse, qui survint presque immédiatement. La grande aiguille fine tremblota devant le dauphin, le casque, le bébé et l'ancre, dansant de l'un à l'autre, avant de s'orienter vers le creuset, selon un schéma complexe que les yeux de Lyra suivirent sans hésitation, mais qui restait incompréhensible pour les deux hommes.

Quand l'aiguille eut refait plusieurs fois le même chemin, Lyra leva la tête, en clignotant des yeux comme si elle émergeait d'un état second.

—Ils vont faire semblant d'attaquer, mais ils ne le feront pas pour de bon, car c'est trop loin de chez eux.

—Peux-tu m'expliquer comment tu as compris ça ?

—À cause du dauphin, tout d'abord. Une de ses significations les plus profondes, c'est l'idée de jeu, expliqua-t-elle. Et je sais que c'est la bonne interprétation, car l'aiguille s'est arrêtée plusieurs fois dessus, et l'image était claire uniquement à ce niveau de sens. Le casque symbolise la guerre. Réunis, les deux signifient donc qu'on fait semblant de faire la guerre. Le bébé, lui, représente la difficulté, ça veut dire qu'il serait difficile pour eux d'attaquer. Et l'ancre explique pourquoi : les Tartares seraient trop loin de leur base. Voilà comment je vois les choses, vous comprenez ?

Le Dr Lanselius acquiesça.

— Remarquable, dit-il. Je te remercie infiniment. Je n'oublierai pas ce que tu m'as dit.

Il jeta un regard étrange à Farder Coram, avant de revenir sur Lyra.

— Pourrais-je te demander une autre petite démonstration ? Dans le jardin derrière cette maison, tu trouveras plusieurs branches de sapin, accrochées à un mur. L'une d'elles a été utilisée par Serafina Pekkala. Saurais-tu me dire laquelle ?

— D'accord ! s'exclama Lyra, toujours prête à fanfaronner, et elle s'empressa de sortir en emportant l'aléthiomètre.

Elle avait hâte de découvrir les branches de sapin, car les sorcières s'en servaient pour voler, et elle n'en avait encore jamais vu.

Pendant son absence, le Consul demanda à Farder Coram :

— Savez-vous qui est cette enfant ?

— C'est la fille de Lord Asriel. Et sa mère est Mme Coulter, membre du Conseil d'Oblation.

— Oui, mais à part ça ?

Le vieux gitan secoua la tête.

– Je n'en sais pas plus. Mais c'est une créature étrange et innocente, et pour rien au monde je ne voudrais qu'il lui arrive malheur. Par quel miracle est-elle capable d'utiliser cet instrument, je l'ignore, mais je la crois quand elle en parle. Pourquoi cette question, docteur Lanselius ? Que savez-vous sur elle ?

– Les sorcières parlent de cette enfant depuis des siècles, expliqua le Consul. Comme elles vivent tout près de l'endroit où le voile entre les mondes est le plus fin, elles entendent parfois des murmures éternels, par la voix de ces êtres qui passent d'un monde à l'autre. Et elles parlent d'une enfant comme celle-ci, dotée d'un grand destin qui ne peut être accompli qu'ailleurs, pas sur cette terre, mais bien plus loin. Sans cette enfant, nous mourrons tous. Mais elle doit accomplir ce destin sans en avoir conscience, car seule son ignorance peut nous sauver. Vous comprenez ?

– Non. Je ne peux pas dire que je comprenne.

– Cela signifie qu'elle doit être libre de commettre des erreurs. Nous devons espérer qu'elle n'en commettra pas, mais nous ne pouvons pas la guider. Toutefois, je suis heureux d'avoir vu cette enfant avant de mourir.

– Mais comment savez-vous qu'il s'agit de l'enfant en question ? Et qui sont ces êtres, dont vous parlez, qui passent d'un monde à l'autre ? Franchement, j'ai du mal à vous suivre, docteur Lanselius, même si je vous considère comme un honnête homme…

Avant que le Consul n'ait pu lui répondre, la porte s'ouvrit et Lyra fit une entrée triomphante en brandissant une petite branche de sapin.

– C'est celle-ci ! s'exclama-t-elle. Je les ai toutes testées, et c'est celle-ci, j'en suis sûre.

Le Consul examina la branche, puis hocha la tête.

—Exact. C'est remarquable, Lyra. Tu as de la chance de posséder un tel instrument, et je souhaite qu'il te soit utile. J'aimerais te donner quelque chose…

Il prit la branche de sapin et brisa une brindille.

—La sorcière a volé sur cette branche ? demanda la fillette, impressionnée.

—Oui. Je ne peux pas te la donner tout entière, car j'en ai besoin pour la contacter, mais cette brindille te suffira. Prends-en bien soin.

—Comptez sur moi. Et merci.

Elle la glissa dans sa sacoche à côté de l'aléthiomètre. Farder Coram caressa la branche de sapin, comme s'il s'agissait d'un porte-bonheur, et sur son visage apparut une expression que Lyra n'avait encore jamais vue : une sorte d'envie. Le Consul les raccompagna à la porte, où il serra la main de Farder Coram et celle de Lyra.

—J'espère que vous réussirez, leur dit-il, et il demeura sur le perron de la maison, dans le froid vif, pour les regarder s'éloigner dans la ruelle.

—Il connaissait déjà la réponse au sujet des Tartares, dit Lyra à Farder Coram. L'aléthiomètre me l'a dit, mais je n'en ai pas parlé. C'était indiqué par le creuset.

—Sans doute voulait-il te tester. Quoi qu'il en soit, tu as eu raison de jouer le jeu, car on ne peut pas deviner ce qu'il sait déjà. Et il nous a fourni un précieux renseignement en nous parlant de l'ours. Je ne vois pas comment nous l'aurions su autrement.

Ils trouvèrent le chemin du dépôt de traîneaux, qui se composait de deux entrepôts en béton situés dans une zone broussailleuse, une sorte de terrain vague où les mauvaises herbes poussaient entre les pierres grises et les flaques de boue gelée. Un type à la mine renfrognée, assis dans un bureau, leur indiqua que l'ours finissait son travail à dix-huit heures, mais ils devraient faire vite s'ils voulaient le voir, car généralement, il fonçait directement derrière le bar Einarsson, dans la cour, où on lui donnait à boire.

Farder Coram conduisit Lyra dans le meilleur magasin de la ville pour lui acheter des vêtements contre le froid. Ils firent l'acquisition d'un parka en peau de renne, car les poils de renne sont creux et donc parfaitement isolants ; la capuche était doublée de fourrure de glouton qui chasse la glace qui se forme quand on respire. Ils achetèrent également des sous-vêtements et des sous-bottes en peau de jeune renne, et des gants de soie pour mettre à l'intérieur des grosses moufles en fourrure. Les bottes et les moufles étaient faites avec la peau des pattes antérieures de renne, extrêmement résistante, et les semelles des bottes étaient en peau de phoque barbu, aussi solide que la peau de morse, mais plus légère. Pour finir, ils achetèrent une cape imperméable qui l'enveloppait de la tête aux pieds, à demi transparente, faite avec des boyaux de phoque.

Ainsi vêtue, avec en plus une écharpe en soie autour du cou, un bonnet de laine sur les oreilles, et la grande capuche rabattue sur la tête, elle avait l'impression d'étouffer, mais ils se rendaient dans des régions bien plus froides.

John Faa, qui avait supervisé le déchargement du bateau, était ravi d'apprendre ce qu'avait dit le Consul des Sorcières, et encore plus heureux d'entendre parler de l'ours.

— Nous irons le voir dès ce soir, déclara-t-il. Avez-vous déjà parlé à une telle créature, Farder Coram ?

– Oui. J'ai même combattu l'un de ces ours, mais je n'étais pas seul, Dieu soit loué. Nous devons nous préparer à traiter avec lui, John. Il va se montrer très exigeant, j'en suis sûr, et désagréable. Ce ne sera pas facile de négocier, mais il nous le faut.

– Nous l'aurons. Et votre fameuse sorcière ?

– Elle est loin d'ici, et elle est devenue reine d'un clan, dit Farder Coram. J'espérais qu'il serait possible de lui faire parvenir un message, mais nous n'avons pas le temps d'attendre la réponse.

– Je vois. Maintenant, laissez-moi vous parler de ce que moi j'ai découvert, mon cher vieil ami.

Depuis un moment, John Faa brûlait d'envie de leur dire quelque chose. Il avait fait la connaissance d'un chercheur d'or sur les quais, un Néo-Danois nommé Lee Scoresby, venant du Texas. Et cet homme possédait un dirigeable ! L'expédition à laquelle il espérait participer était tombée à l'eau, faute de moyens, avant même qu'il quitte Amsterdam, et maintenant, il se retrouvait coincé ici.

– Pensez un peu à ce qu'on pourrait faire avec l'aide d'un aéronaute, Farder Coram ! s'exclama John Faa en frottant ses mains épaisses. Je l'ai encouragé à nous rejoindre. On dirait que la chance est de notre côté !

– Ce serait encore mieux si nous savions où nous allons, souligna Farder Coram, mais rien, apparemment, ne pouvait atténuer l'enthousiasme de John Faa à l'idée de repartir en campagne.

Une fois la nuit tombée, quand le matériel et les vivres furent débarqués et entreposés sur les quais, sous bonne garde, Farder Coram et Lyra longèrent les quais à la recherche du bar Einarsson. Ils le trouvèrent assez facilement : une construction en béton rudimentaire, ornée d'une enseigne au néon rouge qui clignotait de manière irrégulière ; derrière les fenêtres recouvertes de givre résonnaient des éclats de voix.

Sur le côté, une plaine pleine d'ornières conduisait à une plaque métallique servant de porte à une cour, dans laquelle un appentis bancal reposait sur un sol de boue gelée. La faible lumière qui filtrait par la fenêtre du bar éclairait une pâle silhouette accroupie, en train de dévorer un cuissot de viande que la créature tenait à deux mains. Lyra crut distinguer une gueule maculée de sang, de petits yeux noirs méchants, un pelage jaunâtre, sale et emmêlé. Des grognements affreux, d'ignobles bruits de mastication et de succion s'échappaient de sa bouche pendant que l'animal mastiquait.

Farder Coram s'arrêta à la porte et lança :

— Iorek Byrnison !

L'ours s'arrêta de manger. Il les observait, mais son regard demeurait inexpressif.

— Iorek Byrnison, répéta Farder Coram. Puis-je te parler ?

Le cœur de Lyra cognait dans sa poitrine, car quelque chose dans la présence de l'ours lui faisait sentir la proximité du froid, du danger, de la force brutale, mais une force contrôlée par l'intelligence, une intelligence non humaine, car les ours ne possédaient pas de dæmons. Cette étrange créature massive qui rongeait son morceau de viande ne ressemblait pas du tout à ce qu'elle avait imaginé, et Lyra ressentait un vif sentiment d'admiration et de pitié pour cet animal solitaire. L'ours laissa tomber le cuissot de renne dans la boue et s'approcha de la porte à quatre pattes, d'une démarche lourde. Puis il se dressa sur ses pattes de derrière, imposant, comme pour montrer combien il était puissant, pour leur rappeler que la porte constituait une barrière futile, et il s'adressa à eux, du haut de ses trois mètres, au moins.

– Qui êtes-vous ?

Sa voix profonde semblait faire trembler le sol. La puanteur qui émanait de son corps était presque suffocante.

– Je suis Farder Coram, j'appartiens au peuple gitan d'Anglia occidentale. Cette petite fille s'appelle Lyra Belacqua.

– Qu'est-ce que vous voulez ?

– Nous voulons te proposer un travail, Iorek Byrnison.

– J'en ai déjà un.

L'ours se laissa retomber sur ses quatre pattes. Difficile de détecter le moindre sentiment dans sa voix, qu'il s'agisse d'ironie ou de colère, tant elle était grave et morne.

– Que fais-tu exactement ici, au dépôt de traîneaux ? demanda Farder Coram.

– Je répare les machines cassées et les objets en fer. Je soulève les choses lourdes.

– Est-ce un travail digne d'un panserbjorn ?

– C'est payé.

Derrière l'ours, la porte qui donnait sur l'arrière du bar s'entrouvrit et un homme déposa sur le sol un grand pichet en terre, avant de lever les yeux vers le trio.

– C'est qui ?

– Des étrangers, répondit l'ours.

Le patron du bar semblait sur le point de dire quelque

chose, mais l'ours avança vers lui d'un pas titubant, et l'homme s'empressa de refermer la porte, inquiet. L'ours saisit l'anse du pichet en terre avec une griffe et le porta à sa gueule. Lyra sentit les effluves âcres de l'alcool qui dégoulinait.

Après avoir avalé plusieurs rasades, l'ours reposa le pichet et se retourna pour continuer à ronger son cuissot de viande, sans se préoccuper de Farder Coram et de Lyra ; en apparence seulement, car il demanda :

– C'est quel genre de boulot ?

– Il faudra se battre, selon toute vraisemblance, répondit Farder Coram. Nous partons vers le nord, à la recherche d'un endroit où l'on a conduit des enfants kidnappés. Quand nous les aurons retrouvés, nous devrons nous battre pour les libérer, et ensuite, nous les ramènerons chez eux.

– Et combien vous payez ?

– Je ne sais pas quoi t'offrir, Iorek Byrnison. Si l'or te tente, on en a.

– Non.

– Qu'est-ce qu'ils te donnent au dépôt ?

– Ma dose de viande et d'alcool.

Sur ce, l'ours laissa tomber l'os rongé et porta de nouveau le pichet à sa gueule, buvant l'alcool puissant comme si c'était de l'eau.

– Pardonne ma question, Iorek Byrnison, dit Farder Coram, mais tu pourrais mener une existence digne sur la banquise, à chasser les phoques et les morses, ou bien, tu pourrais partir guerroyer et rapporter de glorieux trophées. Qu'est-ce qui te retient ici, à Trollesund ?

Lyra en eut la chair de poule. Elle aurait cru que cette

question, qui ressemblait presque à une insulte, allait provoquer la fureur de l'énorme créature, et elle s'émerveillait du courage de Farder Coram. Iorek Byrnison posa le pichet et s'approcha de la porte pour dévisager le vieil homme. Farder Coram ne cilla même pas.

— Je connais ces individus que vous recherchez, les coupeurs d'enfants, dit l'ours. Ils ont quitté la ville avant-hier pour se rendre dans le Nord, avec d'autres enfants. Personne ici ne vous parlera d'eux ; les gens font semblant de ne rien voir, car les coupeurs d'enfants font marcher les affaires. Moi, j'aime pas ces coupeurs d'enfants, alors je vais répondre gentiment à votre question. Je reste ici et je bois de l'alcool, car ils m'ont volé mon armure et, sans elle, je peux chasser les phoques, mais je ne peux pas faire la guerre ; or, je suis un ours en armure, la guerre est pour moi comme l'océan où je nage, comme l'air que je respire. Les habitants de cette ville m'ont fait boire de l'alcool, jusqu'à ce que je m'endorme, et ensuite, ils m'ont volé mon armure. Si je savais où ils l'ont cachée, je détruirais toute cette ville pour la récupérer. Alors, si vous voulez acheter mes services, le prix est le suivant : rendez-moi mon armure. Alors je vous aiderai dans votre mission, jusqu'à ma mort, ou jusqu'à votre victoire. Le prix à payer est mon armure. Je veux la récupérer, car alors, je n'aurai plus jamais besoin de boire.

11
L'armure

 Dès leur retour au bateau, Farder Coram s'enferma longuement dans le salon en compagnie de John Faa et des autres chefs pour discuter, tandis que Lyra regagnait sa cabine pour consulter l'aléthiomètre. Moins de cinq minutes plus tard, elle savait exactement où se trouvait l'armure de l'ours, et pourquoi il serait difficile de la récupérer.

Elle s'interrogeait : devait-elle aller dans le salon pour prévenir John Faa et les autres ? Finalement, elle se dit que s'ils voulaient en avoir connaissance, ils lui poseraient la question. D'ailleurs, peut-être savaient-ils déjà.

Allongée sur sa couchette, elle repensa à cet ours sauvage et puissant, à l'insouciance avec laquelle il buvait cet alcool violent, à sa solitude dans sa petite cabane miteuse. Comme c'était différent d'être un humain, se disait-elle, avec un dæmon à qui l'on pouvait parler ! Dans le silence du bateau immobile, sans les grincements permanents du métal et du bois, sans le vrombissement du moteur ou le fracas de l'eau contre la coque, Lyra sombra peu à peu dans le sommeil, aux côtés de Pantalaimon qui dormait sur son oreiller.

Elle rêvait de son père, magnifique et emprisonné, lorsque soudain, sans aucune raison apparente, elle se réveilla. Elle ignorait l'heure qu'il était. Une faible lumière – sans doute le clair de lune, se dit-elle – pénétrait dans la cabine et éclairait ses nouveaux vêtements en fourrure entassés dans un coin. À peine les avait-elle vus qu'elle brûla d'envie de les essayer de nouveau.

Une fois habillée, il fallut qu'elle sorte sur le pont, car elle avait trop chaud. Une minute plus tard, elle ouvrait la porte en haut de l'escalier et débouchait à l'air libre.

Immédiatement, elle vit qu'il se passait quelque chose d'étrange dans le ciel. Tout d'abord, elle crut que c'étaient des nuages qui se déplaçaient, mais Pantalaimon lui murmura :

– L'Aurore !

Frappée d'émerveillement, Lyra dut se retenir au garde-fou pour ne pas tomber.

Le spectacle envahit au nord tout le ciel. De grands rideaux de lumière douce, qui semblaient descendre du ciel lui-même, tremblotaient dans l'atmosphère. Vert pâle et rouge rosé, aussi transparents que l'étoffe la plus fragile, d'un carmin profond et enflammé tout en bas, tels les feux de l'Enfer, ils se balançaient et scintillaient librement, avec davantage de grâce que le plus talentueux des danseurs. Lyra avait même l'impression de les entendre : un bruissement lointain et murmuré. Devant cette fragilité évanescente, elle sentit naître en elle un sentiment aussi profond que lorsqu'elle s'était trouvée en présence de l'ours. Elle était émue par ce spectacle, si beau qu'il en devenait presque sacré. Des larmes vinrent lui piquer les yeux, et ces larmes transformèrent la lumière en arc-en-ciel. Très vite, elle se retrouva plongée dans le même état de transe que lorsqu'elle consultait l'aléthiomètre. Peut-être, songea-t-elle avec quiétude, que cette force mystérieuse qui animait l'aiguille de l'aléthiomètre faisait aussi rougeoyer l'Aurore. Peut-être était-ce la Poussière elle-même. Elle se fit cette réflexion sans même s'en apercevoir, et elle l'oublia aussitôt, pour s'en souvenir beaucoup plus tard.

Devant ses yeux ébahis, l'image d'une ville sembla se former derrière les voiles et les courants de couleur translucide : des tours et des dômes, des temples couleur de miel et des colonnades, de vastes boulevards et un jardin verdoyant, illuminé de soleil. Cette vision lui donnait le vertige, comme si elle la regardait, non pas d'en bas, mais d'en haut, par-delà un gouffre si gigantesque que rien ne pouvait le franchir. Un univers entier les séparait.

Mais quelque chose traversait ce paysage, et lorsque Lyra plissa les yeux pour se concentrer sur ce déplacement, elle sentit sa tête tourner, comme si elle allait s'évanouir, car cette petite chose mouvante ne faisait pas partie de l'Aurore, ni de l'autre univers qui apparaissait derrière. Elle évoluait dans le ciel au-dessus des toits de la ville. Quand enfin Lyra la distingua plus nettement, elle était parfaitement réveillée et la ville dans le ciel avait disparu.

La chose volante se rapprocha et tournoya au-dessus du bateau, les ailes déployées. Puis elle descendit avec grâce et se posa en fouettant l'air avec ses ailes puissantes, pour finalement s'arrêter sur le pont, à quelques mètres seulement de Lyra.

Dans la lumière de l'Aurore, la fillette découvrit un énorme oiseau, une magnifique oie grise dont la tête était couronnée d'une touche de blanc pur. Et pourtant, ce n'était pas un oiseau, c'était un dæmon, bien qu'il n'y ait personne d'autre en vue, à part Lyra elle-même. Et cette idée l'emplit d'une peur paralysante.

L'oiseau demanda :

—Où est Farder Coram ?

Soudain, Lyra comprit qui était cette créature. C'était le dæmon de Serafina Pekkala, la reine du clan, la sorcière amie de Farder Coram.

Elle répondit en bafouillant :

—Je… il… euh… je vais le chercher…

Tournant les talons, elle dévala l'escalier pour se précipiter dans la cabine occupée par Farder Coram, ouvrit la porte et lança dans l'obscurité :

—Farder Coram ! Le dæmon de la sorcière est ici ! Il vous attend sur le pont ! Il est venu tout seul ! Je l'ai vu voler dans le ciel…

Le vieil homme dit :

—Demande-lui de m'attendre sur le pont arrière, petite.

Le dæmon-oie se dirigea d'un air majestueux vers la poupe du bateau, et là, il regarda autour de lui, à la fois élégant et sauvage, provoquant un mélange de terreur et de fascination chez Lyra qui avait l'impression d'accueillir un fantôme.

Farder Coram les rejoignit enfin, emmitouflé dans ses vêtements polaires, suivi de près par John Faa. Les deux hommes saluèrent respectueusement le visiteur, imités en cela par leur dæmon respectif.

—Bienvenue, dit Farder Coram. Je suis heureux et fier de te revoir, Kaisa. Veux-tu entrer ou préfères-tu rester dehors ?

—Je préfère rester en plein air, merci, Farder Coram. Mais ne risquez-vous pas d'avoir froid ?

Les sorcières et leurs dæmons étaient insensibles au froid, mais ils savaient que ce n'était pas le cas des simples humains.

Après l'avoir assuré qu'ils étaient bien couverts, Farder Coram demanda :

– Comment va Serafina Pekkala ?

– Elle vous envoie son bon souvenir, Farder Coram, et elle se porte bien, elle est solide. Qui sont ces deux personnes ?

Le vieil homme fit les présentations. Le dæmon-oie regarda fixement Lyra.

– J'ai entendu parler de cette enfant, dit-il. On parle beaucoup d'elle chez les sorcières. Ainsi, vous venez pour faire la guerre ?

– Non, pas la guerre, Kaisa. Nous allons libérer les enfants qu'on nous a volés. Et j'espère que les sorcières nous apporteront leur aide.

– Pas toutes, assurément. Certains clans travaillent avec les Chasseurs de Poussière.

– Ce que vous appelez le Conseil d'Oblation ?

– J'ignore tout de ce Conseil. Ce sont des Chasseurs de Poussière ; ils ont débarqué dans nos contrées il y a dix ans avec des instruments philosophiques. Ils nous ont donné de l'argent pour qu'on leur permette d'installer des stations sur nos terres, et ils nous ont traités avec courtoisie.

– Qu'est-ce donc que cette Poussière ?

– Elle vient du ciel. Certaines personnes prétendent qu'elle a toujours existé ; d'autres affirment qu'elle est apparue depuis peu. Une chose est sûre : quand les gens découvrent son existence, une peur immense s'empare d'eux et, dès lors, rien ne peut les empêcher de tenter de découvrir de quoi il s'agit. Mais tout cela ne concerne pas les sorcières.

— Et où sont-ils maintenant, ces fameux Chasseurs de Poussière ?

— À quatre jours de voyage d'ici, au nord-est, dans un endroit appelé Bolvangar. Notre clan n'a conclu aucun accord avec eux, et en vertu de notre dette ancienne envers vous, Farder Coram, je viens vous indiquer comment les retrouver.

Farder Coram sourit, et John Faa frappa dans ses grandes mains épaisses, en signe de satisfaction.

— Merci mille fois, dit-il à l'oie. Mais en savez-vous un peu plus au sujet de ces Chasseurs de Poussière ? Que font-ils là-bas à Bolvangar ?

— Ils ont érigé des bâtiments de métal et de béton et creusé des salles souterraines. Ils font brûler de l'alcool de charbon, qu'ils importent à grands frais. Nous ignorons ce qu'ils font exactement, mais une atmosphère de haine et de peur flotte au-dessus de cet endroit, et sur plusieurs kilomètres alentour. Les sorcières peuvent voir ces choses, contrairement aux autres humains. Les animaux se tiennent à l'écart eux aussi. Aucun oiseau ne survole cet endroit ; les lemmings et les renards ont fui eux aussi. D'où le surnom donné à ce lieu, Bolvangar, qui signifie : « les Champs du Mal ». Mais eux, ils ne l'appellent pas comme ça. Ils l'appellent la Station. Mais pour tout le monde, c'est Bolvangar.

— Et quelles sont leurs défenses ?

— Ils possèdent une compagnie de Tartares du Nord armés de fusils. Ce sont de bons soldats, mais ils manquent d'entraînement, car personne n'a jamais attaqué le camp depuis sa construction. En outre, tout le complexe est entouré d'une clôture de fil de fer barbelé, parcouru par la force ambarique. Il y a peut-être d'autres moyens de défense que nous ignorons, car comme je vous le disais, nous ne nous intéressons pas à ces gens.

Lyra brûlait d'envie de poser une question, et le dæmon-oie le sentit car il se tourna vers elle, comme pour lui donner la permission de parler.

— Pourquoi est-ce que les sorcières parlent de moi ?

— À cause de ton père, et de sa connaissance des autres mondes, répondit le dæmon.

Cette réponse les surprit tous les trois. Lyra se tourna vers Farder Coram, qui lui rendit son regard étonné, puis vers John Faa, qui paraissait perplexe lui aussi.

— Des autres mondes ? dit-il. Pardonnez-moi, mais de quels mondes s'agit-il ? Vous voulez parler des étoiles ?

— Certes non.

— Du monde des esprits peut-être ? dit Farder Coram.

— Non plus.

— Il s'agit de la ville dans les lumières ? s'exclama Lyra. C'est ça ?

L'oie tourna vers elle sa tête hautaine. Ses yeux noirs étaient entourés d'un trait fin bleu comme le ciel ; son regard était pénétrant.

— Oui, répondit le dæmon. Les sorcières connaissent les autres mondes depuis des milliers d'années. Parfois, on peut les apercevoir dans les Lumières du Nord. Ils ne font pas partie de l'univers ; même les étoiles les plus lointaines font partie de l'univers, mais ces lumières nous font découvrir un univers totalement différent. Pourtant, il n'est pas plus éloigné ; il est parallèle au nôtre. Ici même, sur ce

241

pont, des millions d'autres univers existent, dans une ignorance mutuelle…

L'oie leva ses ailes et les étendit.

— En faisant ce simple geste, reprit le dæmon, je viens de frôler dix millions d'autres mondes, sans qu'ils en soient troublés. Un cheveu nous sépare, et pourtant, nous ne pouvons pas toucher, voir, ni entendre ces autres mondes, sauf dans les Lumières du Nord.

— Et pourquoi là-bas ? demanda Farder Coram.

— Les particules électriques de l'Aurore ont la propriété de rendre plus fine la matière de ce monde, si bien que l'on peut voir à travers pendant un court instant. Les sorcières l'ont toujours su, mais nous en parlons rarement.

— Mon père y croit, dit Lyra. Je le sais, car je l'ai entendu en parler, et il a même montré des photos de l'Aurore.

— Existe-t-il un rapport avec la Poussière ? demanda John Faa.

— Comment savoir ? répondit le dæmon-oie. Je peux juste vous dire que les Chasseurs de Poussière en ont aussi peur que si c'était un poison mortel. Voilà pourquoi ils ont emprisonné Lord Asriel.

— Pour quelle raison exactement ? s'enquit Lyra.

— Ils pensent qu'il a l'intention d'utiliser la Poussière, d'une manière ou d'une autre, pour établir un pont entre ce monde et celui qui est situé au-delà de l'Aurore.

Lyra était comme prise de vertiges. Elle entendit Farder Coram demander :

— Et c'est vrai ?

— Oui, répondit le dæmon-oie. Ils estiment toutefois qu'il n'en est pas capable, car il faut être fou, pensent-ils, pour croire à l'existence de ces autres mondes. Mais c'est vrai, tel est le but de Lord Asriel. Or, c'est un personnage si puissant qu'ils craignent qu'il ne perturbe leurs plans, c'est pourquoi ils ont conclu un pacte avec les ours en armure pour le capturer et l'enfermer dans la forteresse de Svalbard, à l'écart. Certains affirment que les Chasseurs de Poussière ont aidé le nouvel ours-roi à obtenir son trône, par-dessus le marché.

Lyra demanda :

– Les sorcières veulent bien qu'il bâtisse ce pont ? Sont-elles avec lui ou contre lui ?

– La réponse à cette question est extrêmement complexe. Premièrement, les sorcières ne sont pas toutes unies. Il y a parmi nous des différences d'opinion. Deuxièmement, le pont de Lord Asriel aura une influence sur une guerre que se livrent à présent quelques sorcières et diverses autres forces, dont certaines dans le monde spirituel. La possession de ce pont, s'il existait, donnerait un énorme avantage à son propriétaire. Troisièmement, le clan de Serafina Pekkala – le mien – ne fait partie d'aucune alliance pour le moment, malgré les pressions que nous subissons pour nous ranger d'un côté ou de l'autre. Vous voyez, ce sont des questions hautement politiques, auxquelles il n'est pas facile de répondre.

– Et les ours, dans tout ça ? demanda Lyra. Dans quel camp sont-ils ?

– Dans le camp de celui qui les paye. Ils ne sont absolument pas concernés par ces questions ; ils n'ont pas de dæmons, les problèmes des humains les laissent indifférents. Du moins, c'était comme ça autrefois, mais nous avons entendu dire que leur nouveau roi avait l'intention de changer cette vieille mentalité… Quoi qu'il en soit, les Chasseurs de Poussière les ont payés pour qu'ils emprisonnent Lord Asriel, et ils le garderont enfermé à Svalbard jusqu'à ce que la dernière goutte de sang ait quitté le corps du dernier ours vivant.

– Pas tous les ours ! s'exclama Lyra. Il y en a au moins un qui n'est pas d'accord. C'est un banni, et il va se joindre à nous.

L'oie posa sur la fillette son regard perçant. Cette fois, Lyra devina son étonnement.

Farder Coram semblait mal à l'aise.

– En fait, Lyra, dit-il, je ne crois pas. Nous avons appris que Iorek Byrnison purgeait une peine de travailleur sous contrat ; il n'est pas libre, comme nous l'avons cru : il a été condamné. Tant qu'il n'aura pas été libéré, il ne pourra pas nous accompagner, armure ou pas, et d'ailleurs, cette armure, il ne la récupérera jamais.

– Il nous a dit que les gens d'ici l'avaient berné ! Ils l'ont fait boire et ils lui ont volé son armure !

– Nous avons entendu un autre son de cloche, dit John Faa. En fait, il s'agit d'un dangereux criminel.

– Quand le… (Étouffée par l'indignation, Lyra avait du mal à s'exprimer.)… quand l'aléthiomètre dit quelque chose, je sais que c'est vrai. Je lui ai posé la question, et il m'a répondu que l'ours disait la vérité ; les gens d'ici l'ont berné, et ce sont eux qui racontent des mensonges, pas lui ! Je le crois, Lord Faa ! Farder Coram… vous l'avez vu, et vous le croyez vous aussi, n'est-ce pas ?

– Je l'ai cru, petite. Maintenant, je n'en suis plus aussi sûr que toi.

– Mais de quoi ont-ils peur ? Ils pensent qu'il va se mettre à tuer des gens dès qu'il aura retrouvé son armure ? Il pourrait tuer des dizaines de personnes sans elle !

– Il en a déjà tué plusieurs, dit John Faa. Quand ils lui ont confisqué son armure, il s'est lancé à sa recherche, avec la folie du désespoir. Il a détruit le poste de police, la banque et je ne sais plus quoi d'autre. Deux hommes, au moins, ont été tués. S'ils ne l'ont pas abattu sur-le-champ, c'est uniquement grâce à son talent extraordinaire pour travailler le métal ; ils voulaient l'utiliser comme ouvrier.

– Comme esclave, oui ! pesta Lyra. Ils n'en avaient pas le droit !

– En vérité, ils auraient pu le tuer à cause de ces meurtres, mais ils ne l'ont pas fait. À la place, ils l'ont obligé à travailler dans l'intérêt de la ville, jusqu'à ce qu'il ait remboursé tous les dégâts et payé le prix du sang.

– John, dit Farder Coram, j'ignore ce que vous en pensez, mais j'ai le sentiment qu'ils ne lui rendront jamais son armure. Plus ils le gardent prisonnier, plus il sera furieux quand on le libérera.

– Mais si nous, on lui redonne son armure, il viendra avec nous, et il ne les embêtera plus jamais, dit Lyra. Je vous le promets, Lord Faa.

– Et comment pourrions-nous faire ?

– Je sais où est son armure !

Il y eut un moment de silence, durant lequel, tous les trois prirent conscience que le regard du dæmon de la sorcière était posé sur Lyra. Le trio se tourna vers lui, imités par leurs dæmons, qui jusqu'à présent avaient eu l'extrême obligeance de ne pas dévisager cette créature insolite, venue jusqu'ici sans son humain.

– Tu ne seras pas surprise, Lyra, reprit l'oie, d'apprendre que l'aléthiomètre fait partie des raisons pour lesquelles les sorcières s'intéressent à toi. Notre Consul nous a parlé de

ta visite de ce matin. Je crois savoir que c'est le Dr Lanselius qui vous a parlé de l'ours.

— Exact, répondit John Faa. Farder Coram et Lyra sont
allés lui parler. J'oserais dire que Lyra a raison, mais si nous
enfreignons les lois de ces gens, nous ne ferons que provoquer un conflit. Or, nous ferions mieux de prendre la direction de Bolvangar, rapidement, avec ou sans ours.

— Mais, vous ne l'avez pas vu, John, dit Farder Coram.
Et je crois ce que dit Lyra. Nous pourrions peut-être nous
porter garants de lui. Cet ours peut faire toute la différence.

— Qu'en penses-tu ? demanda John Faa au dæmon de la
sorcière.

— Nous avons traité quelquefois avec les ours. Leurs
désirs nous semblent aussi étranges que les nôtres le sont à
leurs yeux. Si cet ours est un renégat, peut-être sera-t-il
moins digne de confiance que l'affirme leur réputation.
C'est à vous seuls de décider.

— Nous prendrons une décision, déclara John Faa d'un
ton ferme. En attendant, pourrais-tu nous dire comment
nous rendre à Bolvangar ?

Le dæmon-oie parla de vallées et de collines, de forêts
et de toundra, d'étoiles. Lyra l'écouta un instant, puis s'allongea dans le transat, avec Pantalaimon roulé en boule
autour de son cou, et elle repensa à cette magnifique vision
que le dæmon-oie avait apportée avec lui. Un pont entre
deux mondes… C'était bien plus splendide que tout ce
qu'elle aurait pu espérer ! Et seul son père, cet homme
immense, pouvait avoir conçu ce projet. Dès qu'elle aurait
libéré les enfants, elle se rendrait à Svalbard avec l'ours
pour remettre l'aléthiomètre à Lord Asriel, et elle s'en ser-

virait pour le libérer. Ensuite, ils construiraient le pont ensemble et seraient les premiers à franchir le…

Sans doute John avait-il emporté Lyra dans sa cabine durant la nuit, car c'est là qu'elle se réveilla. Le soleil pâle était déjà levé, il n'irait pas plus haut dans le ciel : à peine la largeur d'une main au-dessus de l'horizon. Il ne devait pas être loin de midi, pensa-t-elle. Bientôt, à mesure qu'ils se dirigeraient vers le nord, il n'y aurait plus de soleil du tout.

Après s'être habillée en hâte, elle courut sur le pont, pour constater qu'il ne se passait pas grand-chose. Toutes les provisions et les réserves avaient été déchargées ; on avait loué des traîneaux et des équipages de chiens qui attendaient le départ. Tout était prêt, mais rien ne bougeait. La plupart des gitans s'étaient réfugiés dans un café envahi de fumée, en face des quais, où ils mangeaient des gâteaux aux épices en buvant un café fort et sucré, assis autour des grandes tables en bois sous le crépitement et le bourdonnement de quelques vieilles lampes ambariques.

– Où est Lord Faa ? demanda-t-elle en s'asseyant avec Tony Costa et ses amis. Et Farder Coram ? Ils sont partis récupérer l'armure de l'ours ?

– Ils sont en pleine discussion avec le Sysselman. C'est comme ça qu'ils appellent le gouverneur. Alors, il paraît que tu as vu l'ours, Lyra ?

– Oui ! répondit-elle, et elle leur parla de lui.

Pendant ce temps, un nouveau venu avait pris une chaise et rejoint le petit groupe assis à table.

– Alors comme ça, tu as parlé avec le vieux Iorek ? dit-il.

Surprise, Lyra se tourna vers l'inconnu. C'était un homme grand et maigre, avec une épaisse moustache noire, des yeux bleus étroits, et une perpétuelle expression de distance ironique et amusée. Lyra fut très impressionnée, sans pouvoir dire si elle éprouvait de la sympathie pour cet homme, ou au contraire de l'animosité. Son dæmon était un lièvre miteux, apparemment aussi efflanqué et coriace que lui.

Il lui tendit la main, que Lyra serra avec méfiance.

– Lee Scoresby, dit-il.

– L'aéronaute ! s'exclama-t-elle. Où est votre ballon ? Je pourrai monter dedans ?

– Il est remballé pour l'instant, mademoiselle. Tu dois être la fameuse Lyra. Alors, comment ça s'est passé avec Iorek Byrnison ?

– Vous le connaissez ?

– J'ai combattu à ses côtés lors de la campagne du Tunguska. Fichtre, ça fait des années que je connais Iorek. Les ours ne sont jamais des bestioles faciles, mais lui, c'est un cas, on peut le dire. Eh bien, messieurs, l'un de vous est-il tenté par un petit jeu de hasard ?

Un paquet de cartes, surgi de nulle part, venait d'apparaître dans les mains de Scoresby. Il les mélangea en les faisant claquer entre ses doigts.

– J'ai entendu parler de vos talents de manipulateur de cartes, ajouta Scoresby en battant le jeu d'une seule main, tandis que de l'autre il sortait un cigare de sa poche de poitrine. Et je me suis dit que vous ne refuseriez pas à un modeste voyageur texan l'occasion de se mesurer à votre savoir-faire sur le champ de bataille du tapis vert. Alors, qu'en dites-vous, messieurs ?

De fait, les gitans tiraient fierté de leur grande habileté aux cartes, et plusieurs d'entre eux, visiblement intéressés par cette proposition, approchèrent leur chaise. Pendant qu'ils se mettaient d'accord sur le jeu et l'enjeu avec Lee Scoresby, son dæmon agita les oreilles pour faire signe à Pantalaimon qui, d'un bond, vint se placer à ses côtés, sous l'aspect d'un écureuil.

Le lièvre s'adressait également à Lyra, bien évidemment, et la fillette l'entendit qui disait :

– Va vite voir l'ours pour le mettre au courant. Dès qu'ils sauront ce qui se passe, ils cacheront son armure ailleurs.

Lyra se leva, en emportant son gâteau aux épices, et nul ne remarqua son départ ; Lee Scoresby avait commencé à distribuer les cartes, et tous les regards, méfiants, étaient braqués sur ses mains.

Dans la lumière blafarde et déclinante d'un après-midi sans fin, elle retrouva le chemin du dépôt de traîneaux. C'était une chose qu'elle devait faire, elle le savait ; malgré tout, elle se sentait mal à l'aise, et un peu effrayée, il fallait bien l'avouer.

Le gros ours travaillait devant le plus grand des deux hangars en béton, et Lyra s'arrêta devant le portail ouvert pour l'observer. Iorek Byrnison était occupé à démanteler un tracteur à gaz victime d'un accident ; la plaque de métal qui protégeait le moteur était froissée et tordue, et une des ailes se dressait vers le haut. L'ours souleva le métal aussi lestement que du carton, le tourna dans tous les sens entre ses pattes gigantesques comme s'il en testait la résistance et, finalement, coinçant un coin sous sa patte de derrière, il plia toute la plaque de métal, de manière à faire ressortir les bosses et à lui redonner sa forme originelle. Posant la plaque contre le mur, il souleva d'une seule main la masse du tracteur et le coucha sur le côté, avant de se pencher pour examiner l'aile déformée.

C'est alors qu'il aperçut Lyra. Celle-ci fut traversée par une décharge de peur glacée ; il était si imposant, si bizarre. Elle l'observait à travers le grillage, à une quarantaine de mètres de lui, et soudain, elle songea qu'il suffirait à l'ours d'un bond ou deux pour couvrir cette distance et arracher la clôture, comme une vulgaire toile d'araignée. Elle faillit tourner les talons et s'enfuir en courant, mais Pantalaimon la retint :

—Stop ! Laisse-moi aller lui parler.

Il avait pris l'aspect d'une hirondelle de mer, et avant même qu'elle n'ait pu répondre, il avait franchi la clôture et était retombé de l'autre côté sur le sol gelé. Il y avait une porte ouverte un peu plus loin et Lyra aurait pu le suivre, mais elle demeura en retrait, réticente. Pantalaimon se retourna, la regarda et se transforma en blaireau.

Elle comprit ce qu'il faisait. Les dæmons ne pouvaient s'éloigner de plus de quelques mètres de leurs humains, or, si elle restait derrière le grillage et si lui conservait l'apparence d'un oiseau, il ne pourrait pas s'approcher de l'ours ; il allait être obligé de tirer au maximum.

Lyra était partagée entre la colère et le désespoir. Pantalaimon enfonça ses griffes de blaireau dans la terre et continua d'avancer. C'était un sentiment si étrange quand votre dæmon tirait sur le lien invisible qui l'unissait à vous ; un mélange de douleur intense dans la poitrine, de chagrin profond, et d'amour. Et Lyra savait que c'était la même chose pour Pantalaimon. Tous les enfants s'amusaient à faire cette expérience en grandissant : voir jusqu'où leur dæmon et eux pouvaient se séparer, pour finalement se rejoindre, avec un immense soulagement.

Pantalaimon tira encore un peu plus sur le fil invisible.

– Non, Pan !

Mais il continua. L'ours le regarda, sans réagir. La douleur dans le cœur de Lyra devenait de plus en plus insupportable, et un sanglot monta dans sa gorge.

– Pan…

Alors, elle franchit la clôture, trébuchant sur le sol gelé pour le rejoindre, et Pantalaimon se transforma en chat sauvage pour sauter dans ses bras ; ils s'étreignirent avec force, secoués l'un et l'autre de petits sanglots malheureux.

– J'ai vraiment cru que tu allais… dit-elle.

– Non.

– La douleur est indescriptible…

Elle chassa ses larmes d'un geste rageur et renifla bruyamment. Le dæmon se blottit au creux de ses bras, et Lyra se dit alors qu'elle préférait mourir plutôt que d'être séparée de lui et d'éprouver de nouveau cette tristesse ; elle deviendrait folle de chagrin et de terreur. Au moins, si elle mourait, ils resteraient réunis, comme les Érudits dans la crypte de Jordan College.

La fillette et son dæmon levèrent les yeux vers l'ours solitaire. Il n'avait pas de dæmon. Il était seul, toujours seul. Elle éprouva alors une telle bouffée de pitié et de tendresse pour cette pauvre créature qu'elle faillit caresser son pelage dru et emmêlé, et seul un sentiment de respect à l'égard de ces yeux froids et féroces la retint.

– Iorek Byrnison, dit-elle.

– Quoi ?

—Lord Faa et Farder Coram essayent de récupérer ton armure.

Il n'eut aucune réaction. Son silence en disait long sur ce qu'il pensait de leurs chances.

—Je sais où elle est, ajouta-t-elle, et si je te le disais, peut-être que tu pourrais aller la récupérer toi-même…

—Comment sais-tu où elle est ?

—J'ai un lecteur de symboles. Il me semble que je devais te le dire, Iorek Byrnison, vu la façon dont ils t'ont berné au départ. Je trouve ça injuste. Ils n'auraient pas dû agir ainsi. Lord Faa va discuter avec le Sysselman, mais quoi qu'il leur dise, ça m'étonnerait qu'ils te rendent ton armure. Alors, si je te dis où elle est, est-ce que tu viendras avec nous pour libérer les enfants prisonniers à Bolvangar ?

—Oui.

—Je… (Elle ne voulait pas se montrer indiscrète, mais sa curiosité était la plus forte.) Pourquoi est-ce que tu ne fabriques pas tout simplement une autre armure avec tout ce métal qu'il y a ici ?

—Parce qu'il ne vaut rien. Regarde…

Soulevant la plaque du capot d'une main, il transperça le métal d'un coup de griffe, comme avec un ouvre-boîtes.

—Mon armure est faite en fer de ciel, spécialement pour moi. L'armure d'un ours est son âme, comme ton dæmon est la tienne. Imagine que tu te débarrasses de lui (il désigna Pantalaimon), pour le remplacer par une vulgaire poupée remplie de son. C'est la même chose. Alors, où est mon armure ?

—Tu dois me promettre de ne pas te venger. Ils ont eu tort de te la confisquer, mais il faut te faire une raison.

—Très bien. Pas de vengeance. Mais pas question de me laisser faire non plus. S'ils m'attaquent, ils meurent.

—Elle est cachée dans la cave de la maison d'un prêtre, expliqua Lyra. Il est persuadé qu'un esprit maléfique se cache à l'intérieur, et il a essayé de le faire sortir. Voilà où elle est.

L'ours se dressa sur ses pattes de derrière et tourna la tête vers l'ouest, si bien que les derniers rayons du soleil recouvrirent son visage d'une fine pellicule brillante et blanchâtre, crémeuse, dans la pénombre. Lyra sentait la puissance de l'imposante créature irradier comme des vagues de chaleur.

—Je suis obligé de travailler jusqu'au coucher du soleil, dit-il. J'ai donné ma parole au chef ce matin. Je lui dois encore quelques minutes de travail.

—Pour moi, le soleil est déjà couché, dit Lyra en tendant le bras, car de l'endroit où elle se trouvait, il avait disparu derrière le cap rocheux qui faisait saillie au sud-ouest.

L'ours retomba sur ses quatre pattes.

—C'est juste, dit-il, et son visage était maintenant dans l'ombre, comme celui de Lyra. Comment tu t'appelles, petite ?

—Lyra Belacqua.

—Eh bien, je suis ton obligé, Lyra Belacqua.

Sur ce, il lui tourna le dos et s'éloigna de sa démarche chaloupée, avançant si vite sur le sol gelé que Lyra ne parvenait pas à le suivre, même en courant. Et pourtant, elle courait, tandis que Pantalaimon, devenu mouette, prenait de l'altitude pour suivre l'ours et indiquer le chemin à Lyra.

Jaillissant du dépôt, Iorek Byrnison emprunta une ruelle, avant de déboucher dans la rue principale de la ville, pour passer devant la cour de la résidence du gouverneur, où un drapeau flottait mollement dans l'air immobile et où une sentinelle faisait les cent pas, d'une démarche raide. Il dévala ensuite la colline, en passant devant l'extrémité de la rue où habitait le Consul des Sorcières. Entre-temps, la sentinelle avait compris ce qui se passait et elle essayait de rassembler ses esprits, mais Iorek Byrnison tournait déjà au coin d'une rue, près du port.

Sur son chemin, les gens se figeaient ou bien décampaient pour le laisser passer. La sentinelle tira deux coups de feu en l'air et s'élança vers le bas de la colline, à la poursuite de l'ours, mais il gâcha tous ses efforts en dérapant sur la pente gelée, ne parvenant à retrouver son équilibre qu'en agrippant la barrière la plus proche. Lyra le suivait de près. Alors qu'elle longeait la résidence du gouverneur, elle vit des gens sortir précipitamment dans la cour pour voir ce qui se passait, et crut apercevoir parmi eux Farder Coram, mais elle continua à dévaler la pente sans s'arrêter, en direction du coin de rue où la sentinelle venait de tourner, à la suite de l'ours.

La maison du prêtre, plus ancienne que la plupart des autres habitations, était construite en briques de qualité. Trois marches conduisaient à la porte d'entrée en bois, transformée maintenant en allumettes ; de l'intérieur de la maison s'échappaient des cris et le fracas des meubles brisés. Arrivée à la porte, la sentinelle hésita, son fusil à la main, mais, alors que les curieux commençaient à se rassembler autour du perron et à se mettre à leurs fenêtres de l'autre côté de la rue, le soldat comprit qu'il devait agir, et il tira un coup de feu devant lui, dans le vide, avant de se précipiter à l'intérieur.

Quelques instants plus tard, la maison tout entière sembla trembler. Trois fenêtres volèrent en éclats et une tuile tomba du toit ; une domestique sortit en courant, terrorisée, suivie par son dæmon, une poule qui battait des ailes en gloussant.

Un nouveau coup de feu retentit à l'intérieur, auquel succéda un puissant rugissement qui fit hurler la servante. Comme propulsé par un canon, le prêtre jaillit à son tour par la porte, accompagné par son dæmon-pélican qui battait frénétiquement des ailes, blessé dans sa fierté. En entendant une voix aboyer des ordres dans son dos, Lyra se retourna pour voir surgir au coin de la rue des policiers armés, de pistolets pour certains, de fusils pour d'autres, suivis de près par John Faa, lui-même suivi de la silhouette agitée du gouverneur.

Soudain, un grand bruit de bois brisé attira tous les regards vers la maison. Une fenêtre du rez-de-chaussée, qui s'ouvrait visiblement sur une cave, était en train de se desceller, dans un fracas de verre accompagné par le grincement du bois qui se fend. Le soldat qui avait rejoint Iorek Byrnison dans la maison en ressortit à toutes jambes pour venir se planter devant la fenêtre de la cave, prêt à faire feu. C'est alors que la fenêtre fut arrachée du mur, et l'on vit surgir Iorek Byrnison, l'ours en armure.

Sans son armure, il était impressionnant. Avec elle, il devenait terrifiant. De couleur rouille, elle était assemblée de manière grossière avec des rivets ; de grandes plaques de métal décoloré et bosselé se chevauchaient et frottaient les unes contre les autres en grinçant. Le casque était aussi pointu que sa gueule, avec deux fentes pour les yeux, découvrant la partie inférieure de la mâchoire pour lui permettre de mordre et de lacérer ses victimes à coups de dents.

Le soldat tira plusieurs coups de feu dans sa direction, et les policiers tentèrent de l'abattre eux aussi, mais Iorek Byrnison repoussait les projectiles comme de vulgaires gouttes de pluie. Soudain, il s'élança, dans un grincement et un fracas de métal, avant que le soldat ait eu le temps de s'enfuir, et le projeta à terre. Le dæmon de ce dernier, un husky, sauta à la gorge de l'ours, mais celui-ci n'y prêta pas plus attention qu'à une mouche et, soulevant la sentinelle d'une seule main, il l'attira vers lui, se pencha en ouvrant grand la gueule et coinça la tête de l'homme entre ses mâchoires. Lyra devina ce qui allait se passer : l'ours allait broyer le crâne de la sentinelle, comme un œuf ; il s'ensuivrait un affrontement sanglant, avec de nouveaux morts, leur départ serait encore retardé, et les enfants ne seraient jamais libérés, avec ou sans l'aide de Iorek Byrnison.

Sans même réfléchir, elle s'élança et posa la main sur l'unique point faible de l'armure de l'ours, l'interstice qui s'ouvrait entre le bas du casque et la grande plaque de fer qui couvrait ses épaules quand il baissait la tête, là où apparaissait le pelage jaunâtre, entre les rebords rouillés du métal. Elle enfonça ses doigts dans l'ouverture et Pantalaimon bondit aussitôt, au même endroit, sous la forme d'un chat sauvage, prêt à la défendre. Mais Iorek s'était immobilisé, et les hommes armés cessèrent de tirer.

— Iorek ! déclara-t-elle d'une voix ferme. Écoute-moi ! Tu as une dette envers moi. Tu as l'occasion de la rembourser. Fais ce que je te demande. N'attaque pas ces hommes. Fais demi-tour et pars avec moi. Nous avons besoin de toi, Iorek, tu ne peux pas rester ici. Suis-moi jusqu'au port, sans même te retourner. Farder Coram et Lord Faa se chargeront d'arranger les choses avec les autorités. Libère cet homme et viens avec moi…

L'ours ouvrit lentement la gueule. La sentinelle s'évanouit ; sa tête ensanglantée, mouillée de salive et pâle comme un linge, heurta le sol. Son dæmon-husky entreprit de le ranimer et de le rassurer, tandis que l'ours marchait vers Lyra.

Nul ne bougea. Tout le monde regarda l'ours tourner le dos à sa victime, à la demande de cette fillette avec son dæmon-chat, et ils s'écartèrent pour laisser passer Iorek Byrnison qui avançait d'un pas pesant au milieu d'eux, accompagné de Lyra, en direction du port.

Toute l'attention de la fillette était concentrée sur l'ours, aussi ne vit-elle pas la peur et la colère qui éclatèrent librement une fois le monstre parti. Elle marchait à ses côtés, et Pantalaimon ouvrait la marche, comme pour s'assurer que la voie était libre.

Quand ils arrivèrent au port, Iorek Byrnison baissa la tête et détacha son casque d'un coup de patte, le laissant tomber bruyamment sur le sol gelé. Des gitans, sentant qu'il se passait quelque chose, étaient sortis du café, et là, dans la lueur des lumières ambariques du pont du bateau, ils regardèrent Iorek Byrnison se débarrasser de son armure d'un mouvement d'épaules, et l'abandonner en tas sur le quai. Sans un mot, il marcha vers l'eau, s'y plongea sans troubler la surface et disparut.

– Que s'est-il passé ? demanda Tony Costa en entendant les cris de fureur provenant des rues en amont, tandis que les habitants de la ville et la police affluaient vers le port.

Lyra lui expliqua aussi clairement que possible.

– Mais où est-il ? demanda Tony Costa. Il ne peut pas laisser son armure comme ça par terre ! Ils vont la lui reprendre dès qu'ils vont arriver.

Lyra partageait cette crainte, car au coin de la rue venaient de surgir les premiers policiers, suivis de nouveaux renforts, puis du gouverneur, du prêtre et d'une vingtaine de curieux. John Faa et Farder Coram s'efforçaient de suivre tout ce monde.

Mais soudain, en apercevant le petit groupe de gitans rassemblés sur le quai, ils s'arrêtèrent, car quelqu'un d'autre venait d'apparaître. Assis sur l'armure de l'ours, les jambes croisées, Lee Scoresby avait installé nonchalamment sa longue silhouette dégingandée, et tenait à la main le plus long pistolet que Lyra ait jamais vu, pointé distraitement sur la grosse bedaine du gouverneur.

– J'ai l'impression que vous n'avez pas tellement pris soin de l'armure de mon ami, dit-il d'un ton badin. Regardez-moi toute cette rouille ! Je ne serais pas surpris de découvrir des mites en plus ! Restez tous où vous êtes, et que personne ne bouge jusqu'à ce que l'ours revienne avec du lubrifiant. Vous pouvez aussi rentrer chez vous et lire les journaux. À vous de choisir.

– Le voici ! s'exclama Tony en désignant à l'extrémité du quai un escalier où Iorek Byrnison était en train d'émerger, tenant dans sa gueule une chose sombre et luisante. Une fois sur le quai, il s'ébroua, faisant jaillir des torrents d'eau de tous côtés, jusqu'à ce que sa fourrure retrouve son gonflant. Il se pencha pour saisir de nouveau entre ses dents la chose noire et la traîner jusqu'à l'endroit où gisait son armure. C'était un phoque mort.

—Iorek! lança l'aéronaute en se levant paresseusement, son arme toujours braquée sur le gouverneur. Comment ça va, mon vieux ?

L'ours leva la tête et émit un petit grognement, avant d'éventrer le phoque d'un seul coup de griffes. Fascinée, Lyra le regarda écarter la peau de l'animal et arracher des lambeaux de graisse, qu'il frotta sur toute son armure, enduisant copieusement les endroits où les plaques frottaient les unes contre les autres.

—Tu es avec ces gens ? demanda l'ours à Lee Scoresby, sans interrompre sa tâche.

—Exact. On a été recrutés tous les deux, il me semble.

—Où est votre ballon ? demanda Lyra au Texan.

—Démonté et ficelé sur deux traîneaux. Tiens, voilà justement le patron.

John Faa et Farder Coram, accompagnés du gouverneur, traversèrent le quai, avec quatre policiers armés.

—Eh, l'ours ! s'écria le gouverneur d'une voix haut perchée et agressive. Je t'autorise à partir avec ces gens. Mais je te préviens, si jamais tu remets les pieds par ici, nous n'aurons aucune pitié.

Sans lui prêter la moindre attention, Iorek Byrnison continua à frotter la graisse de phoque sur son armure. Le soin qu'il apportait à cette tâche rappelait à Lyra sa propre dévotion envers Pantalaimon. D'ailleurs, l'ours le lui avait bien dit : son armure était son âme. Le gouverneur et les policiers se retirèrent et, peu à peu, les habitants firent demi-tour pour rentrer chez eux, à l'exception de quelques-uns qui restèrent pour regarder.

John Faa mit ses mains en porte-voix.

—Gitans ! cria-t-il.

Tout le monde était prêt pour le départ. En vérité, ils brûlaient tous d'impatience depuis qu'ils avaient mis pied à terre ; les traîneaux étaient chargés, les équipages de chiens attachés.

John Faa déclara :

— Le moment est venu, mes amis. Nous sommes tous rassemblés, et la route s'ouvre devant nous. Monsieur Scoresby, vous êtes paré ?

— Paré, Lord Faa.

— Et toi, Iorek Byrnison ?

— Un instant, répondit l'ours.

Il avait fini de graisser son armure. Ne voulant pas gâcher la viande de phoque, il souleva la carcasse entre ses dents et la balança sur le plus grand des deux traîneaux de Lee Scoresby, avant d'enfiler son armure. C'était stupéfiant de voir avec quelle aisance il la manipulait : l'épaisseur des plaques de métal était de presque deux centimètres, et pourtant, il les mettait en place sur son dos comme s'il s'agissait de tuniques de soie. Il lui fallut moins d'une minute pour se harnacher, et cette fois, sans le moindre grincement.

Moins d'une demi-heure plus tard, l'expédition prenait la direction du nord. Sous un ciel peuplé de millions d'étoiles et une lune aveuglante, les traîneaux bringuebalaient bruyamment sur les ornières gelées et les pierres, jusqu'à ce qu'ils atteignent les champs d'un blanc immaculé à la périphérie de la ville. On n'entendit plus alors que le craquement de la neige durcie et le grincement du bois. Heureux de pouvoir enfin se dépenser, les chiens avaient accéléré l'allure, et les traîneaux glissaient maintenant avec rapidité et douceur.

Assise à l'arrière du traîneau de Farder Coram, tellement emmitouflée qu'on ne voyait plus que ses yeux, Lyra murmura à Pantalaimon :

– Tu vois Iorek ?

– Il court à côté du traîneau de Lee Scoresby, répondit le dæmon qui avait repris sa forme d'hermine et s'accrochait à la capuche doublée de fourrure de glouton.

Droit devant eux, au-delà des montagnes qui se dressaient à l'horizon, les arcs et les boucles pâles des Lumières du Nord commençaient à apparaître en tremblotant. Lyra les regardait à travers ses paupières mi-closes, parcourue par des frissons de pur bonheur à l'idée de filer vers le nord dans l'éclat majestueux de l'Aurore. Pantalaimon tenta de lutter contre la somnolence qui envahissait Lyra, mais celle-ci était trop forte, et il se roula en boule à l'intérieur de la capuche en prenant la forme d'une souris. Il lui en parlerait quand ils se réveilleraient, mais il s'agissait sans doute d'une martre, ou d'un rêve, ou bien d'une sorte d'esprit local inoffensif, toujours est-il qu'une chose suivait la caravane de traîneaux, en se balançant avec agilité de branche en branche au milieu des sapins très serrés, et cette chose lui évoquait le souvenir désagréable d'un singe.

12
Le garçon perdu

Ils voyagèrent pendant plusieurs heures, puis s'arrêtèrent pour manger. Pendant que les hommes allumaient des feux et faisaient fondre de la neige et que Iorek Byrnison regardait Lee Scoresby faire griller la viande de phoque juste à côté, John Faa s'entretint avec Lyra.

— Dis-moi, Lyra, vois-tu suffisamment clair pour interroger ton instrument ? demanda-t-il.

La lune avait depuis longtemps disparu. La lumière de l'Aurore était plus intense que le clair de lune, mais changeante, hélas. Heureusement, Lyra avait de bons yeux. Fouillant parmi les épaisseurs de fourrures qui l'enveloppaient, elle extirpa le petit paquet de velours noir.

— Oui, je vois assez clair, dit-elle. D'ailleurs, je connais maintenant l'emplacement de la plupart des symboles. Que dois-je demander, Lord Faa ?

— J'aimerais en savoir plus sur la façon dont ils défendent cet endroit, Bolvangar.

Sans même avoir besoin de réfléchir, Lyra s'aperçut que ses doigts déplaçaient instinctivement les aiguilles de l'aléthiomètre, face au casque, au griffon et au creuset ; et elle sentit se dessiner dans son esprit les interprétations appropriées de chacun de ces symboles, tel un diagramme complexe en trois dimensions. Aussitôt, la grande et fine aiguille se mit à tournoyer, s'arrêtant parfois pour repartir dans l'autre sens, semblable à une abeille qui danse pour transmettre son message à la ruche. Lyra la regardait calmement ; elle savait que la signification approchait, que la vision s'éclaircissait. Elle laissa l'aiguille poursuivre sa danse, jusqu'à ce qu'il n'y ait plus aucun doute.

— Le dæmon de la sorcière avait raison, Lord Faa. La base de Bolvangar est gardée par une armée de Tartares, et l'endroit est entièrement entouré de barbelés. Toutefois, à en croire le lecteur de symboles, ils ne s'attendent pas à être attaqués. Mais...

— Qu'y a-t-il, petite ?

— Il y a autre chose. Dans la vallée voisine se trouve un petit village, près d'un lac, dont les habitants sont terrorisés par un fantôme.

John Faa secoua la tête impatiemment.

— Nous avons d'autres chats à fouetter. Je suppose qu'il existe toutes sortes d'esprits dans ces forêts. Parle-moi plutôt des Tartares. Combien sont-ils, par exemple ? Comment sont-ils armés ?

Lyra transmit la réponse de l'aléthiomètre :

— Il y a soixante hommes, armés de fusils, plus deux autres armes plus importantes, des sortes de canons. Ils possèdent des lance-flammes également. Et... leurs dæmons sont des loups. Voilà ce que dit l'instrument.

Cette information provoqua une certaine agitation

parmi les gitans les plus âgés, ceux qui avaient déjà participé à une campagne.

— Les régiments de Sibirsks ont des dæmons-loups, commenta l'un d'eux.

John Faa reprit la parole :

— Je n'ai jamais connu adversaire plus féroce. Nous devrons nous battre comme des tigres. Et demander conseil à l'ours, car c'est un redoutable guerrier.

Mais Lyra pensait à autre chose.

— Ce fantôme, Lord Faa…, dit-elle. Je crois que c'est le fantôme d'un des enfants qu'on cherche !

— Quand bien même, Lyra, je ne vois pas ce qu'on peut y faire. Soixante soldats sibirsks, armés de fusils et de lance-flammes… Monsieur Scoresby, veuillez venir un instant, je vous prie.

Alors que l'aéronaute approchait du traîneau, Lyra s'éclipsa pour aller discuter avec l'ours.

— Dis-moi, Iorek, as-tu déjà voyagé par ici ?

— Une seule fois, répondit-il de sa voix grave et sèche.

— Il y a un village tout près, n'est-ce pas ?

— Oui, derrière la crête, dit-il en fixant son regard sur un point entre les arbres de plus en plus clairsemés.

— Loin d'ici ?

— Pour toi ou pour moi ?

— Pour moi, répondit la fillette.

— Trop loin. Mais pas pour moi.

— Combien de temps te faudrait-il pour atteindre ce village ?

— Oh, je pourrais faire trois allers et retours avant l'apparition de la prochaine lune.

— Laisse-moi t'expliquer, Iorek. Je possède un lecteur de

symboles qui m'apprend certaines choses, et il m'a dit que je devais me rendre dans ce village. C'est très important, mais Lord Faa refuse de me laisser y aller. Il veut qu'on avance le plus vite possible, et je sais combien c'est important aussi. Mais si je n'y vais pas, peut-être ne saurons-nous jamais ce que font réellement les Enfourneurs.

L'ours ne répondit pas. Il était assis comme un être humain, ses grosses pattes croisées sur ses genoux ; ses yeux noirs scrutaient ceux de Lyra. Il savait qu'elle avait quelque chose à lui demander.

Ce fut Pantalaimon qui parla le premier :

— Pourrais-tu nous emmener là-bas et rattraper la caravane ensuite ?

— Oui, je pourrais. Mais j'ai promis à John Faa de lui obéir, à lui et à personne d'autre.

— Et si j'avais sa permission ? demanda Lyra.

— Dans ce cas, d'accord.

Tournant les talons, elle s'éloigna en courant dans la neige.

— Lord Faa ! s'écria-t-elle. Si Iorek Byrnison m'emmène de l'autre côté de la crête, jusqu'au village, nous vous rejoindrons dès que nous saurons ce qui s'y passe. Il connaît le chemin, ajouta-t-elle d'un ton pressant. Je n'insisterais pas autant si la même chose ne s'était pas déjà produite. Vous vous souvenez, Farder Coram, l'histoire du caméléon ? Sur le moment, je ne comprenais pas, mais j'avais vu juste, et nous l'avons su après. J'ai le même pressentiment. Je ne comprends pas exactement ce que disent les symboles, mais je sais que c'est important. Iorek Byrnison dit qu'il a le temps de faire trois fois l'aller et retour avant la prochaine lune, et je ne peux pas être plus en sécurité qu'avec lui, n'est-ce pas ? Mais il refuse de partir sans votre autorisation, Lord Faa.

Il y eut un moment de silence. Farder Coram poussa un soupir. John Faa fronçait les sourcils sous sa capuche fourrée, et sa bouche était crispée. Mais avant qu'il n'ait eu le temps de répondre, l'aéronaute intervint :

—Lord Faa, dit-il, si Iorek Byrnison emmène la fillette, elle sera autant en sécurité que si elle restait ici avec nous. Tous les ours sont dignes de confiance, mais je connais Iorek depuis des années, et je vous assure que rien au monde ne pourra lui faire renier sa parole. Ordonnez-lui de prendre soin d'elle, et il le fera, croyez-moi. Pour ce qui est de la vitesse, il peut galoper pendant des heures sans se fatiguer.

—Pourquoi ne pas envoyer quelques hommes ? demanda John Faa.

—Ils seraient obligés d'y aller à pied, répondit Lyra. Il est impossible de franchir cette crête avec un traîneau. Sur ce genre de terrain, Iorek est capable d'avancer plus vite que n'importe qui, et je suis suffisamment légère pour ne pas le ralentir. Faites-moi confiance, Lord Faa. Je vous promets de ne pas m'attarder, de ne rien dévoiler à personne, et d'éviter tous les dangers.

—Tu es certaine de devoir aller là-bas ? Ce lecteur de symboles ne se moquerait pas de toi, par hasard ?

—Non, jamais, Lord Faa. D'ailleurs, je pense qu'il ne pourrait pas.

John Faa se frotta le menton, songeur.

—Si tout se passe bien, dit-il, nous disposerons d'informations supplémentaires, c'est un fait. Iorek Byrnison, lança-t-il à l'ours, es-tu prêt à faire ce que réclame cette enfant ?

—Je vous obéis, Lord Faa. Demandez-moi de conduire cette enfant là-bas, je le ferai.

—Très bien. Je te demande de la conduire où elle le souhaite, et de faire tout ce qu'elle désire. Lyra, c'est à toi que je m'adresse maintenant. Tu m'écoutes ?

—Oui, Lord Faa.

—Dès que tu as trouvé ce que tu cherches, tu fais demi-tour et tu reviens immédiatement. Iorek Byrnison, nous serons repartis d'ici là, il faudra nous rattraper.

L'ours hocha sa lourde tête.

—Y a-t-il des soldats dans ce village ? demanda-t-il à Lyra. J'aurai besoin de mon armure ? On ira plus vite si je ne la mets pas.

—C'est inutile, répondit-elle. Je suis formelle, Iorek. Merci, Lord Faa. Je promets de vous obéir.

Tony Costa lui donna un morceau de viande de phoque séchée à mâchonner, et, en compagnie de Pantalaimon blotti à l'intérieur de sa capuche sous la forme d'une souris, Lyra grimpa sur le dos du gros ours, agrippant les poils drus dans ses moufles et serrant le dos musclé entre ses cuisses. La fourrure de l'animal était extraordinairement épaisse et, à cet instant, la fillette se sentit submergée par un sentiment de pouvoir sans limites. Comme si elle ne pesait rien du tout, l'ours fit demi-tour et s'éloigna à grandes foulées vers la crête, en s'enfonçant parmi les taillis.

Il fallut un certain temps à Lyra pour s'habituer à ce balancement, après quoi, elle éprouva une formidable allégresse. Elle chevauchait un ours ! L'Aurore dessinait des arcs de cercle et des boucles de lumière au-dessus de leurs têtes, et de tous les côtés s'étendaient le froid glacial de l'Arctique et le silence infini du Nord.

Les grosses pattes de Iorek Byrnison se posaient presque sans bruit sur la neige. Les arbres, à cet endroit, étaient rabougris, car ils se trouvaient à l'entrée de la toundra, mais des ronces et des buissons se dressaient sur leur chemin. L'ours les traversait comme s'il s'agissait de vulgaires toiles d'araignée.

Ils gravirent la petite crête, au milieu des éboulis de roches noires et disparurent. Lyra avait envie de bavarder avec l'ours, et s'il avait été humain, sans doute aurait-elle déjà lié amitié avec lui ; mais il était si étrange, si sauvage et froid, qu'elle se sentait intimidée pour la première fois de sa vie. Aussi, tandis qu'il continuait de galoper, en balançant infatigablement ses puissantes pattes, Lyra s'efforça-t-elle sans rien dire de s'adapter à ses mouvements. D'ailleurs, peut-être préférait-il le silence, se dit-elle, car aux yeux d'un ours en armure, elle devait passer pour une gamine bavarde.

Jusqu'ici, Lyra avait rarement eu l'occasion de s'interroger sur son image, et cette expérience lui semblait très intéressante, bien qu'un peu déstabilisante ; comme le fait de chevaucher cet ours. Iorek Byrnison progressait à grandes foulées, en avançant simultanément les deux pattes du même côté, ce qui provoquait un roulis prononcé. Lyra comprit qu'elle ne pouvait pas simplement rester assise ; elle devait accompagner le mouvement.

Ils voyageaient depuis une heure. Lyra se sentait ankylosée et endolorie ; aussi se réjouit-elle quand Iorek Byrnison ralentit et s'arrêta enfin.

– Regarde là-haut, dit-il.

Lyra leva la tête, mais elle dut s'essuyer les yeux, car le froid l'avait fait pleurer. Ayant retrouvé la vue, elle laissa échapper un petit cri de stupeur en découvrant le ciel. L'Aurore n'était plus qu'un scintillement pâle et tremblotant, mais les étoiles, elles, étincelaient comme des diamants, et sous cette immense voûte obscure, constellée de pierres précieuses, des centaines et des centaines de minuscules formes noires, venues de l'est et du sud, filaient vers le nord.

– Ce sont des oiseaux ? demanda-t-elle.

– Non, des sorcières, répondit l'ours.

– Des sorcières ! Mais que font-elles ?

– Elles partent en guerre, peut-être. Je n'en ai jamais vu autant.

– Tu connais des sorcières, Iorek ?

– J'en ai servi quelques-unes. Et j'en ai combattu d'autres. Ce spectacle aurait de quoi effrayer Lord Faa. Si les sorcières volent à la rescousse de vos ennemis, vous avez des raisons de trembler.

– Lord Faa ne se laissera pas effrayer. Toi non plus, tu n'as pas peur, n'est-ce pas ?

– Pas encore. Quand je sentirai venir la peur, je saurai la maîtriser. Mais mieux vaut prévenir Lord Faa, car les hommes n'ont peut-être pas vu les sorcières.

L'ours se remit en route, tandis que Lyra continuait de scruter le ciel, jusqu'à ce que les larmes de froid emplissent de nouveau ses yeux. Les nuées de sorcières qui volaient vers le nord lui parurent innombrables.

Finalement, Iorek Byrnison s'arrêta et déclara :

– Voici le village.

Ils dominaient un petit groupe de maisons de bois, au pied d'une pente rocailleuse et accidentée, à côté d'une immense et plate étendue de neige. « Sans doute un lac gelé », songea Lyra. Comme le confirma la jetée en bois qui s'y enfonçait. Ils n'étaient plus qu'à cinq minutes du but.

— Et maintenant, on fait quoi ? demanda l'ours.

Lyra descendit de son dos et s'aperçut qu'elle avait du mal à tenir debout. Son visage était figé, ses jambes flageolaient, mais elle s'accrocha à la fourrure de l'animal et frappa du pied jusqu'à ce qu'elle retrouve des forces.

— Il y a un enfant, ou une sorte de fantôme, dans ce village, dit-elle. Ou alors tout près d'ici, je ne sais pas exactement. Je veux essayer de le retrouver pour le ramener à Lord Faa. Je pense qu'il s'agit d'un fantôme, mais le lecteur de symboles essaye peut-être de me dire une chose que je ne comprends pas.

— En tout cas, s'il est dehors, dit l'ours, j'espère qu'il est bien abrité.

— Je ne crois pas qu'il soit mort, dit Lyra, mais elle était loin d'en avoir la certitude.

L'aléthiomètre avait indiqué la présence d'une chose mystérieuse et surnaturelle. C'était inquiétant. Mais n'était-elle pas la fille de Lord Asriel ? se dit-elle. Et qui avait-elle sous ses ordres ? Un ours invincible. Comment, dans ces conditions, pouvait-elle éprouver de la peur ?

— Allons voir, dit-elle.

Elle remonta sur le dos de l'ours et celui-ci entreprit, avec prudence, de gravir la pente rocailleuse. Sans doute les chiens du village les avaient-ils sentis ou vus arriver car, soudain, ils se mirent à pousser des aboiements effrayés, et les rennes parqués dans leur enclos s'agitèrent nerveusement ; leurs bois s'entrechoquaient comme des branches mortes. Dans l'air immobile, le moindre bruit s'entendait de très loin.

Alors qu'ils atteignaient les premières maisons, Lyra scruta la pénombre ; l'Aurore continuait de décliner, et la lune ne se lèverait pas avant longtemps. Ici et là, une lumière vacillait sous un toit recouvert de neige, et Lyra crut entr'apercevoir des visages blêmes derrière les carreaux. Elle imaginait sans peine la stupéfaction de ces gens voyant une fillette qui chevauchait un grand ours blanc !

Au centre du petit village, dans un espace dégagé, à côté de la jetée, des bateaux que l'on avait tirés à sec formaient des monticules sous la neige. Les aboiements des chiens devenaient assourdissants, et juste au moment où Lyra craignait d'avoir réveillé toute la population, la porte d'une maison s'ouvrit et un homme sortit, le fusil à la main. Son dæmon-glouton bondit sur le tas de bûches, faisant jaillir une gerbe de neige.

Lyra sauta aussitôt à terre pour venir se placer entre l'homme et Iorek Byrnison, car c'était elle qui lui avait déconseillé de porter son armure.

L'homme prononça des mots qu'elle ne comprit pas. Iorek répondit dans le même langage, et l'homme laissa échapper un petit gémissement de terreur.

— Il pense que nous sommes des esprits maléfiques, dit l'ours à Lyra. Que dois-je lui répondre ?

— Dis-lui que nous ne sommes pas de mauvais esprits, mais nous avons de très bons amis qui le sont. Et nous cherchons… un enfant, c'est tout. Un enfant différent des autres. Dis-lui ça.

Dès que l'ours eut répété ces paroles, l'homme tendit le bras vers la droite, pour désigner un endroit au loin, et se lança dans des explications volubiles.

Iorek Byrnison se chargea de la traduction :

— Il demande si on vient pour emmener l'enfant. Ils ont peur de lui. Ils ont essayé de le chasser, mais il revient toujours.

— Dis-lui que nous allons l'emmener, mais que ce n'était pas bien de le traiter de cette façon. Où est-il ?

L'homme donna des indications, accompagnées de grands gestes ; il tremblait. Lyra craignait qu'il ne presse par inadvertance sur la détente de son fusil, mais dès qu'il eut fini de parler, il s'empressa de rentrer chez lui en claquant la porte. Lyra apercevait maintenant des visages derrière chaque fenêtre.

— Alors, où est l'enfant ? demanda-t-elle.

— Dans le séchoir à poissons, répondit l'ours.

Il fit demi-tour et trottina vers la jetée.

Lyra lui emboîta le pas, rongée par l'inquiétude. L'ours se dirigeait vers une petite cabane en bois, levant parfois la tête pour renifler à droite et à gauche et se repérer ; arrivé devant la porte, il s'arrêta et déclara :

— C'est ici.

Le cœur de Lyra battait si fort qu'elle pouvait à peine respirer. Elle s'apprêtait à frapper à la porte, mais prit conscience de l'absurdité de son geste. Alors, elle inspira à fond pour crier quelque chose, mais s'aperçut qu'elle ne savait pas quoi dire. Oh, il faisait si sombre maintenant ! Elle aurait dû apporter une lampe…

Elle n'avait pas le choix et, de toute façon, elle ne voulait pas paraître effrayée. L'ours avait parlé de maîtriser sa peur ; elle devait faire la même chose. Elle souleva la lanière en cuir de renne qui maintenait le loquet et tira de toutes ses forces pour briser le gel qui avait scellé la porte. Celle-ci s'ouvrit avec un craquement sec. Lyra dut déblayer avec son pied la neige entassée sur le seuil. Pas question de compter sur l'aide de Pantalaimon qui, redevenu hermine, courait de long en large dans la neige, ombre blanche sur le sol immaculé, en poussant de petits cris plaintifs.

– Pan, pour l'amour du ciel ! dit-elle. Transforme-toi en chauve-souris et va jeter un coup d'œil à ma place…

Mais son dæmon refusait d'obéir, il ne voulait même pas lui répondre. Lyra ne l'avait jamais vu dans cet état, sauf peut-être la fois où, avec Roger, elle avait interverti les médailles des dæmons dans les crânes des morts, à l'intérieur de la crypte de Jordan College. Il était encore plus effrayé qu'elle. Quant à Iorek Byrnison, allongé dans la neige non loin de là, il observait la scène en silence.

– Sors ! cria Lyra aussi fort qu'elle l'osait. Sors de là !

Il n'y eut aucune réponse. Alors, elle ouvrit la porte un peu plus, et Pantalaimon bondit dans ses bras, sous sa forme de chat, en lui donnant des coups de tête, comme pour l'obliger à reculer.

– Va-t'en ! criait-il. Ne reste pas ici ! Oh, Lyra, va-t'en ! Fais demi-tour !

Tout en essayant de le calmer, elle vit, du coin de l'œil, Iorek Byrnison se relever, et en se retournant, elle aperçut un individu qui arrivait en courant avec une lampe. Quand il fut assez près pour se faire entendre, il brandit sa lampe pour éclairer ses traits : c'était un vieil homme au visage rond, tellement ridé que ses yeux semblaient disparaître au milieu des plis de peau. Son dæmon était un renard polaire.

Il prononça quelques mots, et Iorek Byrnison traduisit :

– Il dit que ce n'est pas le seul enfant de ce genre. Il en

a vu d'autres dans la forêt. Parfois, ils meurent rapidement, parfois, ils ne meurent pas. Celui-ci est coriace, dit-il. Mais il serait préférable pour lui qu'il meure.

— Demande-lui s'il peut me prêter sa lampe.

L'ours posa la question, et le vieil homme lui tendit aussitôt la lampe, en acquiesçant vigoureusement. Comprenant qu'il était venu dans ce but, Lyra le remercia ; il répondit en hochant de nouveau la tête et recula de quelques pas, loin d'elle, de la cabane et de l'ours.

Soudain, une pensée traversa Lyra : et si cet enfant était Roger ? Elle pria de toutes ses forces pour que ce ne soit pas lui. Pantalaimon, redevenu hermine, s'accrochait à elle ; ses petites griffes s'enfonçaient dans son parka. Soulevant la lampe à bout de bras, elle fit un pas à l'intérieur de la cabane… et découvrit alors quelle était réellement la mission du Conseil d'Oblation, et la nature du sacrifice que les enfants devaient consentir.

Le jeune garçon était recroquevillé contre les claies en bois sur lesquelles étaient suspendues de nombreuses rangées de poissons éviscérés, raides comme des bâtons. Il serrait contre lui un bout de poisson, comme Lyra serrait Pantalaimon, à deux mains, de toutes ses forces, sur son cœur, mais il n'avait que cela à étreindre, un morceau de poisson séché, car il n'avait plus de dæmon. Les Enfourneurs le lui avaient arraché. Voilà ce que signifiait le mot « intercision » : elle avait devant les yeux un enfant mutilé.

13
Leçon d'escrime

Sa première impulsion fut de faire demi-tour et de s'enfuir ; elle fut prise d'une nausée. Un être humain sans dæmon, c'était comme une personne sans visage, ou avec la cage thoracique ouverte et le cœur arraché : une chose contre nature, aussi étrange qu'effrayante, qui appartenait au monde des cauchemars, et non à la réalité des sens.

Lyra s'accrocha à Pantalaimon, sa tête se mit à tourner, sa gorge se souleva, et malgré le froid glacial de la nuit, une sueur fiévreuse, plus froide encore, l'inonda.

– Ratter, dit l'enfant. Vous avez mon Ratter ?

Lyra comprit aussitôt de quoi il s'agissait.

– Non, répondit-elle d'une voix tremblante et apeurée qui exprimait ce qu'elle ressentait. Comment tu t'appelles ?

– Tony Makarios. Où est Ratter ?

– Je ne sais pas… (Elle dut avaler sa salive pour repousser une vague de nausée.) Les Enfourneurs…

Elle ne put achever sa phrase. Il fallait qu'elle sorte de cette cabane pour aller s'asseoir seule dans la neige, mais évidemment, elle n'était pas toute seule, elle n'était jamais seule, car Pantalaimon était toujours là. Oh, être séparé de lui comme ce pauvre petit garçon avait été séparé de son Ratter ! La chose la plus terrible au monde ! Elle se surprit à sangloter. Pantalaimon pleurnichait lui aussi, et tous les deux éprouvaient ce même sentiment de pitié et de chagrin à l'égard du pauvre garçon mutilé.

Finalement, Lyra se releva.

– Viens, Tony, dit-elle. Sortons d'ici. On va t'emmener dans un endroit sûr.

Un mouvement se produisit dans l'obscurité du séchoir à poissons, et l'enfant apparut sur le seuil, tenant toujours le poisson séché contre lui. Il portait des vêtements relativement chauds : un épais anorak matelassé et des bottes en fourrure, mais ils semblaient avoir déjà beaucoup servi et n'étaient pas à sa taille. Dans la lumière du dehors, dispensée par les faibles traînées de l'Aurore qui se reflétaient sur le sol enneigé, il paraissait encore plus désemparé et misérable.

Le villageois qui leur avait apporté la lampe avait reculé de plusieurs mètres ; il les interpella.

Iorek Byrnison traduisit.

– Il dit que tu dois payer pour le poisson.

Lyra avait envie d'ordonner à l'ours de tuer cet homme, mais elle répondit :

– On les débarrasse de l'enfant ; ils peuvent bien nous offrir un poisson.

L'ours transmit sa réponse. L'homme marmonna quelques mots, mais n'insista pas. Lyra déposa sa lampe dans la neige et prit la main du demi-garçon pour le conduire vers l'ours. Il la suivit sans résister, nullement surpris ni effrayé de découvrir ce grand animal blanc, et quand Lyra l'aida à monter sur le dos de Iorek, il dit simplement :

— Je ne sais pas où est mon Ratter.

— Nous non plus, Tony. Mais nous… nous punirons les Enfourneurs. Je te le promets. Iorek, je peux grimper sur ton dos, moi aussi ?

— Mon armure pèse bien plus lourd que deux enfants.

Elle monta donc derrière Tony et lui montra comment s'accrocher aux longs poils drus ; Pantalaimon prit place à l'intérieur de la capuche de la fillette, tout chaud, blotti contre elle et rempli de pitié. Lyra savait qu'il aurait voulu dorloter le pauvre enfant, le lécher, le réconforter et le réchauffer, comme l'aurait fait son propre dæmon mais, bien évidemment, le grand tabou l'en empêchait.

Ils traversèrent le village et remontèrent vers la crête ; sur les visages des habitants se lisait l'horreur, mais aussi une sorte de soulagement angoissé en voyant une fillette et un grand ours blanc emmener cette créature horriblement mutilée.

Dans le cœur de Lyra, la répulsion luttait contre la compassion, mais cette dernière finit par l'emporter. Elle prit dans ses bras le petit corps décharné et le tint contre elle, à l'abri. Le voyage du retour fut plus pénible, plus froid, plus noir mais, curieusement, il sembla passer plus vite. Iorek Byrnison était infatigable, et Lyra avait pris l'habitude de chevaucher sur son dos, si bien qu'ils ne risquaient plus de tomber. Le corps glacé qu'elle tenait entre ses bras était si léger qu'elle pouvait aisément le retenir, mais il était inerte et raide, il n'accompagnait pas les mouvements de l'ours, et ce n'était donc pas si facile.

Parfois, le demi-garçon prononçait quelques mots.

—Que dis-tu ? demanda Lyra.

—Est-ce qu'il saura où je suis ?

—Oui, c'est certain, il saura. Il te retrouvera et on le retrouvera. Tiens bon, Tony. On est bientôt arrivés…

L'ours continuait d'avancer au pas de course. Lyra ne sentit à quel point elle était fatiguée que lorsqu'ils eurent enfin rejoint les gitans. La caravane avait fait une halte pour reposer les chiens, et soudain, ils étaient là, Farder Coram, Lord Faa, Lee Scoresby, qui tous se précipitaient pour l'aider, puis s'immobilisaient brusquement, muets de stupeur, en découvrant celui qui accompagnait Lyra. Cette dernière était tellement ankylosée qu'elle ne pouvait même pas détacher ses bras noués autour du garçon, et John Faa fut obligé de les écarter délicatement pour l'aider ensuite à descendre de l'ours.

—Bonté divine, qu'est-ce donc ? dit-il. Lyra, qu'as-tu découvert ?

—Il s'appelle Tony, murmura-t-elle entre ses lèvres gelées. On lui a arraché son dæmon. Voilà ce que font les Enfourneurs !

Les hommes restaient en retrait, apeurés, mais l'ours s'adressa à eux, au grand étonnement de Lyra, pour les réprimander sévèrement :

—Honte à vous ! Pensez à ce qu'a fait cette enfant ! Peut-être n'avez-vous pas plus de courage qu'elle, mais vous ne pouvez pas en avoir moins !

—Tu as raison, Iorek Byrnison, dit John Faa, et il se retourna pour lancer des ordres. Ranimez le feu et faites chauffer de la soupe pour l'enfant. Pour les deux enfants. Farder Coram, votre tente est montée ?

—Oui, John. Amenez-la, on va la réchauffer…

—Et le petit garçon, dit quelqu'un. Il peut manger et se réchauffer lui aussi, même si…

Lyra voulut parler des sorcières à John Faa, mais tout le monde semblait si affairé, et elle se sentait si fatiguée ! Après quelques minutes de confusion, pendant lesquelles des silhouettes couraient en tous sens dans la lumière des lampes et la fumée des feux, elle sentit les petites dents d'hermine de Pantalaimon lui mordiller le lobe de l'oreille, et elle se réveilla pour découvrir le visage de l'ours à quelques centimètres du sien.

—Les sorcières, chuchota Pantalaimon. J'ai appelé Iorek.

—Ah oui, marmonna Lyra. Iorek, merci de m'avoir conduite là-bas et ramenée ensuite. J'oublierai peut-être de parler des sorcières à Lord Faa, il vaut mieux que tu le fasses à ma place.

À peine entendit-elle l'ours acquiescer, avant de s'endormir pour de bon.

Quand elle ouvrit un œil, le jour était presque levé, et il ne se lèverait pas davantage. Au sud-est, le ciel était pâle, dans l'air flottait une brume grisâtre à travers laquelle les gitans évoluaient comme des fantômes corpulents, pour charger les traîneaux et attacher les chiens.

Lyra assistait à tout cela du traîneau de Farder Coram, dans lequel elle était allongée sous un amas de fourrures. Réveillé avant elle, Pantalaimon essayait de prendre l'apparence d'un renard polaire, pour finalement retrouver son corps d'hermine, son préféré.

Iorek Byrnison dormait dans la neige, tout près de là, sa tête appuyée sur ses grosses pattes, mais Farder Coram, lui, était déjà en plein travail, et dès qu'il vit émerger Pantalaimon, il approcha du traîneau en boitant, afin de réveiller Lyra.

Celle-ci le vit arriver et se redressa.

— Farder Coram, je sais maintenant ce que je ne comprenais pas ! L'aléthiomètre répétait sans cesse la même chose : oiseau et vide, ça n'avait aucun sens, car en réalité, ça voulait dire « pas de dæmon », mais je ne voyais pas comment... Que se passe-t-il ?

— Lyra, je redoute de t'annoncer cette nouvelle après ce que tu as fait, mais le petit garçon est mort il y a une heure. Il était très énervé, il ne tenait pas en place ; il réclamait sans cesse son dæmon : où était-il ? allait-il bientôt revenir ? Et pendant tout ce temps, il serrait contre lui ce vieux morceau de poisson, comme si... Oh, je préfère ne pas en parler. Finalement, il a fermé les yeux et s'est calmé ; c'était la première fois qu'il paraissait aussi serein, car il ressemblait désormais à toutes les personnes qui meurent, quand leur dæmon s'évanouit tout naturellement. Ils ont essayé de lui creuser une tombe, mais le sol est gelé et dur comme la pierre. Alors, John Faa a ordonné qu'on allume un grand feu, et ils vont l'incinérer pour que sa dépouille ne soit pas souillée par la charogne.

... Tu as accompli un acte courageux et charitable, Lyra. Je suis fier de toi. Maintenant que nous savons de quelles horreurs ces gens sont capables, notre objectif nous apparaît plus clairement. En attendant, tu dois te reposer et manger, car tu t'es endormie trop vite hier soir pour te restaurer convenablement, or, avec ce froid, il faut manger pour garder des forces...

Tout en parlant, le vieil homme s'affairait ; il arrangeait

les fourrures, il resserrait et démêlait les cordes du traîneau, vérifiait les harnais des chiens....

– Farder Coram, où est le petit garçon ? Ils l'ont déjà brûlé ?

– Non. Il repose là-bas.

– Je veux le voir.

Il ne pouvait pas lui refuser ça, car elle avait vu des choses plus terribles qu'un cadavre, et cela pourrait peut-être l'apaiser. Et donc, accompagnée de Pantalaimon qui sautillait délicatement à ses côtés sous la forme d'un lièvre blanc, elle longea la caravane de traîneaux, jusqu'à l'endroit où des hommes empilaient du petit bois.

Le corps du garçon gisait sous une couverture à carreaux, au bord de la piste. Lyra s'agenouilla près de lui et souleva la couverture avec ses mains protégées par des moufles. Un des hommes voulut l'arrêter, mais les autres secouèrent la tête.

Pantalaimon s'approcha, tandis que la fillette contemplait le pauvre visage ravagé. Ôtant une de ses moufles, elle posa sa main sur les paupières du garçon. Elles étaient froides comme du marbre. Farder Coram avait raison : le pauvre petit Tony Makarios ressemblait maintenant à tous les humains dont le dæmon s'est volatilisé dans la mort. « Oh, si on m'arrachait Pantalaimon ! » songea-t-elle. Elle prit son dæmon dans ses bras et le serra contre elle de toutes ses forces, comme pour le faire rentrer dans son cœur. Le pauvre petit Tony, lui, n'avait que ce misérable morceau de poisson...

Où était-il, d'ailleurs ?

Elle ôta la couverture. Le poisson avait disparu.

Elle se leva d'un bond ; ses yeux lancèrent des éclairs.

281

— Où est son poisson ?

Les hommes s'immobilisèrent, perplexes, ne sachant pas de quoi elle parlait ; mais certains de leurs dæmons le savaient, eux, et ils se regardèrent. Un des hommes esquissa un sourire.

— Vous n'avez pas le droit de rire ! s'écria Lyra. Je vous arrache les poumons si vous vous moquez de lui ! Il ne lui restait plus que ça, un vieux poisson séché ; voilà le dæmon qu'il devait aimer et choyer ! Qui le lui a pris ? Où est-il ?

Pantalaimon avait pris l'aspect d'un léopard des neiges, semblable au dæmon de Lord Asriel, mais Lyra ne s'en aperçut même pas ; elle ne voyait que le bien et le mal.

— Calme-toi, petite, dit un des hommes.

— Qui a volé le poisson ? demanda-t-elle avec la même fureur, et le gitan recula d'un pas devant tant de passion et de rage.

— Je ne savais pas, dit un des autres hommes d'un air contrit. Je croyais qu'il venait de le manger. Et je lui ai retiré ce poisson des mains, par respect. Voilà tout.

— Où est-il maintenant ?

L'homme semblait très mal à l'aise.

— J'ai cru qu'il n'en avait plus besoin, alors je l'ai donné à mes chiens. Je te demande pardon, Lyra.

— Ce n'est pas à moi qu'il faut demander pardon, c'est à lui.

Elle se retourna pour s'agenouiller de nouveau, et posa sa main sur la joue glacée de l'enfant mort.

Soudain, une idée lui vint, et elle fouilla sous son amoncellement de fourrures. L'air froid s'engouffra lorsqu'elle ouvrit son parka, mais en quelques secondes, elle trouva ce qu'elle cherchait, et elle sortit une pièce en or de sa bourse, avant de s'emmitoufler à nouveau.

— Prête-moi ton couteau, demanda-t-elle à l'homme qui avait pris le poisson.

Elle prit le couteau qu'on lui tendait et se tourna vers Pantalaimon.

— Comment s'appelait-il, déjà ?

Il savait de qui elle parlait, évidemment.

— Ratter.

Serrant la pièce dans sa moufle et tenant le couteau à la manière d'un crayon, elle grava le nom du dæmon dans l'or.

— J'espère que ça ira, si je te traite comme un Érudit de Jordan College, murmura-t-elle à l'oreille de l'enfant mort.

Elle desserra, à grand-peine, ses mâchoires et glissa la pièce dans sa bouche. Elle rendit son couteau à l'homme et tourna les talons dans le crépuscule du matin pour rejoindre Farder Coram.

Celui-ci lui offrit un bol de soupe chaude, qu'elle avala goulûment.

— Que va-t-on faire au sujet de ces sorcières, Farder Coram ? demanda-t-elle. Je me demande si la vôtre était parmi elles.

— La mienne ? Je n'irais pas jusque-là, Lyra. Elles pouvaient se rendre n'importe où. Toutes sortes de préoccupations influencent la vie des sorcières, vois-tu ; des choses invisibles à nos yeux, des maladies mystérieuses qui les terrassent, alors que nous y sommes indifférents, des causes de conflit qui dépassent notre compréhension, des joies et des peines liées à la floraison de minuscules plantes dans la toundra… mais j'avoue que j'aurais aimé les voir voler, Lyra.

J'aurais voulu admirer ce spectacle. Allez, bois toute ta soupe. Tu en veux encore ? Il y a aussi de la galette qui cuit. Mange, petite, car nous allons bientôt reprendre la route.

Ce repas revigora Lyra, et son âme gelée commença à se réchauffer. Comme tous les autres, elle alla voir le garçon allongé sur son bûcher funéraire ; elle baissa la tête et ferma les yeux pendant que John Faa récitait des prières, puis les hommes aspergèrent les bûches d'alcool de charbon et y jetèrent des allumettes. Le bûcher s'embrasa immédiatement.

Après s'être assurés que le corps n'était plus que cendres, ils se remirent en route. Ce fut un voyage crépusculaire. Très vite, la neige se mit à tomber et, bientôt, le monde se limita aux ombres grises des chiens qui couraient devant, aux balancements et aux grincements du traîneau, à la morsure du froid, et à une mer tourbillonnante d'énormes flocons, à peine plus foncés que le ciel, à peine plus clairs que le sol.

Les chiens continuaient de courir, la queue droite, soufflant des nuages de vapeur. Ils fonçaient droit vers le nord, tandis que la lueur blafarde du midi apparaissait et s'éteignait, et que le crépuscule se refermait une fois de plus sur le monde. Ils firent halte pour boire, manger, se reposer dans un vallon entre deux collines, et pour s'orienter. Tandis que John Faa évoquait avec Lee Scoresby la meilleure façon d'utiliser le ballon, Lyra pensait à la mouche-espion, et elle demanda à Farder Coram ce qu'était devenu le tube en fer dans lequel il l'avait emprisonnée.

– Je l'ai rangé en lieu sûr, dit-il. Il est tout au fond de cette musette, mais il n'y a rien à voir. Je l'ai soudé quand on était sur le bateau, comme je l'avais dit. Pour être franc, je ne sais pas ce qu'on va en faire. On pourrait le jeter au fond d'une mine. Mais inutile de t'inquiéter, Lyra. Tant que je le garde, tu n'as rien à craindre.

À la première occasion, elle plongea le bras tout au fond du sac en toile durci par le gel et en ressortit le petit tube en fer. Avant même de le toucher, elle le sentit bourdonner.

Pendant que Farder Coram s'entretenait avec les autres chefs, Lyra apporta le tube à Iorek Byrnison et lui expliqua son idée. Celle-ci lui était venue en voyant l'ours transpercer si aisément, d'un coup de griffe, le métal du tracteur.

Iorek l'écouta attentivement, après quoi, il prit le couvercle d'une boîte de biscuits en fer-blanc, qu'il transforma habilement en petit cylindre aplati. Lyra s'émerveillait devant tant de dextérité : contrairement à la plupart des autres ours, Iorek Byrnison et ses semblables possédaient des pouces qui leur permettaient de tenir des objets avec fermeté pour pouvoir les travailler. En outre, il avait un tel sens inné de la résistance et de la flexibilité des métaux qu'il lui suffisait de le soupeser une ou deux fois, de le tordre dans un sens et dans l'autre, et de l'inciser légèrement avec sa griffe pour pouvoir le plier. Comme il le fit devant les yeux de Lyra, repliant les côtés vers l'intérieur, les uns sur les autres, jusqu'à former un rebord, avant de fabriquer un couvercle adapté. À la demande de Lyra, il confectionna deux tubes : le premier de la taille du tube original, et un autre juste assez large pour contenir le tube lui-même, ainsi qu'une certaine quantité de poils, de mousse et de lichen, tassés en une masse compacte pour étouffer le bruit. Une fois fermée, la boîte avait les dimensions et la forme de l'aléthiomètre.

Ce travail achevé, la fillette s'assit à côté de Iorek Byrnison, occupé à mastiquer un cuissot de renne gelé, aussi dur que du bois.

— Iorek, demanda-t-elle, ce n'est pas trop difficile de vivre sans dæmon ? Tu ne souffres pas de la solitude ?

— La solitude ? Je ne sais pas. On me dit qu'il fait froid ici. J'ignore ce qu'est le froid, car je n'en souffre pas. De la même façon, je ne sais pas ce qu'est la solitude. Les ours sont faits pour vivre en solitaire.

— Et les ours de Svalbard ? demanda Lyra. Ils sont des milliers, pas vrai ? C'est ce qu'on raconte.

En guise de réponse, Iorek brisa l'articulation du cuissot, avec un bruit sec, comme une bûche qui se fend.

— Pardonne-moi, dit Lyra. Je ne voulais pas t'offenser. Je suis curieuse, voilà tout. En fait, si je m'intéresse autant aux ours de Svalbard, c'est à cause de mon père.

— Qui est ton père ?

— Lord Asriel. Et il est prisonnier à Svalbard justement. Je crois que les Enfourneurs l'ont trahi, et ils ont payé les ours pour l'empêcher de sortir.

— Je l'ignorais. Je ne suis pas un ours de Svalbard.

— Oh. Je croyais que…

— Non. J'étais un ours de Svalbard dans le temps. J'ai été chassé pour avoir tué un autre ours. On m'a privé de mon rang, de ma fortune et de mon armure, et on m'a envoyé vivre aux abords du monde des humains pour me battre quand je réussissais à me faire engager comme mercenaire, ou accomplir des travaux de force en noyant mes souvenirs dans l'alcool.

— Pourquoi as-tu tué cet ours ?

— Par colère. Nous autres, les ours, nous avons des moyens

d'évacuer notre colère, entre nous, mais ce jour-là, j'étais hors de moi. Alors, je l'ai tué, et j'ai été puni, à juste titre.

– Tu étais un ours riche et de haut rang ! s'exclama Lyra, émerveillée. Exactement comme mon père ! Il lui est arrivé la même chose après ma naissance. Il a tué quelqu'un, lui aussi, et on lui a tout pris. Mais c'était bien avant qu'il soit retenu prisonnier à Svalbard. Je ne sais rien de cet endroit, à part que c'est tout là-haut dans le Nord… C'est recouvert de glace ? On peut y aller en traversant à pied la mer gelée ?

– Non, pas en partant de cette côte. La mer est parfois gelée au sud, mais pas toujours. Il faudrait un bateau.

– Ou un ballon, peut-être.

– Oui, un ballon. Mais dans ce cas, il faudrait des vents favorables.

Pendant que Iorek continuait de mastiquer son cuissot de renne, une idée folle traversa l'esprit de Lyra qui pensait à toutes ces sorcières aperçues dans le ciel nocturne, mais elle n'en parla pas. Elle interrogea Iorek Byrnison sur Svalbard, et l'écouta attentivement lorsqu'il lui parla des glaciers qui avançaient lentement, des rochers et des glaces flottantes envahis par des groupes de centaines de morses aux défenses brillantes, de la mer grouillante de phoques, des narvals entrechoquant leurs longues défenses blanches au-dessus de l'eau glacée, des immenses et lugubres côtes, des falaises hautes de trois cents mètres, ou plus, là où d'ignobles créatures perchaient, des houillères et des mines où les ours forgerons martelaient d'épaisses plaques de fer qu'ils assemblaient ensuite en forme d'armures…

– S'ils t'ont pris ton armure, Iorek, d'où vient cette tenue ?

—Je l'ai fabriquée de mes propres mains à Nova Zembla. Car sans elle, je n'étais qu'une partie de moi-même.

—Ainsi, les ours peuvent fabriquer eux-mêmes leurs âmes…, dit-elle. (Il y avait encore beaucoup de choses qu'elle ignorait, pensa-t-elle.) Qui est le roi de Svalbard ? Les ours ont-ils un roi ?

—Il s'appelle Iofur Raknison.

Ce nom évoquait vaguement quelque chose pour Lyra. Elle l'avait déjà entendu, mais où ? Ce n'était pas un ours ni un gitan qui lui en avait parlé. Non, ce mot avait été prononcé par une voix d'Érudit, précise, pédante avec une sorte d'arrogance lascive, dans le plus pur style de Jordan College. Elle le répéta plusieurs fois dans sa tête… Elle connaissait ce nom !

Et soudain, tout lui revint : le Salon, les Érudits écoutant Lord Asriel. C'était le professeur Palmérien qui avait parlé de Iofur Raknison. Il avait employé le mot « panserbjornes », que Lyra ne connaissait pas, et elle ignorait que ce Iofur Raknison était un ours. Mais qu'avait-il dit, au juste ? Le roi de Svalbard était vaniteux, sensible à la flatterie. Il y avait autre chose… Si seulement elle pouvait s'en souvenir, mais il s'était passé tant de choses depuis…

—Si ton père est prisonnier des ours de Svalbard, déclara Iorek Byrnison, il ne pourra jamais s'échapper. Là-bas, il n'y a pas de bois pour fabriquer un bateau. En revanche, si c'est un noble, il sera traité avec égards. Ils lui donneront une maison et un domestique pour le servir, de la nourriture et de quoi se chauffer.

—Il n'est pas possible de vaincre ces ours ?

—Non.

—Même par la ruse ?

L'ours cessa de manger pour regarder la fillette, puis il dit :

— Personne ne peut vaincre les ours en armure. Tu as vu mon armure ; maintenant, regarde mes armes.

Lâchant son morceau de viande, il tendit les pattes de devant, ouvertes vers le ciel. Chaque paume noire était recouverte d'une peau calleuse, épaisse d'au moins deux centimètres, et les griffes étaient aussi longues, si ce n'est plus, que la main de Lyra, aiguisées comme une lame de couteau. Impressionnée, la fillette les caressa du bout des doigts.

— D'un seul coup de poing, je peux broyer le crâne d'un phoque, déclara Iorek. Ou briser le dos d'un homme, lui arracher un bras ou une jambe. Et je peux mordre. Si tu n'étais pas intervenue à Trollesund, j'aurais écrasé la tête de cet homme comme un vulgaire œuf. Voilà pour la force, parlons de la ruse maintenant. Impossible de tromper un ours. Tu veux une preuve ? Prends un bâton et bats-toi avec moi.

Sans se faire prier, Lyra brisa une branche d'un buisson chargé de neige, l'élagua avec soin et s'amusa à fendre l'air comme si elle maniait une rapière. Iorek Byrnison attendait, accroupi, les pattes sur les cuisses. Une fois prête, elle se plaça devant lui, mais elle n'osait pas l'attaquer, tant il paraissait pacifique. Alors, elle fit des moulinets et des feintes, à droite, à gauche, sans aucune intention de le frapper. Elle répéta ces mouvements plusieurs fois, mais l'ours ne bougeait pas d'un pouce.

Finalement, elle décida de lui porter une attaque, sans violence, uniquement pour lui toucher le ventre avec son bâton. Immédiatement, la patte de l'ours jaillit et repoussa le bâton d'un geste nonchalant.

Surprise, Lyra récidiva, avec le même résultat. Les gestes de l'ours étaient bien plus rapides, plus précis, que les siens. Elle tenta de le frapper de nouveau, pour de bon désormais, maniant son bâton comme un fleuret, mais pas une fois elle n'atteignit sa cible. Iorek semblait deviner ses intentions avant même qu'elle n'attaque, et quand elle se fendit à la manière d'un escrimeur, en visant la tête, la grosse patte repoussa le bâton sans aucune difficulté, et quand Lyra feinta, il ne bougea même pas.

Exaspérée, la fillette se lança dans un assaut furieux, alternant les attaques frontales, les feintes, les moulinets, mais pas une fois elle ne parvint à franchir le barrage de ces pattes. Elles étaient partout, toujours au bon moment pour parer, toujours au bon endroit pour bloquer.

Elle prit peur et s'arrêta. À bout de souffle, épuisée, elle transpirait sous ses fourrures, tandis que l'ours, lui, était toujours assis, impassible. Si elle l'avait attaqué avec une véritable épée, mortellement pointue, il n'aurait même pas eu une égratignure.

– Je parie que tu sais rattraper les balles de fusil aussi, dit-elle en jetant son bâton. Mais comment fais-tu ?

– Je ne suis pas un être humain, dit-il. Voilà pourquoi personne ne peut attaquer un ours par surprise. Nous voyons les ruses et les feintes aussi clairement que les mouvements des bras et des jambes. Nous savons voir les choses d'une manière que les humains ont oubliée. Mais toi, Lyra, tu sais tout cela, car tu sais déchiffrer le lecteur de symboles.

– Mais ce n'est pas pareil !

Lyra était encore plus impressionnée par l'ours que lorsqu'elle l'avait vu en colère.

– C'est la même chose, dit-il. Les adultes ne peuvent pas le déchiffrer, d'après ce que j'ai compris. De la même manière que je surpasse les soldats humains, tu étonnes les adultes avec ce lecteur de symboles.

– Oui, sans doute, dit Lyra, perplexe et méfiante. Ça veut dire que je ne saurai plus m'en servir quand je serai grande ?

– Qui sait ? Je n'ai jamais vu de lecteur de symboles ni personne qui sache les déchiffrer. Peut-être es-tu différente des autres.

Il se remit à quatre pattes et continua à dévorer son cuissot de viande. Lyra s'était découverte, car elle avait trop chaud, mais le froid la surprit et elle dut se rhabiller. Cet épisode l'avait ébranlée, et elle avait hâte de consulter l'aléthiomètre, mais il faisait trop froid et, de plus, on l'appelait, car le moment était venu de repartir. Elle prit les boîtes en fer fabriquées par Iorek, remit le tube vide dans la musette de Farder Coram, et rangea celui qui contenait la mouche-espion dans la bourse fixée à sa ceinture, avec l'aléthiomètre. Elle était ravie de se remettre en route.

Les chefs s'étaient mis d'accord avec Lee Scoresby : lors de leur prochaine halte, ils gonfleraient son ballon et il jouerait les espions dans les airs. Bien évidemment, Lyra mourait d'envie de l'accompagner ; et bien évidemment, cela lui fut refusé, mais elle fit tout le chemin avec l'aéronaute et ne cessa de le bombarder de questions.

– Monsieur Scoresby, comment feriez-vous pour voler jusqu'à Svalbard ?

– Oh, il faudrait un dirigeable pour ça, avec un moteur à gaz, une sorte de zeppelin, ou alors, un bon vent du sud.

Mais je ne m'y risquerais pas, pour sûr ! Tu as déjà vu cet endroit ? C'est le coin le plus désertique, le cul-de-sac le plus sinistre, le trou perdu le plus inhospitalier de la planète !

—Je me demandais... Admettons que Iorek Byrnison veuille revenir chez lui...

—Ils le tueraient. Iorek est un banni. À l'instant même où il mettrait les pieds là-bas, les autres le réduiraient en miettes.

—Comment vous faites pour gonfler votre ballon, monsieur Scoresby ?

—Je peux fabriquer de l'hydrogène en versant de l'acide sulfurique sur de la limaille de fer. On capte le gaz qui s'en échappe et on remplit peu à peu le ballon. La deuxième méthode consiste à trouver une poche de gaz à proximité d'une mine. Il y a énormément de gaz par ici, sous terre, et du pétrole aussi. Je peux obtenir du gaz à partir du pétrole, si besoin est, et à partir du charbon aussi. Finalement, ce n'est pas difficile. Mais la méthode la plus rapide, c'est de prendre le gaz de la terre. Avec une bonne poche, on peut remplir le ballon en une heure.

—Combien de personnes pouvez-vous transporter ?

—Six, en cas de besoin.

—Vous pourriez transporter Iorek Byrnison avec son armure ?

—Je l'ai déjà fait. Je l'ai sauvé des griffes des Tartares pendant la campagne du Tunguska : il était encerclé et ils voulaient l'affamer. Je suis arrivé en ballon et je l'ai sauvé. Ça paraît simple, mais il a fallu que je calcule le poids de ce lascar, au jugé. Ensuite, j'espérais qu'il y aurait une poche de gaz sous la forteresse de glace qu'il avait bâtie. Mais j'avais repéré la nature du terrain et je pensais bien qu'on avait une chance en creusant. Car j'étais obligé de lâcher les gaz pour descendre, et si je voulais remonter, il fallait que je regonfle le ballon. Bref, on a réussi notre coup, et j'ai emmené Iorek, avec son armure.

— Dites, monsieur Scoresby, vous saviez que les Tartares faisaient des trous dans la tête des gens ?

— Oui, bien sûr. Ils font ça depuis des milliers d'années. Durant la campagne du Tunguska, on a capturé cinq Tartares, et trois d'entre eux avaient un trou dans le crâne. Il y en avait même un qui en avait deux !

— Ils se font ça entre eux ?

— Parfaitement. D'abord, il découpent un demi-cercle sur le cuir chevelu, pour pouvoir soulever la peau et mettre le crâne à nu. Ensuite, ils découpent un petit cercle dans l'os, jusqu'au cerveau, en faisant très attention de ne pas l'abîmer et, pour finir, ils recousent la peau du cuir chevelu.

— Je croyais qu'ils n'infligeaient ce supplice qu'à leurs ennemis !

— Non, pas du tout ! C'est un immense privilège au contraire. Ils font ça pour que les dieux puissent leur parler.

— Avez-vous entendu parler d'un explorateur nommé Stanislaus Grumman ?

— Grumman ? Oui, bien sûr. J'ai rencontré un membre de son équipe quand j'ai survolé le fleuve Ienisseï, il y a deux ans. Il partait vivre parmi les tribus de Tartares dans cette région. D'ailleurs, je crois qu'il avait un trou dans le crâne, lui aussi. Cela fait partie de la cérémonie d'initiation, mais l'homme qui m'en a parlé n'y connaissait pas grand-chose.

– Donc… si Grumman était une sorte de Tartare hono-raire, ils ne l'ont sans doute pas tué ?

– Tué ? Il est mort ?

– Oui. J'ai vu sa tête, déclara fièrement Lyra. C'est mon père qui l'a retrouvée. Je l'ai vue quand il l'a montrée aux Érudits de Jordan College à Oxford. Ils l'ont aussi scalpé.

– Qui l'a scalpé ?

– Les Tartares, c'est du moins ce qu'ont pensé les Érudits.

– Ce n'était peut-être pas la tête de Grumman, dit Lee Scoresby. Ton père a pu vouloir berner les Érudits.

– Oui, c'est possible, dit Lyra, songeuse. Il voulait leur réclamer de l'argent.

– Et quand ils ont vu la tête, ils lui ont donné de l'argent ?

– Oui.

– Bien joué. Généralement, les gens ont un tel choc quand ils voient ce genre de choses qu'ils n'aiment pas regarder de trop près.

– Surtout les Érudits, commenta Lyra.

– Tu es mieux placée que moi pour le savoir. En tout cas, si c'était réellement la tête de Grumman, je parie que ce ne sont pas les Tartares qui l'ont scalpé. Ils ne scalpent que leurs ennemis, et Grumman était un Tartare d'adoption.

Lyra réfléchit à toutes ces choses durant le trajet. Les Enfourneurs et leur cruauté, la peur inspirée par la Pous-sière, la ville à l'intérieur de l'Aurore, son père emprisonné à Svalbard, sa mère – où était-elle au fait ? –, l'aléthio-mètre, les sorcières volant vers le nord, et le pauvre petit Tony Makarios, la mouche-espion mécanique, l'étrange et inquiétante invincibilité de Iorek Byrnison.

Elle finit par s'endormir. Chaque heure les rapprochait de Bolvangar.

14
Les lumières de Bolvangar

 Le fait que les gitans n'aient pas vu ni entendu parler de Mme Coulter inquiétait Farder Coram et John Faa, bien plus qu'ils ne le laissaient paraître devant Lyra. Mais ils ne pouvaient se douter que la fillette s'inquiétait elle aussi. Car Lyra avait peur de Mme Coulter, et elle pensait souvent à elle. Alors que Lord Asriel était désormais devenu « son père », Mme Coulter, elle, ne serait jamais « sa mère ». Le dæmon de Mme Coulter, le singe au pelage doré, avait déclenché une haine tenace chez Pantalaimon ; Lyra en outre était sûre qu'il avait fourré son nez dans ses secrets, et sans doute découvert l'aléthiomètre.

Or, l'un et l'autre étaient forcément à ses trousses ; il serait ridicule de croire le contraire. La mouche-espion était là pour le prouver.

Toutefois, lorsque l'ennemi frappa, il n'avait pas le visage de Mme Coulter. Les gitans avaient prévu de faire une halte pour permettre aux chiens de se reposer, réparer quelques traîneaux, et fourbir leurs armes en vue de l'assaut sur Bolvangar. John Faa espérait que Lee Scoresby trouverait un gisement de gaz souterrain pour remplir le plus petit de ses deux ballons et qu'il pourrait ainsi espionner leurs ennemis. Mais l'aéronaute scrutait le temps avec la même attention qu'un marin, et il annonça la venue imminente du brouillard ; de fait, à peine se furent-ils arrêtés que la purée de pois les enveloppa. Lee Scoresby savait qu'il ne verrait rien dans le ciel, aussi dut-il se contenter de vérifier son matériel, bien que tout fût parfaitement en état de marche. Et soudain, sans crier gare, une volée de flèches jaillit de l'obscurité.

Trois gitans tombèrent et moururent de manière si silencieuse que nul ne remarqua quoi que ce soit. C'est seulement en les découvrant affalés en travers de la piste, étrangement immobiles, que les autres comprirent ce qui se passait, mais il était trop tard, car déjà de nouvelles flèches volaient vers eux. Certains levèrent la tête, intrigués par ce crépitement irrégulier qui frappait la caravane, alors que les flèches s'enfonçaient dans le bois ou la toile gelée des traîneaux.

Le premier à reprendre ses esprits fut John Faa, qui aboya des ordres. Des mains transies de froid et des membres engourdis s'animèrent pour lui obéir, tandis qu'une nouvelle volée de flèches s'abattait sur eux, comme une rafale de pluie mortelle.

Lyra était à découvert, et les flèches passèrent au-dessus de sa tête. Averti du danger avant elle, Pantalaimon se transforma en léopard et la jeta à terre. Chassant la neige de ses yeux, la fillette roula sur le dos pour essayer de voir ce qui se passait, car la demi-obscurité s'emplissait de bruits et de confusion. Soudain, elle entendit un puissant rugissement, puis les bruits métalliques de l'armure de

Iorek Byrnison qui bondissait par-dessus le traîneau pour disparaître dans le brouillard ; on entendit des hurlements, des grognements, des craquements, des crissements et des bruits de coups violents, des cris de terreur, accompagnés de rugissements de fureur animale. Iorek causait des ravages parmi leurs attaquants.

Mais qui étaient ces attaquants ? se demandait Lyra. Elle n'avait vu apparaître aucune figure ennemie jusqu'à maintenant. De tous les côtés, les gitans s'agitaient pour défendre leurs traîneaux, mais en agissant ainsi, ils offraient des cibles faciles (Lyra elle-même s'en rendait compte), et leurs moufles les gênaient pour tirer. Elle n'avait entendu que quatre ou cinq coups de feu, alors que la pluie de flèches tombait sans discontinuer. À chaque minute, d'autres hommes tombaient.

« Oh, John Faa ! pensa-t-elle avec angoisse. Vous n'aviez pas prévu cette attaque, et je ne vous ai pas aidé ! »

Mais Lyra n'eut guère le temps de se lamenter car, soudain, Pantalaimon émit un puissant feulement, et quelque chose – un autre dæmon – se jeta sur lui et le plaqua au sol, coupant le souffle à Lyra du même coup. Des mains s'emparèrent d'elle, la soulevèrent de terre, étouffant ses cris avec des moufles puantes, la jetèrent dans d'autres bras, avant de la plaquer de nouveau dans la neige ; les vertiges et le manque d'air se mêlaient à la douleur. On lui tira les bras dans le dos, jusqu'à ce que ses épaules craquent, et on lui ligota les poignets, puis on lui enfila une cagoule sur la tête pour étouffer ses hurlements, car elle hurlait à pleins poumons.

– Iorek ! Iorek ! Au secours !

L'entendait-il ? Impossible à dire. Elle fut projetée sur

une surface dure qui se mit à tanguer et à cahoter comme un traîneau. À travers sa cagoule, elle percevait le fracas du combat. Peut-être entendit-elle le rugissement de Iorek Byrnison, mais il semblait venir de très loin, et elle tressautait sur le sol irrégulier, les bras attachés dans le dos, le visage masqué, secouée de sanglots de rage et de peur. Des voix étranges s'élevaient autour d'elle.

– Pan ! murmura-t-elle.

– Je suis là. Chut ! Je vais t'aider à respirer. Reste calme.

Avec ses pattes de souris, il tira sur la cagoule jusqu'à ce que la bouche de Lyra soit dégagée, et elle avala de grandes bouffées d'air glacial.

– C'est qui ? demanda-t-elle à voix basse.

– On dirait des Tartares. Je crois qu'ils ont tué John Faa.

– Oh, non…

– Je l'ai vu tomber. Il aurait dû se préparer à ce genre d'attaque.

– On aurait dû l'aider ! On aurait dû consulter l'aléthiomètre !

– Chut. Fais semblant d'être évanouie.

Un fouet claqua, les chiens de traîneau répondirent par des hurlements. À en juger par la façon dont elle était secouée et ballottée, Lyra savait qu'ils fonçaient à toute allure, et elle avait beau tendre l'oreille, elle n'entendait que quelques coups de feu désespérés, étouffés par la distance, puis il n'y eut plus que les grincements du bois, le frottement rapide des pattes des chiens sur la neige dure.

– Ils nous conduisent chez les Enfourneurs.

Le mot « mutilé » lui vint à l'esprit. Une peur horrible envahit tout son corps, et Pantalaimon se blottit contre elle.

– Je me battrai, déclara-t-il.

—Moi aussi. Je les tuerai !

—Iorek aussi, quand il apprendra ce qui s'est passé. Ils les réduira en bouillie !

—Nous sommes loin de Bolvangar ?

Pantalaimon n'en savait rien, mais sans doute à moins d'une journée de voyage, estimaient-ils l'un et l'autre. Après un trajet si long que tout le corps de Lyra était tordu de crampes, l'allure ralentit légèrement, et quelqu'un lui ôta sa cagoule d'un geste brusque.

Lyra découvrit, penché au-dessus d'elle, sous une capuche en fourrure de glouton, un large visage asiatique, éclairé par la lueur dansante d'une lampe. Un éclat de satisfaction brillait dans ses yeux noirs, surtout lorsque Pantalaimon, se glissant hors du parka de Lyra, montra ses dents d'hermine blanche en crachant. Le dæmon de l'homme, un énorme glouton, riposta de la même manière, mais Pantalaimon ne cilla pas.

L'homme adossa la fillette contre le flanc du traîneau. Mais elle basculait sans cesse sur le côté, car elle avait les mains attachées dans le dos ; il lui ligota alors les pieds pour pouvoir lui détacher les mains.

Malgré la neige qui tombait et l'épais brouillard, elle voyait combien cet homme était puissant, et le conducteur également ; ils se tenaient en équilibre sur le traîneau, parfaitement à l'aise, contrairement aux gitans.

L'homme lui parla, mais Lyra ne comprit pas ses paroles ; il essaya une autre langue, sans plus de résultat. Finalement, il opta pour un anglais approximatif.

—Comment ton nom ?

Pantalaimon se hérissa, comme pour la mettre en garde, et Lyra comprit immédiatement le message. Ces

299

hommes ignoraient qui elle était ! Ils ne l'avaient pas kidnappée à cause de ses liens avec Mme Coulter, et peut-être
n'étaient-ils pas, finalement, à la solde des Enfourneurs.

—Lizzie Brooks, répondit-elle.

—Lissie Broogs, répéta-t-il. On t'emmène dans joli
endroit. Avec gens très gentils.

—Qui êtes-vous ?

—Des Samoyèdes. Nous chasseurs.

—Où m'emmenez-vous ?

—Joli endroit. Gens gentils. Tu as panserbjorn ?

—Oui, pour nous protéger.

—Ah, pas bon ! Ours, pas bon ! On t'a eue quand
même !

Il éclata de rire. Lyra parvint à se contrôler et à ne rien
dire.

—Qui ces gens ? demanda l'homme en désignant la
direction d'où ils venaient.

—Des marchands.

—Marchands… Marchands de quoi ?

—Fourrures, alcool, dit Lyra. Feuilles à fumer.

—Eux vendre feuilles à fumer et acheter fourrures ?

—Oui.

Il dit quelque chose à son compagnon, qui répondit
brièvement. Pendant ce temps, le traîneau continuait de
filer, et Lyra adopta une position plus confortable pour
essayer de voir où ils allaient, mais la neige formait un
rideau épais, le ciel était noir ; bientôt, elle eut trop froid
pour continuer à regarder et se recoucha. Pantalaimon et
Lyra devinaient leurs pensées respectives et s'efforçaient
de rester calmes, mais l'idée que John Faa avait été tué…
Et qu'était devenu Farder Coram ? Iorek réussirait-il à tuer

les autres Samoyèdes ? Les gitans retrouveraient-ils sa trace ?

Pour la première fois, elle fut tentée de se lamenter sur son sort.

Bien plus tard, l'homme la secoua par l'épaule et lui tendit une tranche de viande de renne séchée. C'était rance et dur, mais Lyra avait faim et, au moins, c'était nourrissant. Après l'avoir mastiquée, elle se sentit un peu mieux. Elle glissa la main sous ses épaisseurs de fourrure, lentement, pour s'assurer que l'aléthiomètre était toujours là, puis, avec la plus grande prudence, elle sortit le petit tube de la mouche-espion, qu'elle introduisit à l'intérieur de sa botte fourrée. Transformé en souris, Pantalaimon s'y glissa à son tour afin de le pousser tout au fond, jusqu'à le coincer sous le pied de son caleçon long en peau de renne.

Épuisée par la peur, elle ne tarda pas à sombrer dans un sommeil agité.

Elle fut réveillée par le changement de rythme du traîneau. Il avançait doucement et, en ouvrant les yeux, Lyra vit filer au-dessus de sa tête une succession de lumières éblouissantes, à tel point qu'elle dut abaisser sa capuche sur son front. Malgré le froid glacial et la raideur de ses membres engourdis, elle parvint à se redresser suffisamment pour constater que le traîneau passait entre deux rangées de grands poteaux, dont chacun supportait une puissante lampe ambarique. Puis il franchit un portail en métal, situé tout au bout de cette avenue de lumières, pour pénétrer dans un immense espace dégagé, semblable à une place de marché déserte ou à une arène. Le sol était entièrement plat, lisse et blanc, sur une centaine de mètres. Tout autour se dressait une haute clôture métallique.

Arrivé à l'extrémité de cette arène, le traîneau s'arrêta. Ils étaient devant un bâtiment bas, ou plutôt une succession de bâtiments bas, couverts d'une épaisse couche de neige. Lyra pensa que des galeries reliaient sans doute entre eux ces différents bâtiments, des tunnels enfouis sous la neige. Sur un côté, un épais mât métallique lui rappelait quelque chose, sans qu'elle pût dire quoi.

L'homme installé dans le traîneau trancha la corde qui lui enserrait les chevilles et la fit descendre sans ménagements, tandis que le conducteur ordonnait aux chiens de se tenir tranquilles. Une porte s'ouvrit dans le bâtiment le plus proche, à quelques mètres de là, une lampe ambarique s'alluma juste au-dessus et balaya les environs, à la manière d'un projecteur.

Le ravisseur de Lyra la poussa devant lui, comme on brandit un trophée, sans la lâcher, et prononça quelques mots. Le personnage vêtu de l'anorak matelassé répondit dans la même langue, et la fillette put apercevoir ses traits : ce n'était pas un Samoyède ni un Tartare. À vrai dire, on aurait pu le prendre pour un Érudit de Jordan College. Il observait Lyra, mais plus particulièrement Pantalaimon.

Le Samoyède reprit la parole, et l'homme de Bolvangar demanda à Lyra :

– Tu parles anglais ?

– Oui.

– Ton dæmon prend toujours cette forme ?

En voilà une question inattendue ! Lyra demeura bouche bée. Mais Pantalaimon y répondit à sa manière, en se transformant en faucon. S'envolant de l'épaule de la fillette, il fondit sur le dæmon de l'homme, une grosse marmotte, qui décocha un coup de patte vif et cracha au moment où Pantalaimon passait devant elle dans un grand battement d'ailes.

— Je vois, dit l'homme d'un ton satisfait, tandis que Pantalaimon revenait se poser sur l'épaule de Lyra.

Les Samoyèdes semblaient s'impatienter. L'homme de Bolvangar s'en aperçut et ôta une de ses moufles pour glisser la main dans une poche. Il en sortit une petite bourse fermée par un cordon, d'où il fit glisser dans la main du chasseur une douzaine de lourdes pièces.

Les deux hommes comptèrent l'argent, et le rangèrent soigneusement, après s'être partagé la somme équitablement. Sans un regard derrière eux, ils remontèrent sur le traîneau ; le conducteur fit claquer son fouet, hurla des ordres à ses chiens, et les Samoyèdes repartirent à toute allure dans l'immense arène blanche, pour s'enfoncer dans l'avenue de lumières et disparaître finalement dans l'obscurité.

L'homme avait ouvert la porte.

— Entre vite, dit-il. Il fait bon à l'intérieur, c'est confortable. Ne reste pas dehors. Comment t'appelles-tu ?

Il s'exprimait comme un Anglais, sans aucun accent particulier. De fait, il ressemblait à ces gens qu'elle avait rencontrés chez Mme Coulter : intelligents, cultivés et importants.

— Lizzie Brooks, dit-elle.

— Entre, Lizzie. Nous allons bien nous occuper de toi ici, ne t'en fais pas.

Il avait plus froid qu'elle, visiblement, bien qu'elle soit restée dehors plus longtemps, et il avait hâte de retourner au chaud. Décidant de jouer les enfants idiots, un peu demeurés et récalcitrants, elle franchit le seuil du bâtiment en traînant les pieds.

Il y avait en réalité deux portes, séparées par un sas. Dès qu'ils eurent franchi la deuxième porte, Lyra commença à étouffer sous une chaleur insupportable, qui l'obligea à ouvrir son parka et à ôter sa capuche.

Ils se trouvaient maintenant dans une sorte de petit hall, dans lequel s'ouvraient, à droite et à gauche, des couloirs ; devant Lyra se trouvait un guichet de réception semblable à celui d'un hôpital. L'éclairage violent faisait étinceler les surfaces blanches immaculées et l'acier brillant. Une odeur de nourriture flottait dans l'air, une odeur familière de bacon et de café, masquant à peine l'odeur diffuse, mais tenace, de l'hôpital et des médicaments. Des murs qui les entouraient s'échappait un bourdonnement ; le genre de bruit auquel il faut s'habituer pour ne pas devenir fou.

Pantalaimon, devenu chardonneret, murmura à son oreille :

— Joue les idiotes et les demeurées.

Plusieurs adultes la toisaient : l'homme qui l'avait fait entrer, un autre, vêtu d'une blouse blanche, et enfin, une femme en tenue d'infirmière.

— Anglaise, disait le premier homme. Des marchands, apparemment.

— Des chasseurs, comme d'habitude ? L'histoire habituelle ?

— De la même tribu, autant que j'aie pu en juger. Nurse Clara, voulez-vous emmener la petite… hmm… et vous occuper d'elle ?

— Certainement, docteur. Viens avec moi, ma chérie, dit l'infirmière, et Lyra la suivit docilement.

Elles empruntèrent un petit couloir ; d'une cantine s'échappaient des voix et des bruits de couverts. L'infirmière avait à peu près le même âge que Mme Coulter, se dit Lyra, et un air vif, brusque même, austère et sévère : sans doute savait-elle recoudre une plaie et changer un pansement, mais elle était incapable de raconter une histoire. Son dæmon (Lyra fut parcourue d'un étrange frisson glacé en s'en apercevant) était un petit chien blanc qui trottinait derrière elle ; Lyra n'aurait su dire d'où lui venait ce frisson glacé.

– Comment t'appelles-tu, ma chérie ? demanda l'infirmière en ouvrant une lourde porte.

– Lizzie.

– Lizzie tout court ?

– Lizzie Brooks.

– Quel âge as-tu ?

– Onze ans.

Lyra avait souvent entendu dire qu'elle était petite pour son âge, sans trop savoir ce que cela signifiait. Elle n'en avait jamais fait un complexe, mais elle se dit que cela pourrait peut-être l'aider à créer une Lizzie timide, nerveuse et insignifiante ; aussi se fit-elle encore plus petite en entrant dans la pièce.

S'attendant à un flot de questions concernant l'endroit d'où elle venait, et comment elle était arrivée ici, Lyra préparait déjà ses réponses. Apparemment, l'infirmière ne manquait pas uniquement d'imagination, mais aussi de curiosité. Bolvangar aurait pu, tout aussi bien, se trouver à la périphérie de Londres, et accueillir en permanence des enfants. Son petit dæmon bien sage trottinait sur ses talons, aussi vif et sinistre qu'elle.

La pièce dans laquelle elles venaient de pénétrer était meublée d'un canapé, d'une table, de deux chaises, d'un classeur et d'un placard vitré contenant des médicaments, des bandages et une cuvette. Immédiatement, l'infirmière ôta le parka de Lyra et le laissa tomber sur le sol éclatant.

– Enlève-moi tout le reste. On va t'examiner pour voir si tu es en bonne santé, si tu n'as pas de gerçures ou le nez qui coule, et ensuite, on te trouvera de beaux habits tout propres. Mais avant tout, tu vas passer sous la douche, ajouta-t-elle.

De fait, Lyra ne s'était pas lavée ni changée depuis plusieurs jours et, dans la chaleur ambiante, cela devenait de plus en plus évident.

Pantalaimon s'agita pour protester, mais Lyra le rappela à l'ordre d'un froncement de sourcils. Il se posa sur le canapé, tandis que Lyra se débarrassait de tous ses vêtements, un par un, avec un sentiment de colère et de honte : mais elle eut la présence d'esprit de le cacher pour jouer son rôle de fillette sotte et obéissante.

– Ta ceinture portefeuille aussi, Lizzie, dit l'infirmière, et elle la lui ôta elle-même de ses doigts énergiques.

Au moment de la déposer par terre, sur le tas des vêtements de Lyra, elle marqua un temps d'arrêt en sentant sous ses doigts la forme de l'aléthiomètre.

– Qu'est-ce que c'est ? demanda-t-elle en ouvrant la sacoche.

– Oh, une sorte de jouet. C'est à moi.

– Oui, oui, bien sûr. Personne ne te le prendra, ma chérie, répondit Nurse Clara en dépliant l'étoffe de velours noir. C'est très beau ; on dirait une boussole. Allez, hop, à la douche !

Elle reposa l'aléthiomètre et tira un rideau.

À contrecœur, Lyra se glissa sous l'eau chaude et se savonna ; Pantalaimon resta perché sur la tringle du rideau. L'un et l'autre savaient qu'il ne fallait pas se montrer trop vif, car les dæmons des gens maussades étaient maussades eux aussi. Quand la fillette fut lavée et séchée, l'infirmière lui prit sa température, lui examina les yeux, les oreilles et la gorge, après quoi, elle la mesura et la fit monter sur une balance, avant de noter quelque chose sur une feuille fixée sur une planchette. Elle donna ensuite à Lyra un pyjama et une robe de chambre. L'un et l'autre étaient propres et de bonne qualité, comme l'anorak du pauvre Tony Makarios, mais eux aussi semblaient avoir déjà été portés. Lyra se sentait extrêmement mal à l'aise.

– Ce ne sont pas mes affaires, dit-elle.

– Non, ma chérie. Tes affaires ont bien besoin d'être nettoyées.

– Je pourrai les récupérer ?

– Oui, sans doute. Certainement.

– Où sommes-nous ?

– On appelle cet endroit la Station Expérimentale.

Ce n'était pas une réponse. Lyra l'aurait fait remarquer, mais Lizzie Brooks devait s'en contenter, aussi accepta-t-elle sans protester d'enfiler les vêtements qu'on lui tendait.

– Je veux mon jouet, déclara-t-elle d'un ton obstiné, une fois habillée.

– Vas-y, reprends-le, ma chérie, dit l'infirmière. Mais tu ne préfères pas un joli nounours en peluche ? Ou une belle poupée ?

Elle ouvrit un tiroir dans lequel gisaient quelques jouets, telles des créatures mortes. Lyra s'approcha et fit mine de réfléchir quelques secondes, avant de choisir une poupée de chiffons aux grands yeux vides. Elle n'avait jamais eu de poupée, mais elle savait ce qu'on attendait d'elle, et elle la plaqua contre sa poitrine.

– Et ma ceinture portefeuille ? demanda-t-elle. J'aime bien m'en servir pour ranger mes jouets.

– Vas-y, prends, répondit Nurse Clara, occupée à remplir un formulaire rose.

Lyra remonta son pantalon de pyjama trop large et attacha la pochette en toile cirée autour de sa taille.

– Et mon manteau et mes bottes ? demanda-t-elle. Mes moufles et tout ça ?

– On va te les laver, répondit l'infirmière mécaniquement.

Au même moment, un téléphone sonna et, pendant que l'infirmière répondait, Lyra se baissa et ramassa le deuxième tube en fer, celui qui renfermait la mouche-espion ; elle le glissa dans sa sacoche, avec l'aléthiomètre.

– Allez, viens, Lizzie, dit l'infirmière en raccrochant le téléphone. Nous allons te trouver quelque chose à manger. Je parie que tu meurs de faim.

Elle suivit Nurse Clara au réfectoire, où étaient disposées une douzaine de tables rondes et blanches, couvertes de miettes et de cercles collants laissés par les verres. Des assiettes et des couverts sales étaient empilés sur un chariot métallique. En l'absence de fenêtres, et pour donner une illusion de lumière et d'espace, on avait tapissé tout un mur avec une immense photo de plage tropicale, avec un ciel bleu, du sable blanc et des cocotiers.

L'homme qui avait accueilli Lyra était allé chercher un plateau sur un passe-plat.

– Allez, mange, dit-il.

« Inutile de mourir de faim », se dit Lyra, et elle mangea

avec plaisir le ragoût et les pommes de terre. Venait ensuite un bol de pêches en conserve avec de la glace. Pendant qu'elle mangeait, l'homme et l'infirmière discutaient à une table voisine, et quand elle eut fini, l'infirmière lui apporta un verre de lait chaud et emporta le plateau.

L'homme vint s'asseoir en face d'elle. Son dæmon, la marmotte, n'était pas aussi morne et indifférent que le chien de l'infirmière, mais il resta assis sur son épaule, sagement, observant et écoutant.

– Eh bien, Lizzie, as-tu assez mangé ?

– Oui, merci.

– J'aimerais que tu me dises d'où tu viens. Tu le sais ?

– De Londres.

– Ah. Et que fais-tu par ici, si loin au nord ?

– J'accompagne mon père, marmonna-t-elle.

Elle gardait la tête baissée, évitant le regard scrutateur de la marmotte et essayant de donner l'impression qu'elle était au bord des larmes.

– Ton père ? Je vois. Et que vient-il faire dans cette partie du monde ?

– Du commerce. On est venus avec un chargement de feuilles à fumer du Nouveau Danemark, pour acheter des fourrures.

– Ton père était seul ?

– Non. Il y avait aussi mes oncles et tout ça, plus d'autres hommes, répondit-elle en restant dans le vague, car elle ignorait ce que le chasseur samoyède lui avait raconté.

– Pourquoi ton père t'a-t-il emmenée faire un pareil voyage, Lizzie ?

– Il y a deux ans, il a emmené mon frère, et il avait pro-

309

mis de m'emmener la fois suivante, mais il ne l'a jamais fait. J'ai tellement insisté qu'il a fini par céder.

—Quel âge as-tu ?

—Onze ans.

—Bien, bien. Tu as beaucoup de chance, Lizzie. Ces chasseurs qui t'ont retrouvée ne pouvaient pas choisir mieux en te conduisant ici.

—Je n'étais pas perdue, dit Lyra. En fait, il y a eu une bataille. Ils étaient nombreux, et ils avaient des flèches…

—Oh, voilà qui m'étonnerait. Je crois plutôt que tu t'es éloignée de la caravane de ton père, et tu t'es perdue. Ces chasseurs t'ont retrouvée et ils t'ont amenée directement ici. Voilà ce qui s'est passé, Lizzie.

—Je les ai vus se battre ! Ils tiraient des flèches et tout ça… Je veux mon papa, ajouta-t-elle en haussant le ton, sentant venir les larmes.

—Tu es en sécurité ici, en attendant qu'il arrive, déclara l'homme en blanc.

—Je les ai vus tirer des flèches !

—Non, tu crois les avoir vus. Cela arrive souvent quand il fait très froid, Lizzie. Tu t'endors, tu fais de mauvais rêves et, ensuite, tu ne sais plus ce qui est vrai ou pas. Rassure-toi, il n'y a eu aucune bataille. Ton père est sain et sauf ; il va partir à ta recherche ; bientôt, il viendra frapper à notre porte, car c'est le seul endroit habité à des centaines de kilomètres à la ronde. Imagine un peu sa surprise quand il verra que tu es ici, saine et sauve ! Nurse Clara va te conduire au dortoir, où tu vas rencontrer d'autres petits garçons et petites filles qui se sont perdus, comme toi. Allez, va. Nous bavarderons demain matin.

Lyra se leva, serrant contre elle sa poupée de chiffons,

310

et Pantalaimon bondit sur son épaule, tandis que l'infirmière ouvrait la porte du réfectoire.

Il fallut emprunter d'autres couloirs, et Lyra se sentait réellement fatiguée tout à coup, à tel point qu'elle ne cessait de bâiller et avait du mal à soulever les pieds dans les pantoufles en laine qu'on lui avait données. Pantalaimon piquait du nez lui aussi, et il dut se changer en souris pour se nicher à l'intérieur de la poche de la robe de chambre de Lyra. Celle-ci crut discerner une rangée de lits, des visages d'enfant, un oreiller... avant de sombrer dans le sommeil.

Quelqu'un la secouait. Son premier réflexe fut de porter sa main à sa ceinture : les deux tubes étaient toujours là, à l'abri. Alors, elle essaya d'ouvrir les yeux. Oh, comme c'était difficile ; jamais elle n'avait dormi si profondément.

– Réveille-toi ! Réveille-toi !

C'était un chuchotement plus qu'une voix. Au prix d'un énorme effort, comme si elle poussait un rocher vers le sommet d'une colline, Lyra s'obligea à émerger du sommeil.

Dans la lumière blafarde d'une ampoule ambarique de très faible puissance, fixée au-dessus de la porte, elle découvrit trois fillettes près de son lit. Elle avait du mal à les distinguer, car ses yeux mirent un long moment à s'habituer à la pénombre, mais elles semblaient avoir le même âge qu'elle, et elles parlaient sa langue.

– Elle est réveillée !

– Ils lui ont fait avaler des somnifères. Je parie que...

– Comment tu t'appelles ?

– Lizzie, marmonna Lyra.

—Il y a eu un nouvel arrivage d'enfants ? demanda une des filles.

—J'en sais rien. Je suis seule.

—Où t'ont-ils capturée ?

Lyra fit un nouvel effort pour se redresser. Elle ne se souvenait pas d'avoir avalé un somnifère, mais peut-être le verre de lait chaud était-il drogué. Elle avait la tête lourde.

—Où sommes-nous ?

—Au milieu de nulle part. Ils ne veulent pas nous le dire.

—D'habitude, les enfants arrivent par groupes.

—Et qu'est-ce qu'ils leur font ? demanda Lyra qui essayait de rassembler ses esprits, tandis que Pantalaimon se réveillait à ses côtés, en s'étirant.

—On n'en sait rien, répondit la fillette qui était la plus loquace.

C'était une grande rouquine, nerveuse, avec un fort accent londonien.

—Ils nous mesurent, ils nous font des examens, et…

—Ils mesurent la Poussière, déclara une autre fille, une petite brune rondelette au visage enjoué.

—Tu n'en sais rien ! répliqua la première.

—Si, elle a raison, dit la troisième, une enfant à l'air renfermé, qui berçait son dæmon-lapin. Je les ai entendus discuter.

—Ils nous emmènent l'un après l'autre, c'est tout ce qu'on sait, dit la rouquine. Et personne ne revient jamais.

—Y a un garçon, dit la brune rondelette, il affirme que…

—Ne lui dis pas ça ! s'exclama la rouquine. Pas tout de suite.

—Il y a des garçons aussi ? demanda Lyra.

—Oui. On est nombreux. Une trentaine, je dirais.

—Plus que ça, dit la grassouillette. Au moins quarante.

—Mais ils n'arrêtent pas d'en emmener, précisa la rouquine. Généralement, ils commencent par faire venir tout un groupe d'enfants, on est nombreux, mais un par un, les autres disparaissent.

—Ce sont des Enfourneurs, dit la fillette potelée. Tu connais les Enfourneurs, je suppose ? On avait sacrément la frousse quand ils nous ont capturés…

Lyra se réveillait peu à peu. Les dæmons des autres filles, à l'exception du lapin, guettaient les bruits du couloir à travers la porte. Tout le monde chuchotait. Lyra leur demanda comment elles s'appelaient. La rouquine se nommait Annie, la brune grassouillette Bella, et la troisième, la maigrichonne, Martha. Elles ne connaissaient pas les noms des garçons, car filles et garçons étaient séparés la plupart du temps. Toutefois, ils n'étaient pas maltraités.

—On n'est pas si mal ici, dit Bella, il n'y a pas grand-chose à faire, à part passer des tests ou faire des exercices ; ils nous mesurent, ils prennent notre température et ainsi de suite. En fait, c'est surtout ennuyeux, à la longue.

—Sauf quand Mme Coulter débarque, dit Annie.

Lyra dut se faire violence pour ne pas pousser un cri, et Pantalaimon battit des ailes si violemment que les autres filles s'en aperçurent.

—Il est très nerveux, dit Lyra en le caressant pour le calmer. Ils ont dû nous faire avaler des somnifères, comme vous le disiez, car on se sent complètement abrutis. Qui est cette Mme Coulter ?

—C'est elle qui nous a capturés, la plupart d'entre nous

313

du moins, expliqua Martha. Tous les enfants parlent d'elle. Quand elle arrive, tu peux être sûre que des enfants vont disparaître.

— Elle adore regarder les enfants quand ils les emmènent, elle aime regarder ce qu'ils leur font. Ce garçon, Simon, il affirme qu'ils les tuent, et pendant ce temps-là, Mme Coulter, elle regarde.

— Ils tuent les enfants ? répéta Lyra en frissonnant.

— Sûrement. Vu que personne ne revient jamais.

— Et ils s'intéressent beaucoup aux dæmons aussi, ajouta Bella. Ils les pèsent, ils les mesurent, etc.

— Ils touchent à vos dæmons ?

— Mon Dieu, non ! Ils obligent ton dæmon à grimper sur une sorte de balance et à changer d'aspect ; pendant ce temps, ils prennent des notes et des photos. Et aussi, ils te mettent dans une grande boîte pour mesurer la Poussière, tout le temps ; ils n'arrêtent pas de mesurer la Poussière.

— C'est quoi cette poussière ? demanda Lyra.

— On n'en sait rien, dit Annie. C'est un truc qui vient de l'espace. Ce n'est pas de la vraie poussière. Si tu n'en as pas, tant mieux. Mais en définitive, tout le monde a de la Poussière.

— Hé, vous savez ce qu'a dit Simon ? demanda Bella. Il a dit que les Tartares se faisaient des trous dans la tête pour laisser entrer la Poussière.

— Qu'est-ce qu'il en sait ? répliqua Annie avec mépris. Je poserai la question à Mme Coulter la prochaine fois qu'elle viendra.

— Tu n'oseras pas ! s'exclama Martha, admirative.

— Détrompe-toi.

— Quand doit-elle venir ? s'enquit Lyra.

– Après-demain, dit Annie.

Un frisson glacé parcourut le dos de Lyra, et Pantalaimon vint se blottir contre elle. Elle ne disposait que d'une journée pour retrouver Roger, apprendre le maximum de choses sur cet endroit, puis s'enfuir, ou être libérée. Mais si tous les gitans avaient été tués, qui allait sauver les enfants de la mort dans ce paysage sauvage et glacial ?

Tandis que les trois filles continuaient de discuter, Lyra et Pantalaimon se blottirent sous les draps pour essayer de se réchauffer, en sachant que sur des centaines de kilomètres autour de ce petit lit, il n'y avait que la peur.

15
Dæmons en cage

Lyra n'était pas du genre à se morfondre ; c'était une enfant d'un tempérament optimiste, dotée d'un grand sens pratique. En outre, elle manquait d'imagination. Une personne imaginative n'aurait jamais envisagé sérieusement d'entreprendre un tel voyage pour sauver son ami Roger ; ou bien, ayant eu cette idée, elle aurait immédiatement trouvé mille raisons pour démontrer que cela était impossible. Un menteur chevronné ne possède pas forcément une imagination débordante ; à vrai dire, beaucoup d'excellents menteurs n'ont aucune imagination, c'est ce qui confère à leurs mensonges un tel pouvoir de conviction.

Aussi, maintenant qu'elle était prisonnière du Conseil d'Oblation, Lyra ne se laissait pas effrayer par le sort des gitans. Ils étaient tous de valeureux guerriers et, même si Pantalaimon affirmait avoir vu John Faa frappé par une flèche, il s'était peut-être trompé, et s'il ne s'était pas trompé, John Faa n'était peut-être que légèrement blessé. La malchance avait voulu qu'elle tombe entre les mains des Samoyèdes, mais les gitans seraient bientôt là pour la secourir, et s'ils n'y parvenaient pas, rien ne pourrait empêcher Iorek Byrnison de venir la libérer. Ils se rendraient ensuite à Svalbard avec le ballon de Lee Scoresby pour sauver Lord Asriel.

Dans l'esprit de Lyra, les choses étaient aussi simples que ça.

Dès le lendemain matin, en se réveillant dans le dortoir, elle était prête à affronter toutes les situations que lui réserverait cette nouvelle journée. Et surtout, elle avait hâte de revoir Roger, hâte de le voir la première, avant qu'il ne la voie.

Elle n'eut pas longtemps à attendre. Les enfants, dispersés dans différents dortoirs, étaient réveillés chaque matin à 7 heures 30 par les infirmières qui s'occupaient d'eux. Après s'être lavés et habillés, ils rejoignaient les autres au réfectoire pour le petit déjeuner.

C'est là qu'elle vit Roger.

Il était assis à une des tables, avec cinq autres garçons. La queue menant au comptoir des cuisines passait tout près d'eux, et Lyra laissa tomber son mouchoir pour pouvoir s'accroupir en le ramassant. Elle put ainsi se pencher discrètement vers la chaise de Roger, et Pantalaimon put s'adresser à Salcilia, le dæmon du jeune garçon.

Salcilia était un pinson. Il se mit à voleter avec une telle frénésie que Pantalaimon dut se transformer en chat et lui sauter dessus pour l'immobiliser et lui murmurer quelques mots. Ce genre de bagarre ou de chahut entre les dæmons des enfants était chose courante, fort heureusement, et personne n'y prêta attention, mais Roger blêmit tout à coup. Lyra n'avait jamais vu quelqu'un d'aussi blanc. Il leva les yeux vers le regard hautain et vide qu'elle lui adressait et, rapidement, il retrouva des couleurs, en même temps que l'espoir, l'excitation et la joie transparaissaient sur son visage ; et seul Pantalaimon, en secouant fermement Salcilia, put empêcher Roger de pousser un grand cri et de se lever pour serrer dans ses bras sa camarade de jeu de Jordan College.

Lyra détourna la tête avec un dédain ostensible, laissant à Pantalaimon le soin d'expliquer la situation à Roger. Munies de leurs plateaux de corn flakes et de toasts, les quatre filles allèrent s'asseoir à une table libre ; elles avaient immédiatement formé une bande qui excluait tous les autres, afin de pouvoir cancaner en toute liberté.

On ne peut pas réunir très longtemps un groupe d'enfants dans un même lieu sans leur offrir de nombreuses distractions et, à certains égards, Bolvangar ressemblait à une école, avec des activités organisées à des heures régulières, comme par exemple l'éducation physique et les travaux manuels. Les garçons et les filles étaient séparés, sauf durant les récréations et au moment des repas ; ce n'est donc qu'en milieu de matinée, après une demi-heure de cours de couture dispensé par une des infirmières, que Lyra eut la possibilité de bavarder avec Roger. Mais cette conversation devait avoir l'air naturel, d'où la difficulté. Tous les enfants réunis dans ce centre avaient plus ou moins le même âge, l'âge où les garçons parlaient uniquement aux garçons et les filles uniquement aux filles, chacun des deux sexes mettant un point d'honneur à ignorer l'autre.

Une autre occasion se présenta au réfectoire, lorsque les enfants vinrent boire un verre de lait et manger un biscuit. Lyra envoya Pantalaimon, transformé en mouche, discuter avec Salcilia perché sur le mur à côté de leur table, pendant que Roger et elle restaient chacun de leur côté, avec leur groupe. Il est très difficile de bavarder quand l'attention de votre dæmon est ailleurs; c'est pourquoi Lyra sirota son lait sans discuter avec les autres filles, en faisant semblant d'être d'humeur maussade et rebelle. La moitié de ses pensées accompagnait le petit bourdonnement entre les deux dæmons, et elle n'écoutait pas vraiment ce qui se disait autour d'elle. Malgré tout, elle entendit soudain une fillette aux cheveux blonds comme les blés prononcer un nom qui lui fit dresser l'oreille.

Ce nom était celui de Tony Makarios. Lyra reporta immédiatement son attention sur la discussion en cours, obligeant Pantalaimon à ralentir sa conversation avec le dæmon de Roger, et les deux enfants écoutèrent ce que disait la fillette blonde.

— Je sais pourquoi ils l'ont emmené, disait-elle, tandis que toutes les têtes étaient penchées vers elle. C'est parce que son dæmon ne pouvait pas se transformer. Ils ont pensé que Tony était plus âgé qu'il paraissait, ou qu'il l'affirmait, et que ce n'était plus vraiment un enfant. Mais en vérité, son dæmon ne changeait pas souvent parce que Tony avait la tête vide la plupart du temps. Moi, je l'ai vu changer. Il s'appelait Ratter…

— Pourquoi est-ce qu'ils s'intéressent autant aux dæmons? demanda Lyra.

— Personne ne le sait, répondit la fillette blonde.

— Moi, je sais! déclara un garçon qui écoutait leur conversation. Ils tuent ton dæmon pour voir si toi aussi tu meurs ensuite.

— Dans ce cas, pourquoi font-ils l'expérience avec de

si nombreux enfants ? rétorqua quelqu'un. Il suffirait d'essayer une fois, pas vrai ?

— Moi, je sais ce qu'ils font réellement, déclara la première fillette.

Elle avait attiré l'attention de tous. Mais les enfants ne voulaient pas que le personnel sache de quoi ils parlaient ; aussi durent-ils feindre l'indifférence, alors qu'en réalité ils écoutaient avec une curiosité passionnée.

— Comment le sais-tu ? demanda quelqu'un.

— J'étais avec Tony quand ils sont venus le chercher. On était à la lingerie.

Elle avait rougi jusqu'aux oreilles. Si elle s'attendait à des ricanements entendus et à des plaisanteries, elle fut déçue ; les enfants étaient comme hypnotisés, il n'y eut même pas un sourire.

La fillette blonde enchaîna :

— On ne faisait pas de bruit mais, soudain, l'infirmière est arrivée, celle qui a la voix douce. Et elle a dit : « Allez, sors, Tony, je sais que tu es là. Viens, on ne te fera pas de mal... — Qu'est-ce que vous allez me faire ? » il a demandé. Elle lui a répondu : « On va juste t'endormir pour une toute petite opération et, ensuite, tu te réveilleras comme s'il ne s'était rien passé. » Mais Tony ne la croyait pas. Il lui a répondu...

— Les trous dans la tête ! s'exclama un des enfants. Ils te font un trou dans la tête, comme les Tartares ! J'en suis sûr !

— La ferme ! lui lança un autre enfant. Alors, qu'a répondu l'infirmière ?

Une douzaine d'enfants, au moins, s'étaient regroupés autour de la table ; et leurs dæmons, désireux d'en savoir plus, écoutaient la conversation, tendus, les yeux écarquillés.

La fillette blonde poursuivit son récit :

— Tony voulait savoir ce qu'ils allaient faire à Ratter. Alors l'infirmière lui a dit : « Il va dormir, comme toi. — Vous allez le tuer, hein ? a dit Tony. Je le sais ! Tout le monde sait ce qui se passe ! » L'infirmière a voulu le rassurer. « Non, bien sûr que non ! C'est juste une petite opération. Une simple incision. Ça ne fait même pas mal, mais on t'endort quand même par mesure de précaution. »

Le silence régnait dans le réfectoire. L'infirmière chargée de la surveillance s'était absentée un instant et la guillotine du passe-plat des cuisines était baissée, si bien que personne ne pouvait les entendre.

— Quel genre d'opération ? demanda un garçon d'une voix tremblante. Elle a dit quel genre d'incision ?

— Elle a simplement dit que ça rendait plus adulte. Et que tout le monde devait passer par là ; c'est pour ça que les dæmons des adultes ne se transforment pas comme les nôtres. Ils font cette opération pour leur donner une apparence définitive, et c'est comme ça qu'on devient adulte.

— Mais…

— Ça veut dire…

— Tous les adultes ont subi cette opération ?

— Et les…

Soudain, toutes les voix se turent et tous les regards se tournèrent vers la porte du réfectoire. Nurse Clara venait d'apparaître sur le seuil, morne et lugubre ; à ses côtés se trouvait un homme en blouse blanche que Lyra n'avait encore jamais vu.

— Bridget McGinn ! lança-t-il.

La fillette blonde se leva en tremblant. Son dæmon-écureuil s'accrocha à son cou.

—Oui, monsieur ? dit-elle d'une toute petite voix, à peine audible.

—Finis ton lait et suis Nurse Clara, ordonna-t-il. Vous autres, dépêchez-vous de terminer et de rejoindre vos cours.

Dans le plus grand silence, les enfants allèrent déposer leurs tasses sur le chariot métallique, avant de quitter le réfectoire. Aucun n'osa regarder Bridget McGinn, sauf Lyra, et elle lut la peur sur le visage livide de la fillette.

Le restant de la matinée fut consacré aux activités sportives. La Station possédait un petit gymnase, car il était difficile de sortir durant l'interminable nuit polaire, et chaque groupe d'enfants s'y rendait tour à tour, sous la surveillance d'une infirmière. Là, ils formaient des équipes pour jouer au ballon ; au début, Lyra, qui n'avait jamais participé à ce genre d'activité, se sentit un peu perdue. Mais c'était une enfant vive et robuste, née pour commander : il ne lui fallut pas longtemps pour se prendre au jeu. Les cris et les rires des enfants, les braillements et les aboiements des dæmons envahirent la petite salle, chassant rapidement les pensées angoissantes, ce qui était, bien évidemment, le but recherché.

À l'heure du déjeuner, alors que les enfants faisaient de nouveau la queue au réfectoire, Lyra entendit Pantalaimon émettre un petit gazouillement de joie et, en se retournant, elle découvrit Billy Costa juste derrière elle.

—Roger m'a dit que tu étais ici, murmura-t-il.

—Ton frère est en route, avec John Faa et tout un groupe de gitans, annonça-t-elle. Ils vont nous ramener à la maison.

Le garçon faillit pousser un grand cri de joie, qu'il camoufla en toussotement.

— Tu dois m'appeler Lizzie, ajouta-t-elle. Jamais Lyra. Et je veux que tu me racontes tout ce que tu sais.

Ils s'assirent à la même table, non loin de Roger. Il était plus facile de discuter à l'heure du déjeuner, quand les enfants allaient et venaient entre les tables et se pressaient autour du passe-plat de la cuisine, dans le réfectoire bondé. Au milieu du fracas des couverts et des assiettes, Billy et Roger lui racontèrent tout ce qu'ils savaient. Billy avait appris par le biais d'une infirmière que l'on conduisait souvent les enfants qui avaient subi l'opération dans des auberges situées plus au sud, ce qui expliquait peut-être comment Tony Makarios s'était retrouvé à errer dans la nature. Mais Roger avait quelque chose de plus important à lui apprendre.

— J'ai découvert une cachette, dit-il.

— Hein ? Où ?

— Cette photo... (Il parlait du gigantesque photogramme de la plage tropicale.) Si tu regardes dans le coin supérieur droit, tu vois le panneau du plafond ?

Le plafond se composait de grand panneaux rectangulaires encastrés dans une structure métallique ; le coin du panneau situé juste au-dessus de la photo s'était légèrement soulevé.

— En voyant ça, dit Roger, je me suis dit que les autres étaient peut-être pareils, alors j'ai essayé de les soulever, et aucun n'est fixé. Il suffit de les soulever. Avec ce gars qui a disparu, on a essayé de faire la même chose dans notre dortoir, une nuit, avant qu'ils l'emmènent. En fait, il y a un espace juste derrière, où l'on peut ramper...

— Jusqu'où peut-on aller en rampant ?

— Aucune idée. On n'est pas allés très loin. On s'est dit que le moment venu on pourrait se planquer là-haut, mais ils nous retrouveraient certainement.

Pour Lyra, il s'agissait moins d'une cachette que d'une voie de circulation. À vrai dire, c'était la meilleure nouvelle depuis son arrivée ici. Hélas, ils n'eurent pas l'occasion d'en discuter plus longtemps car, soudain, un des médecins frappa sur une table avec une cuillère pour obtenir le silence.

— Écoutez-moi, les enfants. Écoutez-moi bien. Régulièrement nous devons faire des exercices d'évacuation en cas d'incendie. Nous devons apprendre à nous habiller chaudement et à sortir sans panique. Nous allons procéder à un exercice cet après-midi. Quand vous entendrez la sonnerie, vous devrez interrompre immédiatement ce que vous êtes en train de faire et obéir à l'adulte qui se trouve à côté de vous. Souvenez-vous de l'endroit où ils vous conduiront. C'est là que vous devrez aller s'il y a vraiment le feu.

« Tiens, tiens, se dit Lyra, en voilà une idée ! »

Durant la première partie de l'après-midi, Lyra et quatre autres filles subirent des tests concernant la Poussière. Évidemment, les médecins se gardèrent de leur dire ce qu'ils faisaient, mais c'était facile à deviner. Une par une, on les conduisit dans un laboratoire, ce qui, évidemment, était source de frayeur. « Comme ce serait cruel, songea Lyra, de mourir sans avoir pu leur jouer un sale tour. » Mais, apparemment, la terrible opération tant redoutée n'était pas pour aujourd'hui.

— Nous voulons juste effectuer quelques mesures, expliqua le médecin.

Difficile de s'y retrouver parmi tous ces gens : ils se ressemblaient tous avec leurs blouses blanches, leurs planchettes à pince et leurs crayons. Les femmes elles aussi étaient toutes identiques ; vêtues de leur uniforme, étrangement calmes et mornes, on aurait dit des sœurs jumelles.

— On a déjà pris mes mesures hier, dit Lyra.

— Oui, mais aujourd'hui, c'est différent. Monte sur cette plaque de métal... Enlève tes chaussures d'abord. Tu peux tenir ton dæmon dans tes bras, si tu veux. Regarde devant toi, oui, c'est ça, fixe la petite lumière verte. Bien...

Il y eut un éclair. Le médecin lui demanda ensuite de regarder de l'autre côté, puis à droite, puis à gauche, et chaque fois, il se produisit un petit déclic, accompagné d'un flash.

— Parfait. Maintenant, approche-toi de cette machine et glisse ta main dans ce tube. Tu n'as rien à craindre, je te le promets. Tends les doigts. Oui, comme ça.

— Qu'est-ce que vous mesurez ? La Poussière, c'est ça ?

— Qui t'a parlé de la Poussière ?

— Une des filles. Je ne connais pas son nom. Elle a dit qu'on avait de la Poussière partout sur nous. Pourtant, je ne suis pas couverte de Poussière, moi ! Du moins, je ne crois pas. J'ai pris une douche hier.

— Ce n'est pas le même genre de poussière. Celle-ci, on ne la voit pas à l'œil nu. C'est une poussière spéciale. Serre le poing, s'il te plaît... Bien. Maintenant, si tu enfonces la main un peu plus dans le tube, tu vas sentir une sorte de poignée... Tu la tiens ? Bon, vas-y, prends-la. Très bien. Peux-tu approcher ton autre main par ici... Pose-la sur cette boule de cuivre. Parfait. Excellent. Tu vas sentir un léger picotement, ne t'inquiète pas, c'est juste un peu de courant ambarique...

Pantalaimon avait adopté son aspect de chat sauvage ; tendu et méfiant, il rôdait autour des appareils. Ses yeux étincelants lançaient des regards soupçonneux, et il revenait régulièrement se frotter contre Lyra.

Convaincue désormais qu'ils ne lui feraient pas subir l'opération aujourd'hui, et certaine d'être protégée par son déguisement de Lizzie Brooks, elle se risqua à poser une question :

— Pourquoi arrachez-vous les dæmons des gens ?

— Hein ? Qui t'a parlé de ça ?

— Toujours la même fille, mais je ne connais pas son nom. Elle a dit que vous arrachiez les dæmons des gens.

— C'est ridicule…

Le médecin paraissait nerveux. Lyra enchaîna :

— Vous venez chercher les enfants un par un, et on ne les revoit jamais. Il y en a qui pensent que vous les tuez, tout simplement, mais d'autres ne sont pas de cet avis, et cette fille m'a raconté que vous arrachiez…

— C'est absolument faux ! Quand nous venons chercher les enfants, c'est qu'il est temps pour eux d'aller s'installer ailleurs. Ils sont devenus adultes. J'ai peur que ta camarade ne s'inquiète sans raison. Il ne s'agit pas du tout de ça. N'y pense plus. Qui est cette fille, d'abord ?

— Je suis arrivée hier. Je ne connais pas les noms.

— Décris-la-moi.

— Je ne me souviens plus. Je crois qu'elle a des cheveux châtains… châtain clair, peut-être… Je n'en sais rien.

Le médecin s'éloigna pour discuter avec l'infirmière. Tandis qu'ils parlaient à voix basse, Lyra en profita pour observer leurs dæmons. Celui de l'infirmière était un bel oiseau, aussi sage et indifférent que le petit chien de Nurse

Clara ; celui du médecin était un gros papillon de nuit. Aucun des deux ne bougeait. Ils étaient réveillés pourtant, car les yeux de l'oiseau brillaient et les antennes du papillon remuaient paresseusement, mais ils n'étaient pas agités, comme on aurait pu s'y attendre. Peut-être n'étaient-ils pas réellement inquiets, ni curieux.

Le médecin reprit son poste et poursuivit l'examen : il pesa séparément Lyra et Pantalaimon, il observa la fillette derrière un écran spécial, il mesura les battements de son cœur, il la plaça sous un petit tuyau qui émettait un sifflement et une odeur qui ressemblait à de l'air frais.

Soudain, au beau milieu d'un de ces tests, une forte sonnerie retentit, et continua sans s'arrêter.

— L'alarme d'incendie, commenta le médecin avec un soupir. Très bien, Lizzie, suis Nurse Betty.

— Tous leurs vêtements chauds sont dans le dortoir, docteur, dit l'infirmière. La petite ne peut pas sortir comme ça. Doit-on d'abord retourner les chercher, à votre avis ?

Furieux d'avoir été interrompu durant ses expériences, le médecin fit claquer ses doigts d'un air agacé.

— C'est justement le genre de question que cet exercice est censé susciter, je suppose, dit-il. Ah, que c'est énervant !

Lyra décida de tenter sa chance.

— Quand je suis arrivée hier, dit-elle, Nurse Clara a rangé toutes mes affaires dans un placard, dans la pièce où elle m'a examinée. Celle d'à côté. Je pourrais les mettre pour aller dehors.

— Bonne idée ! s'exclama l'infirmière. Dépêchons-nous.

Habitée par une joie secrète, Lyra sortit rapidement à la suite de l'infirmière pour récupérer ses fourrures, son caleçon long et ses bottes, et elle s'empressa de les enfiler, pendant que Nurse Betty s'habillait de son côté.

Elles se précipitèrent à l'extérieur. Dans le vaste espace dégagé, devant le groupe de bâtiments principaux, une centaine de personnes, adultes et enfants, attendaient ; certains étaient excités, d'autres agacés, la plupart étaient simplement perplexes.

— Vous voyez ? disait un adulte. Cet exercice n'est pas inutile ; il prouve bien que ce serait la panique s'il y avait vraiment le feu.

Quelqu'un soufflait dans un sifflet en agitant les bras, mais personne ne faisait attention à lui. Apercevant Roger, Lyra lui fit signe. Roger tira Billy Costa par le bras, et tous les trois se trouvèrent bientôt réunis, au milieu d'une foule d'enfants courant en tous sens.

— Si on va jeter un petit coup d'œil aux alentours, personne ne s'en apercevra, dit Lyra. Il va leur falloir une éternité pour compter tout le monde, et on pourra toujours dire qu'on a suivi quelqu'un d'autre et qu'on s'est perdus.

Ils attendirent que la plupart des adultes regardent dans une autre direction, puis Lyra ramassa un peu de neige, pour en faire une boule qu'elle lança au hasard dans la foule. En l'espace de quelques secondes, tous les enfants l'avaient imitée, et le ciel était parcouru de boules de neige. Les éclats de rire couvraient totalement les cris des adultes qui tentaient de faire revenir le calme, et les trois amis en profitèrent pour disparaître au coin du bâtiment.

La neige épaisse les empêchait d'avancer aussi vite qu'ils le souhaitaient, mais cela n'avait apparemment aucune importance, car personne ne les suivait. Lyra et ses compagnons escaladèrent le toit incurvé d'une des galeries, et se retrouvèrent au milieu d'un étrange paysage lunaire fait de monticules et de trous réguliers, baignés de blanc sous le ciel obscur et éclairés par les reflets des lampes disposées tout autour de l'étendue de neige.

– Qu'est-ce qu'on cherche ? demanda Billy.

– Je n'en sais rien. On cherche, répondit Lyra en les conduisant vers un bâtiment carré, compact, situé un peu à l'écart, éclairé par une faible lumière ambarique installée au coin.

Dans leur dos, le chahut se poursuivait. De toute évidence, les enfants profitaient pleinement de leur liberté, et Lyra espérait qu'ils continueraient le plus longtemps possible. Elle contourna le bâtiment, à la recherche d'une fenêtre. Le toit n'était qu'à 2,50 m du sol environ et, contrairement aux autres bâtiments, celui-ci n'était pas relié au reste de la Station par une galerie couverte.

Il n'y avait pas de fenêtre, mais il y avait une porte. Une pancarte fixée juste au-dessus indiquait, en lettres rouges :

ENTRÉE FORMELLEMENT INTERDITE

Lyra referma la main sur la poignée. À ce moment-là, Roger s'exclama :

– Regarde ! Un oiseau ! Ou...

Son « ou » était rempli de perplexité, car la créature qui descendait en piqué dans le ciel noir n'était pas un oiseau : c'était une créature que Lyra avait déjà rencontrée.

– Le dæmon de la sorcière !

L'oie agita ses ailes immenses, faisant jaillir un tourbillon de neige au moment de se poser sur le sol.

– Bien le bonjour, Lyra. Je t'ai suivie jusqu'ici, mais tu ne m'as pas vue. J'attendais que tu ressortes à l'air libre. Alors, que se passe-t-il ?

Elle lui raconta, brièvement.

– Où sont les gitans ? demanda-t-elle ensuite. Comment va John Faa ? Ont-ils vaincu les Samoyèdes ?

– La plupart des gitans sont sains et saufs. John Faa a été blessé, mais rien de grave. Les hommes qui t'ont enlevée sont des chasseurs qui attaquent souvent des groupes de voyageurs. Seuls, ils se déplacent bien plus vite qu'une caravane. Les gitans sont encore à une journée d'ici.

Les deux garçons observaient d'un air horrifié cet échange entre le dæmon-oie et Lyra qui semblait si à l'aise avec lui car, évidemment, ils n'avaient encore jamais vu un dæmon sans son humain, et ils ne savaient pas grand-chose des sorcières.

Lyra s'adressa à eux :

– Vous devriez faire le guet, les gars. Billy, tu vas par là. Toi, Roger, tu surveilles le chemin qu'on vient de prendre. On n'en a pas pour longtemps.

Les deux garçons s'empressèrent de rejoindre leur poste, et Lyra se retourna vers la porte.

– Pourquoi veux-tu entrer là-dedans ? demanda le dæmon-oie.

– À cause de ce qu'ils y font. Ils arrachent... (Instinctivement, elle baissa la voix.)... ils arrachent les dæmons des gens. Ceux des enfants. Et je me dis que ça se passe peut-être là-dedans. En tout cas, il y a quelque chose derrière cette porte, et je voulais jeter un coup d'œil. Mais elle est fermée...

– Je peux l'ouvrir, déclara l'oie.

Elle battit des ailes une ou deux fois, projetant de la neige contre la porte, et soudain, Lyra perçut un petit déclic à l'intérieur de la serrure.

– Fais bien attention en entrant, dit le dæmon.

Lyra tira sur la porte en repoussant l'amas de neige et se faufila à l'intérieur. Le dæmon-oie lui emboîta le pas. Pantalaimon était nerveux et inquiet, mais il ne voulait pas montrer sa peur devant le dæmon de la sorcière ; c'est pourquoi il avait sauté sur la poitrine de Lyra et trouvé refuge au milieu de ses fourrures.

Dès que ses yeux se furent habitués à la pénombre, la fillette comprit la cause de cet effroi.

Dans une série de boîtes en verre, disposées sur des étagères tout autour de la pièce, étaient enfermés les dæmons des enfants mutilés : des formes spectrales de chats, d'oiseaux, de rats et autres créatures, hébétées et effrayées, livides.

Le dæmon de la sorcière laissa échapper un cri de fureur, et Lyra serra Pantalaimon contre elle, en disant :

– Ne regarde pas, ne regarde pas !

– Où sont les enfants de ces dæmons ? demanda le dæmon-oie, tremblant de rage.

Lyra lui raconta, d'une voix mal assurée, sa rencontre avec le petit Tony Makarios, et regarda par-dessus son épaule les pauvres dæmons en cage qui se collaient contre les parois vitrées, dont on entendait les cris de douleur et de chagrin étouffés. Dans la faible lumière dispensée par une unique ampoule ambarique peu puissante, elle vit qu'un nom figurait sur une carte placée devant chaque boîte. Il y avait une cage vide, portant le nom de Tony Makarios. Il y avait quatre ou cinq autres boîtes vides, avec des noms.

— Il faut libérer ces pauvres créatures ! déclara-t-elle. Je vais briser ces cages de verre !

Elle chercha désespérément du regard un objet pouvant l'aider, mais la pièce était vide.

— Attends, dit le dæmon-oie.

C'était le dæmon d'une sorcière, beaucoup plus âgé qu'elle, et beaucoup plus puissant surtout ; Lyra était obligée de lui obéir.

— Nous devons faire croire à ces gens que quelqu'un a oublié de fermer les cages et de verrouiller la porte, expliqua l'oie. S'ils découvrent du verre brisé et des empreintes de pas dans la neige, combien de temps leur faudra-t-il, à ton avis, pour te démasquer ? Or, tu dois conserver ton anonymat jusqu'à l'arrivée des gitans. Tu vas faire exactement ce que je te dis : va chercher de la neige, et quand je le te le dirai, souffles-en un peu sur chaque cage, l'une après l'autre.

Lyra ressortit en courant. Roger et Billy faisaient toujours le guet, et là-bas, dans l'arène de neige, les cris et les rires continuaient de fuser car, en réalité, une minute ou deux seulement s'étaient écoulées.

La fillette ramassa dans ses mains jointes une bonne quantité de neige poudreuse et suivit les instructions du dæmon-oie. Alors qu'elle soufflait un peu de neige sur chaque cage de verre, l'oie émettait un petit cliquetis de gorge, et le loquet fixé sur le devant de la cage s'ouvrait par magie.

Quand elle les eut toutes ouvertes, elle releva la porte de la première : un perroquet au plumage blême jaillit en battant des ailes, mais il s'écrasa sur le sol avant d'avoir pu prendre son envol. L'oie se pencha et, de son bec, l'aida à se remettre debout ; le perroquet se transforma en souris, désorientée et chancelante. Pantalaimon bondit à terre pour la réconforter.

Lyra s'affaira et, quelques minutes après, tous les dæmons retrouvèrent la liberté. Certains tentaient de parler et, regroupés à ses pieds, essayaient même de s'accrocher à son caleçon long, mais le grand tabou les retenait. Elle comprenait leur réaction ; ces pauvres créatures réclamaient la chaleur dense et solide du corps de leur humain. Comme l'aurait fait Pantalaimon, ils rêvaient de se plaquer contre un cœur qui bat.

— Il faut faire vite maintenant, dit l'oie. Lyra, dépêche-toi de retourner te mêler aux autres enfants. Courage, petite. Les gitans font le plus vite possible. Moi, je dois aider ces pauvres dæmons à retrouver leurs humains... Elle se rapprocha de Lyra et ajouta à voix basse : Hélas, ils ne seront plus jamais unis comme autrefois. Ils ont été séparés pour toujours. C'est la chose la plus affreuse que j'aie jamais vue... Ne t'occupe pas de tes empreintes dans la neige, je les effacerai. Fais vite...

— Oh, je vous en prie, avant que vous partiez ! Les sorcières... Elles peuvent voler, n'est-ce pas ? Je n'ai pas rêvé l'autre soir quand je les ai vues dans le ciel ?

— Oui, elles volent. Pourquoi ?

— Seraient-elles capables de tirer une montgolfière ?

— Certainement, mais...

— Serafina Pekkala va venir ?

— Nous n'avons pas le temps d'aborder la politique des nations sorcières. Des forces importantes sont en jeu dans cette affaire, et Serafina Pekkala doit défendre au mieux les intérêts de son clan. Mais il est possible que ce qui se passe ici soit lié aux événements qui agitent le reste du monde. On a besoin de toi à l'intérieur, Lyra. Cours ! Cours !

Elle se mit à courir, et Roger, qui regardait d'un air effaré les dæmons blêmes sortir peu à peu du bâtiment, vint à sa rencontre en pataugeant dans la neige profonde.

—Ils... c'est comme dans la crypte de Jordan College... Des dæmons !

—Oui, chut. Ne dis rien à Billy. Ne dis rien à personne pour l'instant. Allez, viens.

Derrière eux, l'oie battait puissamment des ailes, projetant de la neige sur les traces qu'ils avaient laissées ; autour d'elle s'étaient regroupés les dæmons abandonnés, mais d'autres s'éloignaient à pas lents, en poussant des petits cris de désespoir. Une fois toutes les empreintes effacées, l'oie se retourna pour rassembler les dæmons livides. Elle leur parla et, un par un, ils se métamorphosèrent en oiseaux, au prix d'un terrible effort, sembla-t-il ; et tels des oisillons, ils suivirent le dæmon de la sorcière, battant maladroitement des ailes, trébuchant, courant dans la neige, pour finalement réussir, non sans mal, à s'envoler. Ils formaient une ligne irrégulière, pâle et spectrale, sur le fond noir du ciel, gagnant peu à peu de la hauteur, malgré la faiblesse et la confusion de certains d'entre eux ; d'autres, privés de volonté, chutèrent, mais la grande oie grise fit demi-tour pour aller les rechercher, en les prenant dans son bec, et les emmener en douceur, jusqu'à ce qu'ils disparaissent dans le noir intense du ciel.

Roger tirait Lyra par le bras.

—Vite ! dit-il. Ils sont bientôt prêts.

Ils s'empressèrent de rejoindre Billy, qui leur adressait

de grands signes au coin du bâtiment principal. Les enfants s'étaient lassés de chahuter – ou peut-être les adultes avaient-ils retrouvé un peu d'autorité – toujours est-il que tout le monde était maintenant plus ou moins aligné devant la grande entrée. Lyra et ses deux camarades émergèrent juste à temps du coin du bâtiment pour se fondre dans le groupe. Lyra chuchota :

– Passez le message parmi tous les enfants : qu'ils se tiennent prêts à s'enfuir. Ils doivent repérer où sont rangés les vêtements chauds et se tenir prêts à les récupérer pour décamper dès qu'on leur en donnera le signal. Et surtout, cela doit rester absolument secret, c'est bien compris ?

Billy acquiesça, et Roger demanda :

– C'est quoi le signal ?

– L'alarme d'incendie, dit Lyra. Le moment venu, je la déclencherai.

Ils attendirent patiemment qu'on les compte. Si quelqu'un, au sein du Conseil d'Oblation, avait eu la moindre expérience de l'enseignement, les choses auraient été mieux organisées : il fallait vérifier le nom de chaque enfant sur la liste et, bien entendu, ils n'étaient pas classés par ordre alphabétique. En outre, aucun des adultes n'était habitué à faire régner la discipline. Il en résultait une énorme pagaille, bien que les enfants aient cessé de courir dans tous les sens.

Lyra assistait à ce spectacle d'un œil intéressé. Décidément ces gens n'étaient pas doués. Beaucoup de choses laissaient à désirer ; ils râlaient contre les exercices d'évacuation, ils ne savaient pas où étaient rangés les vêtements chauds, ils étaient incapables de mettre les enfants en rang. Toutes ces négligences pourraient tourner à son avantage.

Ils avaient presque fini de compter les enfants lorsque survint une nouvelle cause de perturbation. La plus effroyable pour Lyra.

Elle entendit le bruit comme tout le monde. Les têtes se tournèrent pour scruter le ciel obscur et tenter d'apercevoir le zeppelin, dont les moteurs à gaz résonnaient distinctement dans l'air immobile.

Par chance, il venait de la direction opposée à celle prise par l'oie grise. Mais c'était bien l'unique consolation. Bientôt, le dirigeable apparut, et un murmure d'excitation parcourut la foule. Sa silhouette rebondie, aux flancs argentés et lisses, glissa au-dessus de l'avenue de lumières ; ses propres feux jaillissaient de la cabine fixée sous l'engin.

Le pilote réduisit les gaz et se prépara à exécuter une manœuvre complexe. Lyra comprit alors à quoi servait le mât ; il s'agissait d'un mât d'amarrage, évidemment ! Tandis que les adultes faisaient rentrer les enfants, qui avaient tous la tête levée et le doigt tendu, l'équipe au sol grimpait aux échelles du mât et s'apprêtait à attacher les câbles d'amarrage. Les moteurs du zeppelin vrombissaient, faisant jaillir des tourbillons de neige, et les visages des passagers apparaissaient derrière les hublots de la cabine.

Lyra, elle aussi, avait les yeux fixés sur le dirigeable. Impossible de se tromper. Agrippé à elle, Pantalaimon se transforma en chat sauvage et cracha sa fureur, car venait d'apparaître derrière un hublot le beau visage, encadré de cheveux bruns, de Mme Coulter. Sur ses genoux était assis son dæmon au pelage doré.

16
La guillotine

Lyra s'empressa de rabattre sur sa tête sa capuche doublée de peau de glouton, et de franchir avec les autres enfants la porte à double battant. Il serait toujours temps, plus tard, de songer à ce qu'elle dirait lorsque Mme Coulter et elle se retrouveraient face à face ; dans l'immédiat, elle avait un autre problème à régler : où cacher ses vêtements pour pouvoir les récupérer ensuite sans demander la permission ?

Heureusement, il régnait un tel désordre à l'intérieur – les adultes s'efforçaient de faire rentrer rapidement les enfants afin de dégager le chemin pour les passagers du zeppelin – que personne ne faisait attention à elle. Elle ôta son parka, ses bottes et son caleçon long, les roula en boule et se fraya un chemin jusqu'à son dortoir à travers les couloirs encombrés.

Elle traîna une armoire métallique dans un coin de la pièce, grimpa dessus et exerça une poussée sur une des plaques du plafond. Celle-ci se souleva, comme l'avait affirmé Roger et, dans l'espace qui se trouvait juste derrière, Lyra glissa ses bottes et son caleçon. Enfin, elle

337

sortit l'aléthiomètre de sa sacoche pour le cacher dans la poche intérieure de son parka, puis le tassa dans la cachette improvisée.

Elle sauta à terre, remit l'armoire à sa place et murmura à Pantalaimon :

— Nous devons jouer les idiots jusqu'à ce qu'elle nous voie, et lui dire qu'on a été kidnappés. Pas un mot au sujet des gitans ou de Iorek Byrnison, surtout.

Car Lyra comprenait maintenant que toutes les frayeurs qui l'habitaient se concentraient sur Mme Coulter, comme l'aiguille d'une boussole est attirée par le Pôle. Tout le reste, y compris l'effroyable cruauté de l'intercision, elle pouvait le supporter, elle était suffisamment forte, mais l'image de ce beau visage, le souvenir de cette voix douce, la pensée de ce singe fourbe suffisaient à lui nouer l'estomac, à la faire pâlir et à lui donner des nausées.

« Dieu soit loué, les gitans vont arriver. Penses-y. Pense à Iorek Byrnison. Et ne te fais pas repérer », se disait-elle en revenant vers le réfectoire, d'où s'échappait un grand brouhaha.

Les enfants faisaient la queue pour boire quelque chose de chaud ; certains portaient encore leur anorak. Tous parlaient du zeppelin et de ses passagers.

— C'était elle… avec son dæmon-singe…

— Elle t'a capturé toi aussi ?

— Elle a promis d'écrire à ma maman et à mon papa, mais je parie que…

— Elle ne nous a jamais dit qu'on tuait des enfants. Elle n'a jamais parlé de ça.

— Le singe, c'est lui le plus affreux… Il s'est jeté sur mon Karossa et il a failli le tuer… Je n'avais plus de forces…

De toute évidence, les enfants étaient tous aussi effrayés que Lyra. Apercevant Annie et les deux autres, elle s'assit à leur table.

– Savez-vous garder un secret ? leur demanda-t-elle.

– Évidemment !

Les trois visages se tournèrent vers elle, exprimant l'impatience et l'espoir.

– Je connais un plan pour s'échapper, déclara Lyra. Des gens vont venir pour nous libérer ; ils seront ici demain. Peut-être même avant. Nous devons juste nous tenir prêts. Dès que le signal retentit, on récupère nos vêtements chauds et on se précipite dehors. Sans perdre une minute, vous foncez dehors. Mais si vous n'avez pas vos anoraks, vos bottes et le reste, vous mourrez de froid.

– C'est quoi le signal ? demanda Annie.

– L'alarme d'incendie, comme cet après-midi. Tout est organisé. Tous les enfants seront prévenus, mais pas les adultes. Et surtout pas elle.

Leurs regards pétillaient d'espoir et d'excitation. Et le message avait déjà commencé à circuler à travers tout le réfectoire. Lyra sentait que l'atmosphère avait changé. Tout à l'heure, dehors, les enfants avaient envie de jouer, ils débordaient d'énergie ; puis, quand ils avaient aperçu Mme Coulter, leur enthousiasme avait cédé la place à une peur hystérique difficilement contenue, mais maintenant, on percevait de la détermination et du sang-froid dans **leur** volubilité. Lyra s'émerveillait du pouvoir de l'espoir.

Elle se tourna vers la porte du réfectoire avec prudence, prête à baisser la tête, car des voix d'adultes approchaient et, soudain, Mme Coulter en personne apparut ; elle jeta un coup d'œil à l'intérieur, en souriant aux enfants qui dégustaient leur boisson chaude et leur gâteau, à l'abri et bien nourris. Un petit frisson parcourut aussitôt l'ensemble du réfectoire. Tous les enfants la regardaient, immobiles et muets.

Mme Coulter continua de sourire et passa sans s'arrêter ni dire un mot. Peu à peu, les conversations reprirent.

Lyra demanda :

— Où vont-ils ?

— Sans doute dans la salle de réunion, dit Annie. Un jour, ils nous y ont emmenés, ajouta-t-elle, parlant d'elle et de son dæmon. Il y avait une vingtaine d'adultes dans la pièce. L'un d'eux donnait un cours : j'ai dû me mettre devant eux et faire tout ce qu'il me demandait, comme par exemple voir jusqu'où mon Kyrillion pouvait s'éloigner de moi ; ensuite, il m'a hypnotisée et il m'a fait faire d'autres expériences… C'est une grande salle avec beaucoup de chaises, des tables et une petite estrade. Juste derrière le bureau. Je parie qu'ils vont faire comme si l'exercice d'évacuation s'était bien passé. J'ai l'impression qu'ils ont peur d'elle, autant que nous…

Lyra passa le restant de la journée en compagnie des autres filles, à observer, parlant peu, essayant de ne pas se faire remarquer. Après l'éducation physique et un cours de couture, il y eut le dîner, puis la récréation dans la salle de loisirs, une grande pièce sinistre avec quelques jeux, de vieux livres abîmés et une table de ping-pong. Au bout d'un moment, Lyra et les autres prirent conscience d'une sorte d'effervescence contenue autour d'eux ; les adultes couraient dans tous les sens, ou bien discutaient avec animation, par petits groupes. Lyra en conclut qu'ils avaient découvert l'évasion des dæmons, et qu'ils se demandaient ce qui s'était passé.

Cependant, elle n'apercevait pas Mme Coulter, à son grand soulagement d'ailleurs. Quand vint l'heure de se coucher, elle comprit qu'elle devait mettre les autres filles dans la confidence.

—Dites, est-ce qu'ils viennent parfois vérifier si on dort ? demanda-t-elle.

—Ils ne viennent qu'une fois, répondit Bella. Ils balayent le dortoir avec une lampe, ils ne regardent pas vraiment.

—Tant mieux. Car j'ai l'intention d'aller faire un petit tour cette nuit. Un garçon m'a montré un passage dans le plafond…

Elle leur expliqua son projet. Annie déclara :

—Je t'accompagne !

—Non, il ne faut pas ; ce sera moins risqué s'il manque juste une personne. Vous pourrez toutes dire que vous dormiez et que vous ne savez pas où je suis allée.

—Mais si je venais avec toi…

—On risquerait de se faire prendre, dit Lyra.

Les deux dæmons s'affrontaient du regard ; Pantalaimon sous l'aspect d'un chat sauvage, et le Kyrillion d'Annie transformé en renard. L'un et l'autre tremblaient de rage. Pantalaimon cracha discrètement, montrant les dents ; Kyrillion tourna alors la tête et entreprit de faire sa toilette d'un air indifférent.

—Très bien, dit Annie, résignée.

Il n'était pas rare que des conflits entre enfants soient réglés par leurs dæmons de cette façon, l'un reconnaissant la domination de l'autre. Leurs humains acceptaient l'issue de l'affrontement sans rancœur, généralement, et Lyra sut qu'Annie se plierait à sa décision.

Chacune des filles fournit des vêtements afin de remplir le lit de Lyra et donner l'impression qu'elle dormait sous les couvertures, puis elles jurèrent le secret. Après quoi, Lyra écouta à la porte pour s'assurer qu'il n'y avait personne dans les parages, sauta sur l'armoire métallique, souleva le panneau amovible et se hissa par l'ouverture dans le plafond.

— Ne dites rien, surtout, murmura-t-elle, penchée au-dessus des trois visages levés vers elle.

Elle remit délicatement le panneau en place et examina les lieux.

Elle était recroquevillée dans un étroit conduit métallique soutenu par un ensemble de poutrelles et d'étançons. Les panneaux amovibles du plafond étant légèrement transparents, la faible lumière qui provenait d'en bas éclairait cet espace exigu (à peine cinquante centimètres de hauteur) qui s'étendait de tous les côtés. En outre, il était encombré de tuyaux et de conduits, et il serait extrêmement facile de s'y perdre, mais en suivant les structures métalliques, en évitant de peser de tout son poids sur les panneaux, et du moment qu'elle ne faisait pas de bruit, elle devait pouvoir voyager ainsi d'un bout à l'autre de la Station.

— C'est comme dans le temps, à Jordan College, tu te souviens, Pan ? murmura-t-elle. Quand on a espionné dans le Salon.

— Justement, si tu étais restée tranquille, rien de tout cela ne serait arrivé, répondit le dæmon.

— Donc, c'est à moi de tout arranger, pas vrai ?

Lyra essaya de se repérer et, après avoir localisé approximativement la salle de réunion, elle se mit en marche.

Cette expédition n'était pas une partie de plaisir. Elle était obligée d'avancer à quatre pattes, car le manque d'espace ne lui permettait pas de se tenir accroupie et, régulièrement, elle devait se faufiler sous un gros tuyau ou enjamber des conduits de chauffage brûlants. Les gaines métalliques qu'elle empruntait suivaient le tracé des cloisons, autant qu'elle pouvait en juger, et tant qu'elle continuait ainsi, elle sentait sous elle une solidité rassurante. Mais les gaines étaient étroites et tranchantes sur les bords, à tel point qu'elle s'entaillait les mains et les genoux en avançant, et bientôt, tout son corps fut endolori, envahi de crampes et couvert de poussière.

Mais elle savait plus où moins où elle se trouvait, et elle apercevait, quand elle se retournait, la masse noire de ses vêtements entassés au-dessus du dortoir, qui servirait à guider son retour. Elle savait quand une pièce était inoccupée, car les panneaux du plafond étaient sombres. Parfois, elle entendait des voix et elle s'arrêtait pour tendre l'oreille, mais ce n'étaient que les cuistots dans les cuisines ou les infirmières réunies dans ce qui était certainement leur salle de repos. Leurs conversations ne présentant aucun intérêt, elle poursuivait son chemin.

Finalement, elle atteignit la zone où devait se trouver la fameuse salle de réunion, d'après ses calculs et, de fait, il y avait devant elle un espace sans tuyaux, où tous les panneaux, sur un large rectangle, étaient éclairés. Collant son oreille contre le plafond, elle perçut un murmure de voix adultes et sut qu'elle avait trouvé le bon endroit.

Tendue, elle progressa centimètre par centimètre et finit par s'allonger de tout son long à l'intérieur du conduit, l'oreille collée contre le métal froid.

On entendait parfois un tintement de couverts, ou le bruit du verre contre le verre quand on servait à boire. Il y avait quatre voix différentes, apparemment, dont celle de Mme Coulter. Les trois autres appartenaient à des hommes. Ils évoquaient la fuite des dæmons.

– Qui est responsable de la surveillance de cette section ? demanda Mme Coulter de sa douce voix mélodieuse.

– Un jeune chercheur nommé McKay, répondit un des hommes. Mais il existe des mécanismes automatiques…

– Ils n'ont pas fonctionné, dit-elle.

– Je suis désolé, madame Coulter, mais ils ont fonctionné. McKay nous assure qu'il a fermé toutes les cages quand il a quitté le bâtiment à 11 heures précises. La porte extérieure, elle, n'a pas été ouverte, en aucun cas, car il est entré et ressorti par la porte intérieure, comme à son habitude. Il faut fournir un code à l'ordinateur qui contrôle les serrures et, dans ce cas, la mémoire l'enregistre. Dans le cas contraire, l'alarme se déclenche.

– Mais l'alarme ne s'est pas déclenchée, dit Mme Coulter.

– Malheureusement, elle a sonné quand tout le monde était dehors pour participer à l'exercice d'évacuation.

– Mais quand vous êtes rentrés…

– Hélas, encore une fois, les deux alarmes sont branchées sur le même circuit, c'est un défaut de conception auquel il faudra remédier. Conclusion, quand on a coupé l'alarme d'incendie après l'exercice, celle du laboratoire a été coupée en même temps. Malgré cela, nous aurions dû nous en apercevoir, car après chaque perturbation dans la routine de nos activités quotidiennes, nous procédons habituellement à des vérifications, mais vous êtes arrivée au même moment, chère madame Coulter, à l'improviste, et si vous vous souvenez, vous avez exigé de rencontrer immédiatement, dans votre chambre, le personnel du laboratoire. Par conséquent, personne n'est retourné au laboratoire avant un certain temps.

— Je vois, dit Mme Coulter d'un ton glacial. Dans ce cas, les dæmons ont été libérés pendant l'exercice d'évacuation. Ce qui élargit considérablement la liste des suspects, pour inclure tout le personnel de la Station. Avez-vous envisagé cela ?

— Avez-vous envisagé que ce pourrait être l'œuvre d'un enfant ? répliqua quelqu'un.

Mme Coulter demeura muette, et le deuxième homme poursuivit :

— Chaque adulte avait une tâche à effectuer, chaque tâche réclamait toute son attention, et chacune de ces tâches a été accomplie. Il n'est donc pas possible qu'un membre du personnel ait ouvert cette porte. Autrement dit, une personne est venue de l'extérieur dans ce but bien précis, ou bien, un des enfants a réussi à se faufiler jusqu'au laboratoire, à ouvrir les portes et les cages, avant de rejoindre ses camarades devant le bâtiment principal.

— Et comment comptez-vous enquêter ? demanda Mme Coulter. Non, réflexion faite, ne me dites rien. Comprenez bien, docteur Cooper, que je ne critique pas par plaisir. Nous devons nous montrer extrêmement prudents. C'était une effroyable erreur de brancher les deux alarmes sur le même circuit ; cela doit être corrigé sur-le-champ. L'officier tartare responsable de la garde pourrait peut-être vous aider dans votre enquête ? C'est une simple suggestion de ma part. Au fait, où étaient les Tartares durant l'exercice d'évacuation ? Je suppose que vous avez déjà réfléchi à cette question ?

—Oui, bien sûr, répondit le même homme d'un ton las. Tous les soldats de la garde étaient partis en patrouille. Ils tiennent des registres très détaillés.

—Je suis certaine que vous faites de votre mieux. Mais regardez où nous en sommes. Quel gâchis ! Enfin, oublions tout ça pour l'instant. Parlez-moi plutôt du nouveau séparateur.

Lyra fut parcourue d'un frisson de terreur. Ce mot ne pouvait signifier qu'une seule chose.

—Ah, nous avons fait de gros progrès ! déclara le docteur, soulagé de voir que la conversation changeait de terrain. Avec le premier modèle, nous courions toujours le risque de voir le patient mourir sous le choc de l'opération, mais nous avons considérablement amélioré ce point.

—Les Skraelings avaient manuellement de meilleurs résultats, dit un homme qui n'avait pas encore parlé.

—Grâce à des siècles de pratique, répondit l'autre.

—Au début, l'arrachement pur et simple était la seule option, déclara l'orateur principal, en dépit des traumatismes provoqués chez nos praticiens. Si vous vous souvenez, nous avons dû renvoyer un grand nombre d'entre eux, victimes de dépression. Le premier grand changement fut l'utilisation de l'anesthésie, combinée au scalpel ambarique de Maystadt. Ainsi, nous avons pu réduire le nombre de décès par choc opératoire à moins de cinq pour cent.

—Et ce nouvel instrument ? demanda Mme Coulter.

Lyra tremblait comme une feuille. Le sang battait à ses tempes, et Pantalaimon plaquait son corps d'hermine contre elle, en murmurant :

346

—Calme-toi, Lyra. Ils ne le feront pas... On les en empêchera...

—En fait, disait le docteur, dans sa salle en dessous, c'est une fort étrange découverte de Lord Asriel lui-même qui nous a donné la clé de cette nouvelle méthode. Il a en effet constaté qu'un alliage de manganèse et de titane avait la propriété d'isoler le corps du dæmon de l'humain. Mais au fait, qu'est-il advenu de Lord Asriel ?

—Peut-être n'êtes-vous pas au courant, dit Mme Coulter. Lord Asriel a été condamné à mort avec sursis. Une des conditions de son exil à Svalbard était qu'il renonce entièrement à son travail philosophique. Malheureusement, il a réussi à se procurer des livres et du matériel afin de poursuivre ses expériences hérétiques, à tel point qu'il serait désormais dangereux de le laisser en vie. Quoi qu'il en soit, il semblerait que le Conseil de Discipline Consistorial ait commencé à débattre de la question de la peine de mort et de son éventuelle application. Mais revenons-en à votre nouvel instrument, docteur. Comment fonctionne-t-il ?

—Ah... oui... La peine de mort, vous dites ? Bonté divine... Pardonnez-moi. Le nouvel instrument, donc... Nous cherchons à savoir ce qui se passe lorsque l'intercision est effectuée quand le patient reste conscient, et bien entendu, cela était impossible avec la Méthode Maystadt. Aussi avons-nous mis au point une sorte de... guillotine, pourrait-on dire. La lame est un alliage de manganèse et de titane, et l'on place l'enfant dans un caisson grillagé —comme une petite cabine— du même alliage ; le dæmon, lui, est placé dans un caisson similaire, relié au premier. Tant qu'il existe un contact physique, évidemment, le lien subsiste. Ensuite, on fait tomber la lame pour trancher le lien, d'un coup bien net. On obtient ainsi deux entités séparées.

– J'aimerais beaucoup assister à cela, dit Mme Coulter. Bientôt, j'espère. Mais pour le moment, je suis fatiguée. Je vais aller me coucher. Je veux voir tous les enfants demain. Nous découvrirons qui est entré dans le laboratoire.

Il y eut un bruit de chaises, des échanges de politesses ; une porte qui se referma. Les trois hommes continuèrent à parler en baissant la voix.

– Que manigance Lord Asriel ?

– Je crois qu'il a des idées totalement différentes sur la nature de la Poussière. Tout est là. Ses opinions sont profondément hérétiques, voyez-vous, et le Conseil de Discipline Consistorial ne peut tolérer aucune autre interprétation que celle autorisée. En outre, il veut expérimenter...

– Expérimenter ? Avec la Poussière ?

– Chut ! Pas si fort...

– Croyez-vous qu'elle va rédiger un rapport défavorable ?

– Non. Je trouve que vous avez été parfait.

– J'avoue que son comportement m'inquiète.

– Vous ne le trouvez pas... philosophique ?

– Exactement. Je sens un intérêt personnel. Je n'aime pas employer ce mot, mais il y a chez elle quelque chose de... macabre.

– Vous exagérez.

– Vous souvenez-vous des premières expériences, le plaisir qu'elle prenait à les voir écartelés...

En entendant ces mots, Lyra ne put retenir un petit cri ; son pied heurta une barre métallique.

– Vous avez entendu ?

– Dans le plafond…

– Vite !

Des chaises raclèrent le sol, il y eut un bruit de pas précipités, une table qu'on traîne. Lyra tenta de s'enfuir, mais l'espace était trop étroit, et à peine avait-elle eu le temps de parcourir quelques mètres qu'un des panneaux du plafond, juste à côté d'elle, se souleva brutalement ; elle se retrouva nez à nez avec un homme stupéfait. Elle était si près de lui qu'elle aurait pu compter les poils de sa moustache. Aussi surpris qu'elle, mais disposant d'une plus grande liberté de mouvement, il parvint à glisser la main par l'ouverture et à lui agripper le bras.

– C'est une gamine !

– Ne la laissez pas s'enfuir !

Lyra planta ses dents dans la grosse main constellée de taches de rousseur. L'homme poussa un hurlement, mais ne lâcha pas prise, bien que Lyra le mordît au sang. Pantalaimon montrait les dents et crachait, mais en vain ; l'homme était beaucoup plus fort qu'elle, et il continuait à tirer, à tirer, jusqu'à ce que la fillette qui s'accrochait désespérément à un tuyau soit obligée de lâcher prise, et bascule à moitié par l'ouverture, la tête la première.

Toujours sans dire un mot, elle coinça ses jambes par-dessus le rebord tranchant de la gaine métallique et effectua un rétablissement, en griffant, mordant, frappant et crachant à l'aveuglette, habitée par une fureur incontrôlable. Sous elle, les hommes haletaient, grognaient et poussaient des râles de douleur ou d'épuisement, mais ils continuaient de la tirer vers le bas.

Et soudain, Lyra sentit toutes ses forces l'abandonner.

349

C'était comme si une main étrangère s'était introduite en elle, là où aucune main n'avait le droit de pénétrer, pour arracher quelque chose de profond et de précieux.

Elle se sentit prise de vertiges et de nausées, sur le point de s'évanouir, terrassée par le choc.

Un des hommes avait saisi Pantalaimon !

Il avait attrapé le dæmon de Lyra avec ses mains d'être humain, et le pauvre Pan tremblait, rendu fou d'horreur et de dégoût. Son corps de chat sauvage, au poil terni par le manque de forces, projetait des étincelles ambariques comme des signaux d'alarme... Il se tordit vers Lyra, tandis qu'elle tendait les deux mains vers lui...

L'un et l'autre se figèrent. Ils étaient prisonniers.

Elle sentait ces mains... Ce n'était pas autorisé... Personne n'était censé toucher... Impossible...

—Elle était seule ?

Un homme avait passé la tête par l'ouverture du plafond.

—Oui, on dirait...

—Qui est cette fille ?

—La nouvelle.

—Celle que les chasseurs samoyèdes...

—Oui.

—Vous ne croyez pas qu'elle... les dæmons...

—C'est possible. Mais pas seule en tout cas.

—Doit-on en parler à...

—Ce serait signer notre perte, vous ne croyez pas ?

—Je suis d'accord. Il vaut mieux qu'elle ne sache rien.

—Que faire alors ?

—Elle ne peut pas retourner avec les autres enfants.

—Impossible !

– Il n'y a qu'une seule chose à faire.

– Maintenant ?

– Il le faut. Ça ne peut pas attendre demain matin. Elle veut y assister.

– Nous pouvons nous en occuper ; inutile d'y mêler quelqu'un d'autre.

L'homme qui semblait commander, celui qui ne tenait ni Lyra ni Pantalaimon, se tapotait les dents avec son ongle. Son regard ne se fixait nulle part. Finalement, il hocha la tête.

– Maintenant, dit-il. Car sinon, elle parlera. Le choc de l'opération évitera au moins ça. Elle aura oublié qui elle est, ce qu'elle a vu, ce qu'elle a entendu… Allons-y.

Lyra était incapable de dire un mot ; elle pouvait à peine respirer. Elle ne put que se laisser entraîner à travers la Station, dans des couloirs blancs et déserts, passant devant des pièces bourdonnantes d'énergie ambarique, devant des dortoirs où des enfants dormaient avec leur dæmon sur leur oreiller, tout près d'eux, partageant leurs rêves ; et pas une seconde durant le trajet, elle ne cessa d'observer Pantalaimon, qui tendait tout son corps vers elle ; leurs yeux ne se quittaient pas.

Une porte s'ouvrit, actionnée par un volant, dans un sifflement pneumatique, laissant apparaître une pièce violemment éclairée, tout en dallage blanc et en acier étincelant. La peur qu'elle éprouvait à cet instant ressemblait presque à une douleur physique ; c'était véritablement une douleur physique, tandis que les trois hommes les entraînaient, Pantalaimon et elle, vers une grande cage grillagée, argentée, au-dessus de laquelle une énorme lame du même métal attendait, prête à les séparer à tout jamais.

Retrouvant enfin sa voix, la fillette se mit à hurler. Son cri résonna bruyamment sur les surfaces brillantes de la pièce, mais l'épaisse porte avait eu le temps de se refermer dans un chuintement ; Lyra pouvait hurler indéfiniment, pas un son ne sortirait de cette salle.

Mais, en réponse à ses cris de désespoir, Pantalaimon avait réussi à se libérer de ces mains abominables. Devenu lion, puis aigle, il les lacéra avec ses serres cruelles, en agitant furieusement ses larges ailes ; puis il devint loup, ours, putois... Il bondissait, grognait, griffait... enchaînant les transformations à un rythme trop rapide pour que l'œil les enregistre, tout cela sans cesser de sautiller, de voler, de foncer d'un endroit à l'autre, tandis que des mains maladroites s'agitaient en tous sens, pour se refermer sur le vide.

Mais ces hommes avaient des dæmons, eux aussi, évidemment. Le combat ne se déroulait pas à deux contre trois, mais à deux contre six. Le blaireau, la chouette et le babouin étaient bien décidés tous les trois à terrasser Pantalaimon, et Lyra leur criait :

– Pourquoi ? Pourquoi faites-vous ça ? Aidez-nous ! Vous n'avez pas le droit d'être de leur côté !

Elle se remit à gesticuler et à mordre, avec une fougue renouvelée, jusqu'à ce que l'homme qui la retenait pousse un cri et la lâche un court instant. Elle était libre, et Pantalaimon jaillit vers elle, tel un éclair ; elle le plaqua contre sa poitrine haletante, il enfonça ses griffes de chat sauvage dans sa chair, et chaque élancement de douleur lui redonnait espoir.

– Jamais ! Jamais ! Jamais ! cria-t-elle en reculant contre le mur, prête à défendre son dæmon jusqu'à la mort.

Mais ils se jetèrent sur elle de nouveau, trois hommes

robustes et brutaux, alors qu'elle n'était qu'une enfant effrayée, en état de choc. Ils lui arrachèrent Pantalaimon, la jetèrent d'un côté de la cage et emportèrent le dæmon, qui continuait à se débattre, de l'autre côté. Ils étaient maintenant séparés par un grillage, mais Pantalaimon faisait encore partie d'elle. Pendant quelques secondes encore, il était son âme précieuse et irremplaçable.

Malgré les halètements des hommes, malgré ses propres sanglots et les hurlements sauvages de son dæmon, Lyra entendit un bourdonnement ; elle vit un des hommes (il saignait du nez) actionner des commandes sur un tableau. L'énorme lame argentée se levait lentement, scintillante. Le dernier instant de sa vie avec son dæmon serait le plus affreux.

— Que se passe-t-il ici ?

Une voix douce et mélodieuse… sa voix. Tout s'arrêta.

— Que faites-vous ? Et qui est cette enf…

Elle n'acheva pas le mot « enfant », car elle venait de reconnaître Lyra. À travers ses yeux embués de larmes, Lyra la vit chanceler et se retenir à une table ; son beau visage, si harmonieux, revêtit l'espace d'un instant le masque de la stupéfaction et de l'horreur.

— Lyra…, murmura-t-elle.

Le singe doré jaillit à ses côtés, en un éclair et, d'un geste vif, il arracha Pantalaimon de la cage métallique, tandis que Lyra sortait de son côtés. Pantalaimon se libéra des pattes empressées du singe pour se précipiter, d'un pas chancelant, dans les bras de Lyra.

— Jamais, jamais, dit-elle d'une voix haletante, la tête enfouie dans sa fourrure, et le dæmon plaqua son cœur battant contre celui de la fillette.

Ils restèrent enlacés, tels les survivants d'un naufrage, tremblant sur une côte déserte. Lyra entendit confusément Mme Coulter s'adresser aux trois hommes, mais elle ne pouvait même pas interpréter le ton de sa voix. Et voilà qu'ils quittaient cette salle abominable ; Mme Coulter l'aidait à avancer dans le couloir, elles franchirent une porte, entrèrent dans une chambre, il y avait un parfum dans l'air, une lumière tamisée…

Mme Coulter l'allongea délicatement sur le lit. Lyra serrait si fort Pantalaimon que son bras tremblait. Une main douce lui caressa le front.

— Ma chère, ma très chère enfant, dit la voix mélodieuse. Comment es-tu arrivée ici ?

17
Les sorcières

Lyra gémissait et sanglotait sans pouvoir s'arrêter, comme si on venait de la sauver d'une eau si froide que son cœur avait presque gelé. Pantalaimon s'était couché contre sa peau nue, à l'intérieur de ses vêtements, pour lui redonner courage, sans cesser toutefois d'observer Mme Coulter occupée à préparer une boisson. Il guettait aussi le singe au pelage doré, dont les petits doigts secs s'étaient promenés furtivement sur le corps de Lyra, à un moment où seul Pantalaimon pouvait le remarquer, pour palper, autour de la taille de la fillette, la sacoche en toile cirée et son contenu.

— Tiens, ma chérie, bois ça, dit Mme Coulter.

Elle glissa tendrement son bras dans le dos de Lyra pour la redresser.

La fillette se crispa instinctivement, mais se détendit presque aussitôt en captant les pensées de Pantalaimon : « Nous n'avons rien à craindre tant que nous jouons la comédie. » Ouvrant les yeux, elle constata qu'ils étaient mouillés de larmes, et à sa grande surprise, à sa grande honte aussi, elle se mit à sangloter sans pouvoir s'arrêter.

Mme Coulter déposa la tasse entre les mains du singe, et tapota les yeux de Lyra avec un mouchoir parfumé, en murmurant quelques paroles de réconfort.

—Pleure autant que tu veux, ma chérie, dit la voix si douce, et Lyra décida d'arrêter aussitôt.

Elle s'efforça de retenir ses larmes, pinça les lèvres et refoula les sanglots qui continuaient de secouer sa poitrine.

Pantalaimon jouait le même jeu : il fallait les tromper, les tromper. Prenant l'aspect d'une souris, il s'échappa de la main de Lyra pour renifler timidement le breuvage que tenait le singe dans sa main. C'était inoffensif : une simple infusion de camomille, rien de plus. Il revint se poser sur l'épaule de Lyra et murmura :

—Bois.

La fillette s'assit dans le lit et prit à deux mains la tasse chaude, soufflant sur l'infusion pour la refroidir. Tout cela en gardant les yeux baissés. Elle jouait le plus grand rôle de sa vie.

—Lyra, chérie, murmura Mme Coulter en lui caressant les cheveux. J'ai bien cru que nous t'avions perdue pour toujours ! Que s'est-il passé ? Tu t'es égarée ? Quelqu'un t'a fait sortir de l'appartement ?

—Oui.

—Qui donc, ma chérie ?

—Un homme et une femme.

—Des invités de la soirée ?

—Je crois. Ils m'ont dit que vous aviez besoin de quelque chose qui se trouvait en bas, et quand je suis descendue, ils m'ont sauté dessus et m'ont jetée dans une voiture qui a démarré aussitôt. Mais quand la voiture s'est arrêtée, j'ai bondi et je me suis enfuie ; ils ne m'ont pas retrouvée. Malheureusement, je ne savais plus où j'étais…

Un nouveau sanglot, moins violent, la fit trembler ; elle pouvait le mettre sur le compte de son récit.

– Alors, j'ai marché au hasard, reprit-elle, pour essayer de retrouver mon chemin, mais les Enfourneurs m'ont enlevée… Ils m'ont enfermée dans une camionnette avec d'autres enfants et ils m'ont emmenée quelque part, dans un grand bâtiment. Je ne sais pas où c'était.

À chaque seconde qui passait, à chaque phrase qu'elle prononçait, elle sentait revenir ses forces. Maintenant qu'elle se livrait à une activité délicate, mais familière, toujours imprévisible, à savoir mentir, elle retrouvait une sorte de maîtrise, ce même sentiment de complexité et de contrôle que lui procurait l'aléthiomètre. Elle devait prendre garde à ne pas dire des choses trop improbables ; elle devait demeurer dans le vague tout en inventant des détails plausibles. Bref, elle devait faire du travail d'artiste.

– Combien de temps t'ont-ils gardée dans cet endroit ? interrogea Mme Coulter.

Le périple de Lyra sur les canaux et son séjour avec les gitans avaient duré plusieurs semaines ; elle devait justifier cette longue disparition. Elle inventa un voyage avec les Enfourneurs jusqu'à Trollesund, suivi d'une nouvelle évasion, agrémentée de nombreux détails puisés dans son observation de la ville, puis une expérience de bonne à tout faire au bar Einarsson et un emploi dans une famille de fermiers au milieu des terres, où elle avait été capturée par les Samoyèdes qui l'avaient conduite ici, à Bolvangar.

– Et ils allaient me… Ils voulaient m'arracher…

– Chut, ma chérie, chut. J'exigerai des explications.

– Mais pourquoi voulaient-ils me faire ça ? Je n'ai jamais rien fait de mal, moi ! Tous les enfants ont peur de ce qui se passe ici, et personne ne connaît la vérité. Mais c'est affreux. C'est pire que tout… Pourquoi ces gens font-ils ça, madame Coulter ? Pourquoi sont-ils aussi cruels ?

– Calme-toi… Tu n'as rien à craindre, ma chérie. Ils ne te feront rien. Maintenant que je sais que tu es ici, tu ne crains plus rien, tu ne seras plus jamais en danger. Personne ne te fera de mal, Lyra chérie. Personne ne te fera souffrir…

– Mais ils font du mal aux autres enfants ! Pourquoi ?

– Ah, mon cœur…

– C'est à cause de la Poussière ?

– Ils t'ont raconté cela ? Ce sont les médecins qui t'en ont parlé ?

– Les enfants parlent tous de ça, mais personne ne sait vraiment ce qu'ils font !… Il faut me dire la vérité ! Vous n'avez pas le droit de garder le secret, plus maintenant !

– Lyra… Lyra… Ce sont de grandes notions très compliquées, la Poussière et tout le reste. Ce ne sont pas des problèmes de petite fille. Mais sache que les médecins font ça pour le bien des enfants, mon cœur. La Poussière est une mauvaise chose, maléfique et malveillante. Les adultes et leurs dæmons sont infestés par la Poussière, si profondément qu'on ne peut plus rien faire pour eux. Impossible de les aider… Mais grâce à une petite opération, les enfants peuvent être protégés. La Poussière ne se collera jamais sur eux. Ils vivront en toute sécurité, heureux et…

Lyra repensa au petit Tony Makarios. Elle se pencha en avant tout à coup, prise d'un haut-le-cœur. Mme Coulter recula.

– Ça ne va pas, ma chérie ? Va dans la salle de bains.

Lyra déglutit avec peine et s'essuya les yeux.

– Vous n'êtes pas obligés de nous faire ça, dit-elle. Pourquoi vous ne nous laissez pas tranquilles ? Je parie que Lord Asriel vous empêcherait d'agir s'il était au courant de ce qui se passe. S'il a de la Poussière, si vous aussi vous avez de la Poussière, si le Maître de Jordan College et tous les autres adultes ont de la Poussière, ce doit être normal. Quand je sortirai d'ici, j'alerterai tous les enfants du monde entier. Et d'ailleurs, si cette opération est aussi bonne que vous le dites, pourquoi les avez-vous empêchés de continuer ? Il fallait les laisser faire. Vous auriez dû être contente.

Mme Coulter secouait la tête, avec un petit sourire empreint d'une sagesse un peu triste.

– Vois-tu, ma chérie, il arrive que certaines choses, si bonnes qu'elles soient, fassent un peu mal, et évidemment, les gens qui t'aiment ne veulent pas te voir souffrir... Mais ça ne veut pas dire qu'on te retire ton dæmon. Il reste avec toi ! Tu sais, beaucoup d'adultes, ici, ont subi cette opération. Les infirmières ont l'air heureuses, non ?

Lyra tressaillit. Soudain, elle comprenait d'où leur venait ce regard vide, cette absence de curiosité, et la manière dont leurs petits dæmons trottinaient derrière elles, comme des somnambules.

« Ne dis rien », pensa-t-elle, et elle pinça les lèvres.

– Voyons, ma chérie, reprit Mme Coulter, personne ne songerait à pratiquer une opération sur un enfant sans prendre toutes les précautions. Et jamais, au grand jamais, personne ne volerait son dæmon à un enfant ! Il s'agit uniquement d'une petite opération, et ensuite, tu es tranquille. Pour toujours ! Ton dæmon est un merveilleux ami et compagnon quand tu es jeune, mais à la puberté, que tu vas bientôt atteindre, ma chérie, les dæmons sont la cause de pensées et de sentiments gênants, et c'est ça qui laisse entrer la Poussière. Une petite opération juste avant, et tu n'es plus jamais embêtée. Ton dæmon reste avec toi, seulement... vous n'êtes plus reliés. C'est comme... comme un formidable animal familier. Le meilleur animal familier du monde! Ça ne te plairait pas?

Oh, les ignobles mensonges! Même si Lyra avait ignoré qu'il s'agissait de mensonges (elle avait vu Tony Makarios, les dæmons en cage), elle aurait haï cette idée. Son âme chérie, le compagnon adoré de son cœur, arraché à elle et transformé en animal domestique trottinant? La haine faillit lui faire perdre le contrôle d'elle-même, et Pantalaimon, dans ses bras, prit l'aspect d'un putois, la plus vilaine et la plus cruelle de toutes ses formes, en montrant les dents.

Mais l'un et l'autre restèrent muets. Lyra serra Pantalaimon contre elle, pendant que Mme Coulter lui caressait les cheveux.

— Allez, bois ta camomille, ma chérie. Je vais leur demander de te préparer un lit ici. Inutile que tu retournes dormir dans un dortoir avec les autres filles, maintenant que j'ai récupéré ma petite assistante. Ma préférée! La meilleure assistante du monde! Sais-tu que l'on t'a cherchée dans tout Londres? La police t'a même cherchée à travers tout le pays. Oh, comme tu m'as manqué! Tu ne peux pas savoir combien je suis heureuse de te retrouver...

Pendant ce temps, le singe doré ne cessait d'aller et venir à travers la chambre, tantôt perché sur un coin de table et balançant sa queue dans le vide, tantôt accroché à Mme Coulter et lui murmurant des choses à l'oreille, ou arpentant le sol, la queue dressée. Évidemment, il trahissait l'impatience de Mme Coulter qui ne put se retenir plus longtemps.

— Lyra, chérie, dit-elle, je crois que le Maître de Jordan College t'a donné quelque chose avant ton départ. N'est-ce pas ? Il t'a donné un aléthiomètre. Malheureusement, il n'en avait pas le droit. On le lui avait confié. Or, cet objet est beaucoup trop précieux pour être transporté. Sais-tu qu'il n'en existe que deux ou trois dans le monde ? Je pense que le Maître te l'a donné dans l'espoir qu'il tombe entre les mains de Lord Asriel. Il t'a demandé de ne pas m'en parler, pas vrai ?

Lyra tordit sa bouche en guise de réponse.

— Je vois. Mais ne t'en fais pas, ma chérie, tu ne m'as rien dit, n'est-ce pas ? Tu n'as donc pas renié ta parole. Écoute-moi bien, cependant. Nous devons prendre le plus grand soin de cet objet ; il est si rare et si fragile qu'il faut désormais lui éviter tous les risques.

— Pourquoi ne pas le donner à Lord Asriel ? demanda Lyra sans faire un geste.

— À cause de ce qu'il prépare. Tu sais qu'il a été envoyé en exil, car il a en tête des idées dangereuses et cruelles. Or, il a besoin de l'aléthiomètre pour achever son plan, mais crois-moi, ma chérie, personne n'a intérêt à le lui donner. Le Maître de Jordan College a commis une grave erreur. Mais maintenant que tu es au courant, il vaut mieux que tu me le donnes, n'est-ce pas ? Cela t'évitera de le transporter partout, et tu n'auras plus besoin de le surveiller. Tu devais te demander, je suppose, à quoi pouvait bien servir ce vieux machin...

Lyra se demandait surtout comment elle avait pu, naguère, trouver cette femme fascinante et intelligente.

— Si tu as cet objet, ma chérie, tu ferais mieux de me le confier. Il est dans cette sacoche autour de ta taille, n'est-ce pas ? Ah, tu as eu une excellente idée…

Déjà, ses mains avides s'affairaient autour de la taille de la fillette pour détacher la sacoche en toile cirée. Lyra se raidit. Le singe était accroupi à l'extrémité du lit, frémissant d'impatience, ses petites mains noires plaquées sur sa bouche. Mme Coulter ôta la ceinture et ouvrit la sacoche. Sa respiration s'était accélérée. Elle sortit le paquet enveloppé de velours noir, le déplia, faisant apparaître le petit boîtier en fer-blanc confectionné par Iorek Byrnison.

Redevenu chat sauvage, Pantalaimon se tenait prêt à bondir. Lyra balança ses jambes pour pouvoir courir le moment venu.

— Tiens, qu'est-ce donc ? demanda Mme Coulter, amusée. Quelle drôle de petite boîte en fer ? Tu l'as mis là-dedans pour le protéger, ma chérie ? Et toute cette mousse… Que de précautions ! Et encore une boîte à l'intérieur de la première ! Soudée par-dessus le marché ! Qui a fait ça, ma chérie ?

Mais elle était trop impatiente pour attendre la réponse. Dans son sac à main elle avait un couteau à lames multiples ; elle choisit la plus robuste qu'elle glissa sous le couvercle.

Aussitôt, un bourdonnement furieux envahit la pièce.

Lyra et Pantalaimon se figèrent. Intriguée, curieuse, Mme Coulter souleva le couvercle, et le singe doré se pencha pour regarder de plus près.

Avec une rapidité stupéfiante, la forme noire de la mouche-espion jaillit du tube et s'écrasa sur le visage du primate.

Celui-ci émit un hurlement en se rejetant en arrière. Mme Coulter souffrait elle aussi ; elle poussait des cris de douleur et d'effroi ; la petite mécanique diabolique se jeta sur elle, rampant sur sa poitrine et sa gorge pour atteindre son visage.

Lyra n'hésita pas un instant. Pantalaimon bondit vers la porte ; elle s'élança à sa suite et s'enfuit à toutes jambes, courant plus vite qu'elle n'avait jamais couru de sa vie.

— L'alarme d'incendie ! s'écria Pantalaimon, qui volait devant elle.

Apercevant un boîtier rouge à l'entrée du couloir suivant, elle brisa la glace d'un coup de poing et se remit à courir en direction des dortoirs. Elle déclencha une deuxième alarme, puis une troisième ; les gens commençaient à sortir dans les couloirs, cherchant à apercevoir les flammes.

Alors que Lyra arrivait près des cuisines, Pantalaimon lui souffla une idée. Elle se précipita. En quelques secondes, elle avait ouvert tous les robinets de gaz et jeté une allumette enflammée près du brûleur le plus proche. Après quoi, elle tendit le bras pour attraper un sac de farine sur une étagère et le lança de toutes ses forces sur le coin de la table pour le faire éclater et remplir l'air de poudre blanche, car elle avait entendu dire que la farine explose quand on l'approche d'une flamme.

Puis elle ressortit à toute vitesse et fonça vers son dortoir. Les couloirs étaient maintenant envahis d'enfants courant dans tous les sens, au comble de l'excitation, car le mot « évasion » s'était répandu. Les plus âgés se dirigeaient vers les débarras où étaient rangés les vêtements, guidant les plus jeunes. Les adultes essayaient de contrôler les opérations, mais aucun d'entre eux ne savait ce qui se passait. Dans tous les coins, ce n'était que cris, pleurs, rires et bousculades.

Au milieu de ce chaos, Lyra et Pantalaimon continuaient à foncer vers le dortoir en se faufilant comme des anguilles, et juste au moment où ils atteignaient leur but, une explosion sourde ébranla tout le bâtiment.

Le dortoir était désert. Lyra traîna le placard métallique dans le coin, l'escalada, récupéra les fourrures derrière le faux plafond, et palpa l'épaisseur de son parka. L'aléthiomètre était toujours là. Elle s'habilla en hâte, en prenant soin de rabattre sa capuche sur sa tête. Pantalaimon qui faisait le guet à la porte, transformé en moineau, lui lança :

– C'est bon !

Lyra se précipita hors du dortoir. Par chance, un groupe d'enfants qui avaient déjà récupéré des vêtements chauds fonçaient dans le couloir en direction de la porte principale, et elle se joignit à eux, en nage, le cœur battant à tout rompre, et sachant qu'elle n'avait pas le choix : c'était fuir ou mourir.

Hélas, la voie était bloquée. Le feu dans les cuisines s'était rapidement propagé, et quelque chose avait provoqué l'effondrement d'une partie du toit. Certaines personnes escaladaient les poutres et les étançons pour accéder à l'air glacial et mordant. L'odeur de gaz s'était accentuée. Une seconde explosion se produisit, plus forte que la précédente, plus proche aussi. La détonation projeta à terre plusieurs enfants ; les cris de terreur et de douleur envahirent tout l'espace.

Lyra lutta pour escalader les décombres et, grâce à Pantalaimon qui lui criait : « Par ici ! » ou : « Par là ! », au milieu des cris et des battements d'ailes des autres dæmons, elle parvint à se hisser jusqu'au toit béant. L'air qu'elle respirait était gelé, et elle espérait que tous les enfants avaient réussi à récupérer leurs vêtements chauds, car à quoi bon s'enfuir de la Station si c'était pour mourir de froid ensuite ?

Un véritable incendie avait commencé à se propager. En prenant pied sur le toit, sous le ciel noir et étoilé, Lyra vit les flammes lécher les bords d'un immense trou sur le côté du bâtiment. Des enfants et des adultes étaient massés près de l'entrée principale, mais les adultes paraissaient maintenant plus nerveux et les enfants plus effrayés.

– Roger ! Roger ! Où es-tu ? hurla Lyra, et Pantalaimon, le regard perçant comme une chouette, lui cria qu'il venait de le voir.

Quelques secondes plus tard, ils se retrouvaient.

– Dis à tous les enfants de venir avec moi ! cria Lyra dans l'oreille de Roger.

– Impossible… ils sont trop paniqués.

– Explique-leur ce qu'ils font aux enfants qui disparaissent ! Ils leur arrachent leur dæmon avec un grand couteau ! Raconte-leur ce que tu as vu cet après-midi, tous les dæmons qu'on a libérés ! Explique-leur ce qui va leur arriver s'ils ne s'enfuient pas !

Roger demeura bouche bée, horrifié, mais il se ressaisit rapidement et se précipita vers le groupe d'enfants le plus proche. Lyra se chargea d'un autre groupe, et à mesure que le message circulait, des enfants éclataient en sanglots en serrant leur dæmon contre eux.

– Venez tous avec moi ! leur cria Lyra. Les secours vont arriver ! Nous devons partir d'ici ! Faites vite !

Les enfants s'élancèrent dans le plus grand désordre en direction de l'avenue de lumières ; leurs bottes faisaient crisser la neige dure.

Dans leur dos, des adultes s'époumonaient, puis il y eut un grondement, suivi d'un grand fracas, alors qu'une autre partie du bâtiment principal s'effondrait. Des étincelles jaillirent, des flammes montèrent dans le ciel, avec un bruit sinistre, comme un tissu qu'on déchire. Mais un autre bruit retentit, affreusement proche et violent. Lyra ne l'avait jamais entendu, pourtant, elle le reconnut immédiatement : c'étaient les hurlements des dæmons-loups des gardes tartares. Elle se sentit trembler de la tête aux pieds, et de nombreux enfants, terrorisés, se figèrent en trébuchant, car venait d'apparaître, courant à petites foulées, le premier garde tartare, le fusil à la main, suivi par la tache grise, bondissante et puissante, de son dæmon.

Un second Tartare le rejoignit, puis un troisième. Tous étaient vêtus de cottes de mailles rembourrées et n'avaient pas d'yeux, ou du moins, on ne voyait pas leurs yeux derrière les fentes de leurs casques. Les seuls yeux que l'on apercevait, c'étaient les canons des fusils, et les yeux jaunes flamboyants des dæmons-loups, aux mâchoires dégoulinantes de bave.

Lyra tressaillit. Elle n'avait pas imaginé à quel point ces créatures pouvaient être effrayantes. Maintenant qu'elle savait avec quelle indifférence les gens de Bolvangar brisaient « le grand tabou », elle ne pouvait s'empêcher de trembler en songeant à ces crocs acérés…

Les Tartares coururent se placer en ligne, bloquant l'avenue de lumières, leurs dæmons à leurs côtés, aussi disciplinés et exercés qu'ils l'étaient eux-mêmes. Dans une minute, il y aurait une seconde ligne, car d'autres Tartares arrivaient en renfort, et d'autres encore, au loin. « Des enfants ne peuvent pas affronter des soldats », songea Lyra, désespérée. Ce n'était pas comme les batailles dans les carrières d'argile d'Oxford, où on lançait des boules de terre glaise sur les enfants des briquetiers.

Mais peut-être que si, finalement ! Lyra se souvenait d'avoir lancé, un jour, une poignée de glaise sur le large visage d'un fils de briquetier qui fonçait sur elle. Le garçon s'était arrêté net pour ôter la terre de ses yeux, et les enfants de la ville en avaient profité pour lui sauter dessus !

Ce jour-là, elle pataugeait dans la boue. Aujourd'hui, elle était dans la neige.

Comme elle l'avait fait cet après-midi-là, mais avec une détermination bien plus forte, elle confectionna une boule de neige, qu'elle lança sur le soldat le plus proche.

— Visez les yeux ! cria-t-elle, en lançant une seconde boule.

D'autres enfants l'imitèrent, et soudain, le dæmon de l'un d'eux, transformé en passereau, eut l'idée d'accompagner la boule de neige pour la projeter directement dans les fentes du casque, et tous les autres dæmons l'imitèrent. Quelques secondes plus tard, les Tartares, aveuglés, trébuchaient en crachant et en lançant des jurons, tout en essayant d'ôter les paquets de neige coincés dans les fentes étroites devant leurs yeux.

— Allons-y ! s'écria Lyra en se précipitant vers le portail qui s'ouvrait sur l'avenue de lumières.

Les enfants s'élancèrent dans son sillage, tous sans exception, évitant avec agilité les coups de mâchoires des loups, et courant le plus vite possible dans l'avenue, vers l'immensité obscure qui les appelait.

Soudain, un officier tartare, dans leur dos, aboya un ordre d'une voix hargneuse et, aussitôt, une vingtaine de fusils s'armèrent en même temps. Un second braillement résonna, auquel succéda un silence tendu ; on n'entendait plus que les pas des enfants et leur respiration haletante.

Les soldats prenaient le temps de viser. À cette distance, ils ne pouvaient pas manquer leurs cibles.

Mais avant qu'ils n'ouvrent le feu, un des Tartares laissa échapper un râle de douleur, et un autre poussa un grand cri de surprise.

Lyra s'arrêta. Se retournant, elle découvrit un homme couché dans la neige, une flèche à l'empennage gris plantée dans le dos. Il se contorsionnait et crachait du sang, tandis que les autres soldats jetaient des regards affolés de tous les côtés pour savoir d'où venait cette flèche, mais l'archer meurtrier demeurait invisible.

Soudain, une seconde flèche, venue tout droit du ciel, frappa un autre soldat, à la nuque cette fois. Il s'effondra aussitôt. L'officier poussa un cri et tout le monde leva les yeux vers le ciel noir.

– Les sorcières ! s'exclama Pantalaimon.

En effet, c'étaient elles : formes noires élégantes et diaphanes qui filaient très haut dans le ciel, en produisant un sifflement et un bruissement d'air à travers les aiguilles des branches de sapin qu'elles chevauchaient. Sous les yeux hébétés de Lyra, l'une d'elles descendit en piqué et décocha une flèche : un autre soldat tomba.

Alors, tous les Tartares levèrent leurs armes et mitraillèrent le ciel, tirant dans le vide, sur des ombres, des nuages, tandis qu'une pluie de flèches s'abattait sur eux.

Voyant que les enfants s'enfuyaient, l'officier ordonna à

un petit groupe d'hommes de se lancer à leur poursuite. Quelques enfants hurlèrent. D'autres les imitèrent presque aussitôt, et soudain, tous firent demi-tour, en proie à la plus grande panique, terrorisés par cette silhouette monstrueuse qui fonçait vers eux, jaillie de l'obscurité.

– Iorek Byrnison! s'exclama Lyra, envahie par une joie intense.

L'ours en armure qui chargeait semblait indifférent au poids qu'il portait sur le dos, lequel, au contraire, semblait lui donner de l'élan. Il passa devant Lyra à toute vitesse et vint percuter de plein fouet les Tartares, éparpillant les soldats, les dæmons, les fusils, dans tous les sens. Puis il s'immobilisa, pivota sur lui-même, avec un mélange de grâce et de puissance, et décocha deux énormes coups de poing, un de chaque côté, aux deux gardes les plus proches de lui.

Un dæmon-loup lui sauta dessus; Iorek Byrnison lui assena un coup du tranchant de la main, en plein élan. Des flammes vives jaillirent du corps de l'animal, juste avant qu'il ne retombe dans la neige, où il gémit quelques instants puis disparut. Son humain mourut aussitôt.

Confronté à cette double attaque, l'officier tartare n'hésita pas. Il beugla une suite d'ordres, et les soldats se divisèrent en deux groupes: le premier était chargé d'affronter les sorcières, et le second, plus important, devait terrasser l'ours. Les Tartares étaient d'une bravoure remarquable. Mettant un genou à terre, par groupes de quatre, ils ouvrirent le feu comme s'ils s'exerçaient sur un champ de tir, ne bougeant pas d'un pouce lorsque la masse imposante de Iorek fonça vers eux. Quelques secondes plus tard, ils étaient morts.

Iorek repartit à l'attaque, pivotant sur le côté, montrant les dents, écrasant tout sur son passage, tandis que les balles des fusils volaient autour de lui, tels des essaims d'abeilles ou des mouches inoffensives. Pendant ce temps, Lyra entraînait les enfants vers l'obscurité. Ils devaient continuer à fuir, car, si dangereux que fussent les Tartares, les adultes de Bolvangar l'étaient encore plus.

Hurlant à pleins poumons et gesticulant, elle obligeait les enfants à avancer. Alors que les lumières, dans leur dos, dessinaient de grandes ombres sur la neige, Lyra sentait son cœur l'entraîner vers l'obscurité profonde de la nuit arctique et la pureté du froid, bondissant d'impatience à l'idée de s'y plonger, comme le faisait Pantalaimon, devenu lièvre blanc et ivre d'énergie.

– Où on va ? demanda un enfant.

– Il n'y a rien là-bas, que de la neige ! renchérit un autre.

– Les secours vont arriver, expliqua Lyra. Cinquante gitans, au moins. Je parie même que vous en connaissez certains. Toutes les familles de gitans qui ont perdu un enfant ont envoyé quelqu'un.

– Je ne suis pas gitan, moi ! dit un garçon.

– Peu importe. Ils t'emmèneront quand même.

– Où ça ? demanda une voix plaintive.

– Chez vous, répondit Lyra. C'est pour ça que je suis venue, pour vous libérer, et j'ai fait venir les gitans pour vous ramener chez vous. Si nous continuons à marcher, nous allons bientôt les rencontrer. L'ours était avec eux ; ils ne doivent pas être très loin.

– Hé, vous avez vu cet ours ! s'exclama un garçonnet. Quand il a éventré le dæmon d'un coup de griffes, l'homme est mort d'un coup, comme si on lui avait arraché le cœur !

— Je ne savais pas qu'on pouvait tuer les dæmons, dit un autre enfant.

Ils s'étaient tous mis à parler en même temps ; l'excitation et le soulagement avaient délié les langues. Du moment qu'ils continuaient d'avancer, se disait Lyra, ils pouvaient bien jacasser.

— C'est vrai ce qu'on raconte ? demanda une petite fille.

— Oui, répondit Lyra. Je n'aurais jamais cru qu'un jour je verrais quelqu'un sans son dæmon. Mais en venant ici, on a découvert un pauvre garçon tout seul, sans dæmon. Il n'arrêtait pas de le réclamer, de demander où il était, quand il allait revenir. Il s'appelait Tony Makarios.

— Je le connais ! s'exclama un des enfants.

— Moi aussi, ajouta un autre, ils l'ont emmené il y a environ une semaine.

— Eh bien, ils lui ont arraché son dæmon, dit Lyra, sachant combien cela les affecterait. Et peu de temps après, il est mort. Tous les dæmons qu'ils arrachent, ils les enferment dans des cages, dans un petit bâtiment carré, là-bas à l'intérieur du centre.

— C'est vrai, confirma Roger. Mais Lyra les a libérés durant l'exercice d'évacuation.

— Ah oui, je les ai vus ! s'exclama Billy Costa. Au début, je ne savais pas ce que c'était, et ensuite, je les ai vus s'envoler avec une grosse oie grise.

— Mais pourquoi ? demanda un garçon. Pourquoi arrachent-ils les dæmons des gens ? C'est une torture !

— La Poussière, suggéra un enfant, timidement.

Le premier garçon ricana avec mépris.

—La Poussière ! Ça n'existe pas ! Ils l'ont inventée ! Je n'y crois pas.

—Hé ! s'exclama quelqu'un d'autre, regardez le zeppelin !

Toutes les têtes se tournèrent. Au-delà des lumières éblouissantes, là où se poursuivait le combat, la longue carcasse de l'engin volant ne flottait plus fièrement au mât d'amarrage ; elle piquait dangereusement du nez, et juste derrière, une sorte de globe s'élevait…

—Le ballon de Lee Scoresby ! s'exclama Lyra, en frappant joyeusement dans ses moufles.

Les autres enfants n'en revenaient pas. Lyra les entraîna à sa suite, en se demandant comment l'aéronaute avait pu arriver jusqu'ici avec son ballon. Elle avait compris ce qu'il était en train de faire ; quelle brillante idée ! Remplir son ballon avec le gaz du zeppelin, et s'enfuir dans les airs tout en évitant les risques de poursuite !

—Ne vous arrêtez pas, surtout ! Vous allez mourir gelés ! cria Lyra, car elle voyait des enfants trembler de froid et les entendait geindre.

Leurs dæmons eux aussi poussaient de petits cris plaintifs.

Horripilé par ce spectacle, Pantalaimon, sous la forme d'un glouton, réprimanda sévèrement le dæmon-écureuil d'une fillette, couché sur son épaule et qui gémissait faiblement.

—Rentre dans son manteau ! Fais-toi le plus gros possible et réchauffe-la ! ordonna-t-il d'un ton sec.

Effrayé, le dæmon de la fillette se glissa immédiatement à l'intérieur de l'anorak.

Hélas, cette étoffe synthétique matelassée n'était pas

aussi chaude que de la véritable fourrure. De fait, certains enfants ressemblaient à des tonneaux sur pattes, tant ils étaient corpulents, mais leurs vêtements, fabriqués dans des laboratoires et des usines situés très loin du froid, ne pouvaient rivaliser avec les fourrures qui enveloppaient Lyra. Certes, elles empestaient mais, au moins, elles gardaient la chaleur.

– Si on ne trouve pas rapidement les gitans, les enfants ne vont pas tenir le coup, glissa-t-elle à Pantalaimon.

– Continue de les faire avancer, murmura le dæmon. Si jamais ils se couchent dans la neige, ils sont perdus. Tu te souviens de ce que disait Farder Coram...

Farder Coram lui avait raconté ses expéditions dans le Nord, et Mme Coulter également... à supposer que les siennes soient véridiques. En tout cas, l'un et l'autre étaient formels sur un point : il ne fallait jamais s'arrêter dans la neige et le froid.

– Jusqu'où doit-on continuer ? demanda un jeune garçon.

– Elle nous a fait marcher jusqu'ici pour qu'on meure, dit une fillette.

– Je préfère être ici que là-bas, répliqua une autre.

– Pas moi ! Au moins, dans la Station, il fait chaud. Il y a de la nourriture, des boissons chaudes et plein de trucs.

– Mais tout est en feu !

– Qu'est-ce qu'on va devenir ? Je parie qu'on va tous mourir de faim...

L'esprit de Lyra était assailli de questions angoissées qui voletaient autour d'elle comme des sorcières, rapides et insaisissables. Quelque part, hors d'atteinte, il y avait une splendeur et une excitation qu'elle ne comprenait pas.

Cette image lui redonna une force nouvelle ; elle releva une fillette tombée dans une congère, poussa dans le dos un garçon qui traînassait et leur cria à tous :

— Ne vous arrêtez pas ! Suivez les traces de l'ours ! Il est venu avec les gitans, ses empreintes vous conduiront forcément vers eux ! Continuez à avancer !

De gros flocons de neige avaient fait leur apparition ; bientôt, ils auraient recouvert entièrement les traces de pas de Iorek Byrnison. Maintenant qu'ils étaient hors de portée des lumières de Bolvangar et que les flammes de l'incendie n'étaient plus qu'une lueur diffuse, seul le sol enneigé brillait d'un faible éclat. Des nuages épais obscurcissaient le ciel mais, en baissant la tête, les enfants distinguaient encore les empreintes profondes laissées par Iorek Byrnison dans la neige. Lyra les encourageait, les brutalisait, les bousculait, les portait à moitié, les injuriait, les poussait, les tirait, les prenait tendrement dans ses bras, chaque fois que c'était nécessaire, et Pantalaimon (qui savait juger de l'état de chaque dæmon) lui indiquait ce qu'elle devait faire.

« Je les sauverai, se répétait-elle. Je suis venue jusqu'ici pour les sauver, et j'y arriverai, bon sang ! »

Roger suivait son exemple, tandis que Billy Costa, grâce à son regard perçant, ouvrait le chemin. Bientôt, le rideau de neige devint si épais qu'ils durent s'accrocher l'un à l'autre pour ne pas se perdre, et Lyra se dit : « ...peut-être que si on s'allongeait tous les uns contre les autres pour se tenir chaud... En creusant des trous dans la neige... »

Elle entendait des bruits. Le grondement d'un moteur quelque part, non pas le martèlement sourd d'un zeppelin, quelque chose de plus aigu, comme le bourdonnement d'une abeille. Le bruit disparaissait, puis réapparaissait.

Des aboiements aussi… Des chiens ? Des chiens de traîneau ? Difficile à dire, ils étaient trop lointains, étouffés par la neige, emportés par les rafales de vent. C'étaient peut-être les chiens de traîneau des gitans, ou bien les esprits sauvages de la toundra, ou encore ces dæmons rendus à la liberté et qui réclamaient leurs enfants perdus.

Étaient-ce vraiment des lumières là-bas sur la neige ? Non, c'étaient encore des fantômes, certainement… Avaient-ils tourné en rond sans s'en apercevoir ? Revenaient-ils vers Bolvangar ?

Non, car il s'agissait de petites lueurs jaunes, comme des lanternes, et non de la lueur blanche éblouissante des lumières ambariques. Elles bougeaient, et les aboiements se rapprochaient. Lyra ne savait plus si elle était endormie ou éveillée ; elle errait au milieu de silhouettes familières, et des hommes vêtus de fourrures la soutenaient ; le bras puissant de John Faa la soulevait de terre, Farder Coram riait de bonheur et les gitans installaient les enfants sur des traîneaux, les couvrant de peaux de bêtes et leur donnant à manger de la viande de phoque séchée. Tony Costa était là lui aussi ; il étreignait Billy, lui donnait des petits coups de poing complices dans l'épaule, pour l'étreindre de nouveau, en le secouant joyeusement. Et Roger…

— Roger vient avec nous, dit-elle à Farder Coram. C'est lui que j'étais venue chercher. Nous retournerons à Jordan College ensemble. Quel est ce bruit ?

C'était toujours le même grondement, ce moteur, semblable à une mouche-espion devenue folle, et dix mille fois plus grosse.

Soudain, une déflagration la projeta à terre. Pantalaimon ne put venir à son secours, car le singe doré…

Mme Coulter…

Le singe étouffait, mordait, griffait Pantalaimon, qui se défendait en passant d'une forme à l'autre, si rapidement que l'œil ne pouvait suivre toutes ses transformations. Il ripostait de son mieux tandis que Mme Coulter, son beau visage déformé par la haine, entraînait Lyra vers un traîneau motorisé ; la fillette se débattait aussi sauvagement que son dæmon. La neige était si épaisse qu'ils semblaient isolés au cœur d'un petit blizzard localisé ; les phares ambariques du traîneau n'éclairaient que les gros flocons qui tourbillonnaient à quelques dizaines de centimètres de leurs yeux.

– À l'aide ! cria Lyra aux gitans qui étaient là, quelque part au milieu de cette neige aveuglante. Aidez-moi ! Farder Coram ! Lord Faa ! Oh, Seigneur, au secours !

Mme Coulter aboya des ordres d'une voix stridente, dans le langage des Tartares du Nord. Le rideau de neige s'écarta dans un tourbillon, et ils apparurent : une escouade de soldats, armés de fusils, accompagnés de leurs dæmons-loups qui grognaient derrière eux. Voyant Mme Coulter se débattre avec sa proie, le chef saisit Lyra d'une seule main, comme une vulgaire poupée de chiffons, et la lança dans le traîneau, où elle demeura allongée, à demi assommée, hébétée.

Un coup de fusil retentit, puis un autre ; les gitans avaient compris ce qui se passait. Mais tirer sur des cibles invisibles pouvait se révéler très dangereux. Rassemblés en un groupe compact autour du traîneau, les Tartares pouvaient mitrailler à volonté le rideau de neige, tandis que les gitans, eux, n'osaient riposter de peur d'atteindre Lyra.

Quelle amertume elle éprouvait à cet instant ! Quelle immense fatigue aussi.

Encore sous le choc, la tête bourdonnante, Lyra parvint à se redresser dans le traîneau, pour découvrir que Pantalaimon continuait à affronter le singe. Ses mâchoires de glouton s'étaient refermées sur un bras au pelage doré ; il avait cessé de changer d'apparence et s'accrochait à sa proie avec ténacité. Et là, qui était-ce ?

Roger ? C'était bien lui. Il s'était jeté sauvagement sur Mme Coulter et la frappait à coups de poing et de pied, de tête également, jusqu'à ce qu'un des Tartares l'assomme, d'un simple revers de la main, comme on chasse une mouche. Tout cela ressemblait à une immense fantasmagorie : mélange de blanc et de noir, une traînée verte traversa le champ de vision de Lyra, des ombres informes, une lumière filante…

Un immense tourbillon écarta des rideaux de neige, et au milieu de cet espace dégagé jaillit Iorek Byrnison, dans un fracas métallique. Quelques secondes plus tard, ses énormes mâchoires se refermaient à droite et à gauche, une patte lacéra une cotte de mailles : dents blanches, fer noir, fourrure imbibée de rouge…

Soudain, Lyra sentit qu'on la soulevait, avec une force irrésistible ; elle agrippa Roger et l'arracha ainsi aux mains de Mme Coulter, le cramponnant de toutes ses forces. Les dæmons des deux enfants étaient devenus des oiseaux qui poussaient des cris perçants et battaient furieusement des ailes, enveloppés soudain de tourbillons plus puissants : Lyra aperçut en l'air, juste à côté d'elle, une sorcière, une de ces ombres élégantes et informes venues de très haut, suffisamment proche pour qu'on puisse la toucher. La sorcière tenait un arc et elle obligea ses bras pâles et nus (dans ce froid glacial !) à tendre la corde pour décocher une flèche dans la fente du casque d'un Tartare menaçant, à moins d'un mètre…

La flèche pénétra dans le casque et ressortit en partie de l'autre côté ; le dæmon-loup du soldat se volatilisa au moment où il bondissait, avant même que le Tartare s'effondre.

Lyra et Roger furent soulevés dans les airs et se retrouvèrent accrochés, les doigts engourdis, à une branche de sapin, sur laquelle la jeune sorcière était assise, avec une grâce pleine d'aisance. Puis elle se pencha en avant, sur la gauche ; une chose énorme se précipita à leur rencontre, et soudain ils se retrouvèrent sur le sol.

Ils dégringolèrent dans la neige, juste à côté de la nacelle du ballon de Lee Scoresby.

— Vite, saute là-dedans ! cria le Texan. Et n'oublie pas ton ami. Tu as vu l'ours ?

Lyra remarqua que trois sorcières tenaient une corde, nouée autour d'un rocher, qui retenait l'énorme masse flottante de la montgolfière.

— Monte ! cria-t-elle à Roger, tout en escaladant le rebord de la nacelle ourlée de cuir, pour retomber à l'intérieur comme une grosse boule de neige. Quelques secondes plus tard, Roger lui tomba dessus, et un bruit tonitruant, à mi-chemin entre un rugissement et un grognement, fit trembler le sol.

— Allez, Iorek ! On embarque, vieux ! hurla Lee Scoresby.

L'ours escalada à son tour la nacelle, dans un sinistre grincement d'osier et de bois.

Un tourbillon d'air plus léger chassa le brouillard et la neige pendant un court instant, et durant cette brève éclaircie, Lyra découvrit tout ce qui se passait autour d'eux. Elle vit un groupe de gitans, emmenés par John Faa, harceler l'arrière-garde des Tartares pour les obliger à battre en retraite vers les ruines enflammées de Bolvangar ; elle vit d'autres gitans installer les enfants, un par un, sur les traîneaux, à l'abri et au chaud sous les fourrures ; elle vit Farder Coram lancer des regards inquiets autour de lui, appuyé sur son bâton, tandis que son dæmon au pelage couleur d'automne bondissait dans la neige en regardant de tous côtés.

— Farder Coram ! cria Lyra. Par ici !

Le vieil homme l'entendit, tourna la tête et regarda d'un air stupéfait le ballon qui se balançait au bout de la corde, retenu par les sorcières, et Lyra qui lui faisait de grands gestes, tout là-haut, dans la nacelle.

— Lyra ! Tu es hors de danger ? Tout va bien ?

— Parfaitement bien ! cria-t-elle. Au revoir, Farder Coram ! Au revoir ! Ramenez tous les enfants chez eux !

— Tu peux compter sur nous, parole de gitan. Bon vent, petite… Bon vent…

Au même moment, l'aéronaute abaissa le bras pour donner le signal du départ, et les sorcières lâchèrent la corde.

Le ballon s'éleva immédiatement dans l'air épaissi par la neige, à une vitesse vertigineuse. Le sol disparut dans le brouillard, et ils poursuivirent de plus en plus vite leur formidable ascension. Lyra se dit qu'une fusée n'aurait pu quitter la Terre plus rapidement. Elle resta agrippée à Roger, plaquée sur le plancher de la nacelle par l'accélération.

Lee Scoresby éclatait de rire et poussait de grands cris de joie dans le plus pur style texan, tandis que Iorek Byrnison ôtait calmement son armure : il glissait avec dextérité ses griffes entre les articulations, pour les faire sauter d'un petit mouvement du poignet, et empilait soigneusement les plaques. À l'extérieur de la nacelle, le claquement et le bruissement de l'air à travers les aiguilles de sapin et les morceaux d'étoffe indiquaient que les sorcières leur tenaient compagnie dans les hautes sphères.

Peu à peu, Lyra retrouva son souffle, son équilibre et un rythme cardiaque normal. Elle se redressa pour regarder autour d'elle.

La nacelle était bien plus grande qu'elle ne l'avait imaginé. Le long des parois étaient disposés des instruments philosophiques, ainsi que des piles de fourrures, des bouteilles d'air et divers objets, trop petits ou trop insolites pour qu'on puisse les identifier dans le brouillard.

– C'est un nuage ? demanda-t-elle.

– Évidemment ! Enveloppe donc ton ami dans des fourrures avant qu'il se transforme en glaçon. Il fait froid, mais il va faire encore plus froid.

– Comment nous avez-vous retrouvés ?

– Grâce aux sorcières. L'une d'elles veut vous parler, paraît-il. Une fois sortis de ce fichu nuage, quand nous nous serons orientés, on pourra s'installer et bavarder autant qu'on veut.

– Iorek, dit Lyra, merci d'être venu.

L'ours répondit par un grognement et entreprit de lécher le sang qui maculait sa fourrure. Son poids faisait pencher la nacelle d'un côté, mais ce n'était pas dangereux. Roger restait méfiant, mais Iorek Byrnison ne faisait pas plus attention à lui qu'à un vulgaire flocon de neige. Lyra, elle, se contentait de s'accrocher au rebord de la nacelle, qui lui arrivait juste sous le menton quand elle se tenait debout, et scrutait le nuage tourbillonnant, les yeux écarquillés.

Quelques secondes plus tard, le ballon émergea totalement du nuage, et continua de s'élever, toujours aussi rapidement, vers les cieux.

Quel spectacle !

Juste au-dessus de leurs têtes trônait l'énorme globe du ballon. Devant eux, l'Aurore flamboyait, avec plus d'éclat et de grandeur que jamais. Elle était partout, ou presque, et c'était un peu comme si eux-mêmes en faisaient partie. D'immenses rubans incandescents tremblotaient et se déployaient, telles des ailes d'anges ; des cascades luminescentes dévalaient des roches invisibles pour former des mares tourbillonnantes ou rester suspendues comme de gigantesques chutes d'eau.

Lyra demeura bouche bée devant ce spectacle, puis elle baissa les yeux et découvrit une chose plus merveilleuse encore.

Aussi loin que portait le regard, jusqu'à l'horizon, et dans toutes les directions, s'étendait une mer blanche, agitée et infinie. Des sommets arrondis et des abîmes vaporeux se dressaient ou s'ouvraient ici et là mais, dans l'ensemble, on avait l'impression d'une masse de glace compacte.

Au milieu surgissaient, solitaires, par deux ou en groupes plus ou moins importants, de petites ombres noires, ces silhouettes diaphanes si élégantes : des sorcières chevauchant leurs branches de sapin.

Elles filaient à toute vitesse, sans le moindre effort, montant vers le ballon, se penchant d'un côté ou de l'autre pour se diriger. Celle qui avait sauvé Lyra des griffes de Mme Coulter suivait la trajectoire du ballon, et Lyra put la voir distinctement pour la première fois.

Elle était jeune, plus jeune que Mme Coulter, blonde, avec des yeux verts pétillants, et vêtue, comme toutes les sorcières, de simples voiles de soie noire, sans fourrures, ni capuche, ni moufles. Pourtant, elle semblait se moquer du froid. Autour de son balai était enroulée une simple guirlande de petites fleurs rouges. Elle chevauchait sa branche de sapin comme s'il s'agissait d'un destrier, et l'arrêta à moins d'un mètre du regard éberlué de Lyra.

– Lyra ?

– Oui ! Vous êtes Serafina Pekkala ?

– Exact.

Lyra comprit alors pourquoi Farder Coram était amoureux d'elle, et pourquoi il avait le cœur brisé, ce dont elle ne se serait pas doutée quelques secondes plus tôt. Il se faisait vieux, c'était maintenant un vieillard fatigué ; Serafina, elle, resterait jeune encore longtemps.

– As-tu le lecteur de symboles ? demanda la sorcière, d'une voix si proche du chant aigu et sauvage de l'Aurore elle-même que Lyra eut du mal à percevoir le sens des mots enveloppés de tant de douceur.

– Oui. Il est dans ma poche, à l'abri.

De grands battements d'ailes annoncèrent une autre arrivée et, bientôt, la grande oie grise apparut aux côtés de la sorcière. Elle prononça juste quelques mots, avant de repartir en décrivant un large cercle autour du ballon, tout en prenant de l'altitude.

— Les gitans ont détruit Bolvangar, déclara Serafina Pekkala. Après avoir tué vingt-deux gardes et neuf membres du personnel, ils ont mis le feu à tous les bâtiments qui tenaient encore debout.

— Et Mme Coulter ?

— Aucune trace d'elle.

La sorcière poussa un long cri sauvage et, aussitôt, ses congénères formèrent un cercle qui se rapprocha du ballon.

— Monsieur Scoresby, dit-elle. Donnez-nous la corde, si vous voulez.

— Merci mille fois, madame. Nous continuons de grimper. Je crois que nous allons monter encore un peu. Combien de sorcières faut-il pour nous tirer vers le nord ?

— Nous sommes fortes, répondit-elle simplement.

Lee Scoresby attachait une corde épaisse autour de l'anneau gainé de cuir qui rassemblait toutes les cordes enveloppant le ballon rempli de gaz, et auxquelles la nacelle elle-même était suspendue. Lorsque la corde fut solidement fixée, il lança l'autre extrémité par-dessus bord et, aussitôt, six sorcières se précipitèrent pour s'en saisir et commencèrent à tirer, éperonnant leurs montures célestes vers l'étoile Polaire.

Tandis que le ballon dérivait en direction du nord, Pantalaimon vint se percher au bord de la nacelle, sous la forme d'une hirondelle de mer. Le dæmon de Roger voulut lui aussi jeter un coup d'œil, mais il s'empressa de rentrer la tête, car Roger s'était endormi, très vite, tout comme Iorek Byrnison. Seul Lee Scoresby resta éveillé ; il mâchonnait calmement un fin cigare et observait ses instruments de navigation.

— Eh bien, Lyra, dit Serafina Pekkala. Sais-tu pourquoi nous allons voir Lord Asriel ?

La fillette fut surprise.

— Pour lui donner l'aléthiomètre, évidemment !

Elle ne s'était même pas posé la question ; cela lui semblait évident. Mais, soudain, elle se souvint de sa première motivation, si ancienne qu'elle avait failli l'oublier.

— Ou alors… pour l'aider à s'échapper. Oui, c'est ça. On va l'aider à s'enfuir.

Mais à peine avait-elle prononcé ces paroles qu'elles lui parurent absurdes. S'échapper de Svalbard ? Impossible !

— Essayer, du moins, ajouta-t-elle. Pourquoi ?

— Je dois t'expliquer certaines choses, il me semble, dit Serafina Pekkala.

— Au sujet de la Poussière ?

C'était ce que Lyra voulait connaître en premier.

— Oui, par exemple. Mais tu es fatiguée, et le voyage sera long. Nous parlerons de tout ça quand tu te réveilleras.

De fait, Lyra bâilla. Un long bâillement à se décrocher la mâchoire, qui dura presque une minute, lui sembla-t-il, et malgré tous ses efforts, elle ne put résister aux assauts du sommeil. Serafina Pekkala tendit la main par-dessus le bord de la nacelle pour lui caresser les yeux, et alors que Lyra glissait sur le plancher, Pantalaimon la rejoignit, se changea en hermine et vint prendre sa place favorite pour dormir, dans son cou.

La sorcière régla sa vitesse de vol sur celle de la nacelle, tandis que le ballon poursuivait sa route vers Svalbard.

Troisième partie
Svalbard

18
Brouillard et glace

 Lee Scoresby disposa quelques four-
rures sur Lyra, qui se recroquevilla
contre Roger, et tous les deux continuèrent à dormir, tandis que le ballon
poursuivait sa route vers le Pôle en se
balançant dans les airs. L'aéronaute,
emmitouflé dans ses épaisseurs de fourrures, consultait ses
instruments de temps à autre, mâchonnait son cigare, sans
jamais l'allumer, à cause de la proximité de l'hydrogène
hautement inflammable.

– Cette gamine est très importante, hein ? dit-il au bout
de quelques minutes en s'adressant à la sorcière.

– Plus qu'elle ne le saura jamais, répondit Serafina Pekkala.

– Cela veut-il dire qu'on peut s'attendre à une importante riposte armée ? Comprenez-moi bien, je suis obligé
de gagner ma vie. Je ne peux pas me permettre de me faire
arrêter ou canarder sans espérer une quelconque forme de
compensation, fixée à l'avance. Je n'essaye nullement de
minimiser l'importance de cette expédition, sachez-le,
madame. Mais John Faa et les gitans m'ont offert juste de

quoi acheter mon temps, mon savoir-faire et l'usure normale de mon ballon, c'est tout. Le tarif ne comprenait pas les frais d'assurance en cas d'acte de guerre. Or, permettez-moi de vous le dire, chère madame, quand nous atterrirons à Svalbard avec Iorek Byrnison, cela constituera un acte de guerre.

Sur ce, Lee Scoresby cracha délicatement, par-dessus bord, un morceau de feuille à fumer.

— Conclusion, ajouta-t-il, j'aimerais savoir à quoi on peut s'attendre sur le plan du désordre et du grabuge.

— Il y aura peut-être des affrontements, concéda Serafina Pekkala. Mais vous avez l'habitude de vous battre, il me semble.

— Oui, quand je suis payé. En vérité, je croyais qu'il s'agissait d'un simple transport de passagers, et j'ai fixé mon prix en conséquence. Mais après ce petit accrochage en bas, je me demande jusqu'où s'étendent mes responsabilités de transporteur. Suis-je tenu, par exemple, de risquer ma vie et mon matériel dans une guerre entre ours ? Ou bien, cette charmante enfant a-t-elle à Svalbard des ennemis aussi mal lunés que ceux de Bolvangar ? Je vous dis tout cela uniquement pour faire la conversation.

— Monsieur Scoresby, répondit la sorcière, j'aimerais pouvoir répondre à vos interrogations. Tout ce que je peux vous dire, c'est que nous tous, humains, sorcières et ours sommes déjà engagés dans une guerre, bien que certains d'entre nous l'ignorent encore. Que le danger vous attende à Svalbard ou que vous repartiez sain et sauf, vous êtes un soldat mobilisé.

— Oh, voilà qui me semble un peu précipité. J'ai l'impression qu'un homme devrait avoir le choix de prendre les armes ou pas.

—Nous n'avons pas plus le choix que pour notre naissance.

—Quand même, dit l'aéronaute, j'aime choisir les missions que j'effectue, les endroits où je voyage, la nourriture que je mange et les compagnons avec lesquels je m'assois pour bavarder. Et vous, vous n'aimez pas avoir le choix de temps en temps ?

Serafina Pekkala réfléchit, puis répondit :

—Peut-être ne donnons-nous pas le même sens au mot « choix », monsieur Scoresby. Les sorcières ne possèdent rien ; nous ne cherchons donc pas à défendre des biens ou à réaliser des profits ; quant à choisir entre une chose et une autre, lorsque vous vivez plusieurs centaines d'années, vous savez que chaque occasion se représentera tôt ou tard. Nous avons des besoins différents. Vous, vous devez entretenir et réparer votre ballon, c'est long et coûteux, j'en suis consciente. Nous autres, il nous suffit, pour voler, d'arracher une branche de sapin ; n'importe laquelle fera l'affaire, et elles ne manquent pas. Nous ne craignons pas le froid, nous n'avons donc pas besoin de vêtements chauds. Nous ne possédons aucun moyen d'échange autre que l'entraide. Quand une sorcière a besoin de quelque chose, une autre sorcière le lui donne. Quand il faut livrer une guerre, nous ne réfléchissons pas en termes de coûts pour décider si nous devons nous battre ou pas. En outre, nous n'avons pas un sens de l'honneur aussi fort que les ours, par exemple. Pour un ours, une insulte est comme un coup mortel. Pour nous... c'est une chose inconcevable. En effet, comment pourrait-on insulter une sorcière ? Et d'ailleurs, quelle importance ?

—Je suis d'accord avec vous sur ce point. Les insultes ne valent pas une guerre, car la bave du crapaud n'atteint pas la blanche colombe. Toutefois, j'espère que vous comprenez mon dilemme, madame. Je suis un simple aéronaute, et je n'aimerais pas finir mes jours dans le besoin. Je voudrais m'acheter une petite ferme, quelques bêtes, des chevaux... Oh, rien de somptueux, vous le voyez bien. Ni palais, ni esclaves, ni montagnes d'or. Non, juste le vent du soir dans la sauge, un cigare et un verre de bourbon. Malheureusement, tout cela coûte de l'argent. Voilà pourquoi je vole avec mon ballon en me faisant payer, et après chaque voyage, j'envoie un peu d'or à la banque Wells Fargo, et le jour où j'aurai assez d'économies, je vendrai ce foutu ballon, je m'offrirai un billet de bateau pour Port Galveston, et je ne quitterai plus jamais le plancher des vaches.

— Il existe une autre différence entre nous, monsieur Scoresby. Une sorcière ne peut renoncer à voler, pas plus qu'à respirer. Voler fait partie de nous-mêmes.

— Je comprends, madame, et je vous envie. Hélas, je n'ai pas vos sources de satisfaction. Pour moi, voler est un métier comme un autre ; je ne suis qu'un technicien. Je pourrais tout aussi bien monter des valves sur des moteurs à gaz ou brancher des circuits ambariques. Mais je l'ai choisi, voyez-vous. J'ai pris ma décision en toute liberté. Voilà pourquoi l'idée de participer à une guerre dont j'ignore tout me paraît... dérangeante.

— Le conflit entre Iorek Byrnison et son roi est lié à cette guerre, expliqua la sorcière. Quant à cette enfant, elle est destinée à y jouer un rôle elle aussi.

— Vous parlez de destin, dit Lee Scoresby, comme s'il s'agissait d'une chose immuable. Or, je ne suis pas sûr d'aimer cette idée, pas plus que le fait de me retrouver enrôlé dans une guerre que je ne comprends pas. Où est ma liberté dans tout ça, je vous prie ? Cette enfant me semble posséder plus d'indépendance de caractère que tous les gens que je connais. Et vous me dites qu'elle n'est qu'une sorte de jouet mécanique qu'on a remonté pour suivre une voie déjà tracée.

— Nous sommes tous soumis au destin, mais nous sommes obligés de faire comme si de rien n'était, répondit la sorcière, pour ne pas mourir de désespoir. Une curieuse prophétie pèse sur cette enfant : son destin est de mettre fin au destin. Elle doit y parvenir sans savoir ce qu'elle fait, comme si cela était inscrit dans sa nature, et non dans son destin justement. Si par malheur elle apprenait ce qu'elle doit accomplir, tout échouerait ; la mort se répandrait à travers tous les mondes, ce serait le triomphe du désespoir, pour toujours. Les univers ne seraient plus que des machines enclenchées les unes dans les autres, aveugles, privées de pensées, de sentiments, de vie…

L'aéronaute et la sorcière posèrent tous les deux leur regard sur Lyra, dont le visage endormi (le peu qu'on en voyait sous la capuche) affichait un petit froncement de sourcils obstiné.

— J'ai l'impression qu'une partie d'elle-même le sait déjà, dit Lee Scoresby. En tout cas, elle semble prête. Et le garçon dans tout ça ? Savez-vous qu'elle est venue jusqu'ici pour le sauver des griffes de ces ignobles individus ? C'étaient des camarades de jeux dans le temps, à Oxford ou je ne sais où. Vous le saviez ?

— Oui, je le savais. Lyra transporte un objet d'une immense valeur, et il semblerait que le destin se serve d'elle comme messager pour qu'elle l'apporte à son père.

Ainsi, elle est venue jusqu'ici pour retrouver son camarade, sans savoir que celui-ci avait été conduit dans le Nord par le destin, uniquement pour qu'elle le suive et qu'elle apporte cet objet à son père.

−C'est comme ça que vous voyez les choses, hein ?

Pour la première fois, la sorcière parut hésiter.

−C'est ce qui semble se produire… Personne ne peut déchiffrer les ténèbres, monsieur Scoresby. Il est fort possible que je me trompe.

−Mais vous, les sorcières, qu'est-ce qui vous a entraînées dans cette histoire, si je peux me permettre ?

−Tout en ignorant ce qui se passait à Bolvangar, nous avions le sentiment, au plus profond de nous-mêmes, que c'était une chose horrible. Lyra étant leur ennemie, nous sommes devenues ses amies. Nous ne réfléchissons pas davantage. Par ailleurs, des liens d'amitié unissent mon clan et les gitans, depuis l'époque où Farder Coram m'a sauvé la vie. Nous sommes intervenues à leur demande. Les gitans, eux, ont des obligations envers Lord Asriel.

−Je vois. Autrement dit, vous remorquez ce ballon jusqu'à Svalbard pour aider les gitans. Votre amitié ira-t-elle jusqu'à nous ramener ? Ou bien devrai-je attendre un vent favorable, en comptant sur l'indulgence des ours entre-temps ? Une fois de plus, madame, je vous pose cette question en toute amitié.

−Si nous pouvons vous aider à retourner à Trollesund, monsieur Scoresby, nous le ferons. Mais nous ignorons ce qui nous attend à Svalbard. Le nouveau roi des ours a apporté quelques changements ; les règles d'autrefois ne sont plus en vigueur, il sera peut-être difficile de nous poser. Et j'ignore comment Lyra pourra atteindre son père.

J'ignore également ce que Iorek Byrnison a en tête ; je sais seulement que leurs sorts sont liés.

– Je n'en sais pas plus que vous, madame. Je crois que Iorek s'est attaché à la gamine, comme une sorte de protecteur. Elle l'a aidé à récupérer son armure, vous comprenez ? Mais comment savoir ce que pensent les ours ? En tout cas, si un ours est capable d'aimer un être humain, Iorek aime cette fillette. Pour ce qui est de se poser à Svalbard, ça n'a jamais été facile. Malgré tout, si je peux faire appel à vous pour me pousser dans la bonne direction, je me sentirai plus tranquille. Et si je peux faire quelque chose pour vous en échange, n'hésitez pas. Mais à titre indicatif, pourriez-vous me dire dans quel camp je me trouve dans cette guerre invisible ?

– Nous sommes tous les deux du côté de Lyra.

– Oh, aucun doute là-dessus.

Ils poursuivirent leur route. La présence des nuages les gênait pour apprécier leur vitesse. En temps normal, évidemment, un ballon suivait les caprices du vent et se déplaçait à la vitesse de l'air. Mais ainsi tirée par les sorcières, la montgolfière fendait l'air au lieu de se laisser porter, en résistant toutefois au mouvement, car le ballon récalcitrant ne possédait pas les lignes aérodynamiques d'un zeppelin. Conclusion, la nacelle se balançait dans tous les sens, beaucoup plus secouée et bringuebalée qu'au cours d'un vol normal.

S'il restait indifférent à ces désagréments, Lee Scoresby s'inquiétait en revanche pour ses instruments, et prit soin de vérifier que tout était solidement arrimé. D'après l'altimètre, ils volaient à plus de trois mille mètres. La température était de – 20 degrés. Certes, il avait déjà eu plus froid, mais pas souvent, et il n'avait aucune envie de renouveler l'expérience ; c'est pourquoi il déplia la toile qu'il utilisait pour les bivouacs d'urgence, la tendit devant les enfants endormis pour les protéger du vent, avant de s'allonger à son tour, dos à dos avec son vieux camarade d'armes, Iorek Byrnison ; sur ce, il s'endormit.

Quand Lyra se réveilla, la lune était haute dans le ciel, et tout ce qu'on apercevait semblait recouvert d'une feuille d'argent, que ce soit la surface ondulante des nuages en bas ou les épées de glace accrochées aux armatures extérieures du ballon.

Roger dormait encore, tout comme Lee Scoresby et l'ours. Mais, à côté de la nacelle, la reine des sorcières, assise sur sa branche, suivait le déplacement du ballon.

— On est encore loin de Svalbard ? demanda Lyra.

— Si nous ne rencontrons pas de vents contraires, nous y serons dans une douzaine d'heures.

— Où va-t-on se poser ?

— Tout dépend de la météo. En tout cas, nous essaierons d'éviter les falaises. Elles sont habitées par des créatures qui se jettent sur tout ce qui bouge. Si on le peut, on te posera à l'intérieur des terres, loin du palais de Iofur Raknison.

— Qu'est-ce qui va se passer si je retrouve Lord Asriel ? Est-ce qu'il voudra retourner à Oxford ? Je ne sais même pas si je dois lui dire que je sais qu'il est mon père. Peut-être qu'il veut continuer à faire croire qu'il est mon oncle. En vérité, je ne le connais pas très bien.

— Il ne voudra pas retourner à Oxford, Lyra. Il me semble qu'une chose doit être accomplie dans un autre monde, et Lord Asriel est le seul qui puisse fabriquer un pont pour combler le gouffre entre ces deux mondes. Mais il a besoin de quelque chose pour l'aider.

— L'aléthiomètre ! s'exclama Lyra. Quand le Maître de Jordan College me l'a donné, j'ai senti qu'il voulait me dire quelque chose au sujet de Lord Asriel, mais il n'a pas eu le temps. Je savais bien qu'il ne voulait pas réellement l'empoisonner. Il va déchiffrer l'aléthiomètre et il saura comment fabriquer ce pont ? Je suis sûre que je pourrai l'aider. Je parie que je suis aussi douée que n'importe qui pour le déchiffrer maintenant.

— Je ne sais pas, répondit Serafina Pekkala. Nul ne peut dire comment il s'y prendra, ni quelle sera sa tâche. Certaines forces nous parlent, d'autres sont au-dessus de nous ; et il existe des secrets, même pour les plus puissants.

— L'aléthiomètre me le dirait ! Je pourrais l'interroger.

Mais il faisait trop froid ; Lyra n'aurait même pas pu le tenir entre ses mains. Elle s'enveloppa dans les fourrures et plaqua sa capuche contre son visage pour se protéger de la morsure du vent, ne laissant qu'une étroite ouverture pour les yeux. Loin devant, légèrement en contrebas, la longue corde fixée à l'anneau de suspension du ballon était tirée par six ou sept sorcières assises sur leurs branches de sapin. Les étoiles étincelaient, éclatantes, froides et dures comme des diamants.

— Pourquoi n'avez-vous pas froid, Serafina Pekkala ?

— Nous sentons le froid, mais peu nous importe, car il ne peut pas nous faire de mal. Et si nous nous protégions du froid, nous ne sentirions plus tout le reste, comme par exemple le picotement brillant des étoiles, la musique de l'Aurore et, surtout, le contact soyeux du clair de lune sur notre peau. Toutes ces choses valent bien qu'on supporte le froid.

– Je pourrais les sentir moi aussi ?

– Non. Tu mourrais si tu enlevais tes vêtements. Reste bien couverte.

– Combien de temps vivent les sorcières, Serafina Pekkala ? Plusieurs centaines d'années, m'a dit Farder Coram. Pourtant, vous n'avez pas l'air vieille.

– J'ai trois cents ans, ou plus. Notre plus vieille sorcière-mère approche des mille ans. Un jour, Yambe-Akka viendra la chercher. Un jour, elle viendra me chercher moi aussi. C'est la déesse des morts. Elle vient à toi en souriant, avec douceur, et tu comprends que le moment est venu de mourir.

– Il existe des hommes sorcières ? Ou n'y a-t-il que des femmes ?

– Certains hommes sont à notre service, comme le Consul de Trollesund. Parfois, nous choisissons d'autres hommes comme amants ou maris. Tu es encore jeune, Lyra, trop jeune pour comprendre cela, mais je vais t'expliquer quand même, tu comprendras plus tard. Les hommes passent devant nos yeux comme des papillons, des créatures qui ne vivent qu'une courte saison. Nous les aimons ; ils sont courageux, fiers, beaux, intelligents. Hélas, ils meurent presque tout de suite. Ils meurent si rapidement que nos cœurs souffrent en permanence. Nous donnons naissance à leurs enfants, qui deviennent des sorcières si ce sont des filles, ou de simples humains dans le cas contraire, puis, en un clin d'œil, voilà que les hommes disparaissent, abattus, massacrés, perdus. Nos fils également. Quand un petit garçon grandit, il se croit immortel.

Sa mère, elle, sait bien que c'est faux. Et chaque fois, cela devient plus douloureux, jusqu'à ce que notre cœur finisse par se briser. C'est à ce moment-là, peut-être, que Yambe-Akka vient nous chercher. Elle est plus vieille que la toundra. Peut-être que pour elle, la vie d'une sorcière est aussi brève que la vie d'un homme à nos yeux.

– Étiez-vous amoureuse de Farder Coram ?

– Oui. Le sait-il ?

– Je ne sais pas, mais je sais qu'il est amoureux de vous.

– Quand il m'a sauvé la vie, il était jeune et robuste, rempli de fierté et de charme. Je l'ai aimé immédiatement. J'aurais changé ma nature, j'aurais renoncé au picotement des étoiles et à la musique de l'Aurore, j'aurais accepté de ne plus voler ; j'aurais abandonné tout cela en un instant, sans même réfléchir, pour pouvoir devenir l'épouse d'un marinier gitan, lui faire à manger, partager son lit et porter ses enfants. Hélas, on ne peut pas changer ce que l'on est, uniquement ce qu'on fait. Je suis une sorcière. Lui est un humain. Malgré tout, je suis restée avec lui assez longtemps pour lui donner un enfant…

– Il ne m'en a jamais parlé ! C'était une fille ? Une sorcière ?

– Non. Un garçon. Il est mort lors de la grande épidémie survenue il y a quarante ans ; cette maladie en provenance de l'Occident. Pauvre petit enfant ; il est venu au monde et l'a quitté aussitôt, tel un éphémère. Sa mort a lacéré mon cœur, comme toujours. Elle a brisé celui de Coram. Et puis, j'ai reçu un appel me demandant de rejoindre mon peuple, car Yambe-Akka avait emporté ma mère, et j'étais désormais la reine du clan. Alors, je suis partie, il le fallait.

—Et vous n'avez jamais revu Farder Coram ?

—Jamais. Mais j'ai entendu parler de ses actions ; j'ai appris qu'il avait été blessé par les Skraelings, avec une flèche empoisonnée, alors, j'ai envoyé des herbes et des sortilèges pour le sauver, mais je n'avais pas le courage de le revoir. J'ai appris combien cette blessure l'avait affaibli, et combien sa sagesse avait grandi ; je savais qu'il étudiait et lisait énormément, j'étais fière de lui et de sa bonté. Malgré tout, je suis restée loin de lui, car c'était une époque délicate pour mon clan, une guerre entre sorcières menaçait d'éclater. En outre, je croyais qu'il m'avait oubliée et qu'il avait pris une épouse humaine…

—Il ne se mariera jamais, déclara Lyra avec conviction. Vous devriez aller le voir. Il vous aime toujours, je le sais.

—Il aurait honte de son âge, et je ne veux pas qu'il se sente humilié.

—Oui, sans doute. Mais vous pourriez au moins lui envoyer un messager… je trouve.

Serafina Pekkala resta muette un long moment. Ayant repris l'apparence d'une hirondelle de mer, Pantalaimon s'envola et vint se poser sur la branche de la sorcière, quelques secondes, avant de se dire qu'il avait peut-être été insolent.

Finalement, Lyra demanda :

—Pourquoi les gens ont-ils des dæmons ?

—Ah ! Tout le monde pose cette question, et personne ne connaît la réponse. Depuis qu'il y a des êtres humains, il y a des dæmons. C'est ce qui nous différencie des animaux.

—C'est vrai, on est différents… Prenez les ours, par exemple. Ils sont bizarres, non ? On pourrait croire qu'ils sont comme des personnes, et soudain, ils font quelque chose de si étrange, si cruel, que vous vous dites que vous ne les comprendrez jamais... Vous ne savez pas ce que m'a dit Iorek ? Il m'a dit que son armure était pour lui comme un dæmon pour une personne. « C'est mon âme », a-t-il dit. Mais là encore, on est différents, parce que lui, il a fabriqué cette armure de ses mains. Quand ils l'ont envoyé en exil, ils lui ont confisqué sa première armure, mais il a trouvé du métal pour en fabriquer une nouvelle, comme s'il fabriquait une nouvelle âme. Nous, on ne peut pas fabriquer nos dæmons. Ensuite, les habitants de Trollesund lui ont fait boire de l'alcool et lui ont volé son armure, mais j'ai découvert où elle était cachée et il l'a récupérée... Ce que je me demande, c'est pourquoi il veut se rendre à Svalbard ? Ils vont l'attaquer. Peut-être même qu'ils vont le tuer... J'aime beaucoup Iorek. Je l'aime tellement que je voudrais qu'il n'aille pas là-bas.

— T'a-t-il parlé de lui ?

— Je connais seulement son nom. Et c'est le Consul de Trollesund qui nous l'a donné.

— Iorek Byrnison est de haute naissance. C'est un prince. À vrai dire, s'il n'avait pas commis un crime grave, il serait roi des ours aujourd'hui.

— Il m'a dit que leur roi s'appelait Iofur Raknison.

— Iofur Raknison est devenu roi quand Iorek Byrnison a été envoyé en exil. Iofur est un prince lui aussi, évidemment, car sinon, il n'aurait pas été autorisé à gouverner, mais il est aussi très intelligent, au sens humain du terme ; il passe des alliances et signe des traités. Il ne vit pas comme les autres ours, dans des forteresses de glace, mais dans un palais tout neuf ; il parle d'échanger des ambassadeurs avec des nations humaines et de développer l'exploitation des mines avec l'aide d'ingénieurs humains... Il est très rusé et habile. Certains affirment qu'il a poussé Iorek à commettre le geste qui lui a valu d'être exilé ; d'autres pensent que même s'il n'est pas responsable, il encourage les gens à le penser, car cette rumeur renforce encore sa réputation d'ingéniosité.

– Mais qu'a donc fait Iorek précisément ? Si je l'aime tant, voyez-vous, c'est parce que mon père a été puni, lui aussi, à cause de ce qu'il a fait. J'ai l'impression qu'ils se ressemblent. Iorek m'a raconté qu'il avait tué un autre ours, mais il ne m'a jamais expliqué comment ça s'était passé.

– Ils se sont battus à cause d'une ourse. Le mâle tué par Iorek n'a pas voulu montrer les signes habituels de soumission quand il est devenu évident que Iorek était le plus fort. En dépit de leur immense fierté, les ours ne manquent jamais de reconnaître la supériorité d'un autre ours et de s'y soumettre, mais pour une raison quelconque, cet ours-ci ne l'a pas fait. Certains prétendent que Iofur Raknison a manipulé ses pensées ou lui a fait manger des herbes hallucinogènes. Quoi qu'il en soit, le jeune ours a insisté, et Iorek Byrnison s'est laissé dominer par son caractère impétueux. L'affaire a été rapidement jugée : Iorek aurait dû blesser son adversaire, pas le tuer.

– Sans cette sale histoire, il serait roi, dit Lyra. J'ai aussi entendu parler de Iofur Raknison par le professeur Palmérien de Jordan College, qui était allé dans le Nord et l'avait rencontré. Il a dit... Ah, je ne me souviens plus de ce qu'il a dit... Je crois que Iofur a accédé au trône par la ruse, ou quelque chose comme ça... Pourtant, Iorek m'a dit un jour qu'on ne pouvait avoir les ours par la ruse, et il me l'a prouvé. Mais apparemment, on dirait bien qu'ils ont été manipulés tous les deux, l'ours vaincu et lui. Peut-être que seuls les ours peuvent tromper les autres ours, les humains, eux, ne peuvent pas. Sauf que… les habitant de Trollesund, ils l'ont eu par la ruse eux aussi, quand ils l'ont fait boire pour lui voler son armure !

– Quand les ours se comportent comme des êtres humains, peut-être que l'on peut les avoir par la ruse, expliqua Serafina Pekkala. En temps normal, jamais un ours ne boirait de l'alcool. Iorek Byrnison buvait pour oublier la honte de l'exil, et c'est uniquement pour ça que les gens de Trollesund ont pu le tromper si facilement.

– Oui, sans doute, dit Lyra en hochant la tête.

Cette idée lui plaisait. Elle vouait à Iorek une admiration presque sans limites, et se réjouissait de trouver confirmation de sa grandeur d'âme.

– C'est très astucieux votre raisonnement, dit-elle. Si vous ne me l'aviez pas dit, je n'y aurais pas pensé. Je crois que vous êtes sans doute plus intelligente que Mme Coulter.

Ils continuaient d'avancer dans les airs. Lyra se mit à mâchonner le morceau de viande de phoque qu'elle avait trouvé au fond de sa poche.

– Serafina Pekkala, demanda-t-elle au bout d'un moment, c'est quoi la Poussière ? J'ai l'impression que toute cette histoire tourne autour de la Poussière, mais personne ne m'a expliqué ce que c'était.

– Je ne sais pas, répondit Serafina Pekkala. Les sorcières ne se sont jamais préoccupées de la Poussière. Tout ce que je peux te dire, c'est que partout où il y a des prêtres les gens ont peur de la Poussière. Mme Coulter n'est pas prêtre, mais c'est un puissant agent du Magisterium. C'est elle qui a fondé le Conseil d'Oblation, et persuadé l'Église de subventionner la Station de Bolvangar, parce qu'elle s'intéresse énormément à la Poussière. Nous autres sorcières ne pouvons pas comprendre les raisons de cet engouement. Mais il y a beaucoup de choses que nous n'avons jamais comprises. En voyant les Tartares se faire des trous dans le crâne, on ne peut que s'étonner devant cette pratique étrange. La Poussière peut paraître étrange elle aussi, et on s'interroge, sans toutefois se mettre martel en tête et tout détraquer pour l'examiner. Laissons cela à l'Église.

– L'Église ? répéta Lyra.

Quelque chose lui était revenu en mémoire : elle se souvenait d'avoir parlé avec Pantalaimon, dans les Fens, de la force mystérieuse qui faisait bouger l'aiguille de l'aléthiomètre, et ils avaient pensé au moulin à photons sur le grand autel de Gabriel College, aux particules élémentaires qui actionnaient les petites pales. L'Intercesseur n'avait aucun doute concernant le lien entre les particules élémentaires et la religion.

– … Oui, peut-être, dit-elle en hochant la tête. Après tout, les affaires de l'Église sont souvent tenues secrètes. Mais il s'agit, la plupart du temps, de choses anciennes, et la Poussière ne l'est pas, à ma connaissance. Je me demande si Lord Asriel m'expliquera…

Elle bâilla de nouveau.

– Je ferais mieux de m'allonger, dit-elle à Serafina Pekkala, si je ne veux pas me transformer en glaçon. J'ai déjà eu froid à terre, mais jamais à ce point. S'il se met à faire encore plus froid, je vais mourir.

– Couche-toi et enveloppe-toi bien dans les fourrures.

–Oui, c'est ce que je vais faire. D'ailleurs, si je dois mourir, je préfère mourir ici, dans le ciel, que là-bas, à Bolvangar. Quand ils nous ont placés sous cette grande lame, je me suis dit que c'était la fin… Avec Pantalaimon, on a pensé la même chose tous les deux. Oh, quelle torture ! Bon, on va dormir un peu. Réveillez-nous quand on sera arrivés.

Elle s'allongea sur le tas de fourrures, avec des gestes maladroits, tout le corps ankylosé par le froid intense, et se blottit contre Roger qui dormait toujours.

Les quatre voyageurs poursuivirent ainsi leur traversée, endormis à bord du ballon couvert d'une pellicule de glace, en direction des rochers et des glaciers, des mines et des forteresses de glace de Svalbard.

Serafina Pekkala alerta l'aéronaute, qui se réveilla en sursaut, engourdi par le froid ; mais en sentant les mouvements de la nacelle, il comprit tout de suite qu'il se passait quelque chose d'anormal. Celle-ci se balançait violemment, tandis que le ballon était secoué par de puissantes rafales, et les sorcières qui tenaient la corde avaient le plus grand mal à le contrôler. Si jamais elles lâchaient prise, le ballon dévierait aussitôt de sa trajectoire et, à en juger par le coup d'œil que Scoresby jeta à la boussole, il serait emporté vers la Nova Zembla à plus de cent cinquante kilomètres à l'heure.

–Où sommes-nous ? l'entendit crier Lyra.

Celle-ci commençait à se réveiller, dérangée par le balancement anormal, chacun de ses membres engourdi par le froid glacial.

Elle n'entendit pas la réponse de la sorcière, mais à travers ses paupières mi-closes, elle vit, éclairé par une lampe ambarique, Lee Scoresby s'accrocher à une armature et se saisir d'une corde qui disparaissait à l'intérieur du ballon lui-même. Il tira dessus d'un coup sec, comme s'il essayait de la libérer, et leva les yeux vers cette masse obscure et gonflée, avant d'enrouler la corde autour d'un taquet de l'anneau de suspension.

— Je lâche un peu de gaz ! cria-t-il à Serafina Pekkala. On va descendre. On est beaucoup trop haut.

La réponse de la sorcière échappa à Lyra, encore une fois. Roger se réveillait à son tour ; il est vrai que les grincements de la nacelle auraient suffi à réveiller un mort, sans parler de l'amplitude du balancement. Le dæmon de Roger et Pantalaimon, transformés en ouistitis, s'accrochaient l'un à l'autre, tandis que Lyra s'efforçait de rester allongée, refusant de céder à la panique.

— Ce n'est rien ! s'exclama Roger d'un ton qui exprimait une décontraction que Lyra était loin d'éprouver. Dès qu'on aura atterri, on fera un bon feu pour se réchauffer. J'ai des allumettes dans ma poche ; je les ai volées dans les cuisines de Bolvangar.

Le ballon perdait de l'altitude, sans aucun doute, car ils furent bientôt enveloppés par un nuage épais et glacé. Des lambeaux cotonneux envahirent l'intérieur de la nacelle et, brusquement, tout s'obscurcit. Lyra n'avait jamais vu un brouillard aussi épais. Serafina Pekkala poussa un cri. L'aéronaute défit la corde enroulée autour du taquet et la laissa filer entre ses doigts. Elle jaillit vers le ciel et, malgré les grincements et le gémissement du vent dans les gréements, Lyra entendit, ou sentit, un bruit sourd quelque part au-dessus de sa tête.

Lee Scoresby vit son regard affolé.

— C'est la valve des gaz, cria-t-il. Elle se ferme avec un ressort pour empêcher le gaz de s'échapper. Quand je l'abaisse, le gaz sort par le haut, on perd de la poussée et on descend.

— On va bientôt...

Elle ne put achever sa phrase, car une chose effroyable se produisit au même moment. Une créature de la taille d'un enfant, avec des ailes parcheminées et des griffes crochues, escaladait le flanc de la nacelle, en direction de Lee Scoresby. Elle avait une tête plate, des yeux exorbités et une énorme bouche de grenouille, d'où s'échappait une puanteur épouvantable. Lyra n'eut même pas le temps de hurler ; Iorek Byrnison repoussa la créature d'un coup de griffes. Elle lâcha prise et disparut dans les nuages en poussant un long hurlement perçant.

— Les monstres des falaises, commenta simplement Iorek.

Presque aussitôt, Serafina Pekkala réapparut ; elle s'accrocha à la nacelle et déclara d'une voix pressante :

— Les monstres des falaises attaquent ! Nous allons poser le ballon, et ensuite, nous devrons nous défendre. Ils...

Lyra n'entendit pas la suite, car il se produisit un bruit de déchirure, et le ballon bascula sur le côté. Un choc énorme projeta les trois humains contre la paroi de la nacelle, là où Iorek avait empilé les plaques de son armure. Celui-ci tendit sa grosse patte pour les empêcher de tomber par-dessus bord, car la nacelle tanguait dangereusement. Serafina Pekkala avait disparu. Le vacarme était effrayant : chaque bruit s'accompagnait des cris stridents des monstres des falaises, et Lyra les voyait passer à toute vitesse, laissant derrière eux un sillage nauséabond.

Une nouvelle secousse se produisit, si soudaine qu'ils se retrouvèrent tous projetés sur le plancher, et la nacelle tomba à pic, à une vitesse effrayante, en tournoyant. On aurait dit qu'ils s'étaient détachés du ballon et tombaient en chute libre. Il y eut une nouvelle série de secousses ; la nacelle était projetée de droite à gauche, comme s'ils rebondissaient maintenant entre des parois rocheuses.

La dernière chose que vit Lyra, ce fut Lee Scoresby pointant le grand canon de son pistolet vers la gueule d'un monstre, puis elle ferma les yeux et s'accrocha à la fourrure de Iorek Byrnison, avec toute l'énergie de la terreur. Les hurlements, les cris stridents, les coups de fouet et le ululement du vent, les craquements de la nacelle, semblables aux râles d'un animal que l'on torture, tout cela emplissait l'air d'un vacarme à vous glacer le sang.

C'est alors que se produisit le choc le plus violent, et Lyra fut éjectée de la nacelle, incapable de s'accrocher au pelage de l'ours ; le souffle coupé, elle atterrit dans un tel enchevêtrement de membres et de fourrures qu'elle ne pouvait différencier le haut du bas. Son visage, à l'intérieur de la capuche bien serrée, était recouvert d'une fine poudre sèche et glacée, comme des cristaux…

C'était de la neige ; elle avait atterri dans une congère ! Tellement meurtrie qu'elle ne parvenait pas à rassembler ses pensées, elle demeura ainsi immobile pendant plusieurs secondes, avant de songer à cracher la neige qu'elle avait dans la bouche et à respirer, faiblement, jusqu'à ce que l'air recommence à entrer dans ses poumons.

Elle ne souffrait d'aucune blessure ; elle avait simplement le souffle coupé. Avec prudence, elle essaya de remuer les mains, les pieds, les bras, les jambes, puis de lever la tête. Elle ne voyait presque rien, car sa capuche était encore pleine de neige. Au prix d'un gros effort, comme si chacune de ses mains pesait une tonne, elle l'abaissa et regarda autour d'elle. Elle découvrit alors un monde gris, des gris pâles et des gris sombres, et noir aussi, où des nappes de brouillard flottaient comme des linceuls.

Les seuls bruits qu'elle entendait étaient les cris lointains des monstres des falaises, tout là-haut dans le ciel, et le fracas des vagues contre les rochers, plus loin.

– Iorek ! cria-t-elle.

Sa voix était faible et tremblante ; elle essaya de nouveau, mais personne ne répondit.

– Roger ! cria-t-elle cette fois, sans plus de succès.

À cet instant, elle aurait pu se croire seule au monde mais, bien entendu, ce n'était pas le cas, et Pantalaimon sortit de son parka, sous la forme d'une souris, pour lui tenir compagnie.

– J'ai vérifié l'état de l'aléthiomètre, dit-il. Pas de casse, il est intact.

– On est perdus, Pan ! Tu as vu ces horribles monstres des falaises ? Et M. Scoresby qui leur a tiré dessus ? Que Dieu nous garde s'ils descendent ici…

– Essayons de retrouver la nacelle.

– Évitons de crier, dit Lyra. Je viens de le faire, mais peut-être qu'il est préférable de se taire ; ils risquent de nous entendre. Si seulement je savais où on est.

– Peut-être qu'il vaut mieux ne pas le savoir, fit remarquer le dæmon. Si ça se trouve, on est au pied d'une falaise, sans aucune issue, et quand le brouillard va se dissiper, les monstres vont nous voir.

Après s'être reposée encore quelques minutes, Lyra tâtonna autour d'elle et s'aperçut qu'elle avait atterri entre deux rochers recouverts de glace. Tout était enveloppé d'une pellicule de brouillard givré ; d'un côté lui parvenait le fracas des vagues, à une cinquantaine de mètres autant qu'elle pût en juger, et tout là-haut, les cris stridents des monstres des falaises continuaient à résonner, bien qu'ils fussent quelque peu atténués. On ne voyait pas à plus de deux ou trois mètres, et dans cette purée de pois, même les yeux de chouette de Pantalaimon étaient inutiles.

Lyra avançait péniblement, glissant sur les rochers rugueux, tournant le dos au bruit des vagues pour remonter un peu sur la grève, où elle ne trouva que des rochers et de la neige. Aucune trace du ballon ni de ses passagers.

— Ils n'ont pas pu se volatiliser, murmura-t-elle.

Devenu chat, Pantalaimon rôdait un peu plus loin ; c'est ainsi qu'il découvrit les quatre gros sacs de sable, éventrés, dont le contenu éparpillé avait déjà commencé à geler.

— Le lest, commenta Lyra. M. Scoresby les a sans doute largués pour reprendre de l'altitude…

Elle déglutit avec peine pour tenter de faire disparaître la boule qui lui obstruait la gorge, ou la peur qui lui nouait l'estomac, ou les deux.

— Mon Dieu, j'ai peur, dit-elle. Pourvu qu'ils soient sains et saufs.

Pantalaimon sauta dans ses bras et, redevenant souris, il se faufila dans la capuche de Lyra où personne ne pouvait le voir. Soudain, elle entendit un bruit, un raclement sur la pierre, et se retourna.

—Ior… !

Sa voix mourut dans sa gorge. Ce n'était pas Iorek Byrnison. C'était un ours inconnu, vêtu d'une armure étincelante, constellée de gouttes de rosée transformées en givre, avec une plume plantée dans son casque.

Il se tenait à deux mètres d'elle, immobile, et Lyra crut réellement que son heure avait sonné.

L'ours ouvrit la gueule pour pousser un rugissement. L'écho qui se répercuta contre les falaises déclencha de nouveaux cris stridents tout là-haut dans le ciel. C'est alors qu'un second ours surgit du brouillard, puis un troisième. Pétrifiée, Lyra serrait ses petits poings. Les ours ne bougèrent pas, jusqu'à ce que le premier demande :

—Ton nom ?

—Lyra.

—D'où viens-tu ?

—Du ciel.

—Dans un ballon ?

—Oui.

—Suis-nous. Tu es notre prisonnière. Allez, en route. Vite !

Épuisée et terrorisée, Lyra suivit l'ours sans un mot, en trébuchant sur les rochers déchiquetés et glissants. Elle se demandait comment diable elle allait bien pouvoir se sortir de ce pétrin.

19
Captivité

Les ours conduisirent Lyra dans un ravin creusé entre les falaises, où le brouillard était encore plus dense que sur le rivage. Les cris des créatures monstrueuses et le fracas des vagues s'atténuaient à mesure qu'ils montaient, et bientôt ils n'entendirent plus que les lamentations incessantes des oiseaux marins. Sans un mot, ils escaladaient les rochers et les congères, et Lyra avait beau scruter la grisaille étouffante, tendre l'oreille dans l'espoir d'entendre un bruit révélateur de la présence de ses amis, c'était comme si elle était le seul être humain à Svalbard, et Iorek aurait pu tout aussi bien être mort.

L'ours-sergent resta muet jusqu'à ce qu'ils atteignent une étendue plane. Là, ils s'arrêtèrent. À en juger par le bruit des vagues, très lointain, ils se trouvaient maintenant au sommet des falaises, et Lyra n'osait pas s'enfuir de peur de basculer dans le vide.

– Regarde, ordonna l'ours, alors qu'un souffle de vent écartait le lourd rideau de brouillard.

La lumière du jour n'était pas plus éclatante pour

410

autant, mais Lyra leva les yeux comme on le lui demandait et se retrouva face à une gigantesque construction de pierre. Aussi haute que le plus haut bâtiment de Jordan College, elle était beaucoup plus massive, et ornée de sculptures guerrières montrant des ours victorieux et des Skraelings vaincus, des Tartares enchaînés, esclaves dans les mines, ou des zeppelins venus des quatre coins du monde pour apporter des cadeaux et des tributs au roi des ours, Iofur Raknison.

Du moins, c'est ce qu'expliqua l'ours-sergent, et Lyra fut forcée de le croire sur parole car chaque saillie, chaque relief de la façade entièrement sculptée était occupé par des fous de Bassan et des skuas, qui ne cessaient de croasser et de pousser des cris stridents, en tournoyant dans le ciel bas. Leurs fientes avaient recouvert la moindre parcelle du bâtiment d'une épaisse couche grisâtre.

Indifférents à cette saleté, les ours franchirent l'immense porche, avançant sur le sol gelé, constellé lui aussi de déjections. Il y avait une cour, de grands escaliers, des portes, et chaque fois, des ours en armure réclamaient aux nouveaux venus un mot de passe. Leurs armures astiquées étincelaient ; leurs casques s'ornaient d'une plume. Lyra ne pouvait s'empêcher de comparer chaque ours qu'elle voyait à Iorek Byrnison, toujours à l'avantage de ce dernier : il était plus puissant, plus gracieux aussi, et son armure était une véritable armure, couleur rouille, tachée de sang, bosselée de traces de coups, ce n'était pas une parure décorative, élégante et soignée comme toutes celles qu'elle voyait autour d'elle.

À mesure qu'ils s'enfonçaient à l'intérieur du château, la température augmentait. L'odeur qui régnait dans le palais de Iofur était répugnante : mélange de graisse de phoque rance, d'excréments, de sang, de déchets de toutes sortes. Lyra baissa sa capuche pour avoir un peu d'air, mais elle ne put s'empêcher de plisser le nez. « Pourvu que les ours ne sachent pas interpréter les expressions humaines », se dit-elle. À intervalles réguliers, des équerres de fer soutenaient des lampes à graisse de baleine qui projetaient des ombres dansantes, et il n'était pas toujours aisé de voir où l'on mettait les pieds.

Finalement, ils s'arrêtèrent devant une épaisse porte de fer. Un ours-garde actionna un énorme loquet, et le sergent se retourna brusquement vers Lyra, et la jeta à l'intérieur, la tête la première. Avant même d'avoir pu se relever, elle entendit la porte se refermer bruyamment derrière elle.

Il régnait dans ce cachot une obscurité profonde, mais Pantalaimon eut la bonne idée de se transformer en luciole pour projeter une faible lueur autour d'eux. Ils se trouvaient dans une cellule exiguë dont les murs suintaient d'humidité, avec un banc de pierre pour seul ameublement. Dans le coin le plus éloigné, on distinguait un tas de haillons qui servait sans doute de couche, et c'était tout ce que Lyra voyait.

Elle s'assit en tailleur, avec Pantalaimon sur son épaule, et fouilla dans ses vêtements pour récupérer l'aléthiomètre.

– Il a beaucoup souffert, on dirait, mon pauvre Pan, murmura-t-elle. J'espère qu'il fonctionne encore.

Pantalaimon vint se poser sur son poignet afin de l'éclairer, pendant que Lyra se concentrait. Elle s'émerveillait de constater que, en dépit de sa situation périlleuse, il lui suffisait de s'asseoir pour trouver la sérénité dont elle avait besoin pour déchiffrer l'aléthiomètre. Celui-ci faisait tellement partie d'elle-même maintenant que les questions les plus complexes se traduisaient toutes seules sous la forme des symboles qui les composaient, aussi naturellement que ses muscles actionnaient ses membres ; elle n'avait même pas besoin de réfléchir.

Elle déplaçait les aiguilles et posait la question mentalement :

« Où est Iorek ? »

La réponse fut immédiate :

« À une journée de marche d'ici, il a été emporté par le ballon après l'accident. Mais il se dépêche. »

« Et Roger ? »

« Avec Iorek. »

« Que va faire Iorek ? »

« Il a l'intention de s'introduire de force dans le palais pour te libérer, malgré le danger. »

Lyra rangea l'aléthiomètre, plus inquiète encore qu'auparavant.

— Ils ne le laisseront pas faire, hein ? dit-elle. Ils sont trop nombreux. Ah, si seulement j'étais une sorcière, Pan, tu pourrais aller lui porter un message, et nous pourrions élaborer un véritable plan...

C'est alors qu'elle eut la peur de sa vie.

Une voix d'homme s'éleva dans l'obscurité, tout près d'elle.

— Qui es-tu ?

Lyra se leva d'un bond en poussant un cri d'effroi. Se transformant aussitôt en chauve-souris, Pantalaimon tournoya au-dessus de sa tête en couinant, tandis que la fillette reculait contre le mur suintant.

– Alors ? Hein ? dit l'homme. Qui est là ? Parlez ! Parlez !

– Pan, redeviens luciole, dit Lyra d'une voix tremblante. Mais ne t'approche pas trop.

Le petit point lumineux dansa dans les airs, voltigeant autour de la tête de l'homme. Car il ne s'agissait pas d'un tas de haillons, mais d'un homme à la barbe grise, enchaîné au mur, dont les yeux étincelaient dans la brillance de Pantalaimon. De longs cheveux filasse pendaient sur ses épaules. Son dæmon, un serpent à l'air las, lové sur ses genoux, dardait parfois sa langue fourchue quand Pantalaimon passait trop près.

– Comment vous appelez-vous ? demanda-t-elle.

– Jotham Santelia. Je suis professeur de cosmologie, titulaire d'une chaire de fondation royale à l'université de Gloucester. Et toi, qui es-tu ?

– Je m'appelle Lyra Belacqua. Pourquoi vous a-t-on enfermé ?

– Par malveillance et jalousie… D'où viens-tu ? Hein ?

– De Jordan College.

– Quoi ? Oxford ?

– Oui.

– Cette crapule de Trelawney est toujours là-bas ?

– Le professeur Palmérien ? Oui, oui, dit-elle.

– Nom de Dieu ! Ils auraient dû l'obliger à démissionner depuis longtemps. Sale plagiaire ! Poseur !

Lyra répondit par un petit grognement neutre.

– A-t-il enfin publié son étude sur les photons des rayons gamma ? demanda le professeur en tendant le visage vers Lyra.

Elle eut un mouvement de recul.

– Euh… je ne sais pas, répondit-elle tout d'abord, puis

414

l'habitude reprit le dessus, et elle inventa une histoire. Non, non, ça me revient maintenant. Il a dit qu'il devait encore vérifier quelques chiffres. Et… il a dit aussi qu'il allait publier un article sur la Poussière.

– Le scélérat ! Le voleur ! La canaille ! La crapule ! s'écria le vieil homme.

Il tremblait si violemment que Lyra craignit qu'il ne succombât à une crise cardiaque. Son dæmon glissa paresseusement de ses genoux, tandis que le professeur se frappait les cuisses avec rage. Des filets de bave pendaient de sa bouche.

– C'est vrai, renchérit Lyra, j'ai toujours pensé, moi aussi, que c'était un voleur. Une crapule et tout le reste.

Bien qu'il fût hautement improbable qu'une fillette dépenaillée surgisse un beau jour dans sa cellule pour lui parler de l'homme qui peuplait ses obsessions, le professeur ne sembla pas s'en étonner. « Aucun doute, se dit Lyra, ce pauvre homme est fou. » Mais peut-être possédait-il quelques renseignements qui pourraient lui être utiles ?

Elle vint s'asseoir prudemment à côté de lui, veillant toutefois à ce qu'il ne puisse pas la toucher, mais suffisamment près pour que la petite lumière de Pantalaimon éclaire son visage.

– Le professeur Trelawney aimait se vanter, dit-elle, en affirmant qu'il connaissait bien le roi des ours…

– Il se vante, hein ? Ah ! Ah ! Évidemment qu'il se vante ! Ce n'est qu'un sale prétentieux ! Et un pirate ! Il ne peut s'enorgueillir d'aucune découverte originale ! Il a tout volé aux autres !

– Oui, c'est exact, dit Lyra avec conviction. Et quand, par hasard, il fait quelque chose tout seul, il se trompe !

— Absolument ! Aucun talent, aucune imagination !
Un charlatan sur toute la ligne !

— Je suis sûre, dit Lyra, que vous en savez beaucoup plus
que lui sur les ours, par exemple.

— Les ours ? Ah ! Je pourrais écrire un traité sur les ours !
C'est d'ailleurs pour ça qu'ils m'ont enfermé, figure-toi.

— Ah bon ?

— Je sais trop de choses sur eux, mais ils n'osent pas me
tuer. Ce n'est pourtant pas l'envie qui leur manque. Je le
sais. J'ai des amis. Des amis puissants !

— Certainement, dit Lyra. Et je parie que vous feriez un
merveilleux enseignant. Avec tout votre savoir et votre
expérience.

Dans les profondeurs de sa folie, une petite lueur de
bon sens continuait de briller malgré tout, et il lui jeta un
regard mauvais, comme s'il la soupçonnait de faire de
l'ironie. Mais toute sa vie, Lyra avait côtoyé des universitaires soupçonneux et grognons ; et elle le regarda avec
une telle admiration que le vieil homme fut rassuré.

— Enseignant…, répéta-t-il. Enseignant… Oui, je pourrais enseigner. Qu'on me donne le bon élève, je saurai allumer un feu dans son esprit !

— Vos connaissances ne doivent pas se perdre, ajouta
Lyra. Elles doivent se transmettre, pour que les gens se sou-
viennent de vous.

— C'est juste, dit le professeur en acquiesçant avec gravité. C'est finement observé, petite. Comment t'appelles-
tu ?

— Lyra, répéta-t-elle. Vous pourriez m'apprendre ce que
vous savez sur les ours ?

— Les ours…

–Évidemment, j'aimerais tout savoir sur la cosmologie et la Poussière, mais je ne suis pas assez intelligente. Pour ça, il vous faut des élèves réellement brillants. Mais vous pourriez me transmettre vos connaissances sur les ours. Ce serait un bon point de départ, et peut-être qu'on pourrait en arriver à la Poussière.

Le professeur acquiesça de nouveau.

–Oui, tu as sans doute raison. Il existe une corrélation entre le microcosme et le macrocosme ! Les étoiles sont vivantes, petite. Le savais-tu ? Tout ce qui nous entoure est vivant, et il existe de grandes visées loin d'ici ! L'univers est rempli d'intentions. Tout ce qui se produit a un but. Ton but est de me le rappeler. Bravo, bravo… dans mon désespoir, je l'avais oublié. Bravo ! Excellent, petite !

–Vous avez déjà rencontré le roi ? Iofur Raknison ?

–Oh oui, bien sûr. Je suis venu ici à son invitation, figure-toi. Il voulait créer une université. Il voulait me nommer Vice-Président. De quoi en boucher un coin à l'Institut Arctique Royal, hein ? Et à cette crapule de Trelawney ! Ah ah !

–Que s'est-il passé ?

–J'ai été trahi par des médiocres. Parmi lesquels Trelawney, évidemment. Il est venu ici. À Svalbard. Il a répandu des mensonges et des calomnies sur mes compétences. Diffamation ! Calomnie ! Qui a découvert la preuve définitive du théorème de Barnard-Stokes, hein ? Hein ? Eh oui, Santelia lui-même ! Trelawney ne pouvait pas le supporter. Il a menti effrontément. Il a poussé Iofur Raknison à me jeter dans ce cachot. Mais un jour, j'en sortirai, tu verras. Et je serai Vice-Président. Oh, oui. Que Trelawney vienne me supplier ensuite ! Que le Comité de publication

de l'Institut Arctique Royal ose rejeter mes contributions !
Ah ah ! Je dénoncerai toutes leurs bassesses !

— Je pense que Iorek Byrnison vous croira, quand il reviendra, dit Lyra.

— Iorek Byrnison ? Inutile de compter sur lui. Il ne reviendra jamais.

— Si. Il est même en chemin.

— Dans ce cas, ils le tueront. Ce n'est plus un ours. C'est un paria. Comme moi. On l'a rejeté. Il ne jouit plus des privilèges accordés aux ours.

— Supposons que Iorek Byrnison revienne, malgré tout. Et supposons qu'il défie Iofur Raknison en duel…

— Oh, c'est impossible, déclara le professeur d'un ton catégorique. Jamais Iofur Raknison ne s'abaissera à accorder à Iorek Byrnison le droit de l'affronter. Il n'a plus aucun droit. Ce n'est plus un ours, je te le répète ; ce pourrait être un phoque ou un morse. Ou pire : un Tartare ou un Skraeling. Ils n'accepteront jamais de le combattre avec les honneurs comme un ours ; ils le tueront avec leurs lance-feu sans même le laisser approcher. Aucune chance. Aucune pitié.

— Oh, fit Lyra, accablée par le désespoir. Et les autres prisonniers des ours ? Vous savez où ils sont enfermés ?

— Les autres prisonniers ?

— Oui, comme… Lord Asriel.

L'attitude du professeur se modifia brusquement. Il recula contre le mur en secouant la tête d'un air affolé.

— Chut ! Tais-toi ! Ils vont t'entendre, murmura-t-il.

— Il ne faut pas parler de Lord Asriel ?

— C'est interdit ! Et dangereux ! Iofur Raknison ne veut pas que l'on prononce son nom !

—Pourquoi ? demanda Lyra en se rapprochant du professeur et en parlant à voix basse afin de ne pas l'inquiéter.

—Iofur Raknison a reçu pour mission spéciale, confiée par le Conseil d'Oblation, de garder Lord Asriel prisonnier, expliqua le vieil homme dans un murmure. Mme Coulter est venue en personne pour rencontrer Iofur et lui offrir toutes sortes de récompenses s'il conservait Lord Asriel à l'écart. Je le sais car, à l'époque, j'étais dans les bonnes grâces de Iofur. J'ai même rencontré Mme Coulter ! Parfaitement. J'ai eu une longue conversation avec elle. Iofur était follement épris de cette femme. Il en parlait sans cesse. Il ferait n'importe quoi pour elle. Si elle voulait exiler Lord Asriel à des milliers de kilomètres, son désir serait exaucé. Cette chère Mme Coulter n'avait qu'à demander. Savais-tu qu'il allait donner le nom de cette femme à la capitale ?

—Et donc, personne n'a le droit d'approcher de Lord Asriel ?

—Personne ! Jamais ! Malgré tout, Iofur a peur de Lord Asriel. Il joue un jeu dangereux. Mais c'est un malin. Il a contenté les deux parties. D'un côté, il a gardé Lord Asriel en quarantaine, pour faire plaisir à Mme Coulter. Et de l'autre, il a permis à Lord Asriel de se procurer tout le matériel qu'il souhaitait pour ses expériences. Mais cet équilibre ne peut pas durer. C'est trop instable. On ne peut pas satisfaire les deux camps. La fonction d'onde de cette situation va bientôt s'affaiblir. Je le sais de source sûre.

—Ah bon ? dit Lyra, qui avait l'esprit ailleurs, car elle réfléchissait à ce qu'il venait de dire.

—Oui. La langue de mon dæmon reconnaît le goût des probabilités, figure-toi.

—Le mien aussi. Au fait, professeur, quand est-ce qu'ils nous donnent à manger ?

—À manger ?

—Ils nous apportent forcément de la nourriture de temps en temps, sinon, on mourrait de faim. Et je vois des os par terre. Je suppose que ce sont des restes de phoques, non ?

—Des phoques… je ne sais pas. Peut-être.

Lyra se leva et marcha jusqu'à la porte à tâtons. Il n'y avait pas de poignée, naturellement, ni trou de serrure, et le battant était si bien ajusté qu'aucune lumière ne passait, ni en haut ni en bas. Elle colla son oreille contre l'huis, mais n'entendit aucun bruit. Dans son dos, le vieil homme marmonnait des paroles inintelligibles. Elle entendit le bruit de sa chaîne, tandis qu'il se retournait péniblement et s'allongeait de l'autre côté. Très vite, il se mit à ronfler.

Elle regagna le banc, toujours à tâtons. Fatigué de dispenser de la lumière, Pantalaimon était redevenu chauve-souris et voletait dans le cachot en poussant de petits cris, tandis que Lyra, assise sur le banc, se rongeait un ongle.

Soudain, de manière totalement inattendue, elle se souvint des paroles prononcées par le professeur Palmérien, dans le Salon de Jordan College. Quelque chose la tracassait depuis que Iorek Byrnison avait mentionné pour la première fois le nom de Iofur, et voilà que la mémoire lui revenait : ce que Iofur Raknison désirait plus que tout au monde, avait dit le professeur Trelawney, c'était un dæmon.

Évidemment, elle n'avait pas compris, sur le moment, ce qu'il voulait dire, car il avait parlé de panserbjornes au lieu d'employer le mot anglais, et Lyra ignorait qu'il parlait des ours ; de même elle ignorait que Iofur Raknison n'était pas un homme. Or, un homme avait forcément un dæmon, cela n'avait donc aucun sens.

Mais tout devenait clair maintenant. Tout ce qu'elle avait entendu dire au sujet de l'ours-roi se recoupait : le plus grand désir du puissant Iofur Raknison était d'être un homme, avec un dæmon.

Et tandis qu'elle se faisait cette réflexion, une idée lui vint : le moyen d'inciter Iofur Raknison à faire une chose qu'il ne ferait jamais en temps normal ; un moyen de rendre à Iorek Byrnison son trône légitime ; un moyen, enfin, d'atteindre l'endroit où ils avaient enfermé Lord Asriel, pour lui remettre l'aléthiomètre.

Cette idée, encore fragile, flottait dans son esprit comme une bulle de savon, et Lyra n'osait pas la regarder en face, de peur de la voir éclater. Mais elle savait comment se comportent les idées, aussi la laissa-t-elle se développer lentement dans son coin, en regardant ailleurs et en pensant à autre chose.

Elle était presque endormie quand la porte s'ouvrit dans un fracas métallique de verrous. La lumière se déversa à l'intérieur du cachot, et Lyra se leva d'un bond. Pantalaimon s'était précipité dans sa poche.

Dès que l'ours-garde baissa la tête pour saisir dans sa gueule le morceau de viande de phoque et le lancer à l'intérieur, elle s'approcha et lui dit :

– Conduisez-moi auprès de Iofur Raknison. Si vous ne le faites pas, vous aurez des ennuis. C'est très urgent.

L'ours laissa tomber le morceau de viande et leva la tête. Ce n'était pas facile de déchiffrer les expressions des ours, mais celui-ci paraissait furieux.

– Ça concerne Iorek Byrnison, ajouta-t-elle. Je sais à son sujet quelque chose qui intéressera le roi.

– Dis-moi de quoi il s'agit, je lui transmettrai le message, répondit l'ours.

– Non, impossible. Personne ne peut être au courant avant le roi, dit Lyra. Désolée, je ne veux pas être malpolie, mais la loi veut que le roi soit toujours la première personne avertie.

Peut-être cet ours était-il idiot. Quoi qu'il en soit, il eut un moment d'hésitation, puis il lança le morceau de phoque dans le cachot, et déclara :

– Très bien. Viens avec moi.

Il la conduisit dehors, à l'air libre, ce dont elle le remercia en son for intérieur. Le brouillard s'était levé et des étoiles brillaient au-dessus des hauts murs de la cour. Le gardien échangea quelques mots avec un congénère, qui s'adressa à Lyra.

– Personne ne peut voir Iofur Raknison à sa guise, dit-il. Il faut attendre qu'il ait envie de vous voir.

– Ce que j'ai à lui dire est très urgent. Ça concerne Iorek Byrnison. Je suis sûre que sa Majesté voudra être mise au courant, mais je ne peux en parler à personne d'autre, vous comprenez ? Ce ne serait pas correct. Et le Roi serait furieux s'il l'apprenait.

Cet argument sembla avoir un certain poids, suffisant en tout cas pour impressionner l'ours et le faire réfléchir. Lyra était certaine d'avoir bien analysé la situation : Iofur Raknison avait apporté tant de bouleversements dans les règles qu'aucun ours ne savait sur quel pied danser. Elle pouvait donc exploiter cette indécision générale pour accéder à Iofur.

L'ours s'absenta pour aller consulter son supérieur hiérarchique, et peu de temps après Lyra fut de nouveau introduite dans le palais, mais dans les quartiers officiels cette fois. L'endroit n'était pas plus propre pour autant, au contraire, l'air semblait même plus épais que dans le cachot, car on avait tenté de masquer la puanteur avec des parfums entêtants. On la fit attendre dans un couloir, puis dans une antichambre, et enfin, derrière une grande porte, pendant que les ours discutaient, se disputaient et couraient dans tous les sens. Elle eut ainsi le temps d'observer la décoration grotesque : les murs débordaient de moulures dorées à la feuille d'or, dont certaines s'effritaient déjà sous l'effet de l'humidité ; les tapis colorés étaient jonchés d'immondices.

Finalement, la grande porte s'ouvrit de l'intérieur. Dans la lumière aveuglante d'une demi-douzaine de lustres, au milieu de ces mêmes parfums capiteux qui flottaient dans l'air, elle découvrit tout d'abord un tapis écarlate, puis les visages d'une dizaine d'ours, ou plus, qui la regardaient fixement ; aucun ne portait d'armure, mais tous arboraient une sorte de décoration : un collier en or, une coiffe de plumes pourpres, une écharpe rouge vermillon. Bizarrement, il y avait également des oiseaux dans cette pièce ; des hirondelles de mer et des skuas, perchés sur les moulures en stuc, volaient parfois en rase-mottes pour chiper les morceaux de poisson tombés d'un nid installé dans un des lustres.

Au fond de la pièce, sur une estrade, se dressait un trône imposant. Il était en granit pour donner une impression de force inébranlable mais, comme beaucoup d'autres choses dans le palais de Iofur, il s'ornait d'une débauche de draperies et de festons dorés, semblables à des guirlandes de Noël sur une montagne.

Sur ce trône était assis l'ours le plus gigantesque que Lyra ait jamais vu. En vérité, Iofur Raknison était encore plus grand et plus massif que Iorek ; son visage était beaucoup plus mobile et expressif, empreint d'une sorte d'humanité qu'elle n'avait jamais vue chez Iorek. Quand Iofur posa son regard sur elle, Lyra eut l'impression que c'était un homme qui la regardait, un homme comme ceux qu'elle avait rencontrés chez Mme Coulter, un politicien habile, habitué au pouvoir. Il portait autour du cou une lourde chaîne en or, au bout de laquelle pendait une pierre précieuse trop voyante, et ses griffes – qui mesuraient au moins quinze centimètres – étaient recouvertes de feuille d'or. Il se dégageait de l'ensemble une impression de force et d'énergie gigantesques, d'habileté aussi ; Iofur était suffisamment impressionnant pour se permettre d'arborer ces ornements clinquants ; ils ne lui donnaient pas un air absurde, au contraire, ils lui conféraient un aspect barbare et grandiose.

Lyra frissonna. Son idée lui semblait soudain trop invraisemblable pour être formulée. Malgré tout, elle se rapprocha légèrement, car il le fallait, et elle s'aperçut que Iofur tenait quelque chose sur ses genoux, comme un humain tiendrait un chat, ou un dæmon.

Il s'agissait, en réalité, d'une grande poupée de chiffons, un mannequin doté d'un visage humain dénué d'expression. La poupée était habillée comme aurait pu l'être Mme Coulter, et d'ailleurs, se dit Lyra, il existait une certaine ressemblance entre les deux. Iofur faisait comme s'il possédait un dæmon ! À cet instant, Lyra comprit qu'elle n'avait rien à craindre.

Elle approcha du trône et salua bien bas, tandis que Pantalaimon restait soigneusement caché au fond de sa poche.

— Nous vous saluons, grand Roi, dit-elle. Ou plutôt, devrais-je dire, je vous salue. Moi seule, sans lui.

— Lui ? De qui parles-tu ?

La voix de Iofur Raknison était plus douce qu'elle ne l'aurait cru, teintée de variations expressives et de nuances. Quand il parlait, il agitait sa patte devant sa gueule pour chasser les mouches qui s'y regroupaient.

— Iorek Byrnison, votre Majesté, dit Lyra. J'ai quelque chose de très important et de très secret à vous apprendre, et je préfère que ce soit en privé.

— Quelque chose qui concerne Iorek Byrnison ?

Elle s'approcha davantage, en enjambant soigneusement les crottes d'oiseaux qui jonchaient le sol, repoussant les mouches qui bourdonnaient devant son visage.

— Cela concerne les dæmons, dit-elle, à voix basse pour être entendue de lui seul.

L'expression de Iofur se modifia. Lyra ne pouvait pas la déchiffrer, mais elle voyait bien qu'il était très intéressé. Soudain, il descendit lourdement de son trône, obligeant la fillette à faire un bond sur le côté, et aboya un ordre. Les autres ours baissèrent la tête et reculèrent vers la sortie. Les oiseaux, effrayés par son rugissement, tournoyèrent dans la pièce en criaillant, avant de retourner se poser dans leurs nids.

Dès que tout le monde eut quitté la salle du trône, à l'exception de Lyra, Iofur Raknison se retourna brutalement vers la fillette.

— Eh bien, dit-il. Dis-moi d'abord qui tu es. Quelle est cette histoire de dæmons ?

—Je suis un dæmon, votre Majesté.

Il se figea.

—Le dæmon de qui ? demanda-t-il.

—Iorek Byrnison.

C'était le mensonge le plus dangereux qu'elle ait jamais formulé ; elle voyait bien que seule la stupéfaction empêchait Iofur de la tuer sur-le-champ. Alors, elle enchaîna :

—Je vous en supplie, Majesté, laissez-moi vous expliquer avant de me faire du mal. Je suis venue ici à mes risques et périls, comme vous pouvez le voir, et je n'ai aucun moyen de vous nuire. En vérité, je veux vous aider, c'est pour cela que je suis venue. Iorek Byrnison fut le premier ours à posséder un **dæmon**, pourtant, cela aurait dû être vous. Je préférerais mille fois être votre dæmon que le sien, voilà pourquoi je suis ici.

—Comment ? demanda Iofur, le souffle coupé. Comment un ours peut-il avoir un dæmon ? Et pourquoi lui ? Et d'abord, comment peux-tu être aussi loin de lui ?

Quand il parlait, les mouches jaillissaient de sa bouche comme de minuscules paroles.

—C'est facile. Je peux m'éloigner de lui, car je suis comme le dæmon d'une sorcière. Vous savez bien qu'ils peuvent s'éloigner à des centaines de kilomètres de leurs humains. Et si vous voulez savoir comment je suis devenue son dæmon, je vous dirai que ça s'est passé à Bolvangar. Vous connaissez Bolvangar, Mme Coulter vous en a certainement parlé, mais je parie qu'elle ne vous a pas raconté tout ce qu'ils faisaient là-bas.

—Des opérations…

—Oui, des opérations. L'intercision. Mais ils font beaucoup d'autres choses également, comme la fabrication de

426

dæmons artificiels. Avec des expérimentations sur les animaux. Quand Iorek Byrnison l'a appris, il s'est porté volontaire pour une expérience, pour voir s'il était possible de lui créer un dæmon, et ils ont réussi. C'est moi. Je m'appelle Lyra. Quand les humains ont des dæmons, ceux-ci ont des apparences d'animaux ; à l'inverse, quand un ours possède un dæmon, c'est un humain. Je suis son dæmon. Je peux lire ses pensées et savoir exactement ce qu'il fait, où il se trouve et…

– Où est-il en ce moment ?

– À Svalbard. Il se presse d'arriver ici.

– Pourquoi ? Que veut-il ? Est-il devenu fou ? Nous allons le réduire en bouillie !

– C'est moi qu'il veut. Il vient pour me récupérer. Mais je ne veux pas être son dæmon, Iofur Raknison ; je veux être le vôtre. Quand ils ont vu qu'un ours doté d'un dæmon était quasiment invincible, les gens de Bolvangar ont décidé de ne pas renouveler l'expérience. Iorek Byrnison est donc le seul ours à posséder un dæmon. Avec mon aide, il pourrait monter tous les ours contre vous. Voilà pourquoi il vient ici à Svalbard.

L'ours-roi laissa éclater sa fureur. Son rugissement fit trembler les perles de cristal des lustres, et les oiseaux présents dans la salle du trône poussèrent des cris stridents. Lyra sentit ses oreilles bourdonner.

Mais elle était prête à tout endurer.

– Voilà pourquoi je vous préfère à lui, dit-elle. Vous êtes fougueux, puissant et intelligent. Il fallait que je le quitte pour venir vous le dire, car je ne veux pas qu'il gouverne les ours. Le roi ne peut être que vous. Il existe un moyen, un seul, de me voler à lui, pour faire de moi votre dæmon, mais je devais venir vous le révéler, car vous ne pouvez pas le connaître. De plus, vous risquiez d'employer contre Iorek Byrnison les méthodes que l'on emploie habituellement contre les ours bannis ; au lieu de l'affronter dignement, vous l'auriez tué avec des lance-feu, ou je ne sais quoi. Mais si vous faites cela, je m'éteindrai comme une lumière, et je mourrai en même temps que lui.

— Mais tu... comment...

— Je peux devenir votre dæmon, dit Lyra, mais seulement si vous battez Iorek Byrnison lors d'un combat singulier. Car alors, sa force entrera en vous, mon esprit pénétrera dans le vôtre, et nous ne formerons plus qu'un seul être, vous et moi, nous partagerons toutes nos pensées, et vous pourrez m'envoyer à des kilomètres pour espionner, ou bien me garder ici auprès de vous, à votre guise. Et je vous aiderai à mener les ours au combat pour que vous vous empariez de Bolvangar, si vous le souhaitez ; vous les obligerez à créer d'autres dæmons pour vos ours favoris ; ou alors, si vous préférez rester le seul ours à posséder un dæmon, nous pourrons détruire Bolvangar pour toujours. À nous deux, nous pourrons tout faire, Iofur Raknison !

Pendant qu'elle parlait, Lyra tenait Pantalaimon au fond de sa poche, d'une main tremblante, et le dæmon restait aussi immobile que possible, sous la forme d'une minuscule souris.

Iofur Raknison, lui, faisait les cent pas, envahi par une excitation qu'il avait du mal à contenir.

— Un combat singulier ? dit-il. Moi ? Je dois affronter Iorek Byrnison ? Impossible ! C'est un banni ! Comment pourrais-je me battre contre lui ? N'y a-t-il pas d'autre moyen ?

— Non, c'est le seul, répondit Lyra.

Elle le regrettait, elle aussi, car Iofur Raknison lui paraissait plus imposant, plus enragé, à chaque minute qui passait. Malgré toute son admiration pour Iorek, si forte que fût la confiance qu'elle avait en lui, elle ne pouvait croire qu'il fût capable de vaincre ce géant parmi les ours géants. Mais c'était leur seul espoir. Se faire faucher de loin par les lance-feu, ce n'était pas une solution.

Soudain, Iofur Raknison se retourna.

— Prouve-le ! Prouve-moi que tu es un dæmon !

— Très bien, dit Lyra. C'est facile. Je peux découvrir ce que vous êtes le seul à savoir, une chose que seul un dæmon pourrait découvrir.

— Dis-moi quelle est la première créature que j'ai tuée.

— Pour ça, je dois m'isoler dans une pièce. Quand je serai votre dæmon, je pourrai vous montrer comment je fais, mais en attendant, cela doit rester secret.

— Il y a une antichambre juste à côté. Vas-y, et reviens me voir quand tu auras la réponse.

Lyra ouvrit la porte et se retrouva dans une pièce éclairée par une seule lampe, totalement vide, à l'exception d'une vitrine en acajou renfermant quelques objets en argent terni. Elle sortit l'aléthiomètre de sa poche et demanda mentalement :

« Où est Iorek ? »

« À quatre heures de marche d'ici ; il presse le pas. »

« Comment le mettre au courant de mon plan ? »

« Tu dois lui faire confiance. »

Elle songea avec inquiétude combien il serait fatigué en arrivant. Mais elle se dit qu'elle contrevenait aux recommandations de l'aléthiomètre en ne faisant pas confiance à Iorek. Chassant cette pensée, elle posa la question de

Iofur Raknison. Quelle était donc la première créature qu'il avait tuée ?

La réponse fut brutale : Iofur avait tué son propre père.

Elle interrogea l'aléthiomètre pour en savoir plus, et apprit que Iofur était seul sur la banquise ce jour-là, jeune ours encore, lors de sa première expédition de chasse, lorsqu'il avait rencontré un ours solitaire. Ils s'étaient querellés et battus, et Iofur l'avait tué. En apprenant par la suite qu'il s'agissait de son propre père (les ours étant élevés par leur mère, ils connaissaient rarement leur père), il avait toujours caché la vérité. Nul ne savait ce qui s'était passé, à part Iofur lui-même.

Lyra rangea l'aléthiomètre, en se demandant de quelle façon elle allait présenter les choses au roi.

— Flatte-le ! murmura Pantalaimon. Il n'attend que ça.

Ouvrant la porte, Lyra trouva Iofur Raknison qui l'attendait, avec une expression où se mêlaient le triomphe, la fourberie, l'angoisse et l'avidité.

— Eh bien ?

Elle s'agenouilla devant lui et baissa la tête pour caresser sa patte gauche, la plus puissante, car les ours étaient tous gauchers.

— Je vous demande pardon, Iofur Raknison. J'ignorais que vous étiez si fort et si puissant !

— Que dis-tu là ? Réponds à ma question !

— La première créature que vous avez tuée était votre propre père. Je pense que vous êtes un nouveau dieu, Iofur Raknison. C'est certain. Seul un dieu aurait la force de faire ça.

— Tu sais la vérité ! Tu vois !

— Oui, car je suis un dæmon, comme je vous l'ai expliqué.

– Dis-moi encore une chose. Que m'a promis Lady Coulter quand elle est venue ici ?

Lyra retourna dans la pièce voisine pour consulter l'aléthiomètre et revint quelques instants plus tard avec la réponse.

– Elle vous a promis de convaincre le Magisterium de Genève de vous autoriser à vous faire baptiser chrétien, bien que vous n'ayez pas de dæmon. Mais je crains fort qu'elle ne l'ait pas fait et, de vous à moi, je doute qu'ils soient d'accord pour vous donner ce droit si vous n'avez pas de dæmon. Je crois d'ailleurs qu'elle le savait, mais elle vous a caché la vérité. Peu importe, car quand je serai votre dæmon, vous pourrez vous faire baptiser si vous le souhaitez, et personne ne pourra s'y opposer. Vous pourrez l'exiger même, ils n'auront pas le pouvoir de vous le refuser.

– Oui… c'est juste. C'est ce qu'elle m'a promis. Très exactement. Et elle m'a menti, dis-tu ? Je lui ai fait confiance et elle m'a menti ?

– Oui. Mais ça n'a plus d'importance, maintenant. Pardonnez-moi, Iofur Raknison, mais je me permets de vous signaler que Iorek Byrnison n'est plus qu'à quatre heures d'ici, et peut-être devriez-vous demander à vos gardes de ne pas l'abattre. Si vous voulez l'affronter pour m'avoir, il doit pouvoir accéder au palais.

– Oui, je comprends…

– Et quand il sera ici, peut-être devrais-je faire semblant de continuer à lui appartenir, en disant que je me suis perdue, ou quelque chose comme ça. Il ne saura rien. Je jouerai la comédie. Avez-vous l'intention de dire aux autres ours que je suis le dæmon de Iorek et que je vous appartiendrai quand vous l'aurez vaincu ?

431

–Je ne sais pas… À ton avis ?

–Je pense qu'il vaut mieux ne rien dire. Quand nous serons unis, vous et moi, nous pourrons réfléchir plus facilement et prendre la meilleure décision. Dans l'immédiat, vous devez expliquer à vos sujets pourquoi vous allez laisser Iorek se battre avec vous comme un ours, alors que c'est un banni. Ils ne comprendront pas, nous devons donc trouver une explication. Évidemment, ils obéiront à vos ordres, mais s'ils comprennent pourquoi vous agissez ainsi, ils vous admireront encore davantage.

–Que doit-on leur dire ?

–Dites-leur… Dites-leur que pour assurer la sécurité absolue de votre royaume, vous avez fait revenir Iorek Byrnison, afin de l'affronter personnellement, car le vainqueur régnera sur le peuple des ours à tout jamais. Vous comprenez, si vous donnez l'impression que Iorek Byrnison est revenu à votre initiative, ils seront très impressionnés. Ils penseront que vous avez le pouvoir de le faire revenir à votre guise, de n'importe où. Ils penseront que vous pouvez tout faire.

–Oui…

L'ours géant était pieds et poings liés désormais. Lyra se sentait comme enivrée par le pouvoir qu'elle exerçait sur lui, et si Pantalaimon ne lui avait pas mordillé la main pour lui rappeler la réalité du danger qui les menaçait, peut-être aurait-elle perdu toute mesure.

Mais elle se ressaisit et recula de quelques pas, humblement, pour regarder les ours préparer, sous les ordres fiévreux de Iofur, l'arène pour Iorek Byrnison. Pendant ce temps, ignorant ce qui se tramait, Iorek approchait à grands pas de son destin, sans que Lyra puisse l'avertir qu'il allait devoir vendre chèrement sa peau.

20
Combat à outrance

 Les combats entre ours étaient fréquents, et l'occasion d'un grand rituel. Toutefois, il était rare qu'un ours tue l'un de ses semblables, et quand cela arrivait, c'était généralement par accident, ou lorsque l'un des deux combattants ne savait pas interpréter les signaux de son adversaire, comme dans le cas de Iorek Byrnison. Les meurtres, comme celui du père de Iofur tué par son fils, étaient encore plus rares.

Mais parfois, dans certaines circonstances, le seul moyen de régler un différend était un combat jusqu'à la mort. Dans ces cas-là, tout un cérémonial s'imposait.

Dès que Iofur eut annoncé l'arrivée imminente de Iorek Byrnison, et l'organisation d'un combat, on balaya et ratissa l'arène, et des ferronniers abandonnèrent momentanément les mines pour s'occuper de l'armure du roi. Chaque rivet fut examiné, chaque articulation testée, les plaques de métal furent polies avec le sable le plus fin. Ses pattes furent l'objet de la même attention. On ôta la pellicule d'or et chaque griffe de quinze centimètres de long fut aiguisée et limée en une pointe mortelle. Lyra, qui assistait à ces préparatifs, sentait son estomac se soulever, en songeant que le pauvre Iorek Byrnison ne bénéficierait pas de toute cette préparation ; voilà presque vingt-quatre heures déjà qu'il marchait dans la neige, sans se reposer ni manger. Peut-être même avait-il été blessé dans l'accident de montgolfière. Et elle l'avait entraîné dans ce combat sans le prévenir.

Iofur Raknison testa l'efficacité de ses griffes sur un phoque qu'on venait de tuer – lui ouvrant le ventre comme une simple feuille de papier – et lui broya le crâne (deux coups de pattes, et il se brisa comme une coquille d'œuf). Lyra dut s'excuser auprès du roi et se réfugier dans un coin pour pleurer.

Pantalaimon lui-même, toujours prompt à lui remonter le moral, ne trouvait pas les mots pour la réconforter. Lyra ne pouvait que consulter l'aléthiomètre : Iorek n'était plus qu'à une heure de marche, lui apprit l'instrument, et une fois encore, lui répéta-t-il, elle devait lui faire confiance. Par ailleurs (c'était plus difficile à déchiffrer), elle eut l'impression que l'aléthiomètre lui reprochait de poser deux fois la même question.

Entre-temps, la nouvelle du combat s'était répandue parmi les ours, si bien qu'il n'y avait plus une place libre autour de l'arène. Les ours de haut rang occupaient les meilleures places, évidemment ; un petit enclos était spécialement réservé aux ourses, parmi lesquelles se trouvaient toutes les épouses de Iofur. Lyra était très intriguée par les ourses, car elle savait peu de chose sur elles ; malheureusement, ce n'était pas le moment d'aller poser des questions. Elle resta aux côtés de Iofur Raknison, qui était entouré de courtisans soucieux de réaffirmer leurs privilèges par rapport aux ours ordinaires ; elle essayait de deviner la signification de ces plumes, ces insignes et ces symboles qu'ils arboraient. Certains ours de haut rang, constata-t-elle, transportaient des sortes de petites poupées, semblables au faux dæmon de leur roi. Sans doute essayaient-ils de s'attirer ses faveurs en imitant la mode qu'il avait lancée. Lyra nota avec ironie leur embarras en voyant que Iofur s'était débarrassé de sa poupée ; ils ne savaient que faire de la leur. Devaient-ils la jeter eux aussi ? Étaient-ils tombés en disgrâce ? Quel comportement adopter ?

Tel était le sentiment dominant à la cour, semblait-il. Le doute. Les ours ne savaient plus qui ils étaient. Ils ne partageaient pas les certitudes et les convictions absolues de leur roi, si bien qu'un voile d'inquiétude planait en permanence au-dessus d'eux, et ils échangeaient des regards interrogateurs, tout en observant Iofur.

Tous regardaient Lyra avec une curiosité non dissimulée. Celle-ci demeurait sagement près de Iofur, sans rien dire, baissant les yeux chaque fois qu'un ours posait son regard sur elle.

Entre-temps le brouillard s'était levé, le ciel s'était éclairci et, par malchance, ce bref moment de clarté, aux alentours de midi, coïncidait avec l'arrivée imminente de Iorek. Parcourue de frissons, juchée au sommet d'un petit tertre de neige dure à l'extrémité de l'arène, Lyra leva les yeux vers la faible lueur qui éclairait le ciel, rêvant de voir surgir un vol de silhouettes noires, élégantes et floues, qui descendraient pour l'emporter, ou la cité cachée de l'Aurore, avec ses immenses boulevards inondés de soleil. Elle rêvait de sentir autour d'elle les bras épais de Ma Costa, de respirer ces odeurs familières de chair et de nourriture qui vous enveloppaient en sa présence…

Elle se surprit à pleurer de nouveau et dut essuyer, douloureusement, ses larmes qui gelaient à peine formées. Elle avait tellement peur. Les ours, qui ne pleuraient jamais, ne comprenaient pas ce qui lui arrivait ; pour eux, il s'agissait d'une futile manifestation humaine. Bien évidemment, Pantalaimon ne pouvait pas la réconforter comme il l'aurait fait en temps normal, mais Lyra gardait sa main dans sa poche, refermée autour de son petit corps chaud de souris, et le dæmon frottait son museau contre ses doigts.

À ses côtés, les ferronniers effectuaient les derniers ajustements sur l'armure de Iofur Raknison. Dressé sur ses pattes de derrière, celui-ci ressemblait à une immense tour de métal poli ; les plaques lisses et brillantes étaient incrustées de fils d'or, son casque enserrait la partie supérieure de sa tête comme une carapace argentée étincelante, avec deux fentes pour les yeux ; quant au-dessous de son corps, il était protégé par une cotte de mailles très ajustée. C'est en voyant ce spectacle terrifiant que Lyra comprit qu'elle avait trahi Iorek Byrnison, car celui-ci ne possédait rien de tel. Son armure rudimentaire protégeait uniquement son dos et ses flancs. En regardant Iofur Raknison, si puissant et impressionnant, elle sentait son estomac se soulever, sous l'effet combiné de la culpabilité et de la peur.

— Excusez-moi, votre Majesté, dit-elle. Si vous vous souvenez de ce que je vous ai dit…

Sa voix tremblante paraissait encore plus fragile dans l'air glacé. Iofur Raknison tourna sa tête redoutable, abandonnant la cible que trois ours brandissaient devant lui pour qu'il la lacère de ses griffes aiguisées.

—Oui ? Quoi ?

—Souvenez-vous, je vous ai dit qu'il valait mieux que j'aille parler à Iorek Byrnison, en faisant semblant de…

Mais avant qu'elle n'ait le temps d'achever sa phrase, les ours perchés sur la tour de guet poussèrent en chœur un rugissement. Leurs congénères, comprenant ce que cela signifiait, répondirent par une clameur d'excitation triomphante. Les guetteurs venaient d'apercevoir Iorek.

—Votre Majesté, dit Lyra d'un ton pressant. Il faut que j'aille lui parler. Je vais le duper.

—Oui, oui. Va. Encourage-le à se battre !

Iofur Raknison avait du mal à parler, tant sa fureur et son excitation étaient intenses.

Lui tournant le dos, Lyra traversa l'arène nue et dégagée, laissant ses petites empreintes de pas dans la neige, et les ours regroupés tout au bout s'écartèrent pour la laisser passer. Ils déplacèrent leur masse pataude et l'horizon lui apparut, blafard dans la lumière pâle. Où était donc Iorek Byrnison ? Elle ne le voyait pas, mais il est vrai, songeait-elle, que les ours montés au sommet de la tour de guet apercevaient des choses qui lui étaient encore cachées. Pour l'instant, elle ne pouvait qu'avancer dans la neige, droit devant elle.

Il la vit avant qu'elle ne le voie. Il y eut d'abord un fracas de métal, puis, au milieu d'un tourbillon de neige, Iorek Byrnison apparut à ses côtés.

—Oh, Iorek ! J'ai fait une chose affreuse ! Tu vas devoir te battre contre Iofur Raknison, et tu n'es pas prêt. Tu es fatigué et affamé, je suppose. Et ton armure..

— Quelle chose affreuse ?

— Je lui ai annoncé que tu allais venir, car le lecteur de symboles me l'avait appris. Comme Iofur rêve de devenir un être humain pour avoir un dæmon, je lui ai fait croire que j'étais ton dæmon, et que j'allais t'abandonner pour devenir le sien, mais je lui ai dit que, pour cela, il devait d'abord se battre contre toi. Sinon, jamais ils ne t'auraient laissé l'affronter directement, ils t'auraient fait brûler vif avant même que tu aies pu approcher…

— Tu as berné Iofur Raknison ?

— Oui. Je l'ai convaincu de se battre avec toi au lieu de te liquider immédiatement comme un banni, en lui expliquant que le vainqueur deviendrait le roi des ours pour toujours. Il le fallait absolument car…

— On devrait t'appeler Lyra Parle-d'Or. C'est mon vœu le plus cher de me battre contre Iofur ! Allez, viens, petit dæmon.

Elle observa Iorek Byrnison, efflanqué, l'air féroce, avec son armure cabossée, et elle sentit son cœur se gonfler de fierté.

Ensemble, ils marchèrent vers la silhouette massive du palais de Iofur, là où s'étendait l'arène, plate et dégagée, au pied des murailles. Les ours s'étaient massés sur les remparts, des têtes blanches apparaissaient à chaque meurtrière ; leurs corps énormes formaient comme un mur dense de brouillard blanc, droit devant, constellé des points noirs des yeux et des museaux. Ceux qui étaient dans les premiers rangs s'écartèrent, formant deux colonnes entre lesquelles avancèrent Iorek Byrnison et son soi-disant dæmon. Tous les regards étaient fixés sur eux.

438

Iorek s'arrêta à l'orée de l'arène. Le roi Iofur descendit du monticule de neige piétinée, et les deux ours se firent face, à quelques mètres l'un de l'autre.

Lyra était si près de Iorek qu'elle percevait en lui un tremblement, telle une dynamo géante générant de puissantes forces ambariques. Elle posa brièvement sa main sur sa nuque, à la limite du casque, et lui murmura :

— Bats-toi avec brio, mon ami Iorek. C'est toi le véritable roi, pas Iofur. Il n'est rien.

Puis elle recula.

— Ours ! clama Iorek Byrnison en s'adressant à ses congénères.

L'écho de son rugissement se répercuta contre les murailles du palais, chassant les oiseaux de leurs nids. Il poursuivit :

— Voici les termes de ce combat. Si Iofur Raknison me tue, il sera roi pour toujours, sans que quiconque puisse le défier ou le critiquer. Si je tue Iofur Raknison, je deviendrai votre roi. Ma première décision sera de détruire ce palais, ce lieu clinquant et grotesque qui empeste le parfum, et de jeter à la mer tout l'or et tout le marbre. Les ours n'ont qu'un seul métal : le fer ! Pas l'or. Iofur Raknison a souillé le royaume de Svalbard. Je viens pour le purifier. Iofur Raknison, je te défie !

Iofur avança d'un pas, comme s'il avait du mal à se retenir.

— Ours ! hurla-t-il à son tour. Iorek Byrnison est venu à ma demande. C'est moi qui l'ai attiré ici. C'est donc à moi de définir les termes de ce combat. Les voici : si je tue Iorek Byrnison, sa dépouille sera lacérée et jetée aux monstres des falaises. Sa tête sera exposée sur le toit de mon palais.

Son souvenir sera effacé des mémoires. Prononcer son nom sera considéré comme un crime capital…

Il continua ainsi, jusqu'à ce que Iorek reprenne la parole. C'était un rite, une coutume suivie fidèlement. Pendant ce temps, Lyra observait les deux ours, si différents l'un de l'autre : Iofur étincelant et puissant, impressionnant de force et de vitalité, paré d'une armure splendide, fier et royal ; en face de lui, Iorek, plus petit – Lyra n'aurait jamais pu imaginer qu'il puisse paraître petit –, mal protégé par sa vieille armure rouillée et cabossée. Mais son armure était son âme. Il l'avait faite lui-même, à son image. Ils ne formaient qu'un. Iofur, lui, ne se satisfaisait pas de son armure ; il rêvait d'une autre âme. Il brûlait d'impatience, alors que Iorek était serein.

Lyra savait que tous les autres ours faisaient la même comparaison. Mais Iorek et Iofur n'étaient pas simplement deux ours ; ils représentaient également deux idéaux opposés, deux avenirs pour le royaume des ours, deux destinées. Iofur avait entraîné ses sujets dans une direction, Iorek les conduirait sur un autre chemin, et au moment où un avenir se refermerait à tout jamais, un autre s'ouvrirait devant eux.

Tandis que l'affrontement rituel approchait de la seconde phase, les deux ours, nerveux, commencèrent à faire les cent pas dans la neige, se rapprochant peu à peu, en balançant leur grosse tête. Les spectateurs, eux, demeuraient totalement immobiles, mais tous les yeux les suivaient.

Finalement, les deux combattants se figèrent ; ils s'observèrent, chacun à un bout de l'arène.

Et soudain, dans un énorme rugissement et dans un tourbillon de neige, les deux ours s'élancèrent au même moment. Deux masses rocheuses en équilibre sur des sommets voisins, ébranlées par un tremblement de terre, et qui dévalent la montagne en prenant de la vitesse, bondissant par-dessus les crevasses, réduisant les arbres en morceaux, pour finalement se percuter, si violemment que les deux rochers se retrouvèrent réduits en cailloux : voilà comment les ours débutèrent le combat. Le fracas du choc résonna dans l'air immobile, répercuté par les murailles du palais. Mais, contrairement aux rochers, les deux adversaires résistèrent à la collision. Ils furent projetés au sol, et le premier à se relever fut Iorek. D'un bond agile, il pivota sur lui-même et se jeta sur Iofur, dont l'armure, endommagée par le choc, le gênait pour lever la tête. Iorek visa immédiatement le point le plus vulnérable : dans le cou. Sa patte s'enfonça dans la fourrure blanche, puis ses griffes se glissèrent sous l'extrémité du casque de Iofur, pour tenter de l'arracher d'un coup sec.

Sentant le danger, Iofur grogna et s'ébroua, comme Lyra avait vu Iorek le faire au bord de l'océan, projetant des gerbes d'eau. Iorek tomba à la renverse, déséquilibré, et Iofur se dressa sur ses pattes arrière, dans un grincement de métal tordu, redressant l'acier de ses plaques dorsales grâce à sa simple force. Puis, telle une avalanche, il se jeta sur Iorek, qui essayait encore de se relever.

Lyra elle-même eut le souffle coupé par la violence de l'attaque. La terre en trembla. Comment Iorek pouvait-il survivre à pareil choc ? se dit-elle. Il se débattait pour se retourner et prendre appui sur le sol, mais il avait les pattes en l'air, et Iofur avait planté ses crocs dans sa chair, près de son cou. Des gouttes de sang chaud volaient dans les airs ; l'une d'elles retomba sur le parka de Lyra, et elle plaqua sa main dessus, comme un gage d'amour.

Iorek enfonça ses pattes de derrière sous les attaches de la cotte de mailles de Iofur, et tira d'un coup sec vers le bas. Tout l'avant fut arraché, et Iofur s'écarta en titubant pour examiner les dégâts, ce qui permit à Iorek de se relever enfin, péniblement.

Pendant quelques instants, les deux ours restèrent à quelque distance l'un de l'autre pour reprendre leur souffle. Iofur était gêné maintenant par sa cotte de mailles, qui de protection s'était transformée en entrave : toujours attachée en bas, elle traînait par terre autour de ses pattes de derrière. Mais le sort de Iorek n'était pas plus enviable : la blessure dans son cou saignait abondamment ; il avait le souffle court.

Ce qui ne l'empêcha pas de sauter sur Iofur avant que le roi n'ait pu se dépêtrer de sa cotte de mailles pendante, et il l'envoya au tapis, la tête la première, avant de plonger littéralement sur la partie dénudée du cou de son adversaire, là où le bord du casque était tordu. Mais Iofur le repoussa, et les deux ours reprirent le corps à corps, projetant des gerbes de neige qui jaillissaient dans toutes les directions et empêchaient par moments de voir qui avait le dessus.

Lyra assistait au spectacle, osant à peine respirer, se tordant nerveusement les mains, à s'en faire mal. Elle crut voir Iofur entailler le ventre de Iorek d'un coup de griffes, mais ce n'était pas possible car, presque aussitôt, après une nouvelle explosion de neige, les deux ours étaient de nouveau debout, tels des boxeurs, et Iorek lacérait sauvagement le visage de Iofur, tandis que celui-ci ripostait avec la même rage.

Lyra tremblait devant la violence de ces attaques. Comme si un géant donnait de grands coups de marteau sur une enclume, avec un marteau doté de cinq pointes en acier acérées…

Le fer cognait contre le fer, les dents s'entrechoquaient, les respirations ressemblaient à des râles féroces, les pattes martelaient le sol gelé. Tout autour, la neige constellée de rouge était devenue de la boue écarlate.

L'armure de Iofur était maintenant dans un état pitoyable : les plaques tordues et disloquées, les incrustations d'or arrachées ou maculées d'une épaisse couche de sang ; il avait perdu son casque. Malgré son aspect pitoyable, Iorek était en bien meilleure condition ; il résistait beaucoup mieux au pilonnage de l'ours-roi, et il savait esquiver les attaques de ses griffes de quinze centimètres.

Malgré tout, Iofur était plus grand, plus robuste que Iorek, qui était épuisé, affamé. Surtout, blessé au ventre, aux deux pattes avant et dans le cou, il avait perdu plus de sang, alors que Iofur ne saignait que de la mâchoire inférieure. Lyra brûlait d'envie de voler au secours de son ami, mais que pouvait-elle faire ?

Iorek semblait en difficulté. Il boitait ; chaque fois qu'il posait sa patte avant gauche sur le sol, on voyait bien qu'elle avait du mal à supporter son poids. Il ne s'en servait pas pour frapper, et les coups provenant de sa patte droite étaient beaucoup plus faibles, presque des caresses, comparés aux coups monstrueux qu'il décochait quelques instants auparavant.

Cela n'avait pas échappé à Iofur. Il se mit à railler son adversaire, le traitant de patte folle, d'ourson pleurnichard, de pauvre minable rongé par la rouille, de futur cadavre, etc., tout en lui assenant des coups que Iorek ne pouvait plus éviter ou contrer. Celui-ci se retrouva contraint de reculer, pas à pas, accroupi sous la pluie de coups que lui assenait l'ours-roi ricanant.

Lyra était en larmes. Son valeureux et intrépide défenseur allait mourir, mais elle ne lui ferait pas l'affront de le trahir en détournant la tête, car s'il la regardait, elle voulait qu'il puisse voir dans ses yeux brillants tout son amour, toute sa confiance, et non pas un visage dissimulé par lâcheté, un dos tourné par peur.

Alors, elle se força à regarder, mais ses larmes l'empêchaient de voir ce qui se passait véritablement, et d'ailleurs, peut-être la réalité lui aurait-elle échappé malgré tout. En tout cas, elle échappa à Iofur.

Si Iorek reculait pas à pas, c'était uniquement pour trouver un endroit dégagé et sec, un rocher solide pour prendre son appui et bondir ; quant à sa patte gauche, elle était en réalité intacte et débordante d'énergie accumulée. On ne pouvait pas duper un ours, mais comme le lui avait expliqué Lyra, Iofur ne voulait plus être un ours, il voulait devenir un homme ; voilà pourquoi Iorek pouvait l'abuser.

Celui-ci trouva enfin ce qu'il cherchait : une pierre solidement ancrée dans la couche de glace. Il s'y appuya, les muscles bandés, dans l'attente du moment idéal.

Il survint quand Iofur se dressa sur ses pattes de derrière en poussant un hurlement de triomphe, la tête tournée vers le flanc gauche de Iorek, qu'il croyait affaibli.

C'est alors que Iorek passa à l'attaque. Semblable à une vague qui a accumulé de la force pendant des milliers de kilomètres dans l'océan, en troublant à peine la surface de l'eau, mais qui, lorsqu'elle atteint le rivage, se dresse très haut dans le ciel, semant la terreur chez les habitants de la côte, puis s'écrase sur la rive avec une violence irrésistible,

Iorek Byrnison bondit face à son adversaire, jaillissant de son appui de pierre et décochant de la patte gauche un terrible coup qui atteignit la mâchoire offerte de Iofur Raknison.

C'était un coup monstrueux. Arrachée, la mâchoire inférieure vola dans les airs, projetant des gerbes de sang dans la neige, sur plusieurs mètres à la ronde.

La langue rouge de Iofur pendait sur sa gorge. L'ours-roi se retrouvait soudain réduit au silence, incapable de mordre, impuissant. Iorek n'en demandait pas plus. Il bondit. Ses dents se plantèrent dans la fourrure de Iofur et il agita la tête, violemment, dans tous les sens, soulevant de terre le corps énorme pour mieux le jeter au sol, comme si Iofur n'était qu'un pauvre phoque échoué au bord de l'eau.

Finalement, il donna un grand coup de tête en arrière, et la vie de Iofur Raknison s'enfuit entre ses crocs.

Il restait un dernier rituel à accomplir. D'un coup de griffes, Iorek ouvrit le torse sans protection du roi mort ; il tira sur la fourrure pour le dépouiller, laissant apparaître les côtes blanc et rouge, semblables à la charpente d'un bateau renversé. Glissant la patte à l'intérieur de la cage thoracique, il arracha le cœur de Iofur, écarlate et fumant, et le mangea, là, devant les sujets de Iofur.

Une clameur retentit, et ce fut le chaos ; tous les ours se précipitèrent pour rendre hommage au vainqueur de Iofur.

La voix de Iorek Byrnison s'éleva, dominant toutes les autres.

– Ours ! Qui est votre roi ?

Une nouvelle clameur lui répondit, semblable au rugissement de tous les vents de la terre sur un océan balayé par un orage.

—Iorek Byrnison !

Les ours savaient ce qu'ils avaient à faire. Tous les insignes, les écharpes, les diadèmes… furent arrachés, jetés à terre et piétinés avec mépris, oubliés en un instant. Ils étaient à présent les ours de Iorek, de vrais ours, pas des demi-humains inquiets, torturés par la conscience de leur infériorité. Ils envahirent le palais et commencèrent à jeter de grands blocs de marbre du haut des tours les plus élevées, frappant les remparts avec leurs poings puissants, jusqu'à ce que des pierres se détachent, qu'ils jetaient ensuite du haut des falaises, et qui allaient s'écraser sur la jetée plusieurs centaines de mètres plus bas.

Sans leur prêter attention, Iorek défit son armure pour soigner ses blessures, mais Lyra l'avait déjà rejoint, piétinant la neige écarlate et gelée, en criant aux ours d'arrêter de détruire le palais, car il y avait des prisonniers à l'intérieur.

—Des prisonniers humains ? demanda Iorek.

—Oui. Iofur Raknison les a enfermés dans les donjons ; il faut les faire sortir et les mettre à l'abri, sinon, ils vont être écrasés par les chutes de pierres.

Iorek lança quelques ordres et, aussitôt, plusieurs ours s'empressèrent d'aller libérer les prisonniers. Lyra se tourna vers Iorek.

—Attends, laisse-moi t'aider. Je veux vérifier que tu n'es pas grièvement blessé… Ah, si seulement j'avais des bandages ou quelque chose… Tu as une vilaine plaie au ventre…

Un ours vint déposer une sorte de substance verte et dure, givrée, qu'il tenait dans sa gueule, aux pieds de Iorek.

— De la mousse cicatrisante, commenta Iorek. Sois gentille, Lyra, mets-en dans mes blessures. Referme la peau par-dessus, et recouvre avec de la neige, jusqu'à ce que ça gèle.

Il refusa de laisser les autres ours s'occuper de lui, malgré leur désir de lui venir en aide. D'ailleurs, Lyra était habile, et elle aurait fait n'importe quoi pour le secourir. Penchée au-dessus du grand ours-roi, la fillette fourra la mousse à l'intérieur de la plaie béante et recouvrit de neige la chair à vif jusqu'à ce que cesse l'hémorragie. Quand elle eut terminé, ses moufles étaient imbibées du sang de Iorek, mais les plaies étaient refermées.

Entre-temps, les prisonniers – une douzaine d'hommes tremblants et éblouis par la lumière, blottis les uns contre les autres – avaient été libérés. Inutile d'essayer de parler au professeur, car le pauvre vieux était fou, et bien que Lyra eût aimé savoir qui étaient tous ces hommes, bien d'autres choses, plus urgentes, réclamaient son attention. Elle ne voulait pas distraire Iorek, occupé à distribuer les ordres à la ronde, mais, malgré tout, elle se faisait du souci au sujet de Roger, de Lee Scoresby et des sorcières. Par ailleurs, elle avait faim et tombait de fatigue… La meilleure chose à faire dans l'immédiat, c'était de se tenir à l'écart de cette agitation.

Elle se roula en boule dans un coin tranquille de l'arène, avec Pantalaimon redevenu hermine pour lui tenir chaud ; elle se couvrit de neige comme l'aurait fait un ours et s'endormit.

Elle sentit qu'on lui donnait un petit coup dans le pied, et une voix d'ours qu'elle ne connaissait pas lui dit :

447

—Lyra Parle-d'Or, le roi veut te voir.

Elle se réveilla quasiment morte de froid, incapable d'ouvrir ses yeux collés par le givre, mais Pantalaimon lui lécha les paupières pour faire fondre la glace de ses cils et, bientôt, elle découvrit le jeune ours qui lui parlait, éclairé par la lumière de la lune.

Deux fois, elle essaya de se lever, deux fois elle retomba.

—Viens, monte sur moi, lui dit l'ours.

Il se baissa pour lui offrir son dos large et, en s'accrochant à ses poils drus, Lyra parvint à s'y hisser et à s'y maintenir tant bien que mal, tandis qu'il la conduisait vers une cavité dans la neige, où de nombreux ours étaient rassemblés.

Parmi eux se trouvait une petite silhouette, qui se précipita vers Lyra, et dont le dæmon fit un bond pour accueillir Pantalaimon.

—Roger !

—Iorek Byrnison m'a forcé à rester caché un peu plus loin dans la neige, pendant qu'il venait te chercher. On est tombés du ballon, figure-toi ! Après ta chute, on a dérivé sur des kilomètres, et ensuite, quand M. Scoresby a lâché les gaz, on s'est écrasés contre une montagne, et on s'est payé une glissade comme tu n'en as jamais vu ! Je ne sais pas où est passé M. Scoresby, ni les sorcières. Je me suis retrouvé seul avec Iorek Byrnison. Il est venu directement ici. Les autres m'ont raconté son combat…

Lyra regarda autour d'elle. Sous la direction d'un ours visiblement âgé, les prisonniers humains construisaient un abri fait de bois flotté et de bouts de toile. Ils semblaient heureux d'avoir une tâche à accomplir. L'un d'eux frottait deux silex pour allumer un feu.

448

– Il y a de quoi manger, déclara le jeune ours qui avait
réveillé Lyra.

En effet, un phoque fraîchement tué gisait dans la
neige. D'un coup de griffes, l'ours l'éventra et montra à
Lyra où trouver les rognons. Elle en mangea un, cru :
c'était chaud, tendre… et délicieux, au-delà de ce qu'on
pouvait imaginer.

– Mange la graisse aussi, dit l'ours.

La graisse avait un goût de crème parfumée à la noisette. Roger hésita, mais finit par suivre l'exemple de Lyra.
Ils mangèrent goulûment, et en l'espace de quelques
minutes, Lyra, parfaitement réveillée désormais, commença à se réchauffer.

S'essuyant la bouche, elle regarda autour d'elle, mais
Iorek demeurait invisible.

– Iorek Byrnison discute avec ses conseillers, expliqua
le jeune ours. Il veut vous voir tous les deux dès que vous
aurez fini de manger. Suivez-moi.

Il les conduisit, au-delà d'une congère, dans un endroit
où des ours commençaient à ériger un mur fait de blocs de
glace. Iorek était assis au centre d'un groupe d'ours plus
âgés ; il se leva pour accueillir Lyra.

– Lyra Parle-d'Or. Viens écouter ce qu'on me raconte.

Il ne prit pas la peine d'expliquer la raison de sa présence aux autres ours, mais peut-être leur avait-il déjà
parlé d'elle ; quoi qu'il en soit, ils lui firent une place parmi
eux et la traitèrent avec beaucoup de déférence, comme
une reine. Lyra se sentait immensément fière de pouvoir
s'asseoir à côté de son ami Iorek Byrnison, et de se joindre
à la conversation des ours tandis que l'Aurore scintillait
dans le ciel polaire.

Il s'avéra que la domination exercée par Iofur Raknison avait pris l'apparence d'un envoûtement. Certains rejetaient la faute sur l'influence de Mme Coulter qui avait rendu visite à Iofur avant l'exil de Iorek, sans que celui-ci le sache, et lui avait offert de nombreux cadeaux.

—Elle lui a donné une drogue, dit un ours, qu'il a fait avaler à Hjalmur Hjalmurson à son insu, pour lui faire perdre la tête.

Hjalmur Hjalmurson, devina Lyra, était l'ours tué par Iorek, et dont la mort avait provoqué son exil. Ainsi, Mme Coulter était derrière tout ça! Et ce n'était pas tout.

—Il existe des lois humaines qui interdisent certaines choses qu'elle projetait de réaliser, mais, hélas, les lois humaines n'ont pas cours à Svalbard. Elle voulait bâtir ici même une autre station, comme Bolvangar, en plus affreux, et Iofur était prêt à la laisser faire, en dépit de toutes les traditions des ours; car si des humains sont parfois venus ici en visiteurs, ou comme prisonniers, jamais aucun n'y a vécu ni travaillé. Petit à petit, elle aurait accru son pouvoir sur Iofur Raknison, et lui aurait accru sa domination sur nous, jusqu'à ce qu'on devienne les esclaves de cette femme, obligés de courir ici et là selon ses désirs, avec pour seule tâche de surveiller les abominations qu'elle allait créer...

C'était un des conseillers qui parlait ainsi, un vieil ours nommé Soren Eisarson, qui avait beaucoup souffert du règne de Iofur Raknison.

—Que fait-elle en ce moment même, Lyra? demanda Iorek Byrnison. Quand elle apprendra la mort de Iofur, quels seront ses plans?

Lyra sortit l'aléthiomètre. Il n'y avait pas beaucoup de lumière, mais Iorek demanda qu'on aille lui chercher une torche.

– Qu'est-il arrivé à M. Scoresby ? demanda Lyra pendant qu'ils attendaient. Et les sorcières ?

– Elles ont été attaquées par un clan rival. J'ignore si les autres sorcières étaient alliées aux mutilateurs d'enfants, en tout cas, elles patrouillaient en grand nombre autour du ballon, et elles nous ont attaqués pendant l'orage. Je n'ai pas vu ce qui est arrivé à Serafina Pekkala. Quant à Lee Scoresby, après que je fus tombé avec le garçon, son ballon a repris de l'altitude et l'a emporté. Mais ton lecteur de symboles te révélera leur destin.

Un ours tira jusqu'à eux un traîneau sur lequel reposait un chaudron où rougeoyaient des braises ; il y plongea un bâton résineux. Le bois s'enflamma immédiatement, et dans la lumière dansante des flammes, Lyra déplaça les aiguilles de l'aléthiomètre pour connaître le sort réservé à Lee Scoresby.

Elle apprit ainsi qu'il était toujours dans les airs, porté par les vents qui l'entraînaient vers Nova Zembla ; il avait échappé aux monstres des falaises et réussi à repousser l'assaut des sorcières de l'autre clan.

Lyra rapporta ces informations à Iorek, qui hocha la tête, satisfait.

– S'il est dans les airs, il n'a rien à craindre, dit-il. Et Mme Coulter ?

La réponse fut plus compliquée ; l'aiguille de l'instrument se balançait d'un symbole à un autre, selon un ordre qui plongea Lyra dans la confusion pendant un long moment. Autour d'elle, la curiosité des ours était énorme,

451

mais refrénée par leur respect envers Iorek Byrnison et celui qu'il semblait vouer à la fillette, aussi n'eut-elle aucun mal à les chasser de ses pensées pour se replonger dans la transe aléthiométrique.

La signification des symboles, une fois qu'elle en eut déchiffré l'agencement, était consternante.

— Il dit que… elle a appris qu'on se dirigeait par ici avec le ballon, alors elle a affrété un zeppelin de transport, armé de mitrailleuses… et je pense que… ils sont en route pour Svalbard en ce moment même. Elle ignore que Iofur Raknison a été vaincu, évidemment, mais elle l'apprendra bientôt… Oui, c'est ça, des sorcières vont le lui dire ; elles l'auront appris par l'intermédiaire des monstres des falaises. Je suis persuadée qu'il y a des espions autour de nous, dans les airs, Iorek. Mme Coulter venait ici pour… pour faire semblant d'aider Iofur Raknison mais, en réalité, son but était de lui voler le pouvoir, avec l'appui d'un régiment de Tartares qui doit arriver par la mer. Ils seront ici dans deux jours environ.

… Dès qu'elle le pourra, elle se rendra à l'endroit où Lord Asriel est retenu prisonnier, et elle le fera assassiner. Car… tout devient clair maintenant. Une chose m'échappait jusqu'à présent, Iorek : pourquoi veut-elle tuer Lord Asriel ? Parce qu'elle sait ce qu'il projette de faire, et elle a peur ; elle veut le faire elle-même et prendre le contrôle avant lui… Il s'agit sans doute de la ville dans le ciel, oui, forcément ! Elle veut y arriver la première ! … Ah, l'aléthiomètre veut me dire autre chose…

Penchée au-dessus de l'instrument, elle se concentrait au maximum, tandis que la longue aiguille fine virevoltait ici et là. Si vite qu'il était presque impossible de la suivre.

Roger, qui regardait par-dessus l'épaule de Lyra, ne la vit même pas s'arrêter ; il ne percevait que les bribes d'un dialogue rapide et intermittent entre les doigts de Lyra qui manipulaient les aiguilles et celle qui lui répondait, langage aussi improbable et déconcertant que l'Aurore elle-même.

– Oui, dit-elle finalement en reposant l'instrument sur ses genoux, clignant des yeux et soupirant, tandis qu'elle émergeait de son intense concentration. Oui, je vois ce qu'il veut me dire. C'est encore moi qu'elle pourchasse. Elle veut me prendre un objet que je possède, car Lord Asriel le veut lui aussi. Ils en ont besoin pour… Pour cette fameuse expérience…

Elle s'interrompit afin de reprendre sa respiration. Quelque chose la troublait, sans qu'elle puisse dire quoi. Elle était persuadée que cet objet si important n'était autre que l'aléthiomètre lui-même, car Mme Coulter l'avait toujours convoité. Pouvait-il s'agir d'autre chose ? Pourtant, l'aléthiomètre avait une façon différente de parler de lui.

– Je suppose qu'elle veut s'emparer de l'aléthiomètre, dit-elle d'un air morne. C'est ce que j'ai toujours pensé. Il faut que je l'apporte à Lord Asriel avant qu'elle ne s'en empare. Si par malheur, elle mettait la main dessus, nous mourrions tous.

En prononçant ces mots, Lyra se sentait si fatiguée, envahie d'une telle lassitude, et si triste que mourir aurait été un soulagement. Mais l'exemple de Iorek l'empêchait d'avouer son découragement. Elle rangea l'aléthiomètre et redressa la tête.

– Elle est loin d'ici ? demanda Iorek.

– Quelques heures, à peine. Je crois que je ferais mieux d'apporter l'aléthiomètre à Lord Asriel dès que possible.

— J'irai avec toi, déclara Iorek.

Elle ne protesta pas. Pendant que Iorek donnait des ordres et réunissait un escadron armé pour les accompagner lors de la dernière étape de leur voyage vers le nord, Lyra demeura immobile, afin d'économiser son énergie. Sentant que quelque chose s'était enfui de son être au cours de cette dernière lecture de l'aléthiomètre, elle ferma les yeux et s'endormit.

21
L'accueil de Lord Asriel

 Lyra chevauchait un jeune ours puissant, tout comme Roger, tandis que Iorek, infatigable, marchait en tête ; une escouade armée d'un lance-feu fermait la marche.

Le voyage fut long et pénible. Les régions intérieures de Svalbard étaient montagneuses : un foisonnement de pics et de crêtes abruptes, traversés par des ravins profonds et des vallées encaissées. Mais surtout, il y régnait un froid intense. Lyra pensait avec nostalgie aux traîneaux des gitans qui glissaient en douceur sur la neige, pour se rendre à Bolvangar ; rétrospectivement, comme ce trajet lui semblait rapide et confortable ! Ici, l'air glacé était plus pénétrant que partout ailleurs ; peut-être l'ours qu'elle chevauchait n'avait-il pas le pas aussi léger que Iorek ; ou peut-être était-elle minée par la fatigue. Quoi qu'il en soit, ce voyage lui semblait interminable.

De plus, elle ignorait où ils se rendaient, et la distance qu'ils devaient parcourir. Tout ce qu'elle savait, c'était ce que lui avait raconté le vieil ours, Soren Eisarson, pendant que les autres préparaient le lance-feu. Il avait participé aux négociations avec Lord Asriel concernant les conditions de son emprisonnement, et il s'en souvenait très bien.

Au début, raconta-t-il, les ours de Svalbard considéraient Lord Asriel de la même manière que tous les autres politiciens, rois ou fauteurs de troubles divers que l'on avait exilés sur une île sinistre. Tous ces prisonniers étaient des gens importants, se disaient-ils, sinon, ils auraient été tués immédiatement par leurs compatriotes. Peut-être pourraient-ils, un jour, se révéler précieux pour les ours, si leur destin politique s'inversait et s'ils retournaient gouverner leurs pays ; peut-être alors seraient-ils reconnaissants aux ours de ne pas les avoir traités avec cruauté ou mépris.

Aussi Lord Asriel avait-il rencontré à Svalbard des conditions de détention ni meilleures ni pires que des centaines d'autres exilés. Toutefois, certaines choses rendaient ses geôliers méfiants. Il y avait d'abord le parfum de mystère et de péril spirituel qui entourait tout ce qui concernait la Poussière, il y avait l'angoisse évidente de ceux qui l'avaient conduit ici, et enfin, il y avait les entretiens privés entre Mme Coulter et Iofur Raknison.

En outre, les ours n'avaient jamais été confrontés à un individu à la personnalité aussi hautaine et majestueuse que Lord Asriel ; sur ce point, il surpassait même Iofur Raknison. Il savait discuter avec force et éloquence, et réussit à persuader l'ours-roi de le laisser choisir son lieu de résidence.

Le premier endroit qu'on lui avait attribué était situé trop bas, dit-il. Il avait besoin d'un point élevé, au-dessus de la fumée et de l'agitation des mines et des forgerons. Il donna aux ours les plans du logement qu'il souhaitait, en leur précisant l'endroit qu'il avait choisi ; il les acheta avec de l'or, il flatta Iofur Raknison, et les ours se mirent au travail avec un enthousiasme surprenant. Bientôt, une maison se dressa sur un promontoire orienté au nord : une grande construction solide, munie de cheminées dans lesquelles brûlaient d'énormes blocs de charbon, extraits et transportés par les ours, avec d'immenses fenêtres en verre véritable. C'est là qu'il vivait, prisonnier traité comme un roi.

Il entreprit ensuite de réunir le matériel nécessaire à l'installation d'un laboratoire.

Avec une formidable ténacité, il se fit apporter des livres, des instruments, des produits chimiques, toutes sortes d'outils et d'appareils. Miraculeusement, tout lui parvint, en provenance de tel ou tel endroit ; parfois au grand jour, parfois de manière clandestine, par le biais des visiteurs qu'il exigeait de pouvoir recevoir. Par voie terrestre, par mer et par air, Lord Asriel réussit à rassembler tout son matériel et, moins de six mois après son envoi en exil, il disposait de tout ce dont il avait besoin.

Depuis, il travaillait ; il réfléchissait, calculait, planifiait, dans l'attente de la dernière chose qui lui manquait encore pour accomplir la tâche qui effrayait tant le Conseil d'Oblation. Et cette chose se rapprochait à chaque minute.

Lyra aperçut pour la première fois la prison de son père quand Iorek s'arrêta au pied d'une crête pour permettre aux enfants de se dégourdir les jambes et de se réchauffer, car le froid commençait à les paralyser dangereusement.

— Regardez là-haut, dit-il.

Une large pente couverte d'éboulis et de glace, dans laquelle on avait dégagé un chemin à grand-peine, menait à un rocher escarpé qui se détachait sur le ciel. L'Aurore était absente, mais les étoiles brillaient. Au sommet du rocher noir et nu reposait une construction somptueuse qui projetait de la lumière dans toutes les directions : non pas la lueur enfumée et tremblante des lampes à graisse de phoque, ni la blancheur brutale des éclairages ambariques, mais la douce et crémeuse lumière du naphte.

Les fenêtres ainsi éclairées indiquaient, elles aussi, le formidable pouvoir de Lord Asriel. Le verre coûtait très cher et, sous ces terribles latitudes, de si grandes fenêtres gaspillaient beaucoup de chaleur. En ce lieu, elles constituaient une marque de richesse et d'influence bien plus grande que le palais vulgaire de Iofur Raknison.

Les deux enfants remontèrent sur leurs ours pour la dernière fois, et Iorek gravit en premier la colline. Il y avait une cour qui disparaissait sous une épaisse couche de neige, entourée par un muret, et au moment où Iorek poussait le portail une cloche résonna quelque part dans la maison.

Lyra mit pied à terre. Elle avait du mal à tenir debout. Malgré tout, elle aida Roger à descendre de sa monture et, en se soutenant mutuellement, les deux enfants avancèrent tant bien que mal vers les marches du perron, dans la neige qui leur montait jusqu'à mi-cuisse. Oh, comme il devait faire chaud dans cette maison ! Quelle tranquillité, quel repos !

Au moment où Lyra tendait la main vers la poignée de la sonnette, la porte s'ouvrit. La fillette découvrit un petit vestibule, faiblement éclairé, destiné à conserver l'air chaud, et sous la lampe se tenait un individu qu'elle reconnut immédiatement : le majordome de Lord Asriel, Thorold, accompagné de son dæmon-doberman, Anfang.

D'un geste las, la fillette ôta sa capuche.

– Qui donc… ?

Voyant à qui il avait affaire, Thorold s'interrompit.

– Lyra ? La petite Lyra ? Est-ce que je rêve ?

Il ouvrit la deuxième porte qui se trouvait derrière lui.

Celle-ci donnait sur un salon où, dans une grande cheminée de pierre, rougeoyait un feu de charbon ; la lumière chaude des lampes à naphte se répandait sur les tapis, les fauteuils en cuir, le bois verni… Lyra, qui n'avait rien vu de tel depuis son départ de Jordan College, ne put retenir un hoquet de surprise.

Le dæmon-léopard des neiges de Lord Asriel grogna.

Son père était là, devant elle ; avec son visage puissant aux yeux si noirs, volontaire, triomphant et plein d'entrain tout d'abord. Mais soudain, il blêmit, ses yeux s'écarquillèrent avec effroi, lorsqu'il reconnut sa fille.

– Non ! Non !

Il recula en titubant et dut se retenir au manteau de la cheminée. Lyra, elle, était pétrifiée.

– Va-t'en ! s'écria Lord Asriel. Fais demi-tour et va-t'en ! Je ne t'ai pas fait venir !

La fillette resta muette. Deux fois, elle ouvrit la bouche pour parler, puis une troisième fois, mais elle ne parvint qu'à bredouiller :

– Je… suis venue… pour…

Son père paraissait effrayé ; il ne cessait de secouer la tête, en tendant les mains devant lui, comme pour la repousser. Lyra ne comprenait pas sa réaction.

Elle avança d'un pas pour le rassurer, et Roger, inquiet, la rejoignit. Leurs deux dæmons vinrent se placer devant la cheminée et, finalement, Lord Asriel passa sa main sur son front, quelque peu rasséréné. Ses joues retrouvèrent des couleurs et il dévisagea les deux enfants.

– Lyra… C'est vraiment toi, Lyra ?

—Oui, oncle Asriel, répondit-elle, en se disant que le moment était mal choisi pour évoquer leur véritable lien de parenté. Je viens vous apporter l'aléthiomètre que ma confié le Maître de Jordan College.

—Oui, oui, bien sûr. Et lui ?

—Roger Parslow. Le garçon des Cuisines du Collège. Mais…

—Comment êtes-vous arrivés ici ?

—J'allais justement vous l'expliquer. Iorek Byrnison est là, dehors, c'est lui qui nous a conduits ici. Il m'a accompagnée depuis Trollesund et, ensemble, nous avons vaincu Iofur…

—Qui est ce Iorek Byrnison ?

—Un ours en armure.

—Thorold ! Faites couler un bain pour ces enfants et préparez-leur à manger. Ensuite, ils iront se coucher. Leurs vêtements empestent, trouvez-leur de quoi s'habiller. Allez-y les enfants, pendant que je discute avec cet ours.

Lyra avait la tête qui tournait. Peut-être était-ce la chaleur, ou alors le soulagement. Elle regarda le domestique saluer son maître et quitter la pièce, tandis que Lord Asriel disparaissait dans le vestibule, en prenant soin de refermer la porte derrière lui. Elle se laissa tomber dans le fauteuil le plus proche.

Mais presque immédiatement, lui sembla-t-il, Thorold revint la chercher.

—Suivez-moi, mademoiselle.

Lyra se releva péniblement et se rendit, accompagnée de Roger, dans une salle de bains bien chaude : des serviettes moelleuses étaient suspendues à un porte-serviettes

460

chauffant, et une baignoire remplie à ras bord fumait dans la lumière des lampes à naphte.

— Vas-y en premier, dit Lyra à Roger. Je vais m'asseoir derrière la porte, on pourra bavarder.

Roger entra dans l'eau brûlante en grimaçant, le souffle coupé. Lyra et lui avaient souvent nagé nus ensemble, dans l'Isis ou le Cherwell, et joué avec d'autres enfants ; mais là, c'était différent.

— Ton oncle me fait peur, avoua Roger, par la porte entrouverte. Ton père, je veux dire.

— Continue à dire mon oncle. Moi aussi, j'ai peur de lui, parfois.

— Quand on est arrivés, il ne m'a pas vu tout de suite. Il n'a vu que toi. Il avait l'air effrayé, mais quand il m'a aperçu, il s'est calmé aussitôt.

— Il était sous le choc, voilà tout. Il ne s'attendait pas à mon arrivée. Il ne m'avait pas revue depuis sa dernière visite à Jordan College. Normal qu'il soit surpris.

— Non, ce n'est pas seulement ça, dit Roger. Il m'a regardé comme un loup, ou je ne sais quoi.

— Tu te fais des idées !

— Il me fait encore plus peur que Mme Coulter, je t'assure.

Pendant que Roger se lavait, Lyra sortit l'aléthiomètre.

— Tu veux que j'interroge le lecteur de symboles ? demanda-t-elle.

— Je n'en sais rien. Il y a des choses que je préfère ne pas savoir. Depuis que les Enfourneurs ont débarqué à Oxford, j'ai l'impression d'avoir entendu uniquement des choses affreuses. Les bons moments ne durent jamais plus de cinq minutes, on dirait. Alors, je ne vois pas plus loin. Par exemple, ce bain, c'est drôlement chouette, et il y a des

461

serviettes toutes chaudes qui m'attendent. Une fois que je serai sec, peut-être que je pourrai espérer un bon repas, mais je refuse de voir plus loin. Quand j'aurai mangé, peut-être que je pourrai espérer piquer un roupillon dans un lit douillet. Mais après, c'est l'inconnu, Lyra. On a vu des choses horribles, toi et moi, pas vrai ? Et c'est pas fini, je parie. Alors, je crois que je préfère ne pas savoir ce que me réserve l'avenir. Je m'en tiens au présent.

– Oui, je comprends, soupira Lyra. Parfois, je me fais les mêmes réflexions.

Elle garda l'aléthiomètre dans ses mains, mais seulement pour y puiser du réconfort, laissant tournoyer la grande aiguille sans lui prêter attention. Pantalaimon la suivait des yeux, lui aussi, sans rien dire.

Quand Lyra et Roger se furent lavés, qu'ils eurent mangé du pain et du fromage, bu un peu de vin et d'eau chaude, Thorold, le domestique, déclara :

– Le garçon doit aller se coucher ; je vais lui montrer son lit. Quant à vous, mademoiselle Lyra, sa Seigneurie veut que vous la rejoigniez dans la bibliothèque.

Lyra retrouva Lord Asriel dans une pièce dont la baie vitrée surplombait l'océan gelé en contrebas. Un feu de charbon se consumait dans une grande cheminée et seule une lampe à naphte projetait une faible lueur, si bien que presque aucun reflet ne venait s'interposer entre les occupants de cette pièce et le morne paysage, éclairé par les étoiles. Confortablement installé dans un profond fauteuil, près de la cheminée, Lord Asriel lui fit signe d'approcher et de s'asseoir dans l'autre fauteuil, placé juste en face.

– Ton ami Iorek Byrnison se repose dehors, dit-il. Il préfère le froid.

– Vous a-t-il parlé de son combat contre Iofur Raknison ?

– Pas en détail. Mais j'ai cru comprendre qu'il était le nouveau roi de Svalbard. C'est vrai ?

– Évidemment que c'est vrai ! Iorek ne ment jamais.

– On dirait qu'il s'est désigné comme ton ange gardien.

– Non. C'est John Faa qui lui a ordonné de veiller sur moi, et il obéit.

– Que vient faire John Faa dans cette histoire ?

– Je vous le dirai si vous me dites quelque chose en échange. Vous êtes mon père, n'est-ce pas ?

– Oui. Et alors ?

– Alors, vous auriez dû me le dire avant, voilà tout. Vous n'avez pas le droit de cacher ce genre de chose ; on se sent idiot quand on apprend la vérité, et c'est cruel. Qu'est-ce que ça changeait que je sache que vous êtes mon père ? Vous auriez pu m'avouer la vérité depuis longtemps. Il fallait me le dire et me demander de garder le secret ; j'aurais tenu ma langue, malgré mon âge, si vous me l'aviez demandé. J'aurais été si fière que rien n'aurait pu m'arracher ce secret. Mais vous ne m'avez jamais rien dit. Les autres savaient, mais pas moi !

– Qui te l'a dit ?

– John Faa.

– T'a-t-il parlé de ta mère également ?

– Oui.

– Dans ce cas, je n'ai plus grand-chose à te raconter. Et je n'ai aucune envie d'être questionné et condamné par une enfant insolente. Je veux que tu me racontes ce que tu as vu et entendu en venant ici.

– Je vous ai apporté ce fichu aléthiomètre, non ? s'exclama Lyra, au bord des larmes. J'ai veillé sur ce machin depuis Jordan College, je l'ai caché et protégé, malgré tout ce qui nous est arrivé, et j'ai appris à m'en servir. Je l'ai gardé précieusement pendant tout ce voyage, alors que j'aurais pu le donner pour avoir la paix ! Et vous ne me dites même pas merci, vous n'avez même pas l'air content de me voir ! Franchement, je me demande pourquoi j'ai fait tout ça. Mais je l'ai fait, j'ai tenu bon, même dans le palais puant de Iofur Raknison, au milieu de tous ces ours, j'ai tenu bon toute seule, et je l'ai convaincu de se battre contre Iorek, tout ça pour pouvoir arriver jusqu'ici, pour vous… Et en me voyant, vous avez failli vous évanouir, comme si je vous avais fait horreur ! Vous n'êtes pas humain, Lord Asriel ! Vous n'êtes pas mon père. Mon père ne me traiterait pas de cette façon. Les pères sont censés aimer leurs filles, non ? Vous ne m'aimez pas, et moi non plus, je ne vous aime pas ! J'aime Farder Coram, j'aime Iorek Byrnison. J'aime plus cet ours que vous ! Et je parie que Iorek m'aime plus que vous ne m'aimez.

— Tu viens de me dire qu'il ne faisait qu'obéir aux ordres de John Faa. Si tu veux te placer sur un plan sentimental, je refuse de perdre mon temps en discutant avec toi.

— Prenez votre aléthiomètre, dans ce cas ; moi, je repars avec Iorek.

— Pour aller où ?

— Je retourne au palais. Il se battra contre Mme Coulter et le Conseil d'Oblation quand ils débarqueront. Et s'il perd, je mourrai moi aussi. Je m'en fiche. S'il gagne, nous enverrons chercher Lee Scoresby, et je repartirai dans son ballon pour…

— Qui est ce Lee Scoresby ?

— Un aéronaute. C'est lui qui nous a amenés ici, mais

son ballon a eu un accident. Tenez, voici l'aléthiomètre. Il est en bon état.

Lord Asriel ne faisant aucun geste pour le prendre, Lyra le déposa sur le pare-feu en cuivre devant la cheminée.

—Je dois vous prévenir que Mme Coulter est en route pour Svalbard, et quand elle apprendra ce qui est arrivé à Iofur Raknison, elle rappliquera ici immédiatement, dans un zeppelin, avec une escouade de soldats à bord, et ils nous tueront tous, par ordre du Magisterium.

—Ils n'arriveront pas jusqu'ici, déclara Lord Asriel.

Il paraissait si calme et serein que Lyra sentit s'envoler une partie de sa fureur.

—Vous n'en savez rien, répondit-elle, hésitante.

—Si, je le sais.

—Vous avez un autre aléthiomètre ?

—Je n'ai pas besoin d'aléthiomètre pour savoir cela. Mais parle-moi plutôt de ton voyage, Lyra. Raconte-moi tout, depuis le début.

Ce qu'elle fit. En détail. En commençant par le jour où elle s'était cachée dans le Salon à Jordan College, avant d'évoquer l'enlèvement de Roger par les Enfourneurs, son séjour chez Mme Coulter à Londres, et tout ce qui s'était passé ensuite.

C'était une longue histoire, et quand elle eut terminé, elle dit :

—Il y a un détail que j'aimerais connaître, moi aussi, et j'estime avoir le droit de le savoir, tout comme j'avais le droit de savoir que vous étiez mon père. Mais puisque vous m'avez caché la vérité, répondez au moins à ma question, pour vous racheter. Parlez-moi de la Poussière. Pourquoi est-ce que tout le monde en a si peur ?

Lord Asriel l'observa, comme s'il s'interrogeait pour savoir si elle pouvait comprendre ce qu'il s'apprêtait à lui dire. Jamais il ne l'avait regardée avec une telle gravité. Jusqu'alors, il s'était toujours comporté comme un adulte qui satisfait les petits caprices d'un enfant. Mais aujourd'hui, il semblait penser qu'elle était mûre.

– C'est la Poussière qui fait fonctionner l'aléthiomètre, dit-il.

– Ah… je m'en doutais ! Mais à part ça ? Comment l'a-t-on découverte ?

– D'une certaine façon, l'Église a toujours su qu'elle existait. Pendant des siècles, les prêtres en ont parlé dans leurs sermons, en lui donnant un autre nom.

Il marqua un temps d'arrêt, avant de poursuivre :

– Mais il y a quelques années, un Moscovite nommé Boris Mikhaïlovitch Rusakov a découvert une nouvelle sorte de particule élémentaire. Tu as entendu parler des électrons, des photons, des neutrinos ? C'est ce qu'on appelle des particules élémentaires, car on ne peut pas trouver plus petit : il n'y a rien d'autre à l'intérieur, à part elles-mêmes. Cette nouvelle sorte de particule était élémentaire, elle aussi, mais très difficile à mesurer, car elle ne réagissait pas comme les autres. Ce que Rusakov ne comprenait pas, c'est pourquoi cette nouvelle particule semblait se rassembler là où se trouvaient des êtres humains, comme si elle était attirée par nous. Plus particulièrement les adultes. Les enfants aussi, mais beaucoup moins, tant que leurs dæmons n'avaient pas adopté une forme définitive. Dès la puberté, les enfants semblent attirer davantage la Poussière, et ensuite, elle se dépose sur eux, comme elle se dépose sur les adultes.

Toutes les découvertes de ce type, parce qu'elles ont une influence sur les doctrines de l'Église, doivent être annoncées par l'intermédiaire du Magisterium à Genève. Or, la découverte de Rusakov était si étrange, si insolite, que l'Inspecteur du Conseil de Discipline Consistorial a suspecté son auteur d'être possédé par le diable. Il a accompli un exorcisme dans le laboratoire, et il a questionné Rusakov selon les règles de l'Inquisition mais, finalement, ils ont dû reconnaître qu'il ne mentait pas, et qu'il n'essayait pas de les abuser : la Poussière existait réellement. Mais un problème demeurait : déterminer la nature de la Poussière. Étant donné son rôle, l'Église ne pouvait choisir qu'une seule solution. Le Magisterium a décrété que la Poussière était la manifestation physique du péché originel. Sais-tu ce qu'est le péché originel ?

Lyra fit la moue. Elle avait l'impression de se retrouver soudain à Jordan College, interrogée sur un sujet qu'on ne lui avait enseigné qu'à moitié.

– Oui, plus ou moins, dit-elle.

– Bon, tu ne sais pas. Va me chercher la Bible sur l'étagère là-bas, près du bureau.

Lyra s'exécuta. Elle tendit le gros livre noir à son père.

– Te souviens-tu de l'histoire d'Adam et Ève ?

– Évidemment. Ève n'avait pas le droit de manger le fruit défendu, mais le serpent l'a convaincue, et elle l'a fait.

– Que s'est-il passé ensuite ?

– Euh… Adam et Ève ont été chassés. Dieu les a mis à la porte du jardin.

– Dieu leur avait interdit de manger le fruit. Souviens-toi, ils étaient nus dans le jardin, comme des enfants ; leurs dæmons prenaient toutes les formes qu'ils désiraient. Mais voici ce qui s'est passé.

Il ouvrit le livre au chapitre trois de la Genèse et lut :

La femme dit au serpent : « Nous pouvons manger du fruit des arbres du jardin.

« Mais du fruit de l'arbre qui est au milieu, Dieu a dit : "Vous n'en mangerez pas, vous n'y toucherez, sous peine de mort." »

Le serpent répliqua à la femme : « Pas du tout, vous ne mourrez pas. Car Dieu sait que le jour où vous en mangerez, vos yeux s'ouvriront, vos dæmons prendront leur véritable apparence, et vous serez comme des dieux, qui connaissent le bien et le mal. »

Quand la femme vit que l'arbre était bon à manger et séduisant à regarder, et qu'il était, cet arbre, désirable pour révéler la véritable apparence du dæmon, elle prit de son fruit et mangea ; elle en donna aussi à son mari, et il mangea. Alors, leurs yeux à tous deux s'ouvrirent, et ils virent la véritable apparence de leurs dæmons, et ils leur parlèrent.

Mais quand l'homme et la femme connurent leurs dæmons, ils comprirent qu'un grand changement s'était produit en eux, car jusqu'alors c'était comme s'ils ne formaient qu'un avec toutes les créatures de la terre et des airs, et il n'y avait aucune différence entre eux.

Alors, ils virent cette différence, ils connurent le bien et le mal ; et ils eurent honte, ils cousirent des feuilles de figuier pour masquer leur nudité…

Lord Asriel referma le livre.

– Voilà comment le péché fit son entrée dans le monde,

dit-il. Le péché, la honte et la mort, au moment où leurs dæmons cessèrent de changer de forme.

— Mais… (Lyra avait du mal à trouver ses mots.) Ce n'est pas la vérité ? Pas comme la chimie ou la mécanique ? Adam et Ève n'ont pas vraiment existé ? L'Érudit de Cassington m'a dit que c'était une sorte de conte de fées.

— La Chaire de Cassington est traditionnellement attribuée à un libre-penseur ; c'est son rôle de contredire la foi des Érudits. Évidemment qu'il t'a dit cela. Mais considère Adam et Ève comme un nombre imaginaire, comme la racine carrée de moins un : tu ne peux pas avoir la preuve concrète de son existence, évidemment, mais si tu l'inclus dans tes équations, tu peux alors faire toutes sortes de calculs qu'on ne pourrait pas imaginer sans cela. En tout cas, c'est ce qu'enseigne l'Église depuis des milliers d'années. Et quand Rusakov a découvert la Poussière, c'était au moins la preuve physique qu'il se passait quelque chose au moment où l'innocence se transformait en expérience.

… Soit dit en passant, la Bible elle-même nous a donné le nom « Poussière ». Au début, ils ont appelé ça les Particules de Rusakov, mais peu de temps après, quelqu'un a souligné un passage étrange vers la fin du chapitre trois de la Genèse, quand Dieu maudit Adam qui a mangé le fruit.

Il rouvrit la Bible et montra à Lyra le passage en question. Elle lut à voix haute :

À la sueur de ton front, tu mangeras ton pain, jusqu'à ce que tu retournes au sol, puisque tu en fus tiré. Car tu es poussière, et tu retourneras à la poussière…

Lord Asriel reprit la parole :

— Les savants de l'Église se sont toujours interrogés sur la traduction de ce verset. Pour certains, il ne faut pas lire : « tu retourneras à la poussière », mais plutôt « tu seras soumis à la poussière », tandis que d'autres affirment que ce verset est une sorte de jeu de mots sur « terre » et « poussière » et, en réalité, cela signifie que Dieu reconnaît la part de péché de sa propre nature. Personne n'est d'accord. C'est impossible d'ailleurs, car le texte est altéré. Malgré tout, c'était dommage de se priver de ce mot, et c'est pourquoi les particules ont été baptisées Poussière.

— Et les Enfourneurs dans tout ça ? demanda Lyra.

— Le Conseil Général d'Oblation... Les amis de ta mère. Elle a été très maligne de saisir cette occasion pour établir son influence, car c'est une femme intelligente, comme tu l'as sans doute remarqué. Le Magisterium a tout intérêt à voir fleurir une foule d'organismes divers. Il peut ainsi les monter les uns contre les autres ; si l'un d'eux l'emporte, le Magisterium affirme l'avoir soutenu depuis le début, et en cas d'échec, il peut toujours prétendre qu'il s'agissait d'une organisation dissidente qui n'avait jamais obtenu de véritable autorisation.

Ta mère a toujours été assoiffée de pouvoir. Tout d'abord, elle a essayé de l'obtenir par la voie normale, c'est-à-dire le mariage, mais ça n'a pas marché, comme tu le sais certainement. Alors, elle a été obligée de se tourner vers l'Église. Évidemment, elle ne pouvait suivre la même voie qu'un homme, c'est-à-dire la prêtrise ; il lui fallait employer une méthode non orthodoxe. Elle a bâti son propre ordre religieux, ses propres réseaux d'influence ; elle a fait son chemin. C'était une excellente idée de se servir de la Poussière. Tout le monde en avait peur ; personne ne savait quoi faire, et quand elle a proposé de mener une enquête, le Magisterium, soulagé, lui a fourni un soutien financier et toutes sortes de ressources.

– Mais ils coupaient les… (Lyra n'avait pas le courage d'achever sa phrase.) Vous savez bien ce qu'ils faisaient ! Pourquoi l'Église les a-t-elle laissés faire une chose pareille ?

– Il y a un précédent. Ce genre de chose s'est déjà produit, figure-toi. Sais-tu ce que signifie le mot castration ? C'est une opération qui consiste à couper les organes sexuels d'un jeune garçon pour qu'il ne devienne pas un homme. Un castrat conserve sa voix fluette toute sa vie, c'est pourquoi l'Église autorisait ces pratiques : c'était tellement utile pour la musique religieuse. Certains *castrati* sont devenus de grands chanteurs, des artistes exceptionnels. Mais beaucoup sont restés des demi-hommes, des êtres obèses et aigris. Certains sont morts des suites de l'opération. Tu vois, l'Église ne recule pas devant une petite amputation. Il y a eu un précédent. Et cette méthode serait tellement plus hygiénique que celles d'autrefois, disaient-ils, quand il n'y avait ni anesthésie, ni bandages stériles, ni soins véritables. Ce serait une méthode douce, par comparaison.

– C'est faux ! s'écria Lyra avec fureur. C'est faux !

– Évidemment. C'est pour cette raison qu'ils ont été obligés d'aller se cacher très loin, ici dans le Nord, dans les ténèbres et l'obscurité. Et c'est pourquoi l'Église était contente d'avoir quelqu'un comme ta mère à la tête de l'opération. Car qui se méfierait d'une personne aussi charmante, si douce et si raisonnable, avec de si bonnes relations ? D'un autre côté, comme il s'agissait d'une opération secrète, officieuse, le Magisterium pouvait toujours se désolidariser d'elle en cas de besoin.

—Mais qui a eu l'idée de ces amputations, au départ ?

—C'est elle. Elle a supposé que les deux phénomènes qui se produisaient à l'adolescence étaient liés : la transformation définitive du dæmon et le fait que la Poussière commençait à se déposer. Peut-être que si l'on pouvait séparer le dæmon du corps, nul ne serait jamais atteint par la Poussière, c'est-à-dire le péché originel. La question était de savoir s'il est possible de séparer le dæmon et le corps de l'enfant sans tuer celui-ci. Mais ta mère a voyagé dans de nombreux pays, elle a vu toutes sortes de choses. Elle est allée en Afrique, par exemple. Les Africains connaissent un moyen de transformer un esclave en ce qu'ils appellent un zombie. Celui-ci n'a plus aucune volonté, il travaille nuit et jour sans chercher à s'enfuir ni se plaindre. Il ressemble à un mort…

—C'est une personne sans dæmon !

—Exact. Ta mère a donc découvert qu'il était possible de les séparer de l'être humain.

—Et… Tony Costa m'a parlé un jour des fantômes horribles qui habitent dans les forêts du Nord. C'est peut-être le même genre de créatures.

—Tout juste. Bref, le Conseil Général d'Oblation est né de ce genre d'idées, et de l'obsession de l'Église à l'égard du péché originel.

Le dæmon-léopard dressa les oreilles, et Lord Asriel posa la main sur sa tête magnifique.

—Mais il se produisait autre chose, à leur insu, quand ils effectuaient cette amputation, reprit-il. L'énergie qui relie un corps à son dæmon est extrêmement puissante. Au moment de l'amputation, toute cette énergie se dissipe en une fraction de seconde. Ils ne s'en sont pas aperçus, car ils ont mis cela sur le compte du choc, du dégoût, ou de l'indignation morale, et ils se sont entraînés à rester indifférents. Si bien qu'ils sont passés à côté ; ils n'ont jamais pensé à capter cette énergie…

Lyra ne tenait plus en place. Elle se leva pour marcher jusqu'à la fenêtre et contempler sans la voir réellement la morne immensité des ténèbres. Tout cela était affreux. Qu'importe la nécessité de retrouver les causes du péché originel, ce qu'ils avaient fait à Tony Makarios et aux autres était trop cruel. Rien ne pouvait justifier cette horreur.

— Et vous, qu'avez-vous fait ? demanda-t-elle à Lord Asriel, sans se retourner. Vous avez effectué ces amputations ?

— Je m'intéresse à des choses bien différentes. J'estime que le Conseil d'Oblation ne va pas assez loin. Moi, je veux remonter jusqu'à l'origine de la Poussière elle-même.

— L'origine ? Mais où est-elle ?

— Dans cet autre univers que l'on aperçoit à travers l'Aurore.

Lyra se retourna. Son père s'était enfoncé dans son fauteuil, à la fois nonchalant et puissant, ses yeux aussi étincelants que ceux de son dæmon-léopard des neiges. Elle n'aimait pas cet homme, elle ne pouvait pas lui faire confiance, mais elle ne pouvait s'empêcher de l'admirer, d'admirer ce luxe extravagant qu'il avait rassemblé dans ce lieu désolé et reculé, ainsi que la force de son ambition.

— Quel est cet autre univers ? demanda-t-elle.

—Un des milliards de mondes parallèles. Les sorcières les connaissent depuis des siècles, mais les premiers théologiens qui réussirent à prouver leur existence, mathématiquement, ont tous été excommuniés, il y a cinquante ans ou plus. Pourtant, c'est la vérité : impossible de le nier.

Mais personne n'a jamais pensé qu'il serait possible de passer d'un univers à l'autre. Ce serait violer les lois fondamentales, croyait-on. Eh bien, nous avions tort ; nous avons appris à voir ce monde là-haut. Si la lumière peut traverser, nous aussi. Et nous avons dû apprendre à le voir, Lyra, comme tu as appris à utiliser l'aléthiomètre.

Car ce monde, comme tous les autres univers, est né du résultat des probabilités. Prenons l'exemple du jeu de pile ou face : la pièce que tu lances peut retomber sur pile ou sur face, mais on ne sait pas à l'avance de quel côté elle va tomber. Si c'est sur face, ça veut dire que la possibilité qu'elle tombe sur pile a échoué. Mais juste avant qu'on la lance, les deux probabilités ont la même chance.

Si, dans un autre monde, la pièce tombe sur pile à ce moment-là, les deux mondes se séparent. J'utilise l'exemple de pile ou face pour que ce soit plus clair. En vérité, ces échecs de probabilités se produisent au niveau des particules élémentaires, mais ça se passe de la même façon : à un moment donné plusieurs choses sont possibles, l'instant suivant, une seule se produit, et le reste n'existe pas. Sauf que d'autres mondes sont nés, dans lesquels ces autres choses se sont produites.

Et j'irai dans ce monde au-delà de l'Aurore, ajouta-t-il, car je crois que c'est de là que provient toute la Poussière de l'Univers. Tu as vu ces diapositives que j'ai montrées aux Érudits de Jordan College. Tu as vu la Poussière, venant de l'Aurore, se déverser sur ce monde. Tu as vu cette cité de tes propres yeux. Si la lumière peut franchir la barrière entre les univers, si la Poussière le peut également, si on peut voir cette cité, alors, il est possible de construire un pont et de traverser. Il faut pour cela une décharge d'énergie phénoménale. Mais je peux y arriver. Quelque part se trouve l'origine de toute la Poussière, de la mort, du péché, de la misère, du goût de la destruction qui règnent sur Terre. Dès qu'ils voient une chose, les êtres humains ne peuvent s'empêcher de la détruire, Lyra. Voilà le vrai péché originel. Et je vais le détruire à son tour. Je vais tuer la mort.

– C'est pour ça qu'ils vous ont enfermé ici ?

– Oui. Ils tremblent de peur. Non sans raison, d'ailleurs.

Il se leva, et son dæmon l'imita, fier, beau et meurtrier. Lyra demeura immobile. Elle avait peur de son père, en même temps elle l'admirait profondément, tout en le croyant fou à lier ; mais comment pouvait-elle le juger ?

– Va te coucher, dit-il. Thorold va te montrer ton lit.

Sur ce, il tourna les talons.

– Vous oubliez l'aléthiomètre ! dit Lyra.

– Ah oui. Je n'en ai pas vraiment besoin pour l'instant. D'ailleurs, sans les livres, il ne me sera pas très utile. Tu sais, je crois que c'est à toi que le Maître de Jordan l'a donné. T'a-t-il réellement chargée de me l'apporter ?

– Bien sûr ! s'exclama-t-elle sans hésiter.

Mais elle réfléchit, et se souvint qu'en vérité, le Maître ne lui avait jamais confié cette tâche ; cela lui avait simplement paru évident. Sinon, pourquoi lui aurait-il donné l'aléthiomètre ?

– En fait... Non, dit-elle. Je ne sais pas. J'ai cru...

475

– Je n'en veux pas. Il est à toi, Lyra.

– Mais…

– Bonne nuit, petite.

Trop stupéfaite pour formuler aucune des dizaines de questions qui se bousculaient dans son esprit, Lyra reprit l'aléthiomètre et l'enveloppa dans son étoffe noire. Puis elle s'assit près du feu et regarda son père quitter la pièce.

22

Trahison

Quelqu'un la secouait par le bras ; Lyra se réveilla et tandis que Pantalaimon se levait d'un bond en grognant, elle reconnut Thorold, le majordome. Il brandissait une lampe à naphte et sa main tremblait.

—Mademoiselle… mademoiselle… levez-vous. Je ne sais pas quoi faire. Il n'a pas laissé de consignes. Je crois qu'il est devenu fou, mademoiselle.

—Quoi ? Que se passe-t-il ?

—Lord Asriel, mademoiselle ! Il ne cesse de délirer depuis que vous êtes couchée ; je ne l'ai jamais vu aussi survolté. Il a chargé toutes sortes d'instruments et de batteries sur un traîneau, il a attaché les chiens, et il est parti. En emmenant le garçon !

—Roger ? Il a emmené Roger ?

—Il m'a demandé de le réveiller et de l'habiller. Je n'ai même pas pensé à protester, ce n'est pas dans mes habitudes… Le garçon vous réclamait, mais Lord Asriel ne voulait que lui… Vous vous souvenez, quand vous êtes apparue à la porte, mademoiselle ? Quand il vous a vue, il n'en croyait pas ses yeux, et il vous a ordonné de partir.

Un tel torrent de fatigue et de peur submergeait Lyra qu'elle pouvait à peine réfléchir.

– Oui, oui, je m'en souviens, dit-elle, malgré tout. Et alors ?

– Il avait besoin d'un enfant pour achever son expérience, mademoiselle ! Or, Lord Asriel a une façon bien particulière d'obtenir ce qu'il désire ; il lui suffit de réclamer une chose et...

La tête de Lyra était maintenant remplie d'un grondement, comme si elle essayait d'étouffer une vérité provenant de sa conscience.

S'étant levée, elle commença à récupérer ses vêtements, mais soudain, elle s'effondra, et un hurlement de désespoir l'enveloppa. Il sortait de sa bouche, mais il était plus grand qu'elle ; c'était comme si elle-même jaillissait de la bouche de son désespoir. Car elle se remémorait les paroles de son père : l'énergie qui relie le corps au dæmon est extrêmement puissante, et pour construire un pont entre les mondes, il fallait une phénoménale décharge d'énergie...

Elle comprenait soudain ce qu'elle avait fait.

Elle avait lutté pour arriver jusqu'ici, convaincue de savoir ce que Lord Asriel attendait, mais ce n'était pas l'aléthiomètre qui intéressait son père. Ce qu'il voulait, c'était un enfant.

Elle lui avait livré Roger.

Voilà pourquoi il s'était écrié : « Je ne t'ai pas fait venir ! » en la voyant. Il avait réclamé un enfant, et le sort lui avait envoyé sa propre fille. Du moins l'avait-il cru, jusqu'à ce qu'il voie apparaître Roger.

Elle avait cru sauver Roger mais, en réalité, elle n'avait cessé de travailler à sa perte...

Lyra tremblait et sanglotait. Non, c'était impossible ! Thorold essaya de la réconforter, mais il ignorait la cause de son désespoir et ne pouvait que lui tapoter l'épaule avec compassion.

— Iorek... dit-elle entre deux sanglots, en repoussant le domestique. Où est Iorek Byrnison ? L'ours ? Il est toujours dehors ?

Le vieil homme répondit par un haussement d'épaules impuissant.

— Aidez-moi ! supplia-t-elle, en tremblant comme une feuille, sous l'effet conjugué de la fatigue et de la peur. Aidez-moi à m'habiller. Je dois y aller. Immédiatement ! Dépêchez-vous !

Le majordome posa la lampe par terre pour s'exécuter. Quand Lyra donnait des ordres avec cet air autoritaire, elle ressemblait étrangement à son père, sauf que son visage était mouillé de larmes et ses lèvres agitées de tremblements. Tandis que Pantalaimon arpentait la pièce en donnant de grands coups de queue, le poil hérissé, Thorold s'empressa de rapporter les fourrures durcies et puantes de Lyra, et de l'aider à les enfiler. Dès que tous les boutons furent attachés et les rabats fermés, elle s'élança. À peine sortie, elle sentit le froid lui transpercer la gorge comme une épée et geler instantanément les larmes sur ses joues.

— Iorek ! s'écria-t-elle. Iorek Byrnison ! J'ai besoin de toi !

Il se produisit un tourbillon de neige, accompagné d'un bruit de métal, et l'ours apparut. Il dormait paisiblement, sous la neige qui tombait. Dans la lumière de la lampe que tenait Thorold, derrière la fenêtre, Lyra aperçut la longue

479

tête sans visage, les trous noirs des yeux, l'éclat du pelage blanc sous le métal noir et rouille, et elle eut envie de serrer Iorek dans ses bras, de chercher du réconfort en caressant son casque en fer, ses longs poils couverts de givre.

— Eh bien ? dit-il.

— Il faut rattraper Lord Asriel. Il a emmené Roger et il va lui… je n'ose même pas y penser… Oh, Iorek, je t'en supplie, fais vite, mon ami !

— Monte, dit-il.

Elle sauta sur son dos.

Inutile de demander la direction à suivre : les traces du traîneau partaient de la maison et s'éloignaient à travers la plaine, en ligne droite. Iorek s'élança pour les suivre. Ayant assimilé instinctivement la démarche de l'ours, Lyra n'avait plus aucun mal à se tenir en équilibre sur son dos ; c'était devenu un automatisme. Il courait sur l'épais manteau de neige qui recouvrait le sol rocailleux, plus vite que jamais, et Lyra sentait bouger sous elle les plaques de son armure, au rythme de ses enjambées chaloupées.

Derrière eux, les autres ours avançaient plus lentement, tirant le lance-feu. Il était facile de se diriger, car la lune haute projetait sur ce monde enneigé une lumière aussi vive que durant leur voyage en ballon ; un monde d'un noir intense aux reflets argentés. Les traces du traîneau de Lord Asriel menaient directement à une chaîne de collines déchiquetées, étranges silhouettes pointues et nues qui se dressaient dans un ciel aussi noir que le velours qui enveloppait l'aléthiomètre. Mais aucun signe du traîneau lui-même, à moins que ce ne soit ce mouvement infime qu'on discernait sur le flanc du sommet le plus élevé ? Lyra regardait droit devant elle, les yeux plissés, tandis que Pantalaimon volait le plus haut possible dans le ciel pour scruter les environs de sa vue perçante de chouette.

– En effet, dit-il en revenant se poser sur le poignet de Lyra, c'est bien Lord Asriel ; il fouette furieusement ses chiens, et il y a un enfant à l'arrière...

Soudain, Lyra sentit que Iorek Byrnison changeait d'allure. Quelque chose avait attiré son attention. Il ralentissait et dressait la tête pour regarder de tous côtés.

– Que se passe-t-il ? demanda la fillette.

Il ne répondit pas. Il dressait l'oreille, mais elle n'entendait rien. Puis, tout à coup, elle crut percevoir une sorte de mystérieux bruissement lointain, un crépitement. C'était un bruit qu'elle avait déjà entendu : celui de l'Aurore. Surgi de nulle part, un voile scintillant s'était abattu sur le ciel, au nord. Ces milliards, ces trillions de particules invisibles chargées, et peut-être entre autres de Poussière, pensa-t-elle, avaient fait apparaître une lueur rayonnante dans l'atmosphère supérieure. Le spectacle promettait d'être plus éblouissant, plus extraordinaire que tout ce que Lyra avait vu jusqu'à présent, comme si l'Aurore, consciente du drame qui se déroulait tout en bas, voulait l'éclairer avec les effets les plus impressionnants.

Mais aucun des ours n'avait levé la tête ; toute leur attention restait fixée sur le sol. En fait, ce n'était pas l'Aurore qui avait éveillé l'attention de Iorek. Il s'était figé maintenant, et Lyra descendit de son dos, car elle savait que ses sens avaient besoin de liberté pour se déployer. Quelque chose l'inquiétait.

La fillette balaya les alentours du regard, la vaste plaine qui menait à la maison de Lord Asriel, pour revenir ensuite sur les montagnes enchevêtrées qu'ils avaient traversées précédemment, sans rien voir. Pendant ce temps, l'Aurore devenait plus intense. Les premiers voiles tremblotaient et filaient d'un côté, des rideaux aux contours irréguliers se pliaient et se dépliaient au-dessus, de plus en plus grands et brillants ; des arches et des boucles s'étendaient d'un horizon à l'autre et venaient caresser le zénith lui-même, avec des rubans luminescents. Jamais Lyra n'avait entendu aussi distinctement le sifflement et le bruissement intense et mélodieux de vastes forces impalpables.

— Les sorcières ! s'exclama une voix d'ours, et Lyra se retourna, avec joie et soulagement.

Mais un puissant coup de tête la projeta à terre ; n'ayant plus assez de souffle pour pousser un cri, elle ne put que haleter et frémir, car à l'endroit où elle se tenait une seconde plus tôt se dressait la plume verte de l'empennage d'une flèche. La pointe et la tige étaient enfoncées dans la neige.

« Impossible ! » se dit-elle, chancelante, et pourtant, c'était bien réel, car, soudain, une seconde flèche ricocha contre l'armure de Iorek penché au-dessus d'elle. Ce n'étaient pas les sorcières de Serafina Pekkala ; celles-ci appartenaient à un autre clan. Une douzaine d'entre elles tournoyaient dans le ciel et plongeaient pour décocher une flèche, avant de remonter à pic. Lyra cracha tous les jurons qu'elle connaissait.

Iorek lança une série d'ordres brefs. De toute évidence, les ours étaient rompus aux techniques de combat contre les sorcières, car ils avaient adopté immédiatement une formation défensive, tandis que les sorcières se mettaient, elles aussi, en position d'attaque. Pour avoir une chance d'atteindre leurs cibles, elles devaient tirer à bout portant, et afin de ne pas gaspiller leurs flèches, elles descendaient le plus près possible du sol et ne tiraient qu'au tout dernier moment, juste avant de reprendre de l'altitude. Mais au moment où elles atteignaient le point le plus bas, les deux mains occupées à bander leur arc, elles étaient vulnérables, et les ours bondissaient, toutes griffes dehors, pour les agripper au passage. Plusieurs sorcières furent ainsi touchées en vol, puis rapidement achevées.

Accroupie près d'un rocher, Lyra regardait les sorcières descendre en piqué. Quelques-unes essayèrent de l'atteindre, mais leurs flèches tombèrent loin de la cible. Levant les yeux vers le ciel, elle vit alors le vol de sorcières virer pour faire demi-tour.

Si Lyra éprouva du soulagement en les voyant s'éloigner, celui-ci fut de courte durée. Dans la direction où les sorcières s'étaient enfuies, beaucoup d'autres venaient de les rejoindre, accompagnées d'un ensemble de lumières scintillantes qui flottait dans les airs. Tout là-bas, à l'extrémité de l'immense plaine de Svalbard, dans le rayonnement de l'Aurore, elle perçut soudain le bruit qu'elle redoutait : les vibrations rauques d'un moteur à gaz. Le zeppelin transportant Mme Coulter et ses troupes approchait.

Iorek grogna un ordre et les ours adoptèrent immédiatement une autre formation. Dans le scintillement du ciel, Lyra les regarda installer en hâte leur lance-feu. L'avant-garde du vol de sorcières les avait vus aussi et, rapidement, elles descendirent en piqué pour déverser une pluie de flèches, mais les ours semblaient faire confiance à leurs armures. Ils continuèrent à s'activer pour monter leur engin, un long bras qui se dressait vers le ciel, une sorte de creuset d'un mètre de diamètre, et une énorme citerne en fer enveloppée de fumée et de vapeur.

Sous les yeux hébétés de Lyra, une flamme vive en jaillit, et une équipe d'ours exécuta une série de manœuvres auxquelles ils étaient entraînés. Deux d'entre eux abaissèrent le grand bras du lance-feu, pendant qu'un troisième déposait des pelletées de feu dans le creuset. Sur un ordre, ils libérèrent le bras articulé, qui projeta la boule de soufre incandescent dans le ciel noir.

Les sorcières tournoyaient en formation si serrée au-dessus de leurs têtes que trois d'entre elles tombèrent en flammes dès le premier tir. Mais, très vite, il apparut que la véritable cible était le zeppelin. Le pilote n'avait jamais vu un tel engin, dont il sous-estimait le pouvoir, car il continua à foncer vers les ours, sans prendre de hauteur ni modifier sa trajectoire.

Il est vrai que le zeppelin possédait, lui aussi, une arme redoutable : une mitrailleuse installée à l'avant de la cabine de pilotage. Lyra vit des étincelles rebondir sur l'armure de plusieurs ours, obligés de se recroqueviller sous leur protection, avant d'entendre le crépitement des balles. Elle ne put retenir un cri d'effroi.

– Ils ne craignent rien, déclara Iorek Byrnison. De vulgaires balles ne peuvent pas transpercer une armure.

Le lance-feu récidiva ; cette fois, la masse de soufre enflammé monta en flèche pour aller frapper la cabine du zeppelin et retomber en une cascade de fragments incandescents. Le dirigeable s'inclina et s'éloigna dans un rugissement d'animal blessé, en décrivant un grand arc de cercle, avant de revenir vers le groupe d'ours qui s'affairait autour du redoutable engin. Alors qu'il s'approchait, le bras du lance-feu s'abaissa de nouveau en grinçant ; la mitrailleuse toussota et cracha ses projectiles, deux ours s'effondrèrent, accompagnés dans leur chute par un grognement étouffé de Iorek. Quand le zeppelin fut presque arrivé au-dessus d'eux, un des ours lança un ordre, et le bras articulé par un ressort se redressa.

Cette fois, la boule de soufre s'écrasa contre le ballon de gaz du dirigeable. L'ossature rigide de l'appareil supportait une fine toile de soie huilée destinée à contenir l'hydrogène ; bien qu'assez solide pour supporter de petits accrocs, elle ne pouvait résister à un bloc de pierre enflammé de cinquante kilos. La soie se déchira sur toute la longueur, le soufre et l'hydrogène se rencontrèrent dans un cataclysme de feu.

La soie devint aussitôt transparente, laissant voir le squelette du zeppelin, carcasse noire sur fond d'enfer orange, rouge et jaune, suspendue dans le vide pendant quelques minutes, avant de s'écraser au sol, lentement, presque comme à contrecœur. De petites silhouettes vacillantes s'en échappèrent, ombres chinoises dans la neige et les flammes. Moins d'une minute après avoir heurté le sol, le dirigeable n'était déjà plus qu'une masse de métal tordu, un nuage de fumée, au milieu de débris enflammés.

Mais les soldats qui se trouvaient à bord, et les autres passagers également (bien que Lyra fût trop loin du lieu de l'accident pour distinguer Mme Coulter, elle savait qu'elle était là), ne perdirent pas une seconde. Avec l'aide des sorcières, ils extirpèrent la mitrailleuse de l'épave et l'installèrent pour poursuivre le combat à terre.

– Continuons, déclara Iorek. Ils vont pouvoir tenir longtemps.

Il poussa un rugissement, et quelques ours se détachèrent du groupe pour attaquer les Tartares par le flanc droit. Lyra sentait qu'il brûlait d'envie d'être parmi eux mais, en même temps, elle entendait sa propre angoisse qui lui criait : « Continuons ! Continuons ! » et son esprit était assailli par les images de Roger et Lord Asriel. Iorek Byrnison l'avait compris ; il tourna le dos au combat pour escalader la montagne, laissant à ses ours le soin de retenir les Tartares.

Ils attaquèrent l'ascension. Lyra scrutait l'obscurité, mais même Pantalaimon, malgré ses yeux de chouette, ne distinguait aucun mouvement sur le flanc de la montagne qu'ils gravissaient. Malgré tout, les traces du traîneau de Lord Asriel restaient visibles, et Iorek les suivait à toute allure, bondissant dans la neige profonde, que ses pattes faisaient jaillir dans son sillage. Ce qui se passait dans leur dos n'existait plus. Lyra avait tout laissé derrière elle. Elle avait l'impression de quitter le monde lui-même, tant elle était concentrée sur son objectif, tandis qu'ils montaient toujours plus haut, dans cette lumière étrange et inquiétante qui les inondait.

— Dis-moi, Iorek, est-ce que tu retrouveras Lee Scoresby ?

— Vivant ou mort, je le retrouverai.

— Et si tu vois Serafina Pekkala...

— Je lui raconterai ce que tu as fait.

— Merci, Iorek.

Ils restèrent muets quelques instants. Lyra avait le sentiment d'évoluer dans une sorte de transe, un état au-delà du sommeil et de la conscience, une sorte de rêve éveillé, où elle se voyait transportée par des ours dans une cité au cœur des étoiles.

Elle s'apprêtait à en parler à Iorek Byrnison, lorsque celui-ci ralentit l'allure, puis s'arrêta.

— Les traces continuent, dit-il. Mais moi, je ne peux pas aller plus loin.

Lyra sauta à terre et avança de quelques pas. Iorek s'était arrêté au bord d'un gouffre. Ce pouvait être une crevasse dans la glace ou une fissure dans la roche : c'était difficile à dire, et d'ailleurs, cela ne changeait rien. L'important, c'était que le gouffre s'enfonçait vers des profondeurs insondables.

Les traces du traîneau de Lord Asriel arrivaient jusqu'au bord… d'un petit pont de neige dure et se poursuivaient de l'autre côté du précipice.

De toute évidence, ce pont avait souffert du passage du traîneau, à en juger par la fissure visible dans la neige, près du bord opposé du gouffre. De ce côté-ci de la fissure, la surface du pont s'était affaissée d'une trentaine de centimètres. S'il pouvait encore supporter le poids d'un enfant, nul doute qu'il ne résisterait pas au passage d'un ours en armure.

Or, les traces de Lord Asriel se poursuivaient de l'autre côté, vers le sommet de la montagne. Si Lyra décidait de continuer, elle devrait le faire seule.

Elle se tourna vers Iorek Byrnison.

— Il faut que je traverse, déclara-t-elle. Merci pour tout ce que tu as fait. J'ignore ce qui va se passer quand je le rejoindrai. Peut-être que nous allons tous mourir, que je parvienne jusqu'à lui ou non. Mais si je reviens, je retournerai te voir pour te remercier comme tu le mérites, Altesse Iorek Byrnison.

Elle posa sa main sur sa tête. L'ours acquiesça.

— Au revoir, Lyra Parle-d'Or.

Le cœur battant douloureusement, avec amour, elle se retourna et posa le pied sur le pont. La neige craqua sous son poids ; Pantalaimon s'envola pour aller se poser de l'autre côté du gouffre et l'encouragea à avancer. Petit à petit, elle progressa, se demandant à chaque pas s'il était préférable de courir et de sauter sur l'autre rive, ou de continuer à avancer lentement comme elle le faisait, aussi légèrement que possible. À mi-chemin, un craquement sinistre se produisit : un gros bloc de neige se détacha près de ses pieds pour dégringoler au fond de l'abîme, et la surface du pont sembla s'affaisser encore de quelques centimètres au niveau de la fissure.

Lyra se figea. Transformé en léopard, Pantalaimon s'était tapi au bord du gouffre, prêt à bondir pour la rattraper.

Mais le pont tenait bon, pour l'instant. Lyra fit un pas de plus, puis un autre, et soudain, sentant le sol se dérober sous ses pieds, elle plongea vers l'autre bord. Elle atterrit à plat ventre dans la neige, tandis que, derrière elle, tout le pont s'effondrait, presque en silence, dans le précipice.

Les griffes de Pantalaimon s'étaient enfoncées dans l'épaisseur de ses fourrures, pour la retenir.

Au bout d'une minute, Lyra osa ouvrir les yeux et s'éloigna du gouffre en rampant. Impossible désormais de faire marche arrière. Elle se releva et adressa un signe de la main à l'ours qui l'observait de l'autre côté. Iorek Byrnison se dressa sur ses pattes de derrière pour la saluer, après quoi, il fit demi-tour et s'empressa de dévaler la pente jusqu'au pied de la montagne pour venir en aide à ses sujets qui livraient bataille contre Mme Coulter et les soldats du zeppelin.

Lyra se retrouva seule.

23
Le pont
qui mène aux étoiles

 Dès que Iorek Byrnison eut disparu, Lyra se sentit envahie par une accablante sensation de faiblesse et se retourna pour vérifier que Pantalaimon était près d'elle.

— Oh, mon pauvre Pan, je ne peux pas continuer ! J'ai si peur… et je suis tellement fatiguée… Je suis venue jusqu'ici et maintenant, je meurs de peur ! Pourquoi faut-il que cela m'arrive à moi ?

Son dæmon vint se frotter dans son cou, sous son aspect de chat, chaud et réconfortant.

— Je ne sais plus ce qu'il faut faire, sanglota la fillette. Tout cela nous dépasse, Pan, on ne peut pas…

Elle s'accrocha à lui, en se balançant d'avant en arrière, laissant éclater ses sanglots à travers l'immensité du paysage nu et enneigé.

— Et même si… même si Mme Coulter atteignait Roger la première, il ne serait pas sauvé pour autant, car elle le ramènerait à Bolvangar, ou pire, et moi, ils me tueraient pour se venger… Oh, pourquoi font-ils ces choses horribles aux enfants, Pan ? Les détestent-ils au point de vouloir les mutiler ? Pourquoi font-ils ça ?

Pantalaimon n'avait pas la réponse ; il ne pouvait que se serrer contre elle. Et peu à peu, alors que l'orage de la terreur s'éloignait, Lyra reprit ses esprits. Elle avait froid, et elle avait peur, mais elle restait Lyra, fidèle à elle-même.

– J'aimerais tant que...

Elle s'interrompit. Il ne servait à rien d'émettre des souhaits inutiles. Une dernière respiration, profonde et tremblante, et elle était de nouveau prête à continuer.

La lune s'était couchée entre-temps, et le ciel, au sud, était d'un noir absolu, malgré les milliards d'étoiles qui le parsemaient, tels des diamants sur un drap de velours. Mais leur éclat ne pouvait rivaliser avec l'Aurore. Jamais Lyra ne l'avait vue aussi brillante, aussi dramatiquement belle ; à chaque saccade, chaque tremblement, de nouveaux miracles flamboyants dansaient dans le ciel. Derrière ce voile de lumière qui ne cessait de changer, cet autre monde, cette cité baignée de soleil apparaissait, nette et réelle.

Ils grimpaient ; le paysage sinistre s'étendait en contrebas. Au nord, la mer gelée, formant parfois une arête solide, là où deux blocs de glace s'étaient rencontrés, au milieu d'une immensité uniformément plate et blanche qui continuait jusqu'au Pôle, et même bien plus loin, indistincte, sans vie, sans couleurs, plus austère que ne pouvait l'imaginer Lyra. À l'est et à l'ouest se dressaient d'autres montagnes, de hauts sommets déchiquetés qui tendaient fièrement vers le ciel leurs escarpements gorgés de neige, et assaillis par les vents qui aiguisaient les arêtes comme des lames de cimeterre. Au sud se trouvait le chemin par où ils étaient venus, et Lyra ne pouvait s'empêcher de jeter des regards envieux en arrière, dans l'espoir d'apercevoir son ami Iorek Byrnison et ses troupes, mais rien ne bougeait dans la vaste plaine ; elle n'était même pas certaine de distinguer l'épave carbonisée du zeppelin, ou la neige écarlate autour des cadavres des soldats.

Pantalaimon s'envola dans le ciel, très haut, et revint se poser sur le poignet de Lyra, sous son aspect de chouette.

— Ils sont juste derrière cette crête ! annonça-t-il. Lord Asriel a installé tous ses instruments, et Roger ne peut pas s'enfuir...

Alors qu'il prononçait ces mots, la lumière de l'Aurore tremblota et faiblit, comme une ampoule ambarique sur le point de mourir, puis elle s'éteignit pour de bon. Mais dans l'obscurité, Lyra sentait la présence de la Poussière, car l'air semblait chargé de sombres intentions, semblables à des pensées non encore nées.

Soudain, dans cette obscurité étouffante, elle entendit des cris d'enfant :

— Lyra ! Lyra !

— J'arrive ! répondit-elle.

Elle s'élança en trébuchant, grimpant à quatre pattes, tombant parfois, à bout de forces, mais elle se relevait et continuait à avancer, dans la neige qui brillait d'un éclat spectral.

— Lyra ! Lyra !

— J'y suis presque ! dit-elle, haletante. J'arrive, Roger !

En proie à une vive agitation, Pantalaimon se transformait à toute vitesse : lion, hermine, aigle, chat sauvage, salamandre, chouette, léopard... adoptant tour à tour toutes les formes qu'il avait prises jusqu'à ce jour, kaléidoscope d'apparences fugitives au milieu de la Poussière...

— Lyra !

491

Arrivée enfin au sommet de la crête, elle découvrit ce qui se passait.

À une cinquantaine de mètres de là, à la lueur des étoiles, Lord Asriel tressait deux fils qui conduisaient à son traîneau retourné, sur lequel était disposée une rangée de batteries, de bocaux et d'appareils, déjà recouverts de cristaux dorés. Il était emmitouflé dans un épais manteau de fourrure ; son visage était éclairé par la flamme d'une lampe à naphte. Son dæmon se tenait à ses côtés, accroupi dans la position du Sphinx ; son magnifique pelage tacheté avait le lustre de la puissance, sa queue remuait paresseusement dans la neige.

Dans sa gueule, il tenait le dæmon de Roger.

La pauvre petite créature se débattait tant bien que mal, successivement oiseau, chien, chat, rat, puis à nouveau oiseau, sans cesser d'appeler Roger, qui se tenait à quelques mètres de là. Celui-ci, désespéré, tirait de toutes ses forces sur ce lien invisible et profond, pleurant de douleur et de froid. Il criait le nom de son dæmon, il criait le nom de Lyra ; il se précipita vers Lord Asriel et voulut l'agripper par le bras, mais ce dernier le repoussa. Roger repartit à l'assaut, en larmes, suppliant, implorant, sanglotant. Lord Asriel ne lui prêtait aucune attention, sauf pour le jeter à terre.

Ils étaient au bord d'un précipice. Derrière eux ne s'étendait qu'une vaste obscurité infinie et, tout en bas, à plus de trois cents mètres, la mer gelée.

Lyra voyait tout cela grâce à la seule lumière des étoiles mais, soudain, lorsque Lord Asriel eut connecté les fils, l'Aurore se ralluma, éblouissante, animée d'une énergie nouvelle. Tel le long doigt d'énergie aveuglante qui court entre deux bornes électriques, à cette différence près que celui-ci mesurait un millier de kilomètres de hauteur et dix mille kilomètres de long; il plongeait, s'élevait, ondulait, scintillait, une cataracte de magnificence.

Et Lord Asriel contrôlait cette force…

Ou du moins, il y puisait de l'énergie, car un fil relié à une énorme bobine placée sur le traîneau se dressait droit dans le ciel. De l'obscurité descendit un corbeau, et Lyra comprit qu'il s'agissait du dæmon d'une sorcière. Une sorcière apportait son aide à Lord Asriel, et c'est elle qui avait emporté ce fil dans les cieux.

L'Aurore flamboyait de nouveau.

Lord Asriel était presque prêt.

Il se tourna vers Roger et lui fit signe, et Roger, impuissant, approcha, en secouant la tête, suppliant, pleurant.

—Non! Va-t'en! lui cria Lyra en s'élançant dans la pente.

Pantalaimon bondit sur le léopard des neiges et lui arracha de la gueule le dæmon de Roger. Le léopard réagit en une fraction de seconde en lui sautant dessus, mais Pantalaimon avait eu le temps de lâcher l'autre dæmon, et les deux jeunes dæmons, changeant d'apparence en un clin d'œil, firent volte-face pour combattre le grand animal tacheté.

Celui-ci battait l'air sauvagement, à coups de pattes hérissées de griffes acérées, et ses feulements rageurs couvraient les cris de Lyra. Les deux enfants l'affrontaient eux aussi, ou plutôt, ils luttaient contre les silhouettes qui flottaient dans l'air trouble, ces intentions obscures, de plus en plus épaisses, qui dévalaient les courants de Poussière…

Et pendant ce temps, l'Aurore se balançait au-dessus de

leurs têtes, soulignant dans son scintillement ininter-
rompu tel bâtiment de la cité, tel lac, telle rangée de palmiers... si près qu'on avait l'impression qu'il suffisait
d'avancer d'un pas pour passer de ce monde à l'autre.

Lyra bondit pour agripper la main de Roger.

Elle le tira de toutes ses forces, ils échappèrent à Lord
Asriel et s'enfuirent en courant, main dans la main, mais
soudain, Roger poussa un grand cri en se tordant de douleur, car le léopard s'était de nouveau emparé de son
dæmon. Lyra, qui connaissait cette souffrance insupportable pour l'avoir éprouvée, tenta de s'arrêter...

Mais c'était impossible.

La montagne glissait sous leurs pieds !

Toute une corniche de neige entraînée inexorablement
vers le vide....

Et la mer gelée, trois cents mètres plus bas...

—LYRA !

Battements de cœur...

Mains serrées...

Et tout là-haut, la plus grande des merveilles.

La voûte du ciel, constellée d'étoiles, insondable, fut
soudain transpercée, comme par une lance.

Un javelot de lumière, un jet d'énergie pure, décoché
comme une flèche, par un arc géant, en direction des
cieux. Les voiles de couleur et de lumière qui formaient
l'Aurore se déchirèrent ; un énorme bruit d'arrachement,
de lacération et de crissement traversa l'univers, d'un bout
à l'autre... Une étendue de terre sèche apparut dans le
ciel...

La lumière du soleil !

Le soleil qui éclairait le pelage d'un singe doré...

La glissade de la corniche de neige avait cessé ; peut-être une saillie invisible avait-elle interrompu sa chute, car Lyra vit alors le singe doré jaillir du vide et atterrir aux côtés du léopard dans la neige piétinée du sommet ; elle vit les deux dæmons se hérisser, belliqueux et puissants. La queue du singe était dressée, celle du léopard battait l'air de droite à gauche. Au bout d'un moment, le singe avança timidement une patte, le léopard inclina la tête dans un geste d'acceptation gracieux et sensuel ; les deux dæmons se touchèrent…

Quand Lyra tourna la tête, Mme Coulter était là elle aussi, dans les bras de Lord Asriel. La lumière dansait autour d'eux, semblable à des étincelles, à des faisceaux d'intense lumière ambarique. Impuissante, Lyra ne pouvait qu'imaginer ce qui s'était passé : d'une manière ou d'une autre, Mme Coulter avait réussi à franchir le gouffre sans fond, et elle l'avait suivie jusqu'ici…

Ses propres parents, réunis !

Et s'enlaçant passionnément : un spectacle inconcevable.

Elle ouvrait de grands yeux. Le corps inanimé de Roger gisait dans ses bras, immobile, serein… en paix. Lyra entendit ses parents parler :

– Ils ne voudront jamais… disait sa mère.

– Et alors ? rétorqua son père. Qu'importe leur avis. Nous avons passé l'âge de demander la permission. Grâce à moi, n'importe qui, s'il le souhaite, peut traverser désormais.

– Ils interdiront le passage ! Ils bloqueront le pont et excommunieront quiconque tentera de l'emprunter !

– Trop de gens voudront essayer ; ils ne pourront pas

tous les en empêcher. Ce sera la fin de l'Église, Marisa, la fin du Magisterium, la fin de ces siècles d'obscurantisme ! Regarde cette lumière, là-haut : c'est le soleil d'un autre monde ! Tu sens sa chaleur sur ta peau ?

— Ils sont les plus forts, Asriel ! Tu ne sais pas ce…

— Je ne sais pas ? Moi ? Personne au monde ne connaît mieux que moi la puissance de l'Église ! Mais elle n'est pas assez forte pour lutter contre ça. La Poussière va tout changer. Impossible de l'arrêter désormais.

— C'est ça que tu voulais ? Nous étouffer et nous tuer tous, avec le péché et les ténèbres ?

— Je voulais briser **le mur**, Marisa ! Et j'ai réussi. Regarde, regarde les palmiers qui dansent sur le rivage ! Tu sens ce vent ? Un vent venu d'un autre monde ! Sens-le sur ton visage, dans tes cheveux…

Lord Asriel abaissa la capuche de Mme Coulter et l'obligea à lever la tête vers le ciel en lui passant la main dans les cheveux. Lyra assistait à cette scène le souffle coupé, sans oser faire le moindre mouvement.

La femme s'accrocha à Lord Asriel, comme prise de vertiges, et secoua la tête, tourmentée.

— Non… non… ils vont arriver, Asriel… Ils savent où je suis…

— Viens avec moi dans ce cas, quittons ce monde !

— Je n'ose pas…

— Toi ? Tu n'oses pas ? Ta fille, elle, le ferait. Ta fille oserait n'importe quoi ; elle ferait honte à sa mère.

— Eh bien, emmène-la, et bon vent ! Elle est plus à toi qu'à moi, Asriel.

— C'est faux. Tu l'as recueillie, tu as essayé de la façonner. Tu la voulais.

– Elle était entêtée et sauvage. Je l'ai compris trop tard… Mais où est-elle maintenant ? J'ai suivi ses traces et…

– Tu la veux toujours ? Deux fois déjà tu as essayé de la retenir, et deux fois, elle s'est enfuie. À sa place, je partirais en courant, sans me retourner, plutôt que de te laisser une troisième chance.

Les mains de Lord Asriel, qui enserraient toujours le visage de son épouse, se crispèrent soudain, et il l'attira vers lui pour un baiser passionné, qui, aux yeux de Lyra, ressemblait davantage à de la cruauté qu'à de l'amour. En se retournant vers leurs dæmons, elle eut une vison étrange : le léopard des neiges, accroupi et crispé, enfonçait ses griffes dans la peau du singe doré, et celui-ci, détendu, heureux, se pâmait dans la neige.

Mme Coulter s'arracha avec fougue à ce baiser.

– Non, Asriel… Ma place est dans ce monde, pas dans…

– Viens avec moi ! s'exclama-t-il d'un ton pressant, autoritaire. Viens travailler avec moi !

– Jamais nous ne pourrons travailler ensemble, toi et moi.

– Ah bon ? Nous pourrions démonter l'univers pièce par pièce et le remonter tous les deux, Marisa ! Nous pourrions découvrir la source de la Poussière et l'obstruer pour toujours ! Je sais que tu aimerais participer à cette grande œuvre, ne me mens pas. Tu peux mentir sur tout le reste, le Conseil d'Oblation ou tes amants… – oui, je suis au courant pour Boreal, et je m'en moque – tu peux mentir au sujet de l'Église, et même de cette enfant, mais ne me mens pas sur ce que tu désires réellement…

Leurs deux bouches s'unirent avec fougue. Pendant ce

temps, leurs dæmons continuaient de folâtrer : le léopard des neiges se roulait sur le dos, tandis que le singe promenait ses griffes dans la fourrure douce de son cou tacheté, et le félin ronronnait de plaisir.

—Si je ne t'accompagne pas, tu essaieras de me détruire, dit Mme Coulter qui avait mis fin à ce baiser.

—Pourquoi voudrais-je te détruire ? dit Lord Asriel en riant, alors que le soleil de cet autre monde formait comme une auréole autour de sa tête. Viens avec moi, travaille avec moi, et je veillerai sur toi. Si tu restes ici, je me désintéresserai de ton sort. Ne va pas t'imaginer que je me languirai en pensant à toi. Tu peux rester ici, sur cette terre, pour continuer tes bêtises, ou venir avec moi.

Mme Coulter hésita ; elle ferma les yeux et sembla chanceler un instant, comme si elle allait s'évanouir, mais elle conserva son équilibre et rouvrit les yeux, dans lesquels se lisait une belle et infinie tristesse.

—Non, dit-elle. Non.

Leurs dæmons s'étaient séparés. Lord Asriel se pencha pour enfouir ses doigts puissants dans la fourrure de son léopard des neiges. Puis il tourna les talons et s'éloigna, sans rien ajouter. Le singe doré sauta dans les bras de Mme Coulter, en émettant des petits cris de détresse, les bras tendus vers le félin qui s'éloignait lui aussi. Le visage de Mme Coulter était un masque de larmes, de larmes authentiques, que Lyra voyait briller.

Finalement, sa mère se retourna, secouée de sanglots silencieux, et redescendit de la montagne, hors de la vue de Lyra.

Celle-ci la regarda disparaître avec indifférence, puis elle leva les yeux vers le ciel.

Jamais elle n'avait vu une voûte céleste si pleine de merveilles.

Cette ville qui flottait au-dessus d'elle, vide et silencieuse, semblait née à l'instant, attendant qu'on l'habite ; ou peut-être était-elle endormie et attendait-elle qu'on la réveille. Le soleil de cet autre monde éclairait celui-ci, couvrant d'or les mains de Lyra. Il faisait fondre la glace sur la capuche en poil de loup de Roger, dont la peau claire des joues paraissait transparente, et faisait scintiller ses yeux ouverts et aveugles.

Elle se sentait écrasée de chagrin. La colère lui donnait envie de tuer son père et, si elle avait pu lui arracher le cœur, elle n'aurait pas hésité, car elle se souvenait de ce qu'il avait fait à Roger. Et à elle aussi : comment avait-il osé lui mentir ?

Elle tenait toujours le corps de Roger dans ses bras. Pantalaimon lui parlait, mais elle avait l'esprit en ébullition, et le dæmon dut enfoncer ses griffes de chat sauvage dans le dos de sa main pour se faire entendre. La fillette tressaillit.

– Quoi ? Qu'y a-t-il ?

– La Poussière !

– De quoi parles-tu ?

– De la Poussière. Lord Asriel veut découvrir la source de la Poussière et la détruire, c'est bien ça ?

– Oui, c'est ce qu'il a dit.

– Et le Conseil d'Oblation, l'Église, les gens de Bolvangar, Mme Coulter… ils veulent tous la détruire eux aussi, pas vrai ?

– Oui… Ou l'empêcher d'affecter les gens… Pourquoi ?

– S'ils pensent tous que la Poussière est mauvaise, c'est qu'elle est bonne.

Lyra resta muette. Elle émit seulement un petit hoquet d'excitation.

Pantalaimon poursuivit :

—On les a entendus parler de la Poussière ; ils en ont tous peur. Et tu sais quoi ? On les a crus, alors qu'on voyait bien que tout ce qu'ils faisaient était mal, cruel et affreux… On a cru, nous aussi, que la Poussière était mauvaise, car les adultes le disaient. Mais si ce n'était pas le cas ? Et si…

—Oui ! Oui ! s'exclama Lyra, le souffle coupé. Et si la Poussière était bonne en réalité ?

Elle regarda Pantalaimon et vit briller dans ses yeux verts sa propre excitation. La tête lui tournait, comme si la terre entière tournoyait sous ses pieds. Si la Poussière était une bonne chose… Une chose qu'il fallait rechercher, recevoir avec bonheur et chérir…

—Nous aussi on pourrait la chercher, Pan !

C'était ce qu'il voulait l'entendre dire.

—On pourrait l'atteindre avant lui, ajouta-t-il, et…

L'ampleur de la tâche à accomplir les réduisit au silence. Lyra leva les yeux vers le ciel flamboyant. Elle savait combien ils étaient minuscules, son dæmon et elle, comparés à la majesté et à l'immensité de l'univers, combien ils étaient minuscules comparés à la profondeur des mystères qui planaient au-dessus d'eux.

—On peut y arriver, déclara Pantalaimon. Nous sommes bien venus jusqu'ici, non ? On peut réussir.

—Nous serons seuls. Iorek Byrnison ne pourra pas nous suivre pour nous aider. Pas plus que Farder Coram, ni Serafina Pekkala, ni Lee Scoresby, ni personne d'autre.

—Oui, juste toi et moi. Mais peu importe. Nous ne sommes pas seuls, de toute manière ; pas comme…

Lyra comprenait ce qu'il voulait dire : « pas comme Tony Makarios, pas comme ces pauvres dæmons perdus de Bolvangar ; nous ne formons toujours qu'un seul être, lui et moi nous ne faisons qu'un. »

— Et nous avons l'aléthiomètre, dit-elle. Tu as raison, Pantalaimon. Nous irons là-bas, à la recherche de la Poussière, et quand nous l'aurons trouvée, nous saurons quoi faire.

Le corps de Roger gisait dans ses bras. Elle le déposa délicatement dans la neige.

— Nous le ferons, ajouta-t-elle.

Elle se retourna. Derrière eux régnaient la souffrance, la mort et la peur ; devant eux s'étendaient le doute, le danger et des mystères insondables. Mais ils n'étaient pas seuls.

C'est ainsi que Lyra et son dæmon tournèrent le dos au monde dans lequel ils étaient nés, et, faisant face au soleil, pénétrèrent dans le ciel.

Table des matières

Philip Pullman
L'auteur

Philip Pullman est né en Angleterre, à Norwich, en 1946. Il a vécu durant son enfance en Australie et au Zimbabwe où il a effectué une partie de sa scolarité. Diplômé de l'université d'Oxford, il a longtemps enseigné dans cette ville où il vit toujours avec sa femme. Il est, dès son plus jeune âge, passionné par les contes. Très vite, il veut devenir écrivain – terme qu'il juge cependant inapproprié. Philip Pullman adopte une position modeste par rapport à la création littéraire : pour lui, il ne fait qu'écrire des histoires. Derrière cette discrétion se cache un homme de caractère. Philip Pullman a construit une œuvre à son image, tout à la fois rigoureuse et fantaisiste, dynamique et originale. Il a également signé, à l'intention des jeunes spectateurs, des adaptations théâtrales de grandes œuvres littéraires. Sa célèbre trilogie « À la croisée des mondes » connaît un immense succès : elle fait l'objet de plusieurs thèses ; des publications, comme *Les mystères de la science dans la trilogie de Philip Pullman « À la croisée des mondes »* (Gribbin, Gallimard Jeunesse), lui sont consacrées ; et elle a été jouée au National Theatre de Londres avant d'être adaptée au cinéma, dans un film au casting prestigieux. Le troisième tome, *Le Miroir d'ambre*, a reçu le prix Whitbread 2001, l'une des récompenses anglaises les plus renommées, attribué pour la première fois de l'histoire des prix littéraires à une œuvre pour la jeunesse.

Photocomposition : Firmin-Didot

Loi n° 49-956 du 16 juillet 1949
sur les publications destinées à la jeunesse
ISBN : 978-2-07-061242-0
Numéro d'édition : 152555
Numéro d'impression : 84849
Premier dépôt légal dans la même collection : février 2000
Dépôt légal : mai 2007

Imprimé en France sur les presses de la Société Nouvelle Firmin-Didot